공작성의 하녀님

Ⅱ

공작성의 하녀님

소리엔 장편소설

II

가하 epic

공작성의 하녀님 2

지은이 소리엔
펴낸이 이형기
펴낸곳 도서출판 가하

초판인쇄 2016년 9월 30일
초판발행 2016년 10월 7일
출판등록 2008년 10월 15일 제 318-2008-00100호

서울 영등포구 양평로 67, 1209 (당산동5가, 한강포스빌)
전화 02-2631-2846 팩스 02-2631-1846
www.ixbook.co.kr

ISBN 979-11-300-1083-0 04810
979-11-300-1051-9 04810(set)

값 12,000원

CONTENTS

I

14. 황궁으로 007

15. 반지의 비밀 030

16. 황궁 무도회 070

17. 새로운 시작 103

II

18. 동령으로 가는 길 137

19. 화란 167

20. 세 개의 시험 222

21. 몰아치는 폭풍 251

22. 재회 282

23. 용을 부르는 날 309

III

24. 찬란한 나날 335

25. 눈과 얼음의 축제 358

26. 하나도 둘도 아닌 우리 382

27. 겨울성의 봄 415

외전. 마왕의 신부 428

작가 후기 445

14. 황궁으로

세레나는 다음 날 점심때까지 늦잠을 잤다. 해가 중천에 뜰 때까지 자본 것은 북령에 오기 전에도 후에도 없었던 일이었다. 다행히 전날의 재판 때문인지 늦잠을 잤다 해서 그녀의 탓을 하는 이는 없었다.

로안느의 따뜻한 배려 속에 늦은 아침 겸 점심을 먹은 세레나가 쉬고 있으려니, 깨어났다는 소식을 들은 공작이 찾아왔다. 곱게 머리를 묶고 소매가 무릎까지 오는 치자색 겉옷을 걸친 공작은 어제 여차하면 모두 죽여 입을 막으려 했던 사람답지 않게 산뜻해 보였다.

"잘 잤나? 얼굴이 좋아 보이는군."

"오셨군요. 이렇게 자본 것은 정말 처음인데…… 부끄러워 몸 둘 바를 모르겠네요."

"괜찮아, 괜찮아."

민망해하는 세레나를 보며 공작이 흐뭇하게 웃었다. 늦잠을 잘 수 있다는 건 이제 이곳 공작성이 그녀에게 조금은 편해졌다는 의미이리라.

사실 공작은 세레나가 가끔씩 보이는 이런 허술함이 좋았다. 외모도, 성품도, 교양에 기품까지도 모두 갖춘 그녀가 한두 번 늦잠을 자거나 요리에 실패하는 건 그야말로 애교에 가까운 일이었으니.

“유벨 님은 벌써 오후 수업에 들어가셨겠네요. 얼른 가서 간식을 준비해야겠어요.”

부랴부랴 자리에서 일어나려는 세레나를 공작이 붙잡았다.

“오늘은 그냥 쉬도록 해.”

“불과 얼마 전까지 팔을 다쳐서 쭉 쉬었는걸요. 저도 밥값은 해야지요.”

세레나가 장난스럽게 오른팔을 들어 보이며 말했다. 하얀 손과 팔뚝에는 여전히 화상 자국이 선명했다. 공작의 눈이 들고 있는 세레나의 손에 고정되었다. 흉터에서 좀처럼 눈을 떼지 못하는 그의 목소리가 좀 전보다 낮고 부드러워졌다.

“유벨에게는 로안느가 붙어 있으니 걱정하지 않아도 돼. 차가운 감옥에서 하룻밤을 보내고 재판까지 받은 여인이 곧바로 일이라니, 날 나쁜 연인에 나쁜 주인으로까지 만들 셈인가?”

“아…….”

“오늘만큼은 그대가 하고 싶은 걸 자유롭게 하면서 쉬도록 하라고.”

“……감사합니다, 각하.”

세레나의 얼굴에 화색이 돌았다.

잠시 후, 외출 준비를 하는 세레나 옆에서 공작이 투덜거렸다.

“휴가를 받으면 꼭 외출을 해야 하는 건 아닌데. 그대가 없으면 차를 끓여줄 사람도 없고…… 나도, 유벨도 쓸쓸할 것 같군."

세레나는 다 좋은데 눈치가 좀 없었다. 선물해준 목걸이를 한 채 홀랑 프란츠와 무도회에 참석했을 때부터 알아봤어야 했는데. 밖에 나갔다 오라고 그녀에게 휴가를 준 것이 아니었다.

평소에 종일 유벨 옆에 붙어 있는 그녀를 볼 수 있는 건 하루 중 극히 짧은 시간뿐이었다. 이렇게 모처럼 시간이 될 때 자신의 집무실에 와서 차도 한 잔 끓여주고, 담소도 나누고…… 그러다 손도 잡고…… 그리고도 시간이 남으면 다른 더 많은 것들을 할 수 있지 않나.

공작의 얼굴에 아쉬움이 가득하자 세레나가 귀여운 아이를 보듯 그 모습을 바라봤다. 병아리 색 옷을 입어서인지, 오늘따라 공작은 하는 말도 행동도 귀엽기만 하다.

"겨우 오후 반나절뿐인걸요. 저녁 식사 전까진 돌아올게요."

"……그렇게 가고 싶다면 어쩔 수 없지. 백마 네 필이 끄는 마차를 내줄 테니 타고 다녀오도록 해. 호위 겸 마부도 하나 붙여주지."

"마차에 호위라니요."

세레나는 정색을 했다. 마차에는 틀림없이 공작가의 문장이 대문짝만 하게 새겨져 있을 것이다. 거기다 눈처럼 하얀 백마가 두 필도 아닌 네 필이라니. 무슨 공작부인의 행차라도 된단 말인가. 그런 마차를 타고 갔다간 성에서 출발해 바네사의 집에 도착하는 그 순간까지 모든 이의 주목을 받을 게 뻔했다.

"마차는 괜찮습니다. 호위는 더더욱 필요 없고요. 지금부터 만나러 갈 분들이 많이 부담스러워하실 거예요. 각하께서도 알고 계시죠? 그림자 숲 마을의 바네사와 레니 말이에요. 지금의 저를 있게 해준 소중한 사람들인데…… 그동안 일이 바쁘답시고 오랫동안 찾지 못했거든요."

"아아, 잘 알지. 광산에서 음식 만드는 일을 하는, 그대의 '이모' 말이지?"

공작이 '이모'라는 단어에 힘을 주자, 세레나가 얼굴이 빨개져 고개를 끄덕였다. 공작은 아직도 모른 척 자신의 거짓말에 속아주고 있었다. 상처였을지 모를 어린 시절 이야기까지 꺼내 보인 공작에 반해 아직 진짜 이름조차 말하지 못한 자신이 부끄럽기만 하다.

재판 전날, 그와 약속을 했다. 무사히 재판이 끝나면 솔직한 자신의 이야기를 털어놓기로. 오랫동안 삼켜왔던 비밀을 드러내 보이는 데에는 생각보다 많은 용기가 필요했다. 어디서부터 시작해야 할지 모를 이 괴상한 이야기를 과연 믿어줄지도 두렵다. 그 뒤에 이어질 그의 반응을 생각하면 무섭기까지 하다. 그렇지만 이 한 걸음을 내딛지 않으면, 결국 아무것도 시작되지 않을 것이다.

세레나는 겨우 잡은 이 따뜻함을 손에서 놓치고 싶지 않았다. 이제는 용기를 내어 자신을 보여줄 차례였다. '그대가 그대인 채로' 있어주길 바란다는 공작의 말이 아직도 그녀의 귓가를 맴돌고 있었다.

솔직한 용기를 내기 위해, 세레나는 북령에서의 모든 삶이 시작된 바네사의 집에 다시 한 번 다녀오려 하고 있었다.

세레나는 바구니에 헬렌이 만들어준 과자와 축제 기간에 구입한 머리띠를 챙겨 담았다. 그것들은 레니를 위해 준비한 작은 선물이었다.

'모처럼의 나들이이니 함께 가면 좋겠지?'

그녀는 마지막으로 고양이를 들어 바구니 안에 함께 넣었다. 짐을 모두 싼 세레나가 인사를 하고 성문으로 향하려는데 공작이 갑자기 불렀다.

"세레나!"

"네? 부르셨나요, 각하?"

"그대, 혹시 내 이름을 알고 있나?"

세레나가 고개를 갸우뚱하다 대답했다.

"당연히 알고 있지요. 북풍의 신과 같은 존함을 갖고 계시잖아요."

이름을 말하지 않고 에둘러 부르는 게 듣기 싫었던 걸까, 공작이 다시 정정했다.

"내 이름은 카이로스다. 앞으로는 나를 부를 때에도 유벨을 부를 때와 같이 이름으로 불러줘."

"음, 그건……."

갑작스러운 요구에 난감했지만 기대를 담뿍 담고 바라보는 공작의 눈을 차마 모른 척할 수가 없었다. 할 수 없이 무언가를 말하려다 멈칫하는 것을 반복하던 세레나가 결국 사과했다.

"어휴…… 죄송해요, 각하. 갑자기 존함을 부르려니 너무 어려워서……. 앞으로 차차 노력해볼게요."

유벨과 마찬가지로 공작 역시 좋은 이름을 가졌다. 카이로스는 목동과 양떼들을 보호하고 바른 길로 인도하는 다정한 북풍의 신이었다.

아쉬움이 가득한 얼굴로 돌아서는 공작의 뒷모습을 보며 세레나가 마음속으로 못 다한 말을 건넸다.

기다리세요, 각하. 오늘 외출에서 돌아오면, 그때에는 꼭 애정을 담아 당신의 이름을 불러드릴게요. 그리고 저에 대해서도 그동안 하지 못했던 모든 이야기를 해드릴게요.

그림자 숲 마을로 향하는 마차 속에서 세레나는 꼭 처음 나들이를 나온 것처럼 설렜다. 바네사와 레니를 만나면 해주고 싶은 일이 참 많았다. 제일 먼저 바네사에게는 과일 바구니를, 레니에게는 준비한 머리띠와 과자를 한 아름 안겨줄 것이다. 해맑은 레니의 웃음소리를 들으며 성에서 배운 방법으로 곱게 머리도 땋아주고 싶다.

또 오늘이야말로 레니가 늘 궁금해하던 공작성의 이야기를 실컷 들려줄 참이었다. 사파이어 같은 눈동자를 가진 공작님과 도련님이 얼마나 늠름하고 멋진지, 성의 정원은 얼마나 아름다운지, 축제의 마지막 밤 열렸던 무도회는 어떠했는지.

성문 앞 정류장에서 마차를 타자 금방 그림자 숲 마을에 도착했다. 바네사의 집은 마을에서 한참 들어간 산맥의 입구에 위치해 있다. 세레나는 고양이를 끌어안은 채 걸음을 옮겼다.

원래도 인적이 드문 숲길이지만 오늘따라 지나다니는 행인 한 명도 보이질 않았다. 왜일까. 아직 여름인데 왠지 모를 한기가 느껴져 세레나는 고양이의 몸을 더 꽉 끌어안았다.

오랜만에 찾아간 바네사의 집에서는 일을 나간 엄마 대신 레니가 홀로 집을 지키고 있었다.

"언니!"

"오랜만이야, 레니."

기쁨에 찬 소녀의 외침에 세레나도 반갑게 인사를 했다. 오랜만에 찾아온 바네사의 집은 마지막으로 보았던 모습과 똑같았다. 세레나는 가지고 온 선물을 건넨 뒤, 금방이라도 우지끈 무너질 것 같은 의자에 살짝 엉덩이를 걸쳤다.

부엌에서 분주하게 움직이던 레니가 주워 온 나뭇잎으로 끓인 '차'를 내어왔다.

'기특해라. 손님 대접하는 법은 또 어디서 배웠담.'

세레나는 이가 다 빠진 낡은 컵을 기쁘게 받아 들었다.

"안 그래도 통 연락이 없어 언제 한 번 성에 찾아가려던 참이었어요."

"좀 더 일찍 왔어야 했는데, 미안하구나. 그동안 잘 지냈니?"

"언니, 왜 진작 형제가 있다는 말을 하지 않았어요? 오라버니와는 잘 만난 거예요?"

차와 함께 날아온 레니의 물음에 세레나가 당황했다. 자신에겐 언니만 두 명 있었을 뿐, 남자 형제는 없었다.

"그게 무슨 말이니? 오라버니……라니?"

세레나가 어리둥절해하자 레니의 얼굴이 조금씩 굳어졌다.

"아직 만나지 못한 거예요? 그렇지만…… 며칠 전 엄마가 잔뜩 흥분해서 얘기하던걸요. 붉은 머리에 붉은 눈을 한 귀족이 찾아와 사라진 배다른 여동생을 찾았다고. 근데 그게 세레나 언니의 인상착의와 꼭 같았대요."

세레나는 그 귀족 청년이 칼리시안임을 금방 알아챌 수 있었다. 붉은 머리와 홍안은 그리 흔히 찾아볼 수 있는 것이 아니었으니.

칼리시안이 이곳에는 왜 찾아왔단 말인가. 게다가 그가 자신의 오라비라니!

답을 구하는 얼굴로 세레나가 바라보자 레니가 입술을 깨물다 망설이듯 말을 이었다.

“사실…… 언니를 처음 구했을 때 언니 손에 하얀 반지가 하나 끼워져 있었어요. 그런데 못난 엄마가 돈에 눈이 멀어 그걸 팔아버렸죠. 찾아온 귀족 나리는 언니와 같은 반지를 끼고 있었대요. 이번에도 금화 한 닢에 넘어간 엄마는 홀랑 언니의 이야기를 했어요. 달빛 호수에서 언니를 구한 것도, 자기 도움으로 공작성에서 일을 하게 된 것까지도.”

“…….”

“……야옹!”

말을 마친 레니는 미안함에 세레나의 얼굴을 제대로 쳐다보지 못했다. 얌전히 앉아 있던 검은 고양이가 갑자기 사납게 울기 시작했지만 숙인 고개를 들어 확인할 생각도 하지 못했다.

며칠 전 저녁상에 갑자기 고깃국이 올라왔다. 오랜만에 입에 대어보는 육류에 신이 난 레니가 국물 한 방울 남기지 않고 싹싹 비우자, 그제야 엄마는 자랑하듯 세레나를 찾아온 귀족 청년의 얘기를 줄줄 털어놓았다.

다 듣고 난 레니는 기가 막혔다. 그 귀족의 뭘 믿고 모든 이야기를 털어놓았담. 그 말대로라면 세레나는 어쩌면 기구한 사연이 있어 원래 신분을 버리고 도망친 건지도 모르는데. 만일 귀족 나리가 앙심을 품고 그녀의 뒤를 뒤쫓아 온 것이라면 큰일이었다. 레니의 말에도 엄마는 막무가내였다. 오히려 자기 덕분에 다시 귀족가로 돌아가게 된다면 그때야말로 진짜 은인으로서 보답을 받아야 한다는 이야기까지 할 정도였으니. 어린 자신의 눈에도 엄마의 행동은 분명 잘못된 것이었다.

"흑……. 언니, 엄마를…… 엄마를 용서해주세요! 으앙!"

레니가 결국 울음을 터뜨렸다. 바닥에 주저앉아 뚝뚝 눈물을 떨구는 레니를 세레나가 다독였다.

"레니, 괜찮아. 목숨을 구해준 은혜를 어떻게 작은 반지 하나 따위로 다 갚을 수 있겠니. 만약 그보다 더한 귀물이 있었대도 나는 조금도 아깝지 않았을 거야."

처음 레니의 말을 들었을 때 세레나는 너무나 놀라운 이야기에 어떤 것부터 먼저 반응해야 할지 몰랐다. 반지는 또 뭐고 칼리시안은 또 왜 그런 거짓말을 해서까지 자신의 뒤를 캤단 말인지.

하지만 공황 상태에 빠진 레니를 위로하며 그녀의 머릿속은 차츰 정리되고 있었다.

"언니……, 흑."

"정말로 괜찮단다. 네가 걱정했던 '귀족 나리'는 다행히 내가 아는 분인 것 같으니. 오누이 이야기는 좀 의외이긴 했지만 말이야. 아무래도…… 서둘러 성에 돌아가봐야 할 것 같구나."

세레나는 준비했던 이야기의 반의반도 꺼내지 못한 채 밖으로 나왔다. 마음이 상했는지 발을 들어 레니의 얼굴을 할퀴려 하는 고양이를 겨우 뜯어말리며.

마차를 타는 곳은 외진 바네사의 집에서 한참 떨어져 있었다. 세레나는 발목을 뒤덮는 풀숲을 헤치며 걸음을 옮겼다. 숲은 하늘을 향해 쭉 뻗은 나무들이 무성하게 우거져 있어 한낮에도 짙은 그림자를 드리우고 있었다. 일부러 기운차게 발소리를 내어보았지만 지나가는 사람은 한 명 보이지 않고, 어두운 숲 속에는 죽음 같은 적막만 감돌았다.

갑자기 불길한 예감이 그녀의 뇌리를 스치고 지나갔다. 좋지 않은 일이 일어날 것 같다는, 어떤 확신과도 같은 예감이었다. 빠르게 뛰는 심장 소리에 맞춰, 세레나의 걸음 역시 점차 빨라져갔다.

알 수 없는 불안감이 극에 달할 때쯤, 검은 옷차림에 얼굴을 가린 낯선 남자가 눈앞에 불쑥 나타났다. 누구지? 얼굴을 가리고 있는 모습이 어쩐지 꺼림칙했다.

세레나는 눈앞의 사람을 모른 척하고 서둘러 지나치려 했다. 허나 그녀는 그 걸음을 채 실행에 옮길 수 없었다. 가슴에 묵직한 충격이 전해졌기 때문이었다.

"아, 아……."

이게…… 뭐지? 왜 내 가슴에 박혀 있지? 세레나는 제 가슴에 꽂혀 있는 검을 보고도 도무지 이 상황이 믿어지지 않았다. 광택이 없는 거무튀튀한 검은 보기만 해도 소름이 끼쳤다. 무언가 말을 하고 싶은데…… 말은 다만 소리가 되어서 흐를 뿐이었다. 그사이 검은 옷의 자객은 어디론가 사라져 완전히 모습을 감췄다.

가슴에서 피가 뿜어져 나오는 걸 확인하며 세레나는 바닥으로 쓰러졌다. 야옹! 옆에서 고양이가 날카롭게 울부짖는 소리가 들려왔다. 아픔보다는 몸이 붕 뜬 것만 같은 이상한 느낌. 시간이 잘게 부서져 몹시 천천히 흐르는 것만 같았다.

찰나의 순간, 많은 것들이 그녀의 머릿속을 스쳐 지나갔다. 아바마마, 언니들, 유모의 얼굴이, 마지막으로 유벨과 카이로스의 모습이 어른거렸다. 원망보다는 후회의 마음만 가득했다. 이럴 줄 알았으면 더 많이 아끼고 사랑할걸. 함께 나누지 못한 것이 아직 너무나 많은데. 사랑한다는 말조차…… 해주지 못했는데…….

그때였다. 흐려지는 그녀의 의식 사이로 불현듯 떠오르는 낯선 단어가 하나 있었다. 자신이 떠올려냈지만 자신의 것이 아닌 것만 같은 그런 단어가.

세레나는 붉어진 눈으로 자신을 내려다보는 검은 고양이를 바라보았다. 생사를 건 적으로 만났건만, 이 낯선 세계에서 마왕은 줄곧 커다란 마음의 위안이 되어주었다. 툴툴거리면서도 오라비처럼 늘 자신을 챙겨주었던, 자신이 죽고 나면 어쩌면 영원히 대륙을 떠돌아야 할지 모르는 가엾은 마계의 영혼…….

세레나가 마지막으로 모든 힘을 짜내어 속삭였다.

"지옥의 염화를 지배하는 마왕…… 하우레스."

그녀의 말이 끝나기가 무섭게 고양이의 몸에서 빛이 흘러나오기 시작했다.

세레나는 그 모습을 보며 희미하게 웃었다. 마지막에라도 이름을 찾아줄 수 있어서 다행이다. 힘을 되찾은 마왕은 이제 그토록 그리던 고향에 돌아갈 수 있을 것이다.

"안…… 녕……."

세레나가 고개를 떨어뜨림과 동시에 숲에는 거대한 힘의 소용돌이가 만들어졌다. 검은 마력의 파장은 모든 걸 부숴버릴 것처럼 거칠게 회전하다 시간이 지날수록 그 몸집을 천천히 줄였다.

이윽고 소용돌이가 완전히 사라지자 마왕이 모습을 드러냈다. 큰 키에 검은 머리, 그와 대조되는 창백한 얼굴은 여느 보름날 세레나가 보아오던 그의 모습과 같았지만 압도적인 존재감만큼은 이전과는 완전히 달랐다.

마왕이 눈을 깜박이자 천천히 세레나의 몸이 공중으로 떠올랐다. 손을 가볍게 휘젓자 꽂혀 있던 검이 스르륵 빠져나오고 가슴의 피가 멎었다. 마왕은 조심스럽게 세레나의 상태를 살폈다. 상처 부위의 시간을 멈춰 상태가 더 이상 나빠지지 않도록 했다. 이제는 그 원리를 이해할 수 있는 심장의 마법진도 제대로 고쳐주었다.

덕분에 원래의 머리색을 되찾은 세레나의 미모는 더욱 빛을 발했지만 피를 너무 많이 흘린 탓일까, 그녀의 목숨은 여전히 경각에 달려 있었다.

자신이 누구인지를 마왕이 깨닫는 순간, 잃었던 힘은 다시 원 주인에게 되돌아왔다. 되찾은 힘으로는 눈앞의 산도 단숨에 부술 수 있을 것이다. 단, 상처를 낫게 하거나 한 번 죽은 생명을 되살리는 것만은 불가능했다. 그것은 어둠이 아닌, 오롯이 빛에 속해 있는 영역이었으니.

자신의 힘으로 역부족이라면 그녀를 구할 수 있는 사람에게라도 데려가야 한다. 짧은 순간, 마왕은 고민했지만 그 고민은 그리 길게 이어지지 않았다.

세레나를 안은 마왕이 그 자리에서 사라졌다.

공작은 집무실에서 여느 때와 같은 오후를 보내고 있었다. 그는 얼마 뒤면 채굴이 본격적으로 시작될 루비 광산의 장비 구입과 마법사 고용에 관한 견적서를 보는 중이었다. 견적서 옆에는 샘플로 채취된 루비 원석이 놓여 있었다. 붉은 장밋빛에 안이 투명하게 비치는 루비는 보기 드문 상질의 것이었다. 공작은 곧 폭발적으로 증식할 자신의 재산에 기뻐하며 사인을 하고 인장을 찍었다.

광산에서 제일 처음 나온 이 루비로는 서클릿을 만들어 세레나에게 선물할 생각이었다. 사파이어 목걸이를 걸어줬으니 당연히 다음은 루비 차례 아니겠는가. 에메랄드와 수정으로는 귀걸이와 팔찌를 만들고, 마지막에 끼워줄 반지는 역시…… 다이아몬드겠지. 공작은 서류를 앞에 두고 단꿈에 젖었다.

그런데 예민한 공작의 감각에 갑자기 이상한 균열이 느껴졌다. 잘못 느낀 것이 아니었다. 실제로 집무실 안의 공간이 조금씩 일그러지고 있었다. 얼른 뒤로 물러난 공작이 검집에 손을 가져갔다.

곧이어 터져 나온 눈부신 빛에 자신도 모르게 얼굴을 돌린 그가 감았던 눈을 뜨자, 웬 흑발의 남자가 피투성이 여자 한 명을 안고 나타났다. 머리색이 달라지긴 했지만 남자의 품 안에 있는 여자는 분명 세레나였다. 투명한 은발을 늘어뜨린 세레나는 창백한 얼굴로 눈을 감고 있었다. 그러나 그 밑으로는 온통 피투성이였다.

"세레나!"

공작이 자리를 박차고 그녀에게 가까이 다가갔다. 물론 한 손에는 서슬이 퍼런 검을 든 채였다.

"넌 누구냐? 어떻게 여기 나타난 거지?"

마왕은 무표정한 얼굴로 입을 열었다.

"설명할 시간이 없다. 그녀를 살리고 싶으면 신전의 최상급 포션을 가져와라."

"무슨 소리를…… 세레나에겐 포션이 듣지 않는다."

"서둘러! 늦으면 정말로 목숨을 구할 수 없게 된다!"

"너 대체…… 그녀를…… 제길!"

세레나와 마왕을 몇 번 번갈아 보던 공작은 다급한 마음에 시종을 부를 생각조차 하지 못하고 그대로 뛰쳐나갔다. 이윽고 집무실에는 마왕과 정신을 잃은 세레나, 두 사람만 남았다. 마왕이 품 안에서 축 늘어진 그녀의 뺨을 조심스레 쓸어보았다.

"멍청한 계집애. 그때에도 그렇고 이번에도…… 넌 남 좋은 일만 시키는구나."

처음 보자마자 깰 수 없는 계약을 덜컥 맺었다. 마왕을 믿다니, 순진함이 도를 지나쳐 아둔할 정도가 아닌가. 실은 정말 이름을 찾을 수 있다는 기대는 하지 않았고, 어떻게든 그녀를 죽음으로 몰고 가 심장을 빼먹을 심산이었다. 그런데 매일 밤 덜덜 떠는 손을 애써 감추며 고양이의 몸을 하고 있는 자신을 끌어안는 모습이 좀 애처로워 보였다. 두려움에 솔직하지 못한 어린 공주의 자존심이 예전의 자신과도 겹쳐 보였고.

귀하게 자란 공주가 밑바닥에서 고군분투하는 모습을 곁에서 지켜보는 건 쏠쏠한 재미가 있었다. 괴롭힘은 예사에, 뺨을 맞거나 흙투성이가 되는 일도 있었다. 그런데 멍청한 공주는 늘 신의 은총에 감사하며 주어진 삶에 만족해했다. 속으로 실컷 비웃었다. 널 이렇게 만든 게 바로 그 여신이야. 지금 누가 누구에게 감사를 하는 거냐.

어쨌거나 공주는 계약 내용을 최대한 성실히 지키려 노력했다. 틈나는 대로 도서관이나 서점에서 고서를 뒤적거렸다. 마차에서 생각나는 대로 이름을 주워섬기던 웃기지도 않은 짓도 기억이 난다. 밥도 곧잘 챙겨주었다. 맛있는 음식이 나오면 꼭 챙겨두었다가 밤에 돌아와 깨끗한 그릇에다 담아서 주었지. 재판이 있던 날도 그랬다. 감옥에 갇힌 주제에 간수에게 부탁해 저녁을 챙겨주었었다.

'그래, 세레나. 넌 꽤 괜찮은…… 이었다. 그리고 나는…….'

마왕이 조금씩 희미해지는 자신의 몸을 바라봤다. 마족은 어떤 계약이나 매개체 없이는 인간계에서 오래 몸을 유지할 수가 없다. 이제 그토록 그리던 마계로 돌아가야 할 시간이었다. 마왕은 그녀가 듣지 못할 걸 알면서도 중얼거렸다. 저 깊은 곳, 그녀의 마음까지 닿기를 바라는 듯이.

"세레나, 아직 너와 나의 계약은 종료되지 않았다. 정신을 차리면…… 내 이름을 불러라. 그때야말로 진짜 네가 바라는 소원을 이루어주마. 기억해라. 꼭, 기억해내야 한다……!"

시간은 더 이상 기다려주질 않았다. 안타까운 표정의 마왕이 희뿌연 안개처럼 그 자리에서 사라졌다. 그와 동시에 공작이 집무실로 돌아왔다. 공작의 손에 잡혀 있는 이는 성의 치료사였다. 막 그의 기사가 포션을 가지러 가기 위해 성문을 출발한 참이고, 나머지 기사들은 이미 성 밖으로 내보내 유랑 중인 신관을 찾으라는 명을 내린 뒤였다. 신관은 아니지만 신앙을 힘의 기반으로 두고 있는 치료사는 포션이 도착할 때까지 세레나의 목숨을 유지시켜줄 것이었다.

예상보다 심각한 세레나의 상태에 치료사는 깜짝 놀라 있는 대로 힘을 끌어 모아 피가 흐른 가슴 부위에 쏟아부었다. 시체처럼 하얗던 얼굴에 조금씩 혈색이 돌아오는 듯했지만 그녀는 좀처럼 정신을 차리지 못했다.

"세레나…… 어쩌다가 이런 상처를 입은 것이냐. 저녁이 되기 전에 돌아온다는 게……."

이런 의미였나. 공작의 가슴이 찢어지는 것 같았다.

그때였다. 비통함에 휩싸인 집무실에 금빛 갑옷을 입은 낯선 남자들이 들이닥쳤다. 장미를 수놓은 왕관 문장을 가슴에 달고 있는 기사들은 황족을 지키는 로열 나이트였다.

금빛의 기사들이 나란히 대열을 지어 서자, 무장한 기사들 사이로 화려한 예복을 갖춰 입은 청년이 나타났다. 녹을 듯한 금발에 녹색 눈을 한 아름다운 청년은 바로 제국의 황태자였다. 슬픔에 잠긴 공작은 황궁에 있어야 할 황태자의 밑도 끝도 없는 방문에도 예를 차릴 생각조차 하지 못했다.

"발루아 공작. 아니, 이게 어떻게 된 일이지?"

황태자는 공작의 품에 안겨 있는 세레나를 보자마자 대경했다. 칼리시안이 돌아오기를 목이 빠지게 기다렸던 그는 친우로부터 공주의 존재를 확인하자마자 북령에 오려 했다. 그러나 제국의 황태자 자리는 1년 후의 스케줄까지 잡혀 있는 다망한 자리였고, 의무를 저버린 채 홀랑 빠져나올 수는 없었다. 그는 이 며칠간 낼 수 있는 가장 빠른 속도로 해야 할 일들을 해치운 뒤 제일 좋은 예장을 골라 입고, 외모와 실력이 뛰어난 기사들로 방문단을 직접 꾸려 부랴부랴 공작성으로 출발했다. 설레는 마음을 가득 안고 이 먼 곳까지 왔건만, 자신을 반겨야 할 공주는 피에 물든 채 쓰러져 있고 그녀의 은빛 눈동자는 꽉 감겨 있었다.

자초지종을 묻기도 전, 황태자는 세레나를 향해 몸을 굽혔다. 그리고 그녀의 가슴에 귀를 가져갔다. 금방이라도 끊어질 듯 미약했지만 심장의 고동 소리는 반복적으로 나고 있었다.

"불행 중 다행이로군."

안도의 한숨을 내쉰 황태자는 머뭇거림 없이 공작의 손에서 세레나를 빼앗아 들었다.

품 안의 여인을 걱정스러운 눈길로 바라보던 그가 함께 온 수하에게 명령을 내렸다.

"이동 스크롤을 준비해라. 제도의 신전으로 가자."

공작이 그제야 정신을 차리고 눈앞의 갑작스러운 불청객을 막으려 했다.

"황태자 전하, 여기는 어떻게? 세레나를 어디로 데려가시려는 겁니까!"

황태자는 싸늘한 눈으로 공작을 내려다보았다.

"말조심하도록. 이분은 그대가 함부로 이름을 부를 만한 분이 아니시니. 공주께선 이제 마땅히 계셔야 할 곳으로 돌아가실 거요. 그동안의 무례와 이토록 큰 중상을 입도록 방조한 책임은 내 나중에 묻도록 하지."

기사가 스크롤을 찢음과 동시에 세레나를 안은 황태자와 일행들이 그 자리에서 사라졌다.

돌연, 집무실에 침묵이 찾아왔다. 너무나 갑작스럽게 벌어진 일에 아무도 감히 입을 열 생각을 하지 못했다. 공작은 텅 비어버린 자신의 두 손을 바라봤다. 벌겋게 핏물이 든 손과 젖은 옷자락만이 방금 전까지 세레나가 제 품에 있었다는 사실을 알려주고 있었다.

뒤늦게 소식을 들은 유벨도 집무실 안으로 뛰어 들어왔다. 피 칠갑이 된 방의 풍경에 놀란 유벨이 울먹이며 그녀를 찾았다.

"삼촌! 세레나는 어디 갔죠? 크게 다쳤다고 들었는데?"

"글쎄다……."

나도 잘…… 모르겠구나. 뒤의 말을 삼키며 공작이 바싹 말라붙은 입술을 축였다. 세레나를 안고 집무실에 찾아온 검은 남자는 전에 무도회에서도 본 적이 있는 얼굴이었다. 성의 일대에는 일정 수준의 마법이나 주술의 침입을 막는 방어진이 쳐져 있건만, 그 남자는 그것을 간단히 뚫고 공간을 넘어 모습을 나타냈다.

기이한 남자의 정체는 뭐지? 세레나는 왜 갑자기 은발에 피투성이가 되어 나타난 것인가? 고고한 황태자가 갑자기 찾아와 세레나를 데리고 사라진 이유는 또 뭐고? 꼬리에 꼬리를 무는 의문에 머리가 깨질 듯 아파왔다.

늘 밝게 웃고 있지만 어딘가 그늘이 져 있는, 유독 신비스러운 구석이 많았던 그녀다. 차를 끓일 줄 알았고, 무도회에서 익숙한 듯 춤을 추었다. 마녀 혐의를 받았을 때에는 일곱 대신관의 축성을 받았다며 수호성과 수호정령까지 들먹였었다. 어떤 말도 하지 않았지만, 돌이켜 보면 그녀는 생각보다 많은 것을 자신에게 알려주었다.

공작은 황태자의 마지막 말을 떠올렸다. 분명 '공주'라고 했다.

이 모든 의문을 풀 열쇠를 쥐고 있는 건 세레나뿐이다. 그리고 지금 그녀는 황태자와 함께 제도로 갔다. 공작은 이제 자신이 다음으로 해야 할 일이 뭔지 깨달았다.

"기다려라, 유벨. 곧, 세레나를 데리고 돌아오마."

눈을 떴을 때 세레나는 푹신한 침대 위에 누워 있었다. 눈앞에는 우산 모양의 천개와 무늬를 넣어 짠 하얀 커튼이 드리워 있다.

조금씩 정신이 들었다. 여긴 어디지? 자신은 그란데 산맥, 바네사의 집 근처에서 괴한에게 습격을 당하지 않았나. 그리고 분명 마왕에게…… 마지막 인사를 건넸었다.

치렁치렁하고 하얀 이 침대는 맹세코 생전 처음 보는 것이었다. 서걱거리며 피부를 간질이는 침구의 촉감이 낯설다. 건조하지 않고 습기가 많은 공기는 자신이 있는 곳이 북령이 아님을 더욱 확신케 해주었다. 일어나야 한다. 이곳이 어디인지, 충분히 안전한 곳인지 확인해야 한다.

세레나는 무거운 눈꺼풀을 들어 올리며 몸에 힘을 주었다. 하지만 어쩐 일인지 두 팔과 다리는 미동조차 하지 않았다. 몸 안의 활력이 전부 빠져나가 꼭 속이 비어버린 인형이 된 것만 같다.

움직이지도, 소리를 내지도 못한 채 한참을 눈동자만 깜박거리고 있자 누군가 눈을 뜬 그녀를 발견했는지 약간 시끄러운 소리가 들렸다. 잠시 후, 눈앞으로 아름다운 남자가 한 명 나타났다. 깨끗한 금발에 온기를 띤 에메랄드 눈동자는 꼭 돌아가셨을 아바마마를 떠올리게 했다.

"깨어나셨군요. 아직 회복이 덜 됐을 테니 좀 더 수면을 취하도록 하세요. 다시 일어나시면 그땐, 제 소개를 해드리겠습니다."

남자의 말이 끝나기 무섭게 다시 졸음이 쏟아졌다. 가만가만한 남자의 목소리가 듣기 좋았다. 듣고 있으면 왠지 안심이 된다. 노래를 하는 듯 우아한 이 말투를 어디서 들어본 적 있는 것 같기도 하다……. 남자의 정체에 대해 생각하던 세레나는 뿌옇게 피어오른 수면향 속에서 까무룩 잠이 들었다.

세레나는 엘베른 왕궁에 있었다. 정연하고 엄숙한 분위기의 대전에 상급 귀족들이 줄을 맞춰 양쪽으로 늘어서 있고, 아바마마께서 정복을 입은 채 왕좌에 앉아 계셨다. 웬일인지 그녀는 홑겹의 흰 드레스를 입은 채 바닥에 엎드려 있었다. 눈앞에는 보석이 박힌 뾰족한 모자와 바닥에 끌리는 사제복 차림의 남자가 두루마리를 들고 짐짓 엄숙하게 서 있다.

아아, 그렇구나. 이제 기억이 났다. 이날은…….

「……아나이스 신전의 인가를 얻은 바, 세레니안 라 엘베른 공주를 성녀로 봉해 열흘 뒤에 있을 봉인식을 주관하도록 명하노라.」

왕국의 명운을 위해 제물이 될 것을 명받았던 날이었다. 성녀라니. 듣기 좋게 포장해서 말하고 있지만 결국 '산 제물이 되어 열흘 뒤에 죽어라'라는 말이다. 심지어 봉인식은 마물 떼가 국경 앞까지 도달했다는 이유로 사흘 더 앞당겨졌었다. 이날 자신의 모습도 기억난다. 신관의 어처구니없는 말에도 입을 꾹 닫고 그린 듯한 미소만 지었다. 바보처럼…… 정말 바보처럼 말이다.

속으로는 왜 하필 나에게 이런 일이 일어나야 하느냐고 울부짖었다. 희생을 당연시하는 사람들도 꼴도 보기 싫었다. 그러나 모두의 앞에서 보기 좋은 모습만을 만들어왔던 자신은 생의 마지막 순간에서조차 그리 솔직하지 못했다.

세레나의 눈에 차마 딸을 바라보지 못하고 고개를 숙인 아바마마의 모습이 보였다. 위엄 있는 옆얼굴에 가득 담긴 슬픔과 고뇌가 그때에는 눈에 들어오지 않았다. 봉인식이 있기 전 몇 번이고 자신을 찾아오신 아바마마를 문 앞에서 그대로 돌려보냈다. 괜찮다고 말해주지…… 못했다. 어떤 말도, 행동도 취하지 못한 채 정신을 차리고 보니 파도에 휩쓸리듯 자신은 마법진에 뛰어들고 있었다.

심장이 돌을 매단 것처럼 묵직하게 아파온다. 이것은 분명 꿈이다. *깨고 싶지만 깨고 싶지 않은 꿈속에서 자신은 무엇을 후회하고 있는가.*

세레나의 눈에 다시 하얀 커튼이 드리웠다. 흐릿한 시야에 사방에서 자신을 둘러싸고 있는 검은 인영들이 보였다.

"어마, 눈을 뜨셨어."

"정신이 드셨어요?"

"책에서 읽었던 것처럼 정말 아름다운 눈동자네요."

정신을 차린 세레나는 당혹을 감추지 못했다. 처음 보는 귀족 아가씨들이 침대에 누워 있는 자신을 빙 둘러싸고 있었다. 이마에 손을 대어보거나 손을 잡거나 하며 의미를 알 수 없는 말들을 건네는 그녀들은 꼭 한 떼의 새들처럼 부산스럽기 그지없었다. 그 과한 친절이 부담스러웠던 세레나가 얼른 몸을 일으키며 물었다.

"저, 이곳은 어디인지요?"

"꺄, 아직 일어나시면 안 돼요."

"좀 더 누워 계시면 저희가 불러드릴 테니 가만히 계시어요."

불러주다니, 그건 또 무슨 소리지. 설마 밖에서 공작과 유벨이라도 기다리고 있는 건가. 세레나는 아까보다 더 큰 소리로 힘을 주어 말했다.

"목숨을 구해주셔서 진심으로 감사드려요. 그런데 실례가 안 된다면 바깥에 소식을 좀 전할 수 있을까요? 제가 돌아오기만을 애타게 기다리고 있을 사람이 있습니다."

"하지만……."

난처해하는 귀족 아가씨들 뒤에서 나직한 목소리가 들렸다.

"돌아가시다니요, 그런 섭섭한 말씀을 하시다니. 당신이 계실 곳은 이곳, 루이네리아 제국의 황성입니다."

처음 눈을 떴을 때 보았던 금발의 남자였다. 남자가 나타나자 수다스러웠던 알록달록한 머리의 아가씨들이 모두 조용해졌다.

남자는 세레나의 손을 잡고 허리를 굽히며 정중하게 인사했다.

"루이리크 엘 루이네리아입니다. 발루아 공작의 성에서 쓰러져 계시던 걸 제가 직접 제도로 모시고 왔지요. 엘베른 왕국의 마지막 공주님, 황궁에 오신 걸 환영합니다."

그 순간, 방 안의 모든 이들이 한 목소리로 인사하며 공손히 무릎을 굽혔다.

"황궁에 오신 것을 환영합니다."

세레나는 남자에게 손을 잡힌 채 그대로 굳어버렸다. 이런 상황은 마치…… 꿈을 꾸는 것만 같다. 바네사의 집에서 눈을 뜬 지 얼마 되지 않았을 무렵, 세레나는 몇 번이고 이런 상황을 머릿속으로 그린 적이 있다. 대륙을 위기에서 구한 공주를 칭송하는 황제와 환호하는 사람들. 그 옆에서 겸손하게 미소 지으며 손을 흔드는 자신.

대체 무슨 일이 일어난 걸까.

15. 반지의 비밀

“공주님, 옷을 갈아입으셔야 해요.”

“황제 폐하를 뵈러 가실 거랍니다.”

침실에 있던 귀족 여인들은 황성에서 일하는 시녀들이었다. 시녀들은 능숙하게 세레나의 시중을 들었다. 눈 깜짝할 사이에 드레스 차림이 되고 머리를 단정하게 틀어 올린 채 화려한 장신구를 덕지덕지 걸었다. 누군가의 시중을 받아본 게 얼마 만인지 기억도 잘 나지 않았다. 멍하니 그녀들에게 몸을 맡기고 있으려는데 한 시녀가 목에 걸려 있는 사파이어 목걸이를 벗기려 했다.

세레나는 놀라서 제지했다.

“잠시만요. 이것은 그대로 하고 있겠어요.”

“준비된 목걸이는 드레스와 세트인…… 알겠습니다.”

망설이던 시녀는 순순히 세레나의 말에 따랐다. 몸단장이 끝나자, 시녀들이 낑낑대며 칠기를 두른 거울을 앞으로 가져왔다.

“거울을 좀 보시겠어요? 원래도 아름다우셨지만 치장까지 하시니 그야말로 눈이 부실 지경이에요."

지금의 상황이 아직도 얼떨떨한 세레나의 눈에 거울 속 자신이 들어왔다. 거울에 비치는 그녀는 놀랍게도, 은발과 은안을 하고 있었다.

'세상에. 다시…… 돌아왔다. 꿈속에서 보았던 300년 전, 그때 그 모습처럼.'

가슴이 벅차오른 세레나가 양손을 천천히 얼굴에 올려보았다. 거울에 비치는 오른손 역시 붉은 화상 자국이 사라져 새하얗기만 하다. 어떻게 이런 일이 있을 수 있지? 마치 꿈만 같다. 아니, 혹시 아직도 꿈속에 있는 건 아닐까?

그녀는 거울에서 눈을 떼지 못한 채 목에 걸린 목걸이를 더듬었다. 공작이 선물해준 푸른빛의 목걸이만이 이것이 현실임을 알려주는 유일한 물건이었다.

세레나는 정신을 잃기 전 마지막으로 보았던 마왕의 모습을 떠올렸다. 어쩌면 힘을 되찾은 그가 자신을 원래 모습으로 되돌려주고 상처까지 치료해준 건지 모른다. 문득 마왕이 무사히 자신의 세계로 돌아갔을지 궁금해졌다.

하지만 알 수 없었다. 그는 이미 어디론가 사라져버렸고 자신은 이곳, 낯선 황궁에 홀로 떨어져 있었다.

세레나는 황성에 마련된 작은 접견실에서 황제와 황태자를 만날 수 있었다. 백발이 성성한 황제는 앉아 있는 것도 쉽지 않은 듯 숨을 몰아쉬며 황태자의 부축을 받고 있었다. 그에 반해 젊은 황태자는 눈에 정기가 서려 갓 떠오르는 태양만 같았다.

황제와 황태자 둘 다 과거 엘베른 왕족의 특징인 금발과 녹안이 꼭 같아 부자 사이임을 한눈에 알아볼 수 있었다. 머리와 눈동자의 색 때문인지 두 사람에게서는 왠지 모를 친근감마저 느껴졌다.

"초상화에서만 보던 공주를 이렇게 시간을 뛰어넘어 다시 만날 수 있게 되다니, 참으로 놀라운 일이오. 짐보다 나이가 훨씬 많겠지만…… 겉으로는 짐이 좀 더 들어 보이니 편하게 말을 놓아도 되겠소? 허허."

황제가 사람 좋아 보이는 얼굴로 웃어 보였다. 당대의 황족들은 피가 연결된 자신의 먼 친척이자 후손일 테다. 그렇다 해도 그들은 엄연히 현 제국을 다스리는 지배자와 그의 후계자, 마땅히 그 예를 다해야 한다.

세레나는 허리를 살짝 굽히며 인사를 올렸다.

"루이네리아 제국의 황제 폐하와 황태자 전하께 아나이스 여신의 은총을. 세레니안 라 엘베른이라 합니다. 잠에 들 당시 제 나이는 열여덟이었답니다. 모쪼록 편하게 대해주십시오."

공주의 인사가 마음에 든 듯 황제의 얼굴에 보다 깊은 미소가 그려졌다.

"어린 나이에 대륙의 평화를 위해 목숨을 걸 수 있다니, 참으로 대단한 용기로구나. 공주의 덕택으로 우리가 지금까지 이렇게 평안하게 살 수 있었던 것이니, 이 또한 감사의 말을 전하지 않을 수 없는 일이야."

"왕족의 일원으로서 당연한 일을 했을 뿐입니다. 사실 전…… 폐하께서 저를 찾아내신 것이 더욱 놀랍습니다. 다시 깨어났을 때의 저는 머리색도 검게 바뀌어 있었고 이름도, 하는 일도 이전과는 전혀 다른 것이었답니다. 어떻게 저를 발견하실 수 있었는지요?"

황태자가 손에 쥐고 있던 물건을 보여주었다. 그것은 흰색의 반지였다.

"공주님을 찾을 수 있었던 건 손에 끼고 계셨던 이것 덕분입니다. 공주님을 구했던 여인이 팔았던 것이 우연히 제도에까지 흘러들어왔지요. 반지의 출처를 찾아 북령에 갔던 제 벗이 초상화와 판박이인 공주님을 찾아냈고요."

친우라는 말에 세레나가 흠칫 놀라 물었다.

"설마 칼리시안 님이……."

"하하, 그는 저의 가장 가까운 친우입니다. 덕분에 찾아낸 공주님을 모시러 갔다 큰 상처를 입으신 것을 발견하고 제가 허락도 받지 않고서 제도까지 급히 모시고 왔지요."

"알고 보니 저의 생명의 은인이셨군요. 목숨을 구해주신 은혜, 진심으로 감사드려요."

"무사히 깨어나셔서 정말 다행입니다. 그럼 이 반지는 이제 원주인에게 돌려드려야겠군요."

감사의 인사를 겸양하며 황태자가 세레나의 손에 손수 반지를 끼워주었다. 하얀 문스톤 링에 장미와 검이 음각되어 있는 반지를 보며 그녀는 언젠가 공작의 도서관에서 읽었던 '제국 복장사'라는 책을 떠올렸다. 세레나는 힐끗 황제의 왼손으로 시선을 옮겼다. 황제의 손에도 역시 같은 반지가 끼워져 있었다.

그녀가 자신의 손을 바라보는 것을 눈치 챈 황제가 선뜻 반지를 낀 손을 들어 보였다.

"제국이 세워졌을 무렵부터 이 반지는 황제의 손에서 다음 황제에게로 넘겨져왔지. 반지의 주인이자 제국의 주인이 되기 위해서는 반드시 한 가지 선서를 해야 했다네."

"선서…… 요?"

황제가 세레나를 보며 다시 예의 사람 좋은 웃음을 지어 보였다.

"음, 언제고 왕가의 문장이 새겨진 반지를 낀 여인이 찾아온다면 그 여인을 황가의 가장 귀한 손님으로 모신다는 것이 바로 그것이지."

뒤이어 황태자가 간단히 설명했다. 세간에 그녀가 마왕을 몰아내고 목숨을 잃은 것으로 알려진 것과 달리 황실에서는 초대 황제의 막내 공주가 죽은 것이 아니라 마법의 힘으로 어딘가에서 잠을 자고 있다고 믿었다. 그래서 대를 이어 언제고 눈을 떠 반지와 함께 세상에 귀환할 공주를 기다려왔던 것이다.

세레나는 제국의 주인 자리를 걸고 하는 맹세의 내용이 조금은 안일하다고 생각했다.

"가짜 반지를 만들어 사칭하는 사람이 나타난 적은 없었나요?"

"걱정 말게. 그걸 방지하기 위해 반지에는 재미있는 비밀이 숨겨져 있지."

황제가 자신의 반지를 벗어주자, 황태자가 반지를 세레나의 손가락에 갖다댔다. 마치 열쇠와 자물쇠처럼 양각과 음각이 되어 있는 반지의 조각이 꼭 들어맞았다. 그것을 본 황제가 다시 흐뭇하게 웃었다.

"이렇게 두 개가 모여야 하나가 되는 반지에는 또 하나, 아주 강력한 마법이 걸려 있다고 하네. 짐도 그것이 무엇인지는 모르고 마법을 푸는 방법 또한 알지 못해. 그저 공주만이 알고 있는 시동어가 유일한 방법이라는 것밖에는. 그대가 오랫동안 기다렸던 반지의 비밀을 풀어준다면 짐에게도 큰 선물이 될 것 같군."

말을 마친 황제와 황태자는 무언가를 기대하는 눈빛으로 세레나를 바라보았다.

그녀는 갑자기 마른하늘에서 비가 내리는 기적을 바라는 우민들 앞의 신관이 된 기분이었다. 느닷없이 마법을 푸는 시동어라니. 어디서부터 어떻게 떠올려야 할지 막막하기만 하다.

'아바마마께선 단 한 번도 그런 말씀을 하신 적이 없는데.'

세레나는 문득, 이것이 황제의 마지막 시험일 거라는 생각이 들었다. 세 딸 중 막내인 자신을 유독 아끼셨던 아바마마. 그런 아바마마가 언젠가 돌아올지 모를 딸을 위해 남기셨을 마법의 시동어란 과연 무엇일까. 한참을 고민하던 세레나는 결국 작은 한숨과 함께 고개를 저었다.

"죄송하지만 전혀…… 떠오르질 않네요. 제게 좀 더 시간을 주실 순 없을까요?"

"물론이지. 그렇게 하게. 부담 같은 건 갖지 말고 편히 성에 머물러 주게나."

황제는 약간은 실망한 것 같았지만 금세 신색을 회복하며 고개를 끄덕였고, 세레나는 감사의 의미로 다시 한 번 살짝 머리를 숙여 보였다. 황제의 말에 반발한 것은 오히려 아들인 황태자였다.

"아바마마, 제가 데려온 이분은 틀림없는 세레니안 공주님입니다. 더 이상의 시험에 무슨 의미가 있습니까?"

"그래, 태자. 짐도 그렇게 생각하지만…… 어디까지나 원칙은 원칙이 아닌가. 다른 황족들의 눈도 있고 말이지."

전에 없이 열정적인 아들의 모습을 보며 황제가 놀란 눈을 했다. 그는 좀 전보다도 누그러진 태도를 취하며 세레나의 손 위에 자신의 손을 얹었다.

"천천히 찾아보도록 하세. 시간이야 얼마든지 있으니 말이야. 그래도 이왕이면…… 건국 기념일 전에 비밀을 풀어 당일 있을 축제를 함께 주관할 수 있다면 좋겠군. 마침 그날이 얼마 남지 않았다네."

"건국 기념일…… 그렇군요. 힘닿는 대로 노력해보겠습니다."

건국 기념일이라면 아바마마께서 대륙을 통일하고 새 나라를 세우신 날이었다. 그런 아바마마의 뒤를 후계자가 계승하고, 또 그다음 후계자가 계승하며 오랜 시간에 걸쳐 지금의 제국을 다져온 것이다.

세레나는 시간의 흐름을 새삼 실감했다. 또 자신이 정말로 먼 과거의 사람이라는, 그동안은 가진 적 없던 인식 또한 처음 하게 되었다.

돌아가는 길은 황태자가 직접 방까지 데려다주었다. 두 사람은 머리를 들고 보아야 할 정도로 높은 천장에 대리석 기둥이 즐비한 회랑을 소리 없이 걸었다. 왕족인 데다 공작성에서 생활했던 세레나마저도 기가 질릴 정도로 황성의 규모와 웅장함은 대단했다. 그녀는 걸음을 옮기다 머리를 들어 위를 한 번 올려다보았다. 이미 해가 진 지 오래라 하늘에서는 하얀 달빛이 쏟아져 내리고 있었다. 그러자 어색한 침묵을 깨려는 듯, 황태자가 친근한 목소리로 말문을 열었다.

"공주님, 다시 한 번 정식으로 제 소개를 드리지요. 루이네리아 제국의 황태자, 루이리크 엘 루이네리아입니다. 부디 절 루인이라 불러주십시오."

"목숨을 구해주시고 황성에까지 초대해주신 점, 다시 한 번 감사드려요."

"하하. 초대가 아닙니다. 엄밀히 말하면 이곳은 원래 공주님께서 계시던 성이니까요."

원래 있던 곳이라 하기엔 너무 거대해졌는걸요. 제 성은 결코 이렇게 웅장하지 않았답니다. 세레나가 속으로만 생각했다. 화기애애하게 얘기를 나누며 걷다보니 어느덧 목적지에 도착했다.

황태자가 그녀를 위해 문을 살짝 열어주었다.

"지금 묵고 계신 곳은 제 누님인 안젤리크 황녀의 거처입니다. 여성이 쓰던 곳이라 공주님께서 머무시기 좋을 것 같아 제가 직접 골라드렸지요. 아무쪼록 편히 쉬십시오."

"깊은 배려에 감사드려요. 그런데 저…… 전하, 실례가 되지 않는다면…… 한 가지 부탁을 드려도 될까요?"

세레나는 방에 들어가기 전 줄곧 참아온 얘기를 넌지시 꺼냈다. 실은 아까 일어났을 때 제일 처음으로 하고 싶던 말이었다.

"이미 알고 계시겠지만…… 그동안 저는 북령의 발루아 공작성에서 신세를 졌답니다. 후계자인 유베리안 도련님의 시녀로 있었지요. 이렇게 한 마디 말도 없이 떠나온 것에 다들 얼마나 놀라셨을지 걱정이 됩니다. 괜찮으시다면 공작성에 소식을 좀 전해주시겠어요? 저는 아주 건강히 잘 있다고요."

황태자는 잠시 멈칫하더니 다시 그녀를 향해 밝게 웃어 보였다.

"그렇게 하지요. 그럼 달빛의 공주님, 평안한 밤 보내시길."

손등에 입을 맞춘 그는 조용히 사라졌다.

딸깍, 세레나가 방문을 닫자 어두웠던 방에 갑자기 불이 들어왔다. 아무도 없다 여겼는데, 아직 남아 있는 사람이 있었던 걸까. 방 안을 둘러보자 침실로 연결된 중문 뒤에서 치장을 도왔던 알록달록한 머리의 시녀들이 줄줄이 나오기 시작한다. 꺄, 어떻게 하지 같은 소리를 연발하던 시녀들은 곧 손을 잡고 세레나를 둥글게 에워쌌다. 그리고 한 목소리로 어떤 노래를 부르기 시작했다.

"밤하늘 별 사라지고 불의 장막 드리운 그날.

따라가기엔 너무 먼 길, 작별도 고하지 않고 내일로 사라진 은빛 달.

시간의 쪽배를 타고 은하수를 건너라. 당신이 눈치 채지 못한 미래의 열쇠 찾아.

봄, 여름, 가을, 겨울, 네 개의 계절이 지나면 여신의 일곱 번째 달, 다시 떠오르리."

각기 다른 소리가 하나의 아름다운 하모니가 되어 방 안에 울려 퍼졌다. 반주도 없이 육성으로 부르는 노래는 잔잔한 감동을 주었다. 시처럼 아름다운 가사였지만 무척이나 슬픈 멜로디였다. 이유는 잘 모르겠지만 가만히 듣고 있으려니 어쩐지 눈물이 날 것만 같았다.

세레나가 아련한 감정에 젖어 흐린 얼굴을 했지만, 정작 노래를 부르는 시녀들은 하나같이 함박웃음을 짓고 있었다. 노래가 끝나자마자 그녀들은 앞 다퉈 세레나에게 한마디씩 건넸다.

"이 노래는 저희가 어렸을 때부터 즐겨 부르던 노래예요."

"건국 초기, 전쟁으로 숭고하게 희생된 생명들을 기리며 지어진 노래라고 해요. 아, 물론 저흰 노래의 주인공이 눈앞에 계신 공주님이라고 믿고 있지만요."

"공주님이 계셨기에 지금 저희들이 이 자리에 서 있을 수 있는 거예요."

"제국에 오신 걸 환영해요. 앞으로는 계속 이곳 황궁의 꽃으로 계셔주세요!"

세레나는 멍해졌다. 다시 깨어난 뒤로 언제 이런 환영을 받은 적이 있었나. 반면 '평민 주제에, 검은 머리 시녀 따위가'라는 말을 들은 횟수는 손으로 다 셀 수도 없다. 시녀들의 진심 어린 환영에 낯선 황궁에서 움츠러들었던 그녀의 마음이 조금씩 녹아내렸다.

어디선가 아바마마의 목소리로 수고했다고 말하는 소리가 들리는 것만 같다. 아까 들은 노래의 감동에 더해 세레나의 목이 살짝 메어왔다.

"모두들…… 감사해요. 정말…… 정말로."

"호호, 돌아오시면 깜짝 놀래드릴 생각이었는데 생각보다 늦게 오셔서 당황했어요."

"얼른 침의만 갈아입혀드리고 저희는 물러날게요."

"이쪽으로 오셔요."

그녀들이 장담한 대로 세레나는 순식간에 자리옷으로 갈아입혀졌다. 시녀들은 귀족의 여식들답게 우아하게 밤 인사를 하고 우르르 빠져나갔다.

세레나가 하늘하늘한 자신의 옷을 내려다봤다. 소재를 알 수 없는 새하얀 네글리제는 피부에 닿는 느낌이 솜사탕처럼 폭신하다. 가슴 부분에 수놓인 탐스러운 작약과 레이스는 정교하기 그지없었다.

이번에는 자신의 침실로 주어진 황녀의 방을 둘러보았다. 가장 먼저 눈에 들어오는 건 나뉜 공간마다 천장에 걸려 있는 치렁치렁한 수정 샹들리에였다. 잘못 건드리면 떨어지지 않을까 걱정이 될 정도로 샹들리에에는 붙어 있는 장식이 많았다. 눈이 돌아갈 정도로 화려한 문양의 직물 벽지에 가구나 장식품은 황금을 덧대놓지 않은 것이 없다. 게다가 황가의 여인들을 상징하는 자수정까지 곳곳에 장식된 방은 그야말로 반짝반짝 빛이 나고 있어서 그 장소에 있는 사람들로 하여금 겸손한 마음이 들게 했다.

세레나는 침대의 한쪽 모서리에 살짝 걸터앉았다. 다시 입을 수 있을까 생각했던 하늘거리는 드레스와 편안한 잠자리, 시중을 들어주는 시녀들, 환영해주는 황족 일가……. 아바마마께서 안배해주신 이 모든 상황을 기뻐하며 받아들여야 하는데 어쩐지 마음 한편이 편치 않았다. 이 모든 것이 제 것이 아닌 것만 같아 어색하기만 하다.

'차라리 처음 눈을 뜬 장소가 황궁이었다면 어땠을까.'

힐끗, 보석과 금으로 도배가 된 시계를 들여다봤다. 원래라면 막 목욕을 끝낸 유벨을 위해 잠자리를 정돈해주었을 시간이었다. 자신이 없어도 유벨은 잘 지내고 있을까? 늘 바쁜 공작이 마실 오후의 차는 누가 타주었을까? 절로 한숨이 새어 나온다. 공작에게 모든 이야기를 털어놓으려 했었는데 결국 한 마디도 하지 못한 채 이곳 황성에 와버렸다.

'보고 싶어요, 모두들…….'

몸은 황궁에 있었지만 세레나의 머릿속은 온통 북령의 사람들로 가득했다. 그녀는 이미 '세레나'의 삶에 너무나 익숙해져 있었다.

한편, 제도에 도착한 공작은 곧바로 황성에 알현 요청을 넣고 제도에 위치한 발루아가의 저택에서 연락을 기다렸다. 하루가 지나도록 연락이 오지 않자 공작의 초조함은 극에 달했다. 결국 그는 황성에 직접 찾아가 하루 종일 귀빈 접견실을 점령하고 있었다. 시종장이 제발 이러시지 말라며 사정을 했지만 들은 척도 하지 않았다. 자신을 움직일 수 있는 건 오직 세레나와 그녀를 데려간 황태자뿐이었다.

결국 그날 밤, 달이 높이 떠올랐을 무렵에야 황태자가 느긋하게 얼굴을 비추었다. 하루를 꼬박 기다렸던 사람답지 않게 공작은 다급히 자리에서 일어나 예를 취했다. 성인식을 치른 지 얼마 안 된 이 젊은 황태자는 그 고귀한 신분을 제하고서도 그리 만만하게 대할 수 있는 사람이 아니었다.

황태자는 그날 공작의 집무실에서 보았던 것처럼 조급해하거나 당황하는 모습은 보이지 않았다. 마치 공작을 전혀 의식하지 않는 듯 시녀에게 차를 타도록 지시한 황태자는 그 찻물을 한 모금 목으로 넘긴 후에야 천천히 입을 떼었다. 발루아 공작, 알고 있습니까? 그렇게 시작된 황태자의 말은 단 두 가지의 사실만을 전하고 금방 끝이 났다. 황실에만 비밀스럽게 전해졌던 한 공주의 전설과, 그 전설의 귀환.

"그래서 세레나는…… 그녀는 무사합니까?"

목이 바짝 탄 공작이 갈라진 목소리로 물었다.

"대신관의 치료를 받아 무사히 깨어나셨습니다. 물론 당분간 치료와 요양은 계속 하셔야 할 것이지만."

"……그렇군요."

다행이다. 정말 다행이다. 공작은 그제야 숨이 탁 풀리는 것 같았다. 하마터면 눈앞에서 세레나를 잃는 줄만 알았다. 빼앗기듯 세레나를 보냈지만 한편으로 안심했던 것은, 황태자라면 틀림없이 그녀를 구할 방도를 찾을 것이라 여겼기 때문이었다.

"세레나를 만나게 해주십시오. 무사한 모습을 직접 보고 싶습니다."

"모습을 보고 싶다고요? 하, 당신에게 그럴 자격이 있다고 생각합니까?"

공작의 요청에 황태자가 코웃음을 쳤다. 그 이상할 정도의 적대감에 공작은 당황했다.

"발루아 공작, 당신이 황성에 알현 요청이나 넣고 빈둥대는 사이 나의 수하들이 흉수의 정체를 알아냈습니다."

"흉수의 정체……라고요?"

공작 역시 기사들에게 무슨 수를 써서라도 세레나의 죽음을 사주한 자의 정체를 캐내라는 신신당부를 하고 온 터였다. 누군지만 알아낸다면 가진 모든 힘을 동원해 산산조각 내주리라 마음먹었기에 절로 귀가 솔깃해졌다.

"아드리안 가의 공녀의 사주로 '붉은 달'이 움직였더군요. 그 시기에 북령으로 움직인 살수 집단은 그들밖에 없으니 더 알아보지 않아도 확실하겠죠. 공녀가 공작을 사모해온 것은 사교계에 널리 알려진 사실이고요. 이거야 원, 더 얘기하지 않아도 이야기의 전말이 그려지지 않습니까?"

"그런……!"

공녀가 왜 세레나의 목숨을 노린단 말인가. 공작은 아연함을 감추지 못했다. 설마 자신이 그녀의 청혼을 거절했다는 시답잖은 이유로 애꿎은 이의 생명을 빼앗으려 했다는 말인가. 그 모습을 황태자가 혀를 차며 내려다보았다.

"어쨌거나 당신은…… 문제가 너무 많아요. 귀하신 분을 한낱 시녀로 전락시켜 허드렛일을 시키는가 하면, 처신조차 제대로 하지 못해 공주님을 위험에 빠뜨리기까지 했지요. 그것도 모자라 이제는 허락도 없이 황성에 쳐들어와 그분을 찾다니, 그 염치없는 무도함에 유감을 표하며 북령에서의 근신을 명하는 바입니다."

마치 다른 사람의 이야기라도 하듯 우아하게 비꼬는 황태자에게 공작은 아무 대꾸도 하지 못했다.

황태자는 연극을 하듯 과장스러운 태도로 한마디를 더 보탰다.

"아이쿠, 참. 그러고 보니 전대 공작이 나의 누님인 안젤리크 황녀와 혼인을 하지 않았습니까?"

"……그것이 지금 제가 그녀를 만나려 하는 것과 무슨 관계가 있습니까."

"정말 몰라서 묻는 것은 아니지요?"

"……."

공작은 이번에도 대답을 하지 못했다.

그제야 안심한 황태자는 선심을 쓰는 듯 누그러진 태도로 마지막 '선고'를 내렸다.

"발루아 공작, 그동안 황실에 보여온 깊은 충성심과 전쟁에서 세운 공을 생각해 특별히 황족 모독죄는 묻지 않겠습니다. 돌아가십시오,

그대의 영지로."

세레나를 데리러 갔던 공작은 늦은 밤, 포털을 통해 북령으로 되돌아왔다. 그는 말도 타지 않고 혼자서 터덜터덜 성까지 걸었다. 갑자기 땅에서 솟은 것처럼 연고도 없이 나타났던 그녀. 평민이면서 귀족보다 아름답고 우아했던 그녀. 그랬던 그녀가 사실은 되살아난 구 왕국의 공주란다. 이제 신분을 되찾고 원래의 자리로 되돌아간단다. 그렇게 생각하면 지금까지 가졌던 세레나에 대한 갖은 의문이 모두 풀리는 것 같다.

하지만 그럼 자신은 이제 어떻게 하라는 것인가? 세레나를 통해 부모를 잃은 상실감을 겨우 이겨내던 유벨은 또 어쩌고? 자신들에게 세레나는 단순한 시녀가 아니었다. 아예 몰랐다면 지금까지 그래왔던 것처럼 그대로 살아갔을는지도 모른다. 허나 이미 따뜻한 온기를 알아버린 이상, 그 온기를 놓치고는 살 수 없었다.

공작은 한밤중이 되어서야 겨우 성에 도착했다. 몸도 마음도 지친 그를 유벨이 잠도 자지 않고서 목이 빠지게 기다리고 있었다.

"삼촌, 세레나는요?"

"……유벨."

"약속했잖아요! 삼촌이 데리고 오겠다고 했잖아요!"

유벨이 전에 없이 버럭, 큰 소리를 냈다. 공작은 머리가 지끈거렸다. 이 어린 조카에게 어디서부터 어떻게 설명을 해주어야 할까.

그는 좀 전에 황성에서 나누었던 황태자와의 대화를 떠올렸다. 뼛속까지 황족인 황태자는 빙빙 둘러말했지만 공작인 그가 알아듣지 못할

리 없었다.

세레나가 목숨을 잃을 뻔한 결정적인 원인을 제공한 건 자신이다. 황태자는 그것을 빌미 삼아 결코 그녀를 넘겨주지 않을 것이다. 게다가 그녀가 예전의 신분을 회복해 황실의 일원까지 된다면……. 당대에 이미 황가와 인연을 맺은 바 있는 발루아가는 영영 세레나와 연관될 기회 따윈 가지지 못할 것이다. 포기해라. 황태자의 말은 결국 그런 뜻이었다.

공작은 조카에게 세레나의 부재를 가능한 한 별것 아닌 일처럼 가볍게 얘기하고 싶었다. 잠깐 동안은 아프겠지만 이 또한 금방 지나갈 거라고 말해주고 싶었다. 공작은 유벨을 향해 웃어 보였다. 그러나 마음과 달리 나온 것은 웃는 것도, 우는 것도 아닌 일그러진 표정이었다. 애써 얼굴 근육을 움직여보았지만 그 모습을 보는 유벨의 얼굴은 점점 어두워졌다.

결국 웃음 짓기를 포기한 공작은 팔을 들어 어린 조카를 품에 안았다.

"세레나는 돌아오지 않는다. 그녀는…… 우리가 잡을 수 없는 구름 위의 사람이 되었단다."

다음 날, 눈을 뜬 세레나는 황제의 부름을 받았다. 비공식적이긴 하지만 황제 폐하께서 이틀이나 연속으로 모습을 드러내시는 건 드문 일이라며 시녀들이 호들갑을 떨었다. 빨강, 파랑, 초록…… 현란한 머리의 여인들에게 둘러싸인 세레나가 막 몸단장을 시작하려는 차였다. 문을 열고 들어온 시종이 갑작스러운 손님의 방문을 알렸다.

곧바로 들어온 이는 흰 머리를 곱게 빗어 넘긴 고운 얼굴의 노부인이었다. 드레스 자락을 붙잡고 무릎을 굽히고 있는 부인을 보다가, 자신이 그녀를 기다리게 하고 있다는 사실을 퍼뜩 깨달은 세레나가 얼른 인사말을 건넸다.

"부인에게 아나이스 여신의 은총을. 어떻게 오신 분인지요."

"고귀하신 분께 아나이스 여신의 은혜와 모든 은총을. 저는 이곳, 수정궁의 새 시녀장으로 임명받은 플로렌스라고 합니다. 오랜만에 황성으로 돌아와 귀한 분을 모시게 되어 영광입니다. 성심껏 모시겠습니다."

수정궁? 그러고 보니……. 잠시 갸웃하던 세레나가 납득했다. 자신이 머무는 처소는 작긴 해도 확실히 독립된 구조를 갖고 있었다. 별도의 출입문이 있고, 침실을 제외하고도 수개의 방이 더 존재했다. 다 둘러보진 않았지만 시중을 드는 시중인들의 처소나 부엌까지 마련되어 있는 듯했다. 어젯밤 사용했던 침실 바로 앞으로는 오로지 그녀만을 위해 조성된 작은 정원도 있었다.

"앞으로 잘 부탁드려요, 플로렌스 부인."

"오오, 공주님. 부디 경어는 사용하지 말아주십시오. 공주님의 공대를 받을 수 있는 건 이 제국을 통틀어 오직 황제 폐하와 황태자 전하 정도일 테니까요."

그 말을 들은 시녀들이 뜨끔한 표정으로 시선을 피했다. 플로렌스 부인은 제이드 왕국의 공주였던 황후가 제국에 오면서 데리고 온 심복으로, 황녀와 황태자의 유모이기도 했다. 당대 황족들의 절대적인 총애 속에서 그녀는 오랫동안 황성 최고의 실력자로 군림해왔다. 몸이 좋지 않아 먼 곳으로 휴양을 갔었는데 다시 돌아온 모양이었다.

편한 주인을 모시게 되어 운이 좋다 여겼건만 플로렌스 부인이 상관이라니. 눈에 띄게 침울해진 시녀들을 못 본 척하며 새 시녀장은 침착한 얼굴로 말을 이었다.

“황제 폐하를 뵈러 가신다고 들었습니다만…… 준비가 미진하군요. 시간에 맞추려면 서두르시는 것이 좋겠습니다.”

시녀들의 손길이 말없이 바빠지기 시작했다. 세레나는 꽃잎을 띄운 욕조에서 어젯밤 하지 못한 목욕을 했다. 시녀들이 달라붙어 입안의 혀처럼 알뜰살뜰 시중을 들어주었다. 플로렌스 부인은 시녀들이 준비했던 드레스와 장신구를 보고 혀를 차며 당장 황궁의 시종장에게 요청해 가장 좋은 것들을 내오도록 했다.

시녀들의 도움을 받은 세레나는 코르셋 위에 길고 풍성한 트레인이 달린 보라색 드레스를 입었다. 귀와 팔에는 수정 귀걸이와 팔찌를 찼다. 한 세트인 수정으로 된 목걸이도 있었지만 그녀는 이번에도 그것을 선택하지 않았다. 광택이 있는 구두를 신기고, 은실로 짠 레이스 장갑을 낀 손에 극락조의 깃털이 달린 최고급 부채까지 쥐여주고 나서야 부인은 만족스러운 얼굴을 했다.

세레나는 줄줄이 시녀와 기사들을 단 채 접견실로 향했다. 황제가 어제와 같은 인자한 얼굴을 하고 왕좌에 앉아 있었고, 그 옆으로 황태자가 반듯하게 서 있다가 얼른 그녀를 맞았다.

“어서 오게.”

“공주님.”

세레나를 바라보는 황태자는 어쩐지 무언가에 홀린 듯 몽롱한 표정을 짓고 있었다. 아들이 처음 보는 얼굴로 공주를 대하는 것을 황제가 흐뭇하게 바라보았다. 둘 다 비슷한 나이에 수려한 외모를 갖고 있어 나란히 서자 제법 잘 어울리는 한 쌍처럼 보였다.

"아직 몸이 낫지 않은 공주를 이렇게 다시 부른 것은…… 콜록. 공주의 건강이 염려되어서라네. 콜록, 콜록."

황제의 기침이 잦아들지 않자, 황태자가 대신 말을 받아 이었다.

"워낙 잠드셨던 기간이 길었기 때문에 어떤 후유증이 있을지 모르지 않습니까. 해서 어의와 궁정 마법사를 불렀으니 이 기회에 자세한 진찰을 받아보시죠."

"아, 신경 써주셔서 감사합니다."

세레나가 화색을 띠었다. 안 그래도 마녀라는 누명으로 재판을 받을 때, 신력을 받아들이지도, 거부하지도 않은 자신의 몸 상태가 이상하게 느껴졌었다. 마왕의 마력이 빠져나갔다 여겨지는 지금, 심장의 마법진은 어떻게 되어 있는지도 궁금하다. 다만, 진찰을 받을 줄 미리 알았더라면 코르셋과 치렁치렁한 장신구 따위는 하지 않았을 텐데 하는 생각은 들었다.

먼저, 황족들의 건강을 책임지는 어의가 들어와 세레나의 몸을 꼼꼼하게 진찰했다. 몇 가지 질문을 던지기도 하고 가슴 언저리와 등에 청진기를 대어보기도 하던 주치의는 곧 그녀의 상태가 지극히 정상이라는 진단을 내렸다.

뒤이어 나타난 사람은 뜻밖에 흰 수염을 배꼽까지 기르고 지팡이를 짊은 노마법사였다. 얼굴에 주름이 자글자글한 마법사는 깨끗한 흰 로브를 차려입고 정중히 인사를 건넸다.

"이분이 바로 요 며칠 황궁을 떠들썩하게 한 은빛의 공주님이시군요. 라이오넬 드 체르노프라 합니다."

노마법사는 마법사답게 세레나의 심장에 새겨진 마법진에 큰 관심을 보였다.

"으음, 이것은……! 지금은 잊힌 강력한 고대 마법이로군요. 서로 연동이 되는 아홉 개의 봉인진을 차곡차곡 겹쳐 마치 피뢰침과 같은 역할을 하도록 했어요. 그래서 마왕에게서 방출되는 힘을 흡수해 안전하게 가둬둘 수도 있었겠지요. 허허…… 대단합니다. 요즘 같은 안전제일주의 시대에는 이런 마법은 알아도 감히 실행할 엄두를 내지 못하지요. 그것도 사람의 몸에다가는…… 큼, 험."

혼잣말처럼 중얼거리던 노마법사는 순간, 자신의 실수를 눈치 챈 듯 머쓱해했다. 그리고 다시 끓어오르려는 호기심을 뒤로하며 눈을 감고 몸의 상태를 파악하는 데 집중했다. 노마법사가 다시 눈을 떴을 때, 그의 표정은 못내 혼란스러워 보였다.

"이상하군요. 마법진에 남겨진 약간의 흔적을 제외하고는, 공주님의 몸에서 마력의 흐름을 전혀 감지할 수가 없습니다."

"무슨 뜻입니까? 공주님의 몸에 무슨 문제라도 있단 말인가요? 좀 더 자세히 설명해주시오."

"두 가지의 경우를 생각할 수 있습니다. 처음부터 아예 마력이 존재하지 않았거나, 아니면…… 대마법사인 노구보다 마력의 보유량이 많은 경우지요. 공주님이라면 아마도…… 하지만 확실치도 않은 노릇이니 이를 어쩐다? 흠…… 이렇게 하지요."

혼잣말을 중얼대던 노마법사는 허리춤에 손을 넣어 주섬주섬 무언가를 꺼냈다. 꽉 쥐었다 펼친 손바닥 위에는 검고 작은 콩이 한 알 놓여 있었다. 세레나가 콩알을 내려다보자 그는 자랑스러운 얼굴로 설명했다.

"이것은 마력을 양분으로 삼아 자라는 씨앗입니다. 보유한 마력의 양과 질을 육안으로 파악할 수 있도록 해줍니다. 바로 제가 연구를 통해 직접 개발한 놈이지요."

노마법사가 세레나에게 정중하게 요청했다.

"잠시만 손을 빌려주시겠습니까?"

세레나가 얼떨결에 손을 내밀었다. 순간, 따끔한 느낌이 퍼지면서 새끼손가락 끝에서 붉은 피가 한 방울 새어 나왔다. 노마법사는 그것을 놓치지 않고 씨앗에 갖다대었다.

톡. 톡. 핏방울이 묻은 씨앗에서 싹이 튀어나왔다. 연두색 새싹은 쑥쑥 자라 이내 무성한 초록 이파리가 되었고, 가지 끝에는 꽃망울이 맺혀 피처럼 붉은 꽃이 피었다. 세레나를 포함한 황족 세 사람은 그 기괴한 현상에 놀라 말을 잃었다. 침묵이 내린 실내에 노마법사의 흥분한 목소리만이 울려 퍼졌다.

"보십시오, 이 경이로운 성장 속도를! 심지어 꽃의 색은 강한 생명력을 상징하는 붉은색입니다. 제 예상이 맞았습니다. 지금 공주님은…… 그야말로 살아 있는 마력 공급원입니다. 마법진을 통해 정제된 순수하고 어마어마한 마력이 몸속에 잠자고 있죠. 사실, 마력을 사용하지 않고 고여 있게만 두는 것은 좋지 않은데 말이에요. 좀 아깝기도 하고

요."

"라이오넬 님, 지금 무얼 하는 겁니까?"

정신을 차린 황태자가 기함을 했다.

"감히 황족의 몸에 상처를 내다니! 그것도 황제 폐하께서 보고 계신 앞에서 무엄하게!"

"죄송합니다. 저도 확신이 들지 않아서……. 그래도 무엇보다 확실한 방법으로 몸 상태를 검증하지 않았습니까."

노마법사는 억울함을 호소했으나 황태자는 그의 사정을 봐주지 않았다. 쏟아지는 책망의 눈빛에 어깨를 축 늘어뜨린 노마법사는 공주에게 사과를 했다.

"제가 큰 결례를 범했군요. 무례를 용서하십시오."

"괜찮습니다."

"공주님의 몸은 지극히 정상입니다. 모르긴 해도 잠재된 마력을 활용하면 남들보다 훨씬 건강하게 장수하실 걸로 사료됩니다. 뿐만 아니라 장차 저 이상의 마법사가 될 수 있는 무궁한 잠재력이…… 아닙니다. 다들 기분이 언짢으신 것 같으니 여기까지 하지요."

다시 따가워지려는 시선에 마법사는 입을 다물고 꾸벅 인사를 했다. 몇 발자국 걷다가 다시 휙 뒤를 돌아본 그는 아쉬움에 기어코 한마디를 더 보탰다.

"공주님? 시간이 되신다면 언제고 황성 근처의 제 연구실로 오십시오. 오늘의 실례를 사과도 드릴 겸 마력의 사용 방법을 가르쳐드리겠습니다."

"덧없는 소리 그만하고 돌아가십시오. 오늘 당신께는 실망을 금치 못하겠습니다."

모처럼 입성했던 궁정 마법사는 결국 책망만 잔뜩 듣고 사라졌다. 마법사가 완전히 모습을 감출 때까지 한 마디도 입 밖에 내지 않던 황제는 그제야 짧게 혀를 찼다.

"마법사라는 자들은 하나같이 어딘가 이상한 데가 있어서 말이야. 저래 봬도 제국에 하나뿐인 대마법사라서 자를 수도 없다네. 괜찮은가?"

"그럼요. 고작 피 한 방울뿐인걸요."

"고작 한 방울이라니. 순수한 황가의 혈통보다 귀한 것이 어디 있단 말이야."

"자, 자, 기분도 전환할 겸, 점심을 들러 가시죠. 만약 몸이 괜찮으시다면 식사를 마친 뒤, 제가 직접 제도를 구경시켜드리겠습니다."

세 사람은 황제가 비공식적인 식사를 할 때 사용하는 식당으로 자리를 옮겼다. 식당은 크지 않았지만 그래서 더 섬세한 아름다움이 느껴졌다. 붉은빛을 띤 장미목 식탁에 의자는 등받이가 높고 푹신했고, 벽면은 금과 상아, 동물의 박제 등으로 장식되어 있었다. 전면에 난 유리창으로는 분수대가 있는 황궁의 정원이 한눈에 내려다보였다. 황제를 사이에 두고 앉아 이야기를 나누고 있으려니 식전 음료가 나오며 본격적인 식사가 시작됐다.

점심 식사는 세레나의 입맛에 딱 맞았다. 순서와 규범에 맞춰 나오는 적당한 양의 식사는 보기도 좋고 맛도 훌륭했다. 자신에게 친절했던 헬렌에게는 미안하지만 북령의 것보다 훨씬 나을 정도였다. 음식을 남기지 않고 맛있게 먹는 그녀의 모습을 황태자가 흐뭇하게 지켜보았다.

유리잔에 담겨 나온 셔벗을 맛보는 것을 마지막으로 자리에서 일어난 황태자와 세레나는 기사들의 호위를 받으며 밖으로 나갔다. 제국의 문장이 새겨진 황금 마차가 그들을 기다리고 있었다. 번쩍거리는 마차 앞에는 여섯 필의 눈처럼 흰 백마가 늠름하게 서 있다.

그 위용에 놀란 세레나가 무심결에 물었다.

"저희가…… 이 마차를 타고 가나요?"

"원래는 보다 제대로 된 것이 있지만, 안의 모습을 보이지 않고도 창밖을 구경할 수 있도록 마법이 걸려 있는 마차는 이것뿐이군요. 양해해주시겠습니까. 건국 기념일에는 반드시 원래의 것을 탑승하실 수 있도록 준비해두겠습니다."

그녀의 질문을 어떻게 이해했는지 황태자가 송구하다는 듯 말했다. 세레나는 당황했다. 이해해달라니. 자신은 다만, 이렇게 어마어마한 마차를 타고 제대로 된 거리 구경을 할 수는 있을까 싶어 물어본 것뿐이었다. 보다 제대로 된 것은 도대체 어떻기에 이런 말을 하는지 문득 궁금해졌다.

제도의 예전 이름은 엘베른의 왕도인 브레멘이었다. 과연 브레멘은 얼마나, 어떻게 달라졌을까. 자신이 마지막으로 기억하는 그곳은 전쟁의 불길함에 휩싸여 혼란스럽기 그지없었지만, 평화로웠던 300년 동안 분명 많은 것이 달라졌을 것이다.

세레나는 설레는 마음으로 마차에 올라탔다.

두 사람을 태운 마차가 움직이기 시작했다. 마차는 한참을 달린 후에도 성문을 지나지 못했다. 안전을 위해 앞뒤로 작은 마차가 따라붙고 양옆으로 말을 탄 기사들이 경호를 해 빠른 속도를 낼 수 없기 때문이다.

'꼭 이렇게까지 해야 하나.'

세레나는 순간 답답한 마음이 들었다. 이렇게 거한 행렬을 꾸리기보다 변장을 하고 잠깐 거리를 돌아다니는 편이 보다 제대로 된 제도의 모습을 볼 수 있을 터였다. 물론, 황태자의 입장상 그것은 어려운 일이고, 지금 그가 얼마나 마음을 써주고 있는지는 잘 알고 있다. 공작만 해도 영지의 관리로 늘 일에 치여 매일을 보내지 않나. 제국의 황태자라면 그보다 더하면 더했지 덜하진 않을 텐데, 이렇게 오롯이 자신을 위해 시간을 내주고 있는 것이다. 그 마음 씀씀이만으로도 고마워해야 할 일이었다.

세레나는 잠시나마 이기적인 마음을 가졌던 자신을 자책하며 창가로 시선을 옮겼다. 성문을 지나자 귀족들이 거주하는 고급 주택가가 이어졌다. 아마 발루아 공작가 역시 이 근처쯤에 별도의 저택을 갖고 있을 것이다. 담장 뒤로 보이는 으리으리한 건물들을 바라보던 세레나가 자신도 모르게 입을 열었다.

"전하, 북령에서는 아직 연락이 오지 않았나요?"

"하하, 마음이 급하신 모양이군요. 오늘 아침 막 북령으로 소식을 전달한 참입니다만."

"아…… 그랬군요. 저에게는 소중한 사람들이다 보니 아무래도 마음이 쓰여서요."

"안심하세요. 연락이 오는 대로 제일 먼저 알려드릴 터이니."

전한 적도 없는 소식에 답장이 온다면 말이죠. 온화한 표정의 황태자가 속으로 냉소를 띠었다.

지난 300년간 황실과 북령의 주인의 관계는 늘 아슬아슬한 줄타기였다. 영토보다도 큰 몇 개의 국가를 통합했기 때문에 제국은 늘 송곳처럼 튀어나오려는 제후들을 누르기 위해 황권 강화에 온 힘을 쏟아왔다. 통합된 국가들 중 특히 강대했던 몇몇 왕가에는 공작위를 내리고 영지의 자치권을 인정해주었다.

그중 너무 멀리 떨어져 피차 손을 놓다시피 한 동령과 서령은 제쳐놓고, 수도에서 멀지 않은 곳에 영지가 있으며, 산맥의 마물을 퇴치한다는 이유로 대륙에서 둘째가라면 서러운 강한 기사단을 키워낸 북령의 발루아 가문은 늘 황가를 위협하는 골칫거리였다.

황녀인 누님이 전대 공작에게 시집을 간 탓에 자신의 조카이자 발루아가의 후계자인 유베리안은 유난히 진한 황족의 특징에 유력한 황위 계승권까지 갖고 있었다. 정통 황실의 피를 이은 공주와 황위 계승권자 유베리안, 거기에 군사력을 가진 공작의 조합은 결코 바람직하지 않다. 특히 공작과 세레나 두 사람은 아예 영원히 서로 가까이하지조차 않는 편이 좋을 것이다.

아무것도 모르는 세레나는 낙담했다. 사실, 할 수만 있다면 달라진 자신의 모습을 공작과 유벨에게 하루빨리 보여주고 싶었다. 낡은 하녀복 차림으로 유벨의 뒤에서 고개만 숙이던 시녀가 아닌, 드레스를 입고 자개 부채를 든 당당한 황가의 여인의 모습을 말이다. 만일 반지의 비밀을 풀고 정식으로 황실의 일원으로 인정받는다면, 자신은 이제 아무 거리낌 없이 공작의 옆에 나란히 설 수도 있을 터이다.

황태자의 속도 모른 채 그녀는 장밋빛 꿈에 부풀었다.

창밖으로는 이제 조금씩 보통의 제도인들이 사는 거리가 나오기 시작했다. 제도의 길은 모두 자로 잰 듯 반듯했다. 바닥은 하얀 돌로 포장되어 있었는데, 상질의 돌을 반질반질하게 다듬어놓은 탓에 마차는 흔들림도 거의 느껴지지 않을 정도였다. 선명한 색의 간판들과 깨끗한 거리를 기분 좋게 바라보던 세레나가 그 속에서 이상한 점을 하나 발견했다.

거리는 아름다웠지만 한편으로 지나치게 조용했다. 마치 시간이 멈추어 모든 것이 정지해버린 것처럼. 그녀는 스치듯 지나치는 풍경을 좀 더 주의를 기울여서 보았다. 마차들은 모두 대로변에 세워져 있고, 시민들은 하나같이 무릎을 꿇거나 고개를 숙이고 있었다. 지금은 가장 사람들이 몰릴 오후 시간이다. 예고도 없이 나온 단 두 사람을 위해 상업과 경제 활동의 중심이 되는 대로를 모두 비우고 있단 말인가.

"저…… 전하? 공식 행차도 아닌데 이렇게 길까지 막고 통제할 필요가 있을까요?"

그녀의 물음에 황태자가 아무렇지 않게 답했다.

"황실의 마차가 지나가야 하니 당연한 것 아닙니까? 설마 이 마차가 다른 누군가의 마차와 나란히 달려야 한다고 말씀하시는 건 아니겠죠?"

'……내가 왕족으로서의 감이 너무 떨어졌나. 하긴, 과거에는 행인들의 '통행을 방해한다.'는 인식조차 가져본 적이 없으니.'

세레나는 과거의 기억을 돌이켜보며 상황을 이해하려 애를 써보았지만, 아무래도 쉽게 납득이 되지 않았다. 어차피 이 상태로라면 원하던 구경은 할 수 없었다. 자신이 정말 하고 싶은 것은 옛 흔적이 남아 있는 오래된 골목길을 따라 걷거나 마음에 드는 가게 따위에 들어가보는 것 같은, 작고도 사소한 일들이었으니. 그녀는 얼른 말을 돌렸다.

"거리 구경은 이제 어느 정도 한 것 같아요. 괜찮으시다면 이번엔 나무와 숲이 우거진 푸른 풍경을 보러 가고 싶은데요."

"푸른 풍경이라면……. 아시다시피 제도의 경계 안에 산이나 숲은 없습니다. 치안을 위해 시야를 가리거나 적들이 몸을 숨길 수 있는 곳은 모두 밀어 없앴지요. 강을 따라 조성된 공원이 있긴 합니다만, 그보다는 황궁의 정원을 보시는 편이 훨씬 볼 만할 겁니다."

나오자마자 돌아가야 하나. 그래도 그편이 불편한 마음으로 마차를 달리게 하는 것보다는 나을 것 같다. 세레나가 얼른 고개를 끄덕이자, 마차가 천천히 돌아 다시 반대 방향을 향해 달리기 시작했다.

마차를 타고 가는 내내 세레나는 생각에 잠겼다. 대륙의 북쪽 끝 그란데 산맥에서 쓰러져놓고 자신은 느닷없이 제도의 황궁에 와 있었다. 공작에게 모든 걸 말하겠다며 호언장담까지 해놓고서는 말이다. 심지어 카이로스, 그의 이름을 불러주겠다는 약속까지 했었는데. 기쁨에 차 반짝였던 그의 푸른 눈동자가 떠오르자, 세레나는 급격하게 우울해졌다.

'모습을 감춘 마왕은 확실히 고향으로 돌아간 거겠지?'

고양이 마왕과는 언젠가 함께 동령으로 떠나자는 약속을 했었는데……. 그 약속은 아주 오랜 시간이 흐른 뒤에나 이루어질 듯하다. 그의 힘을 빌려야 할 정도로 간절히 이루고 싶은 소원은 좀처럼 생길 것 같지 않으니.

황궁의 정원은 드넓었지만 발이 아플 걱정은 조금도 하지 않아도 됐다. 하인들이 드는 이동용 가마에 탔기 때문이었다. 차양이 있어 햇볕을 쬘 일도 없었다. 가마 뒤로 줄줄이 따르는 기사와 시중인들을 이끌고 황태자는 정원 이곳저곳을 친절히 안내해주었다.

남국에서 옮겨 심어놓은 이국적인 나무들, 계절과 관계없이 활짝 핀 탐스러운 장미와 이름 모를 꽃들……. 완벽하게 다듬어진 정원의 모습에 웬일인지 세레나의 숨이 턱턱 막혀왔다. 북령의 정원도 거대하기는 마찬가지였지만, 그곳에는 좀 더 자연스러운 아름다움이 있었다. 가만히 정원을 거닐면 계절을 대표하는 꽃의 선연한 빛깔과 향기가 바람결을 타고 흘러들었다. 언제라도 계절과 시간의 흐름을 손에 잡힐 듯 가깝게 느낄 수 있었다.

'……아이 참, 왜 자꾸 이런 생각을 하는 거람. 정말 북령에서의 생활에 너무 익숙해져서 그런가.'

황제와 황태자는 지금 그들이 해줄 수 있는 배려를 모다 베풀어주고 있었다. 이상한 것은 자신이다. 눈치 빠른 황태자는 세레나의 기분이 가라앉은 것을 눈치 채고 얼른 가마를 멈췄다.

"많이 피곤하시죠? 이만 돌아가시는 것이 좋겠습니다. 마침 가는 길목에 보여드리고 싶은 것도 있고요."

황태자가 마지막으로 데리고 간 곳은 황궁 깊숙한 곳의 어느 회랑이었다. 창이 나 있지 않아 오로지 드문드문 놓인 등으로 불을 밝힌 회랑은 몹시 어두웠다. 끝이 보이지 않는 긴 복도를 따라 무수히 많은 황금

액자가 크기를 달리한 채 걸려 있었다.

"이곳은 '사계의 회랑'이라는 장소입니다. 여기에는 사계절을 배경으로 그려진 역대 황제와 직계 황족들의 초상화가 걸려 있지요. 지금 보시는 액자들은 가장 최근의 것이니 반대편 끝까지 둘러보시다 보면 아마…… 익숙한 얼굴을 발견하실 수도 있을 겁니다."

황태자는 의미심장한 웃음을 지으며 세레나를 에스코트했다. 세레나는 좌우에 걸린 초상화들을 둘러보며 천천히 걸음을 옮겼다. 초상화의 대부분은 꼭 찍어낸 것처럼 금발과 녹안을 한 인물들이 그려져 있었다. 그 모습을 보고 있자니 어쩐지 가슴이 조금씩 벅차올랐다. 아바마마를 시작으로 만들어진 황가가 이렇게나 많은 후손들에 의해 새로운 역사를 만들어온 것이다. '그날', 만약 어디론가 도망쳤거나 끝까지 책임을 회피했다면 제국에 오늘의 영광은 없었으리라.

회랑의 끝이 점차 가까워질수록 그녀의 가슴은 더욱 크게 뛰어왔다. 예상했던 대로, 제일 마지막에 걸려 있는 가장 큰 액자는 바로 아바마마의 초상화였다. 드물게도 왕관을 쓰는 대신 갑옷 차림에 말을 탄 모습으로 그려진 아바마마는 금방이라도 벽을 뚫고 나올 듯 생동감이 넘쳤다. 양옆에는 꽃과 나비와 함께 그려진 두 언니도 보였다. 그리운 얼굴들에서 세레나는 오랫동안 눈을 떼지 못했다.

"공주님, 자신의 초상화는 보시지 않는 겁니까? 위를 보십시오."

황태자의 목소리에 고개를 들었다. 그 급박한 상황에서 어떻게 보고 그린 것일까. 마법진에 오르기 전 입었던 흰 드레스 차림의 자신이 그려져 있었다. 다른 이에게는 어떻게 비칠지 모르겠지만 그녀의 눈에는 그림 속 자신이 죽음을 예감한 슬픈 얼굴로 보였다. 여타의 초상화와는 달리 깜깜한 밤을 배경으로 하고 있어 더더욱 그렇게 느껴지는지 모른다.

"처음…… 공주님의 초상화를 처음 보았을 때의 감동을 잊지 못합니다. 회랑의 가장 높은 곳에 걸려 있는 초상화는 꼭 하늘에 떠 있는 은빛 달처럼 자애롭게 후손들을 내려다보는 것 같았지요. 그림으로 그려진 당신의 모습이 너무 아름다워 어릴 때 곧잘 수업을 빠지고 회랑에 와 초상화를 보고 가곤 했답니다."

묵묵히 그 말을 듣고 있던 세레나는 문득, 시녀들이 불러줬던 노래의 가사를 떠올렸다.

봄, 여름, 가을, 겨울, 네 개의 계절이 지나면
여신의 일곱 번째 달, 다시 떠오르리.

고대 신앙에서 밤의 여신 카밀라가 관장하는 달은 총 일곱 개다. 시간의 흐름에 따라 모습을 바꾸는 첫 번째 달의 이름은 옐. 그다음은 루나티오, 셉트, 디에스, 호라, 미네타의 순. 그리고 마지막 일곱 번째 달은…….

세레나가 천천히 뒤로 돌아섰다. 그리고 황태자를 바라보며 입을 열었다.

"전하, 반지에 걸린 마법의 시동어가 무엇인지…… 알 것 같습니다."

세레나는 대전, 황제의 앞에 서 있었다. 황제는 그 짧은 사이에 황궁에 남아 있는 대신들을 모두 대전으로 불러 모았다. 마치 묘기를 선보이는 원숭이가 된 기분이었지만, 사람들을 납득시키는 데 이러한 퍼포먼스도 필요하다는 황제의 말을 그녀는 거절할 수 없었다. 황제가 끼고 있던 반지를 받아 든 세레나가 자신의 것과 나란히 겹쳤다. 자석을 붙여놓은 듯 딱 끼워 맞춰진 한 쌍의 반지를 가만히 들여다보던 세레나는 조심스럽게 마음속의 단어를 꺼내놓았다.

"……세레나."

카밀라의 마지막 달의 이름은 바로 세레나. 평민으로 살기 위해 이름처럼 사용하긴 했지만, 그전엔 세상에서 오직 아바마마와 두 언니만 부를 수 있었던 자신의 애칭이기도 했다. 검게 칠해져 천장 가까이 걸려 있는 초상화를 보고 달을 연상하는 건 그리 어려운 일은 아니었다.

다행히 그 단어가 정답이었던 것 같다. 그녀의 말이 떨어지기 무섭게 한 쌍의 반지에서 하얀 연기가 뭉게뭉게 흘러나왔다. 연기는 서로 뭉쳐 덩어리가 되더니 곧 한 사람의 형상을 이뤘다. 연기 속에서 나타난 사람은 다름 아닌 초대 황제 엘베른 8세였다. 아마 당시에 긴박하게 모습을 담았던 듯, 그는 이마에 상처가 나 있고 깨끗이 닦지 않은 피투성이 갑옷 차림이었다.

– 세레나, 만약 네가 이 영상을 보고 있다면, 그때는…… 아마 오랜 시간이 흘러 낯선 곳에서 눈을 뜬 뒤일 것이다. 지혜로운 너라면 반지에 걸린 주문 따위는 금방 알아차렸겠지? 사실…… 그러길 바라는 것은 짐의 욕심이다. 사라져버린 네가 언제고 그 모습 그대로 다시 나타날 거라고, 짐은 그리 믿고 싶을 뿐이구나.

평온한 어조로 말을 시작했던 황제는 붉어진 얼굴로 한참을 말을 잇지 못했다. 그 모습을 보고 있으려니 세레나의 가슴 깊은 곳에서 뜨거운 것이 울컥 치밀어 올랐다.

– 처음 신탁이 내려왔을 때에는 그야말로 하늘이 무너지는 것 같은 기분이었단다. 어떻게든 너를 살리기 위해 백방으로 알아보았지만 끝내 이런 방법을 택하게 되어 미안할 따름이다. 짐은 검은 숲의 현자의 힘을 빌렸다. 그의 지혜는 분명 주어진 운명을 비틀어주었지만, 그것이 너의 행복을 보장해줄 수는 없겠지……. 짐을 용서치 말거라. 짐은 딸을 팔고 왕관보다 눈부신 영광을 대신 얻어낸 죄인이란다.

그때 어디서 환호성과 휘파람 소리가 시끄럽게 들려왔다. 황제는 창밖을 내다보는 듯 잠시 고개를 돌렸다 입꼬리를 살짝 올려 보였다.

– 세상을 구한 공주의 이야기로 지금 이곳은 한창 떠들썩하구나. 하지만 아비는…… 네가 한때의 전설로 남기보다는, 새로운 시대의 주인공이 되어 원하는 삶을 살기를 바란다. 네가 눈을 뜬 세상이 어떤 곳일지는 잘 모르겠다. 그러나 그곳이 지금보다 아름답고 평화로울 수 있도록, 아비는 최선을 다할 것이다. 아가. 너는 내 생에서 가장 귀한 보물이었단다. ……사랑한다.

아바마마의 모습이 사라지고 다시 하얀 연기가 될 때까지 세레나는 눈도 깜박이지 않고 바라보았다. 아바마마의 모습 한 조각, 말 한 마디 모두 가슴에 새겨 넣었다. 가슴이 아렸다. 숨도 제대로 쉬지 못할 만큼 아파왔다. 눈물이 소리도 없이 흘러 드레스 자락을 적셨다.

산 제물이 되었다는 얘길 들었을 때 왜 자신인들 하늘이 무너지지 않았을까. 다른 누구보다 원망스러웠던 사람은 아바마마였다. 한 치의 망설임 없이 딸을 죽음으로 몰아넣는 매정한 육친에게 배신감으로 치를 떨었다. 잠들지 못했던 많은 밤, 그리움과 두려움 사이에는 늘 서러움이라는 감정이 존재했다. 이제야 알 것 같다. 그 와중에도 아바마마는 자신을 살리기 위한 방법을 찾고 있었던 것을. 떠난 사람보다 남은 사람의 슬픔이 더 클 수 있다는 것도.

세레나는 하늘에서 자신을 보고 있을 아바마마에게 마음속으로 답했다.

당신이 만드신 나라는 아주 아름답고, 또 평화롭습니다. 당신을 꼭 닮은 황제가 다스리는 이곳에서 국민들은 풍요로운 생활을 영위하지요. 그리고 저는…… 사랑하는 사람을 만났어요. 그 사람은 있는 그대로의 저를 받아들여주는 아주 좋은 사람이랍니다. 아바마마, 그러니 이제 아무 걱정 말고…… 편히 쉬세요.

뜨겁게 오열하는 공주의 뒷모습을 황제와 황태자가 묵묵히 지켜보았다. 반지에 걸려 있던 것은 일회성 영상 재생 마법이었다. 눈이 번쩍 뜨일 만한 기적을 기대했건만, 거기에는 한 아버지의 딸을 향한 절절한 사랑만이 있었다. 공주에게서 눈을 떼지 못하는 황태자를 황제가 힐끗 보고는, 은근슬쩍 질문했다.

"플로렌스를 공주에게 보냈다 들었다만."

플로렌스 부인은 지척에서 황후를 모셨고, 황후가 세상을 뜬 뒤로는 황녀의 곁에서 그녀를 돌봤다. 부인은 늘 황궁에서 가장 귀한 여인의 곁에 있었고 언제부턴가 퍼진, 플로렌스 부인을 얻는 여인이 황궁의 실권을 가진다는 소문과 함께 하나의 상징적 존재가 되었다. 그 의미를 황궁에서 나고 자란 황태자가 모를리 없을 텐데.

공주가 나타난 뒤로는 계속 평상시답지 않은 행동을 계속 하는 아들을 황제가 의미심장한 웃음을 지으며 바라봤다. 그 묘한 뉘앙스에 황태자가 발끈했다.

"왜요, 그러면 안 됩니까?"

"누가 그렇게 물었다던? 황태자는 아직도 어린 티를 벗지 못했구나. 허허허……."

너털웃음을 짓던 황제가 갑자기 웃음을 뚝 멈췄다.

"짐은 반대하지 않는다."

초대 황제는 아들이 없었다. 그래서 조카를 양자로 삼아 황위를 이양했다. 황제가 나라를 연 시조의 직계 혈통이 아니라는 점은 언제나 제후들에게 물어뜯길 수 있는 하나의 약점이 되었다. 정통성을 가진 순수 혈통의 공주와 황태자의 혼인은 옅어진 황족의 피를 새로 채우고, 황실의 권위를 공고히 세우는 데 큰 의미가 있다.

"그게 아니라, 반대하실 수 없는 거겠죠."

내뱉듯이 말을 던진 황태자가 공주에게 다가가는 것을 황제가 흐뭇하게 바라봤다. 버릇없는 아들의 말에도 썩 기분이 나쁘지 않다. 아들 녀석은 더 볼 것도 없는 것 같고, 왕족으로 살아온 공주 역시 조금 있으면 황후가 되어 제국의 미래를 함께 나누어 짊어지는 것이 당연하다 여길 것이다.

모든 게 완벽했다. 이런 타이밍에 공주가 돌아온 것은 마치 여신의 안배와도 같이 느껴질 정도다. 여신의 신탁에서도 그리 말하지 않았나. 공주를 찾아내는 자, '영광의 궁전'에서 살 것이라고.

황제는 만족스러운 웃음을 지었다.

처소로 돌아가는 길은 황태자가 에스코트를 해주었다. 시녀와 호위기사가 있었지만 그는 직접 검을 차고 문 앞까지 데려다주었다. 인사를 나누기 전, 황태자는 흐트러진 세레나의 머리칼을 직접 세심하게 정돈해주었다.

"울지 마세요. 이제는 곁에 제가 있지 않습니까? ……물론, 폐하도 계시고요. 앞으로는 계속 행복한 일들만 있을 겁니다."

"후후…… 감사해요. 슬퍼서 운 것은 아니랍니다. 마음이 뜨거워져 나오는 눈물도 있더군요."

"공주님, 아쉽지만 내일은 정무로 바빠 찾아뵙지 못할 것 같습니다. 제가 없어도 플로렌스가 잘 챙겨드릴 겁니다. 아, 그녀는 저의 유모랍니다. 필요한 것이 있으시면 언제든 그녀를 통해 말씀하십시오."

"그리하겠습니다."

"그럼 편히 쉬십시오."

세레나의 손등에 정중히 입을 맞춘 황태자가 기사들을 달고 사라졌다.

"세상에, 꽃처럼 곱던 얼굴이 이게 뭡니까!"

돌아온 주인의 엉망이 된 얼굴을 보고 플로렌스 부인이 정색을 했다. 세레나는 곧 시녀들에 의해 발가벗겨져 부드러운 거품이 가득한 욕조에 풍덩 몸을 담갔다.

따뜻한 물에 피로가 사르르 녹는 것을 느끼며 그녀는 정신없이 몰아치던 오늘 하루를 되새겨봤다. 몸 상태를 진찰받다 궁정 마법사에게서 마력에 대한 힌트를 얻었고, 제도와 황궁의 구경도 했다. 마지막에는 반지를 통해 마음속 응어리마저 풀어주는 놀랄 만한 만남까지 가졌다.

'나는 참…… 복이 많은 사람이야.'

여기까지 오는 데 정말 많은 사람들의 도움이 있었다. 이유야 어쨌든 자신을 돌봐주고 공작성까지 보내준 바네사와 레니, 로안느와 사라, 유벨, 공작, 그리고 사라진 마왕까지. 또, 느닷없이 나타난 자신을 배척하지 않고 선뜻 받아들여준 황제와 황태자에게도 고마웠다. 세레나에게 있어 두 황족은 잃어버린 가족을 떠오르게 하는 포근한 존재였다.

그래서 그녀는 황태자가 뜨거운 눈길로 연신 자신을 좇는 것을 조금도 눈치 채지 못했다.

깊은 밤, 공작의 호위 기사 유스포프와 유벨의 호위 기사 비토리오는 기사들의 말을 모아둔 마구간에서 은밀한 만남을 가졌다.

"제대로 확인했나?"

"잠이 드신 것까지 확인하고 왔습니다. 이곳으로 오는 동안 따르는 인기척도 없었고요."

"좋아."

"근데 왜 하필 마구간입니까? 크…… 냄새 때문에 제가 먼저 쓰러지겠습니다."

"바로 그렇기 때문이지. 이 야심한 시각, 말똥 냄새를 맡으며 기사 둘이 회합을 가질 줄 누가 상상이나 하겠어?"

"그야 그럴 수밖에요."

두 사람은 기사 체면에도 불구하고 짚이 깔린 바닥에 철퍼덕 주저앉았다. 먼저 입을 연 건 유스포프였다. 그는 콧수염을 길게 기른 중년의 기사로 남부 전쟁 때부터 공작을 모셨던 심복이었다.

"그쪽 먼저 말해보게. 상황이 좀 어떤가?"

"말도 마십시오. 그녀가 있는 동안엔 아무것도 모르는 귀여운 소년인 척하더니 곧바로 본색을 드러냈습니다. 하루에 식사를 몇 번 다시 내오는지 아세요? 그녀가 끓인 차가 아니면 마시지 않겠다며 거부하는 통에 로안느 님도 두 손 두 발 다 들었지요. 말도 안 되는 질문을 던져서 가정교사들을 물 먹이는 건 또 어떻고요. 이번에 새로 들인 이가 잘리면 이제는 다른 지방까지 가서 모셔 와야 할 형편입니다. 그나마 유일하게 열심인 건 검술 수업뿐이네요. 대체 누굴 해치우고 싶은 건지……. 유스포프 경은 좋겠습니다. 각하께선 뭐 그리 달라진 점도 없잖습니까."

"글쎄……."

이 녀석에게 얘기해도 되나, 유스포프는 잠시 망설였다. 주군의 곁에서 늘 함께하는 호위 기사는 본의 아니게 주군의 비밀을 많이 알게 된다. 당연하지만 그 이야기는 자신의 부인에게조차 할 수 없는 기밀이다. 해서 가끔 참았던 입이 근질근질하다 못해 가슴이 답답해올 정도가 되면, 두 사람은 이렇게 한 번씩 만나 회포를 풀곤 했다.

"다른 사람들에겐 말하지 말게. 각하께선…… 요즘 밤에 통 주무시질 않는다네."

"예? 잠을 안 잔다고요? 사람이 어떻게 그럴 수 있습니까?"

"새벽 동이 틀 무렵에 잠깐씩 눈을 붙이시는 것 같긴 한데…… 그걸 잠이라고 할 수 있을지는 모르겠어."

유스포프는 어두운 얼굴로 고개를 저었다. 그 말을 들은 비토리오가 답답함에 가슴을 쳤다.

"어휴, 답답이. 그분이 사실 얼굴만 매끈하시지 저희와 같은 검치 아닙니까. 여자의 마음에 너무 깜깜하셨어요. 그래서 결론이 뭐랍니까? 그녀를 황태자 전하의 애첩으로 홀랑 빼앗긴 겁니까?"

"모르지, 입을 꾹 다물고 계시니. 공식적인 소식은 아직 들리지 않지만 성 사람들은 대체로 그렇게 보고 있어, 안된 노릇이지만. 나였다면 성의 시녀였을 때 진작 둘 사이에 결론을 내어 성 안 깊숙이 앉혀뒀을 거야. 금이야 옥이야 소중히만 하다 이런 파탄이 난 것 아닌가."

그 말에 비토리오가 미심쩍은 눈길을 보냈다.

"설마 유스포프 경…… 당신, 부인도 그런 식으로 취하신 건?"

"예끼, 이 사람아! 말조심하게. 그녀는 내 영혼의 안식과도 같다네. 오죽 안타까우면 이런 말까지 하겠나."

얼굴을 마주 보던 두 기사는 안타까운 한숨을 몰아쉬었다.

"하아. 안됐어요. 각하도, 도련님도."

"두 분 다 얼마나 마음을 줬는지를 아니까 더 그렇지."

"공작성이 영 활기가 없어졌어요. 어떤 식으로든 빨리 마음을 추스

르셨으면 좋겠네요."

"그러게 말이네. 이제 슬슬 일어나지. 돌아가자고, 우리의 주인에게로."

두 기사는 다시 한 번 땅이 꺼져라 한숨을 쉬었다. 세레나가 사라지고 난 북령에는 어느덧 여름이 가고 서늘한 바람이 부는 계절이 찾아왔다.

북령의 가을밤은 그렇게 깊어가고 있었다.

16. 황궁 무도회

반지의 비밀을 푼 세레나는 며칠을 줄곧 황궁 안에 머물렀다. 안전에 유의해야 한다는 황태자의 신신당부 때문이었다. 치료사가 찾아와 몸 상태를 살펴주거나 침실에 딸린 작은 정원을 걷는 정도를 제외하면 그녀는 처소 밖으로 나가는 일 없이 갇혀 있다시피 했다. 그래도 황태자가 한가한 몸이 아님에도 틈나는 대로 들러 차를 함께 마시거나 황궁의 이런저런 곳들을 구경시켜주어 답답한 숨통을 터주었다.

루이리크라는 이름의 황태자는 다정다감한 성격에 말재간도 좋아 함께 있으면 좀처럼 지루하지 않았다. 필요한 게 있으면 말로 하지 않아도 금방 눈치 채어 준비해주었다. 오지 않는 북령에서의 연락 때문에 그녀의 기분이 처져 있으면 재미있는 이야기를 들려주거나 진귀한 물건을 가져와 선물하기도 했다.

세레나가 황궁에 온 지 닷새째 되던 날, 얼마 안 되는 황족들이 모두 모인 오찬이 있었다. 황제는 그 자리에서 세레나를 정식으로 소개했다.

"……그리하여 세레니안 공주는 황실의 일원이 될 것이다. 직위는 큰황녀로 하되 모두들 그녀를 대할 때 나를 대하듯 해야 할 것이야. 며칠 뒤 건국 기념일 전날 열릴 무도회에서 정식으로 그녀를 소개하고, 당일 있을 행진에도 함께 참가해 국민들에게도 새 황녀의 탄생을 알릴 것이다."

황족들은 은빛 공주의 아름다움에 놀라고, 황제의 파격적인 대우에 또 한 번 놀랐다. 황제가 이렇게 밝은 얼굴로 모습을 드러내 명을 내린 것은 실로 오랜만의 일이었다. 병색이 짙어진 황제 대신 현재 거의 모든 정무는 황태자의 손에서 이루어지고 있었으니. 오롯이 집중되어 있던 권력을 둘로 나누어야 하는 황태자는 과연 괜찮을까? 황족들이 눈치를 보았다.

하지만 그 역시 돌아온 옛 왕국의 공주에게 충분히 호의적으로 보였다. 황태자는 그녀를 친히 에스코트하고 나타나 무려 자신의 바로 옆자리에 앉히기까지 했다.

황족들은 결혼을 일찍 하지만 늘 손이 귀했다. 안젤리크 황녀가 죽은 후 남은 직계 황족은 오직 황태자뿐. 권력 앞에서 늘 바람 앞의 등불인 방계 황족들은 새롭게 나타난 또 하나의 권력자를 보며 저들끼리 눈치를 봤다.

세레나는 식사를 하는 내내 모래알을 씹고 있는 기분이었다. 아직은 낯선 장소에서 낯선 이들의 시선을 한 몸에 받기란 쉬운 일이 아니었다. 보지 않는 척하면서도 보내는 질시와 눈총이 따갑다. 부채들 사이사이로 퍼지는 쑥덕거림이 그녀의 귀를 간질인다. 세레나는 시종일관

의연하려 노력했다. 원래의 자리로 돌아가려면 모다 감수해야 할 일이다. 무릇 왕관을 쓴 자, 온몸으로 그 무게를 견뎌야 하는 법이니.

식사가 끝나고 막 디저트와 차가 나왔을 때였다.

"흠, 라헬 차군요, 300년 전에는 없었던. 나이어드 찻잎을 개량해 나온 뒤, 이전보다 향도 좋고 맛도 훨씬 깊어졌죠."

"달금한 향이 나쁘지 않아요. 요즘엔 워낙 좋은 차도, 다기도 많이 나와서…… 옛 방법 그대로 차를 우려 마시는 경우가 드물잖아요."

"옛 것은 옛 것이고, 지금은 지금에 맞게 즐기는 방법이 있으니까요."

"저도 구하기도 힘든 옛 차를 마시는 것보다는 개량된 신차를 즐기는 편이 더 좋아요."

세레나는 순간 자신의 귀를 의심했다. 얼핏 들으면 신차에 대한 품평처럼 들렸지만, 그대로 흘려듣기에는 영 껄끄러웠다. 그녀는 소리가 들린 쪽을 바라보았다. 테이블에서 멀지 않은 자리에 유난히 높이 틀어 올린 머리와 화려한 몸치장을 한 부인들이 몇몇 보였다.

'새로 나타난 황녀라는 이가 어떤 인물일지 가늠이라도 해보려는 건가.'

웃음 뒤에 숨겨진 칼에 정신이 번쩍 들었다. 이제야 실감이 난다. 자신이 보석 한 알로도 온갖 질투와 시기가 오고가는, 남을 밟고 스스로를 일으켜 세워야 하는 복마전 한복판에 돌아왔다는 실감이. 걸어온 싸움은 피하지 않는다. 하물며 지금의 자신은 평민도, 하녀도 아니었다.

세레나는 아무렇지 않게 곁에 있던 황태자에게 말을 걸었다.

"전하, 알고 계신가요? 최초의 차는 약용 기능을 했지요. 과거 초대 의사이자 대마법사였던 크라우스 님께서 의서 저술을 위해 백여 가지의 풀을 씹어 맛보다 독초를 씹으면 차를 마셔 해독을 하셨어요. 그 이로운 효능을 혼자만 간직하지 않고 책을 통해 널리 알려 지금처럼 보급이 되었고요."

"그랬지요. 지천에 널려 있는 차나무를 보고도 어디에 쓰이는지조차 몰랐으니. 오랜 시간이 흐른 끝에 차의 명칭이나 마시는 방법들도 차차 생겨났지요."

황태자가 맞장구를 쳤다.

"사람들은 어리석어요. 오늘이 있기까지 수없이 많은 과거의 순간들이 존재하건만, 단지 시간이 조금 흘렀다는 이유로…… 향긋한 차를 마음껏 마실 수 있는 현재의 영광이 누군가의 피와 땀에 의해 나왔다는 사실조차 금방 잊고 마니 말이에요."

마지막 말을 마칠 때쯤, 세레나의 눈은 귀부인들을 천천히 훑었다. 그리고 처음 차를 언급했던 붉은 드레스의 부인을 보며 부드러운 미소를 지었다. 배꽃처럼 하얀 얼굴에 살짝 내려온 은빛 머리칼이 더없이 아름답지만, 어쩐지 함부로 범접할 수 없는 힘이 느껴지는 미소였다.

오찬을 마치고 나오는 길, 황태자가 당연한 듯 옆으로 따라붙었다.

"황녀 책봉이 결정된 것을 감축드립니다. 이제 공주가 아니라 황녀님이라 불러야 하나요? 하하."

"감사합니다."

"아까…… 붉은 옷을 입은 부인은 마리오 후작부인으로, 제 당고모입니다. 일찍이 남편을 여의고 낙이라곤 보석과 드레스를 사들이는 것뿐인 사람이죠. 그녀가 하는 얘기는 마음에 담아두지 마십시오."

"글쎄요. 저희는 그저 차에 대한 이야기를 나누지 않았었나요?"

세레나는 싱긋 웃었다. 그보다 아까 황제의 말에서 신경 쓰이는 것이 있었다. 황실에서 주관하는 무도회, 그것도 국가의 가장 큰 기념일을 전후해 열리는 무도회라면 분명 제국의 상급 귀족들이 모두 집결하는 거대한 만남의 장이 될 게 분명하다.

그렇다면 대귀족인 발루아 공작 역시 참가하지 않을 이유가 없었다.

"전하, 무도회의 초대장은 제도 밖에 사는 귀족들에게도 전달되나요?"

갑작스러운 질문에 황태자가 의아한 표정을 지으며 대답했다.

"백작 이상의 영향력 있는 귀족들에게는 초대장이 배부된 걸로 알고 있습니다만."

"그럼…… 북령에도 당연히 초대장이 도착했겠지요?"

황태자는 뺨을 몇 번 실룩이더니 천천히 입술만 움직여 호선을 만들어 보였다. 양끝이 올라간 입술과 달리 그의 에메랄드 눈동자는 차갑게 식어 있었다.

"만약 발루아 공작을 생각하시는 거라면…… 그는 일신상의 이유로 근신을 명받았습니다. 당분간은 제도에 오지 못할 겁니다."

"근신이라고요? 어째서 그런 일이?"

소스라치게 놀란 세레나가 반문하자 황태자는 조금 난처하게 웃었다.

"그는…… 근래 황실에 대한 충성심을 의심할 만한 일을 저질렀지요. 애초에 북령과 황실의 관계는 그리 가까운 것이 아니니까요."

"연락도 아직 오지 않았다…… 하셨고요."

세레나는 갑자기 이상한 생각이 들기 시작했다. 직접 찾아오지는 못한다 해도 서신 한 장은 보낼 수 있는 것이 아닌가. 자신이 아는 공작은 이렇게 늑장을 부릴 사람이 아니었다. 그러고 보면 황태자 역시…… 이곳, '황궁의 사람'이었다. 세레나를 바라보던 황태자가 무슨 생각에 선지 돌연 무릎을 굽히더니 정중히 손을 내밀었다.

"세레니안 공주님, 당신께서 원하는 누군가는 아니겠지만 성심으로 에스코트하겠습니다. 곧 있을 무도회에서 저의 파트너가 되어주시겠습니까?"

"별말씀을 다 하시는군요. 물론이지요, 기꺼이."

세레나는 황태자의 손을 잡아 일으켰다. 기대했던 공작은 근신 중이라 하고, 유벨은 나이가 어려 아직 사교계에 나올 수도 없다. 눈앞의 남자가 아니라면 자신은 함께할 파트너를 찾을 수도 없을 것이다.

세레나의 즉답을 들은 황태자는 꿀처럼 달콤하게 미소 지었다. 세레나도 함께 웃었다. 그러나 그가 자신의 물음에 제대로 된 대답을 하지 않았다는 사실만은 똑똑히 기억해두었다.

"수정궁으로 데려다드리죠. 쉬고 계시면 곧 치료사가 방문할 겁니다."

"아니요."

그녀는 고개를 저었다.

"가봐야 할 곳이 생각났어요."

중천에 떠 있던 해가 서편으로 제법 기울었을 무렵, 세레나는 라이오넬이라 불리던 궁정 마법사의 연구실 앞에 서 있었다. 연이은 만류에도 그녀는 자신의 뜻을 굽히지 않았고, 결국 황태자는 호위를 두 배 늘린다는 조건하에 가까스로 외출을 허락해주었다.

연구실이라고 해보았자 주변의 여타 집들과 다르지 않은 낡은 주택이었다. 대문 앞에 걸린 오망성 깃발과 키가 높은 굴뚝만이 그곳이 마법사가 머무는 장소임을 알렸다. 호위를 맡은 기사 중 한 명이 초인종을 누르려 앞으로 나서자, 기다렸다는 듯 문이 매끄럽게 열린다. 잠시 서로를 마주 보던 세레나와 기사들은 이내 안으로 들어섰다.

햇빛이 비치지 않는 어둑한 복도를 걷자 응접실이 나왔다. 세레나와 덩치 큰 네 명의 기사가 나란히 서 있는데도 널찍하게만 느껴지는 실내가 조금 이상하게 여겨졌다. 밖에서 보았을 때에는 분명 이렇게 넓어 보이지 않았는데. 이상한 점은 한 가지 더 있었다. 여기까지 오는 동안 노마법사의 모습은커녕 시중인의 작은 인기척조차 느껴지지 않았다는 점이다.

세레나는 주위를 두리번거리며 조심스럽게 입을 열었다.

“아무도…… 안 계신가요? 라이오넬 님?”

“어서 오십시오. 귀한 분이 오셨는데 직접 마중 나가지 못해 죄송합니다. 중요한 실험을 하는 중이라…… 잠시만 앉아서 기다려주시겠습니까.”

어디선가 노마법사의 목소리가 들려왔다. 그 소리는 꼭 깊은 동굴 속에서 말하는 것처럼 길게 울려 퍼졌다. 모습은 보이지 않는데 목소리는 바로 가까이에 있는 듯 생생하게 들리는 게 신기했다. 이것도 마법의 힘인가? 세레나는 기사들과 함께 응접실에 놓인 안락의자와 긴 소파에 나누어 앉았다.

얼마 지나지 않아 노마법사가 평상복 차림으로 등장했다. 허리까지 내려오는 흰 수염과 옷에는 회색 먼지가 잔뜩 묻어 있었다.

"콜록, 콜록. 실례를 했군요. 공주님, 누추한 제 연구실에 오신 것을 환영합니다."

"다시 뵈어 반가워요, 라이오넬 님. 갑자기 방문하겠다고 연락을 드린 건 저이니, 너무 신경 쓰지 않으셔도 됩니다."

"흘흘, 아름다운 모습만큼이나 마음결도 고우신 분이군요. 이곳까지는 어쩐 일로 오시게 되셨는지요?"

세레나는 곱게 눈을 흘겼다.

"다 알고 계시면서 물으시는 건 왜죠? 다음에 오면 마력을 사용하는 법을 알려주겠다고 먼저 말씀하신 건 라이오넬 님이 아닌가요?"

"어이쿠, 참, 참, 그렇지……. 이 늙은 것이 의뭉을 떨었군요. 그럼 이쪽으로 오시겠습니까."

기사들이 우르르 일어나 따라붙자, 세레나가 손을 저었다.

"라이오넬 님은 황제 폐하를 위해 오랫동안 일하신 궁정 마법사님이에요. 방은 이렇게 넓지 않을 테니, 저를 따라갈 호위는 한 분으로 줄이도록 하지요."

노마법사가 데려간 곳은 주름이 가득한 그의 얼굴만큼이나 오래되어 보이는 연구 서적과 마법 도구들로 가득했다. 한쪽 벽은 먼지가 내린 고서로 가득 차 있고 다른 두 면의 벽엔 크고 작은 크기의 수정구와 거울, 색과 길이가 저마다 다른 지팡이 등이 잔뜩 걸려 있었다. 용도를 알 수 없는 이상한 물건도 몇 개 보인다.

'대체 저 양은 냄비나 빗자루는 어디다 쓰는 걸까? 아마 내가 모르는 마법사들만의 세계가 있는 거겠지.'

세레나는 좀 전보다 훨씬 작은 목소리로 넌지시 물었다.

"혹시…… 마법을 이용해 멀리 떨어진 사람을 보거나, 그 사람에게 연락을 취할 수도 있나요?"

"물론 가능합니다. 마법사들은 주로 수정구를 사용해 원하는 장소의 풍경을 들여다보곤 하지요. 그러고 보니 공주님은 보고 싶은 사람이 있으신 게로군요?"

"네. 보고 싶고 소식을 전하고 싶은 사람들이 있어요. 그래서 제게 있다는 그 마력을 사용하는 법을 제대로 배워보고 싶고요."

세레나는 솔직하게 이유를 말했다. 그런 그녀를 흐뭇하게 바라보던 라이오넬이 수정구 중 하나를 골라 세레나에게 건넸다. 한 손에 들어오는 크기의, 흠집 하나 없이 투명한 구슬이었다.

"이걸 들고서 주문을 외우기만 하면 되나요?"

"허허. 주문 따위는 알지 못해도 괜찮습니다. 그것이 세세한 제어를 돕긴 하지만, 마법은 어디까지나 시전자의 의지와 강한 염원이 가장 중요하거든요. 물론 그전에, 공주님께서 자신의 몸에 흐르는 마력을 느끼시는 것이 먼저입니다."

그가 다른 수정구를 이용해 시범을 보였다.

"이렇게 두 손으로 잡고, 몸 안에 바람을 일으킨다는 감각을 떠올려 보세요. 계속 집중하시다 보면, 바람과 함께 마력이 조금씩 요동치는 것이 느껴지실 겁니다. 깃털처럼 가볍거나 끈적끈적하거나, 느끼는 건 저마다 다르지만요. 그렇게 느낀 마력을 배와 가슴을 통해 끌어올려 수정구 안으로 불어넣어보십시오."

세레나는 수정구를 쥐고 눈을 감았다. 그녀가 떠올린 것은 아주 포근한 산들바람이었지만, 그 바람에 딸려 나온 건 뜻밖에도 깊고 차가운 '무언가'였다. 몸이 떨릴 만큼 시린 한기가 느껴졌지만 세레나는 피하지 않고 받아들이며 마음속으로 말을 걸었다.

'나는 그리운 이들을 만나고 싶단다. 나에게 힘을 빌려주련?'

그때였다. 쨍그랑! 세레나가 들고 있던 마법구가 저절로 깨졌다. 그것도 조금 금이 간 것도 아닌 산산조각이 나서, 호위 기사는 얼른 그녀를 뒤로 물러나게 했다. 기사가 사나워진 목소리로 으름장을 놓았다.

"라이오넬 님, 아무리 궁정 마법사라 해도 황녀님의 안전을 위협하는 행위를 시도하는 건 용납할 수 없습니다."

"위험한 행위라니, 그럴 리가 없지 않소. 이런 적은 난생처음이라오……. 혹시 수정구가 문제였는지 몰라. 너무 과한 것도 좋지 않을 것 같아 표준형을 드렸거든. 그럼 내, 더 좋은 걸 내어드리지."

억울해하던 라이오넬은 벽 앞에서 한참을 고민했다. 그러다 이번에 건넨 것은 불타는 듯 새빨간 깃털이 달린 회갈색 지팡이였다.

"불사조의 깃털을 사용한 개암나무 지팡이입니다. 귀한 것이니 부디 소중히 다뤄주십시오."

라이오넬은 지팡이를 건네며 몇 번이나 신신당부를 했다. 탄력이 있는 지팡이는 손끝에 착 달라붙었다. 왠지 느낌이 좋다. 자신감이 생긴 세레나는 좀 더 욕심을 내보기로 했다. 그녀는 방금 전 느꼈던 몸 안의 차갑고 미끈거리는 기운을 힘을 주어 가슴까지 끌어올렸다. 그리고 강하게 염원했다.

'나는…… 북령에 있는 공작성의 모습이 보고 싶어. 지팡이야, 내 의지에 답하여 지금 눈앞에 내가 원하는 풍경을 펼쳐내다오!'

"……이럴 수가!"

설마 마법이 성공한 건가? 노마법사의 한숨 섞인 비명에 세레나는 살짝 눈을 떴다. 방 안은 눈을 감기 전과 달라진 점이 없었다. 자신이 쥐고 있는 지팡이 끝의 깃털이 흔적도 남기지 않고 타들어갔다는 것 외에는. 라이오넬이 허탈하게 웃었다.

"허허, 아직 제대로 사용도 한 번 해보지 못한 것인데……."

"죄송해요. 망가진 물건에 대한 보상은 반드시 해드릴게요. 그런데, 제가 손만 대면 도구들이 망가지는 이유는 대체 뭘까요?"

"아무래도 공주님의 마력이 지나치게 강해 버티지 못하는 것 같습니다."

"제 마력이…… 강하다고요?"

세레나는 물건을 망가뜨려 머쓱한 한편 뿌듯한 마음이 들었다. 자신에게 그렇게 뛰어난 마법사의 소질이 있을 줄은 몰랐는데. 노력으로 일정 수준의 경지에 이를 수 있는 검술과는 다르게 마법은 태어날 때부터 가진 마력의 양이 정해져 있고 타고나는 경우도 극히 드물었다. 새로 얻은 이 능력을 잘 개발해봐야겠다고 생각하며 그녀는 다시 물었다.

"그럼 마법을 사용할 수 있는 다른 방법은 없는 건가요?"

"보다 강력한 도구를 손에 드는 수밖에요. 차차 익숙해지면 없어도 가능하겠지만 공주님 같은 초심자는 마력의 방출과 제어를 돕는 매개체가 꼭 필요합니다. 불사조의 지팡이보다 강한 것이 아주 없는 것은 아니지만……. 음…… 이걸 드리면 정말 곤란해지는데…….”

노마법사는 몇 번의 고민 끝에 결국 마탑의 수장에게만 주어지는 자신의 지팡이를 세레나의 손에 건네주고야 말았다.

“원래 제가 아닌 다른 사람은 사용할 수도 없는 지팡이입니다. 이것이라면 망가질 염려는 하지 않아도 될 겁니다. 혹시 몰라 드려보는 것입니다만, 조금이라도 이상한 느낌이 들면 바로 내려놓으십시오. 알겠습니까? 주문 따위는 생각하지 말고 몸 안의 마력이 느껴진다 싶으시면 바로 돌려주시는 겁니다.”

“……노력해볼게요.”

세레나는 차마 거짓말은 할 수 없어 노력해보겠다는 애매한 말로 답을 대신했다. 그녀의 키만 한 황동빛 지팡이는 묵직하고 단단했다. 몸체에는 온통 고대어 단어와 신비한 상징들이 새겨져 있었다. 세레나가 두 손으로 움켜잡자 지팡이에서 웅- 하는 소리와 함께 미약한 떨림이 일었다. 문득, 그녀의 가슴이 뛰었다. 이번에는 원하던 것을 이룰 수 있을 것 같은 확신과도 같은 예감이 든다. 세레나는 눈을 감았다. 곧이어, 지팡이에서 눈부신 빛이 터져 나왔다.

지팡이에서 흘러나온 빛은 천장에 닿더니, 액자와도 같은 화면을 만들어냈다. 아무것도 없던 화면에는 곧 익숙한 풍경이 비쳤다. 바로 북령이었다. 뾰족한 공작성의 첨탑들 사이로 언젠가 공작과 함께 올라갔던 산이 보인다. 성문 앞을 지키는 경비병도, 성 안을 바삐 돌아다니는 시중인들도 모두가 그리운 모습이었다.

애가 탄 세레나는 앞으로 바짝 다가섰다. 공작과 유벨이 있는 장소를 보고 싶은데, 화면은 웬일인지 성 안이 아닌 바깥에서만 빙빙 맴돈다. 가까이 다가가려 할 때마다 보이지 않는 투명한 막에 가로막히는 것만 같다. 어쩌면 성의 경계에 결계 같은 것이 쳐져 있는지도 모른다. 설령 그렇대도, 이대로 그림 같은 풍경만 보고 끝낼 수는 없었다. 언제 또 이런 마법을 시도해 성공할 수 있을지 모르니.

'지팡이야, 각하께서 계신 곳을 비춰줘!'

세레나의 의지에 따라 화면 속 시선이 조금씩이나마 성벽에 가까워졌다. 얼마 지나지 않아 화면은 어떤 창문을 비췄다. 세레나는 창문을 통해 기어코, 보고 싶은 사람의 모습을 발견할 수 있었다. 머리를 묶은 공작은 반듯한 자세로 앉아 여느 때처럼 서류에 집중하고 있었다. 며칠 새 볼이 홀쭉해져 조금 여위어도 보이지만, 타고난 기품과 아름다움은 빛이 바래지 않았다. 세레나가 반가움에 소리쳐 그를 불렀다.

"각하!"

목소리야, 제발 저분에게 닿아라. 그녀가 안타깝게 눈앞의 화면만 응시할 때였다. 무엇을 느꼈는지 갑자기 공작이 고개를 들고 주변을 두리번거린다. 이쪽이에요, 이쪽. 얼굴에 화색이 돈 세레나가 다시 한 번 힘차게 그의 이름을 불렀다.

"카이로스 님!"

그녀는 자신도 모르게 손을 길게 뻗었다.

'조금만 더 가까이 다가갈 수 있다면, 조금만 더 뻗으면 닿을 것 같은데…….'

그 순간, 옆에 서 있던 라이오넬의 눈에는 세레나와는 전혀 다른 풍경이 보였다. 그것은 바로 공주가 마탑의 결계를 유지하는 열쇠인 지팡이의 빗장을 열어젖히고, 그 안에 내재되어 있는 거대한 힘을 온몸으로 흡수하는 무시무시한 장면이었다.

"안 돼!"

주름진 손에서 번개 같은 불빛이 뻗어나가자, 꼭 붙들고 있던 지팡이가 그녀의 손에서 떨어져나갔다. 지팡이는 공중을 날아 바닥으로 내동댕이쳐졌다. 그와 동시에 손에 닿을 듯 가까워지던 공작도, 선연하던 북령의 모습도 신기루처럼 사라져버렸다. 세레나는 한 손을 뻗은 채 그대로 굳어버렸다. 입에서는 탄식이 흘러나왔다.

"아…… 조금만 있으면 됐는데……."

노마법사는 대꾸도 없이 지팡이를 주워들었다. 지팡이의 먼지를 툭툭 털며 그가 차갑게 일갈했다.

"공주님께선…… 제 밑천을 모두 뺏어 가실 참입니까?"

"네? 밑천이라니요."

세레나는 어리둥절해 반문했다. 라이오넬 님은 왜 저런 얼굴을 하시는 걸까. 찰나의 차이로 공작을 놓친 것은 자신이다.

"참으로 무서운 분이시군요. 조금만 더 그대로 두었으면 오늘…… 1천 년의 전통을 자랑하는 마탑의 보물이 홀랑 사라져버릴 뻔했습니다그래."

"예?"

"이만 돌아가십시오. 아무래도 공주님의 마력을 제어하려면 인세의 것이 아닌 특별한 도구가 필요할 듯싶습니다, 쯧쯧."

노마법사는 종전과는 달리 쌀쌀맞은 태도로 축객령을 내렸다. 세레나와 기사들은 영문도 모른 채 쫓기듯 연구실을 빠져나왔다. 손도 대기 전에 열렸던 것과 같이 대문이 미끄러지듯 저절로 닫혔다. 세레나는 시무룩해져 마차에 올랐다. 무엇을 잘못했는지도 모르는데 꾸지람을 들으려니 못내 억울했다.

성으로 돌아오는 길 내내, 그녀는 쏟아지는 잠과 사투를 벌였다. 말을 탄 채 호위 중인 기사들에게 부끄러워 참으려 했지만 마차에 타자마자 찾아온 급격한 졸음에 당최 고개를 가눌 수가 없었다. 어쩌면 이건 생전 처음 써본 마법으로 인한 부작용인지도 모르겠다. 계속 눈을 뜨고 있는 것도 힘이 들어 그녀는 눈을 감았다 떴다를 반복했다.

지친 몸을 이끌고 돌아온 세레나는 서둘러 옷을 갈아입었다. 저녁 식사도 생략하고 지친 몸을 침대에 누이려는데, 시녀가 다급히 그녀를 깨우러 들어온다. 다름 아닌 황태자의 도착을 알리기 위해서였다.

곧이어 방 안으로 들어온 황태자의 얼굴은 딱딱하게 굳어 있었다. 세레나는 얼른 자리에서 일어나 그를 맞았다.

"황태자 전하."

"오늘 딸려 보낸 기사의 보고를 들었습니다. 대체 라이오넬 님의 연구실에서 무얼 하신 겁니까."

"그것이…… 저도 잘…… 모르겠네요."

오늘의 외출은 별다른 소득이 없었다. 원래의 계획대로라면 북령에 자신이 무사히 깨어난 것을 알리고 소식을 전했어야 하지만, 마음처럼 되지 않아 영상으로 멀리서나마 공작의 모습을 본 것으로 만족해야 했다. 게다가 그 잠깐의 모습을 본 것만으로도 노마법사는 웬일인지 잔뜩 성을 내었다. 헤어지기 전의 마지막 태도로 봤을 때 아무래도 다시는 지팡이를 빌려줄 것 같지도 않았다. 정말, 오늘 나는 대체 무얼 한 거람. 시무룩해진 세레나를 향해 황태자가 다정하게 꾸짖었다.

"황녀님, 이제 혼자만의 몸이 아니시지 않습니까. 오늘 함께한 기사들은 근신 처분을 받았습니다. 모두 당신을 위험에서 지켜드리지 못한 탓이지요."

"미안해요. 그렇지만 기사들에게는 죄가 없는데…… 아……!"

찾아온 손님을 맞이하기 위해 일어서 있던 세레나가 갑자기 찾아온 어지러움에 비틀거렸다. 황태자가 얼른 다가가 그녀의 어깨를 붙잡았다. 품 안에 들어온 세레나에게서 꽃향기가 느껴졌다. 그녀를 닮은, 은방울꽃처럼 부드럽고 청초한 향이다. 굳은 표정을 하고 있던 황태자의 얼굴이 갑자기 홧홧하게 달아올랐다. 둥근 어깨가 닿은 손은 열이 나듯 뜨거웠다. 그사이 세레나는 다시 몸의 균형을 잡고 황태자의 손에서 벗어났다. 그녀는 쏟아지는 잠을 떨치려는 듯, 한 손을 머리에 올린 채 몇 차례 세게 흔들었다.

"호기심이 앞서 제가 경솔한 행동을 했어요. 하지만 기사님에겐 정말 죄가 없답니다. 죄가 있다면 그저 떼를 쓰는 저를 차마 말리지 못한 것뿐이죠. 제 체면을 봐서라도 내린 처벌은 거두어주지 않으시겠어요?"

"그렇게까지 말씀하신다면…… 근신 기간은 사흘로 줄이도록 하죠. 곧 다시 보실 수 있도록 조치하겠습니다. 그런데……."

황태자는 여전히 의구심이 남은 얼굴로 물었다.

"궁정 마법사가 황녀님께 마법을 썼다는 건 사실입니까?"

기사들은 호위가 아니라 철저한 감시 역이었구나. 세레나는 속으로 생각하며 열심히 노마법사를 변호했다.

"아뇨, 라이오넬 님은 그저, 서툰 저를 도와주시려 했을 뿐이에요. 제가 호기심에 그분의 지팡이를 집어 들었다가 사고를 칠 뻔했거든요. 하아…… 오늘은 무리를 했나 봐요. 머리도 아프고 몸도 무겁군요. 좀…… 쉬고 싶어요."

"황녀님, 무엇보다 몸을 잘 챙기셔야 합니다. 아시죠? 무도회가 이제 겨우 사흘 뒤입니다. 모두의 앞에 서실 날이 얼마 남지 않았어요."

황태자가 한 번 더 다정하게 어깨를 짚고 자리를 떴다. 그녀는 인기척이 사라지자마자 쓰러지듯 침대 위에 드러누웠다. 눈 위에 요정의 수면 가루라도 뿌린 것처럼 눈꺼풀이 무거웠다.

잠이 몰려오자, 발끝에서부터 조금씩 몸이 가벼워지는 느낌이 들었다. 만일 지금 느끼는 기분 그대로 공중을 유영하는 마법을 쓸 수 있다면…… 당장이라도 공작에게 날아가고 싶다. 그리고 전하고 싶다. 많이 보고 싶었다고……. 당신을, 만나고 싶었다고…….

그날 밤, 세레나는 꿈을 꾸었다. 꿈속에서 그녀는 황실의 문장이 새겨진 호화로운 마차를 타고 공작성에 도착했다. 그리고 황녀의 성장을 한 채로 공작과 유벨을 마주했다. 눈이 휘둥그레진 두 사람의 손을 잡고 성 안으로 들어가는 그녀의 발걸음은 날아갈 듯 가벼웠다. 깨고 싶지 않을 정도로 달콤한 꿈이었다.

"주인님, 로안느입니다."

로안느가 문밖에서 고한 뒤 공작의 집무실로 들어갔다. 공작은 아까 서류 정리를 도우러 들렀던 때와 완전히 똑같은 자세로 서류를 보고 있었다. 며칠간 성을 휩쓴 폭풍 같은 소문에도 아랑곳 않는 그 태연자약한 모습에 화가 끓어오르려는 것을 참으며 로안느는 바로 용건을 꺼냈다.

"오후 내내 기사들과 함께 내성 주위의 정원을 샅샅이 수색하셨다고요."

"그랬지."

"아구아도가 걱정하더군요. 혹시 어떤 습격이나 위협이라도 있었는지요? 경비를 더 강화하라 이를까요?"

"아니, 괜찮다. 확인이라면 내가 직접 마쳤으니. 그저 창밖에서 세레나의 목소리를…… 들은 것 같아 찾아보았을 뿐이다."

덤덤하게 시작됐던 공작의 말은 뒤로 갈수록 조금씩 흐려졌다. 로안느가 공작을 어이없다는 듯 바라보았다. 겨울이 긴 북령은 단열을 위해 두꺼운 이중창을 사용한다. 단열에 방음 효과마저 뛰어난 이중창 너머로 목소리를 들었단 말인가? 여긴 3층인데? 그것도 황태자의 곁에 있을 세레나의 목소리를?

"이젠 환청도 들으십니까?"

"로안느, 지금 그 말은 내게 하는 것인가?"

짐짓 인상을 쓰는 주인에게 그녀는 겁을 먹기는커녕 되레 대차게 대꾸했다.

"암요! 품에 있던 그 아이를 고스란히 다른 남자 손에 건네주신 분이 바로 제 앞에 계신 각하 아니십니까."

공작이 쓴웃음을 지었다. 역시 그렇게들 생각하고 있나. 호수 위 백조처럼 물밑에서는 필사적으로 헤엄치고 있건만. 실제 이 며칠간 그는 북령에 온 이래 가장 바쁜 하루하루를 보냈다. 그럼에도 다른 사람들에게는 일의 진척을 조금도 보여주지 못한 것도 사실이지만 말이다.

"자네에게 이런 이야기를 하는 것도 우습지만, 나는 충분히 노력하고 있다네. 고민인 것은 그저…… 자신이 어디까지 버릴 수 있을까 하는 점이지."

"버리다니, 무엇을 말입니까?"

로안느가 어리둥절해 되물었지만 공작은 더 이상 대꾸하지 않았다. 다시 조개처럼 꽉 입을 다물어버린 주인을 보며 로안느가 한숨처럼 집무실에 온 마지막 용건을 전했다.

"저녁을 드실 시간입니다. 식당으로 내려와주세요."

"곧 가지."

공작이 식당에 도착했을 때, 이미 유벨은 자리에 앉아 있었다. 두 사람은 곧 둘만의 저녁 식사를 시작했다. 식기 달그락거리는 소리가 식당 안에 울려 퍼지는 유일한 소리인 가운데 그들은 이따금 필요한 말을 몇 마디 주고받았다. 불과 얼마 전까지만 해도 이것이 당연하다 여겼다. 가까운 듯 멀었던 삼촌과 조카, 두 사람의 관계는 어디까지나 유벨이 성인이 될 때까지의 시한부에 불과했으니.

자신도, 유벨도 마음속 어딘가에 녹지 않는 얼음이 있었다. 서로의 마음속 깊은 곳으로 파고들 생각은 하지 않고 그 언저리만을 무의미하게 맴돌고 있었다. 그런 그들의 간격을 메워주었던 것이 어느 날 갑자기 나타나 공기처럼 스며든 세레나였다. 처음 느껴보는 마시멜로처럼 말랑말랑한 공기 속에서 두 남자는 맥을 못 추고 흐물흐물 녹아내렸다. '가족'이라 하기엔 쑥스럽지만, 그런 유사한 관계를 만들 수 있지 않을까 하는 꿈도 꾸었었다.

공작은 식당을 둘러보았다. 아무것도 변하지 않은 그대로건만, 그는 주위의 많은 것이 변해버린 것을 느꼈다. 공작이 유벨을 힐끗 보았다. 하얀 이가 보이게 웃고 새처럼 재잘댈 줄 알던 조카는 어느새 예의 바른 귀족 자제가 되어 있었다.

유벨은 자신이 짊어진 모든 책임감의 끝이다. 터럭 하나 섞이지 않은 깨끗한 블론드에 가문의 상징과도 같은 푸른 눈동자. 총명하고 곧은 심성을 가진 가문의 미래. 어떤 후계자로 자라날까 지켜보는 것이 큰 즐거움이었던.

"유벨."

유벨이 말없이 고개를 들고 공작을 바라본다.

"세레나를…… 좋아하지?"

"그걸 지금 말이라고 하세요? 또 무슨 말씀을 하고 싶으신 거예요?"

그의 물음에 유벨이 뾰족하게 대답했다. 소년의 상기된 목소리가 살짝 떨렸다.

"누구보다 좋아하는 그녀가 행복하길 바라지 않느냐? 그렇다면 너는, 그녀를 위해 어디까지 할 수 있겠니?"

"무엇이든요! 삼촌과 가문에 해가 되지 않는다면 무엇이라도 해줄 수 있어요. 이제 세레나에게 제 도움이 필요할지는…… 모르겠지만요."

그녀의 이름이 나오자 언제 그랬냐는 듯 식었던 눈을 반짝이다 다시 기운이 빠진 조카를 보며 공작이 소리 없이 웃었다.

"그래. 이만 일어나자꾸나. 아무래도 우리는…… 좀 더 함께 이야기를 나눌 필요가 있겠다."

자리에서 일어난 공작과 유벨은 나란히 유벨의 방으로 향했다. 두 사람은 호위도 물린 채 방 안으로 들어가 문을 닫았다. 끼이익, 탁. 한 번 닫힌 문은 밤늦도록 다시 열리지 않았다.

시간은 빠르게 흘러 무도회 전날이 되었다. 오늘은 무도회에 입고 갈 최종 의상을 고르는 날이었다. 아침 일찍부터 들락거리는 하인들로 수정궁은 대문을 활짝 열어젖혔다. 시녀들은 탈의실을 가득 채우고도 남는 최고급 드레스들과 장신구를 정리하는 데 여념이 없었다. 한창때의 젊은 아가씨들인 시녀들은 밀려드는 물품을 볼 때마다 찬탄을 금치 못했다.

"세상에, 이렇게 알이 굵은 흑진주는 처음 봤어. 혹시 대륙 최남단의 푸아티에산은 아닐까?"

"은은한 녹빛이 도는 걸 보니 맞는 것 같아. 어쩜, 곱기도 하지."

"흑진주 가지고 호들갑 떨긴. 여기 자색 사파이어 목걸이나 물방울 모양의 수정 귀걸이는 또 어떻고?"

"아아……, 눈이 부셔. 오늘 황궁 보물 창고의 귀물이란 귀물은 전부 보는 것 같아."

한 시녀가 저도 모르게 목걸이를 손으로 쓸어볼 때였다.

"모두 조용히. 이사벨라, 들고 있는 목걸이를 다시 원래 자리에 넣어 두세요. 여느 때보다도 중요한 날인 걸 알고 있죠? 정신 차리고 맡은 역할을 다하도록 합시다."

"죄송합니다."

플로렌스 부인은 잔뜩 들뜬 시녀들을 자제시키는 한편 세레나의 단장을 위해 바쁘게 움직였다.

세레나는 눈을 감고서 화장을 받고 있었다. 시녀들은 그녀의 얼굴에 정체 모를 크림을 여러 번 바르고 백분을 묻힌 분첩으로 두드렸다. 그 뒤로도 눈, 코, 입의 순으로 무언가를 붙이고 바르기를 여러 번, 가만히 앉아 있는 그녀의 등허리와 무릎에 감각이 사라져갈 때쯤, 화장이 끝났음을 알리는 목소리가 들렸다.

"황녀님, 이제 눈을 뜨셔도 됩니다."

"원체 아름다운 분이신 건 알았지만, 이렇게 제대로 화장을 하시니…… 그야말로 이야기책에나 나올 것 같은 모습이세요."

세레나는 천천히 눈을 떴다. 거울 속에는 웬 낯선 여인이 한 명 앉아 있었다. 진줏빛으로 투명하게 반짝이는 눈매에 생기가 도는 복숭앗빛 뺨, 새틴처럼 매끈한 피부는 자신의 것이 맞나 싶을 정도다. 세레나는 마음속으로 북령에 있을 로안느에게 사과를 했다. 로안느, 미안해요. 로안느는 북령의 치장법이 제도의 것 못지않다고 자신했지만, 아무래도 황성을 따라갈 순 없군요…….

그때, 플로렌스 부인이 다가왔다. 부인은 드레스도 갈아입지 않았는데 벌써부터 빛이 나는 세레나를 흐뭇하게 바라보며 말했다.

"며칠 전 다녀간 황성의 장인이 완성된 드레스를 보내왔습니다. 스물두 벌 중 총 세 벌을 골라놓았지요. 내일은 골라놓은 것을 착장하시는 것만으로도 하루 종일 시간이 걸릴 테니, 오늘 이 세 벌을 차례로 모두 입어보시면 되겠습니다."

세레나가 입은 첫 번째 드레스는 순백색이었다. 자수 처리한 입체

꽃 장식과 진주로 포인트를 주고, 하단에는 깃털과 레이스를 달아 우아함을 더한 것이었다. 흰 드레스는 은발과 어우러져 그녀를 그야말로 세상에 내려온 여신처럼 보이게 해주었다.

다음으로 갈아입은 것은 보라색 드레스였다. 자색 염료를 조개에서 채취하는 과정이 어렵고도 복잡하기에 보라색으로 염색한 천은 웬만한 귀족들도 엄두도 내지 못할 정도로 귀했다. 그런 보라색 옷감을 소재별로 아낌없이 사용한 드레스는 보는 것만으로도 눈 호강이 되었다. 가슴 부분이 깊게 파이고 팔과 가슴 부분에 망사 소재를 써 요염함을 더한 드레스를 입자, 그녀는 그동안 보이지 않았던 관능적인 매력을 발산했다.

마지막 드레스는 맑은 물빛을 띠고 있었다. 부드러운 광택의 실크 소재로 몸의 선을 따라 흐르는 실루엣이 특징이었다. 레이스를 쓰지 않고 천으로 풍부한 주름을 넣은 드레스는 일견 단순해 보였지만, 작은 다이아몬드를 수없이 단 얇은 시폰 허리띠까지 두르자 마치 조명을 환하게 밝힌 듯 흰 피부와 은발이 더욱 돋보였다.

"이것으로 하겠어요."

세레나는 고민하지 않고 세 번째 것을 선택했다. 흰 드레스는 은발에 은안을 가진 자신을 더욱 창백하게 보이게 할 것 같다. 자색 드레스는 지나치게 화려해서 보는 것만으로도 눈이 아팠다. 마지막으로 입은 것은 단순한 형태로 소재 자체가 갖고 있는 매력을 살린 드레스였다. 그녀는 자연스러우면서도 절제된 아름다움이 돋보이는 푸른 드레스가 마음에 들었다.

이번엔 드레스에 어울리는 머리 모양을 정할 차례였다. 머리를 깨끗이 빗어 넘긴 시녀들이 진주와 보석이 달린 커다란 리본을 매어주려는 걸 보고 세레나는 기겁을 했다.

"그 거대한 리본은 뭐죠? 그렇게 큰 걸 머리에 단다고요?"

시녀들은 자신들의 머리만 한 리본을 들고 어쩔 줄 몰라 했다.

"이것이 결혼을 하지 않은 황녀님들께서 주로 하시는 머리 장식인데……."

"리본을 내려놓고 물러나세요. 제가 도와드리지요."

보다 못한 플로렌스 부인이 직접 나섰다. 부인이 선택한 것은 금색과 은색 철사를 사용해 풍성하게 부풀리는 귀부인의 머리였다. 잠시 후, 완성된 머리를 보며 세레나가 난감하다는 표정을 지었다. 하늘 높은 줄 모르고 위로 높이 올린 거대한 머리는 지나치게 부담스러웠다. 게다가 뒷목에 삽입한 가채와 겹겹이 넣은 주름 장식 때문에 고개 한 번 돌리기도 힘들 지경이었다.

"부인, 천장까지 닿으려는 이 머리를 원래대로 내려주어요."

"황녀님, 신분이 높을수록 높고 풍성한 머리를 하는 것은 당연한 법도입니다. 그리고 몇 번이나 말씀드렸지만 제발, 말씀을 높이지 말아주십시오."

"그건 알겠어요. 아니, 알겠어. 하지만, 내가 있던 시대에서는 이렇게 산 같은 머리는 하지 않았거든. 어차피 난 이 시대의 사람이 아니니 조금은 다른 머리를 해도 법도에 어긋나는 것은 아닐 테지."

세레나는 쌓아올린 머리를 전부 풀고 처음부터 하나씩 세세하게 지시하기 시작했다. 먼저, 머리 전체를 깨끗하게 틀어 올린 다음 꼬리 빗으로 목덜미에서 긁어내려 뒤에 느슨한 볼륨을 줬다. 그리고 얼굴 양옆으로 앞머리를 조금 빼어 흘러내리도록 했다. 머리 장식이라고는 백조 모양의 머리핀 하나였지만 그녀는 좀 전보다 훨씬 더 우아하고 여성스러워 보였다. 그 모습을 잠시 바라보던 플로렌스 부인은 자신의 패배를 깨끗이 인정했다.

"법도에는 어긋나지만…… 나쁘지 않은 선택이십니다. 아니, 훨씬 더 아름다우시군요. 그럼 머리 모양은 이렇게 하는 걸로 하지요."

드레스와 머리 모양을 정하는 걸로 잔뜩 지쳐버린 세레나는 플로렌스 부인이 권한 보라색 송치 구두를 보지도 않고 선택했다.

"마지막으로 손에 드실 부채를 골라주십시오."

"부인이 적당한 것으로 골라주면 안 될까?"

"드레스 안으로 감춰질 구두는 골라드렸지만, 부채는 안 되지요. 무릇 부채는 귀부인의 자존심 아닙니까. 이쪽으로 오세요."

세레나는 부인의 손에 질질 끌려 탁자 위로 다가갔다. 깃털을 붙인 것, 조개껍질로 장식한 것, 해와 달을 수놓은 것 등 각양각색의 부채가 탁자 위에 죽 늘어놓여 있었다. 부채를 보던 세레나가 문득 북령에서 있었던 무도회를 떠올렸다. 프란츠와 함께 입장을 기다리던 그녀를 향해 율리아나 공녀가 입 밖에 낸 적이 있다. 부채도 들 줄 모르는 촌것이 무도회의 격을 떨어뜨린다는, 당시 자신의 가슴을 아프게 찌르던 말을. 갑자기 그녀의 근황이 궁금해진 그녀는 플로렌스 부인에게 물었다.

"부인, 혹시 이번 무도회에 아드리안 공작가의 사람들도 참석하는지?"

부인은 여느 때처럼 시원하게 답을 하지 못하고 망설였다. 제도 최고의 명문인 아드리안 가가 황가의 신임을 잃었다는 소문은 이미 사교계에 파다했지만, 그렇다 해도 그들의 이야기는 함부로 입에 올릴 만한 것은 아니다.

"글쎄요. 일개 시녀장인 저는 잘……. 실은 아까부터 황태자 전하께서 계속 기다리고 계십니다. 궁금하신 사항을 직접 여쭈시면 어떨지요."

세레나는 고개를 끄덕였다. 자객의 습격이 공녀의 사주에 의한 것이었다는 얘기는 이미 황태자에게서 들었다. 다만 나는 새도 떨어뜨릴 세도가의 딸이자 황실과도 관계가 있는 그녀를 어떻게 처분할 것인지에 대한 얘기는 나누지 않았다. 공녀를 그대로 용서할 생각은 없다. 슬슬, 어떻게든 결론을 내는 것도 좋을 것이다.

세레나는 은은한 드레스와 대비되는 자개를 붙인 화려한 가죽 부채를 선택한 뒤, 황태자를 만나러 방을 나섰다.

세레나가 응접실에 들어서자, 무료하게 앉아 있던 황태자가 자리에서 벌떡 일어났다. 늘 냉정하고 오만하던 그는 황녀가 온 뒤로 새로운 모습을 많이 보여줬는데, 아무래도 오늘로 그 새로운 모습의 결정판을 완성할 생각 같았다. 한창때 소년처럼 얼굴을 붉힌 그는 말까지 더듬으며 세레나를 칭찬하는 데 여념이 없었다.

"아, 이건 정말…… 세상의 어떤 꽃이 당신의 아름다움에 비할 수 있을까요. 그야말로 눈이 부십니다!"

"칭찬이 과하시네요. 어서 앉으세요. 차와 과자를 내오도록 하지

요."

황태자는 소파에 앉아서조차 세레나에게서 눈을 떼지 못했다. 그 붉어진 얼굴과 살짝 벌어진 입에 유모인 플로렌스 부인조차 차마 바라보지 못하고 고개를 돌렸다. 지배자의 교육을 받으신 분이 저렇게 속을 훤히 드러내셔서야.

황태자는 차를 반쯤 마시고서야 자신이 온 용건을 꺼냈다.

"오는 길에 무도회를 위한 작은 선물을 준비했습니다만, 마침 입고 계신 드레스와도 잘 어울릴 것 같군요."

말을 마친 황태자가 내민 것은 한 점의 목걸이였다. 백금과 다이아가 조화롭게 세팅된 목걸이 중앙에는 가을 하늘을 연상케 하는 푸른 보석이 박혀 있었다. 보석을 본 세레나가 고개를 갸우뚱했다.

"푸른색…… 사파이어인가요? 그렇지만 채도도, 세공 방법도 많이 다른데……."

"다이아몬드입니다. 푸른색의 다이아는 처음 보시죠?"

"이것이 다이아…… 네, 정말 그래요. 색깔도, 크기도 찾아보기 힘든 귀한 것이군요."

기대했던 대로의 반응에 황태자는 뿌듯해하며 목걸이를 들어 세레나에게 다가갔다.

"가만히 계십시오. 제가 직접 목에 걸어드리겠습니다."

시중을 들던 플로렌스 부인은 두 사람을 이채롭게 바라보았다. 그녀는 목걸이의 의미를 알고 있는 몇 안 되는 사람 중 하나였다. 푸른빛을 띤 저 다이아 목걸이는 현재 고인이 된 황후가 가장 아끼던 것이었다. 병상에 누운 황후는 갖고 있던 패물 중 이것만을 따로 빼어 황태자에게 물려줬다. 바로 미래의 며느리를 위한 선물이었다. 호시탐탐 욕심내던 어머니의 목걸이를 빼앗긴 안젤리크 황녀가 그렇게 결혼 선물로 받고 싶어 했지만, 황태자는 끝내 그녀에게 건네주지 않았었다. 옛 주인이 제 몸처럼 아끼던 귀물을 몇 년 만에 다시 본 부인의 눈이 감정을 담고 파르르 떨렸다.

목걸이의 아름다움에 감탄하던 세레나는 자신이 하고 있는 사파이어 목걸이를 떠올렸다.

"전하, 죄송하지만…… 전 지금 하고 있는 목걸이가 꼭 마음에 들어서요. 드레스와도 잘 어울리는 지금의 것을 착용하려 합니다."

황태자가 찌푸려지려는 미간을 힘을 주어 들어 올렸다. 누군가에게서 거절의 말을 들어본 건 태어나서 처음이었다. 불쾌감을 숨기지 않고 드러낸 그의 눈이 세레나의 목으로 향했다. 손에 쥔 목걸이가 파문이 인 그의 마음처럼 앞뒤로 흔들렸다.

"이 것의 주인은 당신 말고는 없습니다. 제가 채워드리는 게 부담스러우시다면 목걸이는 여기 두고 가지요. 황족의 권위를 나타내는 상징과도 같은 것이니 내일 무도회에는 꼭 차고 오도록 하십시오."

그 단호한 어조에 세레나는 더 이상 거절할 생각을 하지 못했다. 더욱이 황실의 상징인 물건이라고까지 말을 해오니 거절하는 모양새가 더 이상해 보일 것 같았다.

'하루 정도 다른 것을 착용하는 건 카이로스 님도 이해해주시겠지.'

목걸이 문제를 넘긴 그녀는 바로 마음에 걸리던 율리아나의 거취를 물었다. 다이아 목걸이를 원래의 함에 넣어둔 황태자가 답했다.

"공녀는 현재 자택에서 근신 중입니다. 재상인 공작을 실각시킬 수는 없었습니다만, 그 가문은 오랫동안 독점해오던 황실에의 납품권을 잃었지요. 물론, 이 정도로는 당신의 목숨을 해하려 한 죄를 조금도 덜 순 없겠지만요."

"전하, 저는…… 내일 있을 무도회에 그녀가 꼭 참석하기를 원합니다."

"네?"

의아한 얼굴이 된 황태자가 세레나의 부탁을 딱 잘라 거절했다.

"그럴 순 없습니다. 아무리 몰랐다고 하나 황족의 목숨을 해하려 한 죄는 가문을 멸할 수도 있는 중죄입니다. 그녀가 공녀가 아니었다면 필히 그렇게 되었겠지요."

"파트너도 없이 무도회에 참가하는 건 사교계의 여성에게는 최고로 수치스러운 일이죠. 또 그 여성의 평판을 가장 빨리 끌어내리는 일이기도 하고요. 공녀가 무도회에 참석해 황녀가 된 저의 모습을 처음부터 끝까지 지켜보는 것, 이것이 제가 선택한 복수입니다."

세레나는 살포시 웃으며 말을 이었다.

"게다가 전 그녀의 오라비인 칼리시안 공자 덕에 신분을 되찾은 거나 다름없어요. 그러니 책임을 아드리안 가에까지 돌리는 일은 하지 말아주시길 부탁드려요."

그녀의 말에 황태자는 친우이자 가장 믿을 수 있는 심복이었던 칼리시안을 떠올렸다. 황성에 데리고 온 세레나가 며칠째 정신을 차리지 못하는 동안, 기사단장직에서 물러난 그는 황태자를 홀로 찾아와 용서를 빌었다. 누이동생을 살려달라며 이마에 바닥에 찧으면서 눈물 흘리던 모습을 보는 건 자신도 마음이 편치 않았다.

황태자는 고민했다. 평생 칼리시안을 보지 않을 수는 없다. 정식으로 황녀임을 공표하기도 전에 일어났던 일로 아드리안 가를 멸문시키는 것도 불가능했다. 그러나 이것으로 율리아나는 제도의 어떤 귀족과도 혼인할 수 없을 것이다. 공중에 붕 뜬 황실 납품권과 독점권을 잘 저울질하면, 아직 젊은 자신을 애송이로 보는 늙은 너구리들도 입을 다물게 할 수 있으리라.

마음의 결정을 내린 황태자는 세레나의 하얀 손을 잡고 그 손등에 입맞춤했다.

"정말 사람이 좋으신 분이시군요……. 모든 것은 당신께서 원하시는 대로 이루어질 것입니다."

율리아나는 며칠째 자신의 방에 처박혀 있었다. 밖에도 나가지 않고 식사도 제대로 하지 않아 상태가 엉망이었지만, 전과 달리 그런 그녀를 신경 쓰는 이는 저택 안에 몇 되지 않았다.

아드리안 가는 대대로 방계 가문에서 소유한 상단을 통해 황실의 사치품 납품을 독식해왔다. 상단을 통해 축적한 막대한 부는 공작이라고 하는 지고한 지위를 제하고도 다른 귀족들이 아드리안 가문을 좌시할 수 없도록 하는 큰 힘이었다. 그런데 불과 얼마 전, 그들은 황실의 납품권과 상단이 소유했던 향료와 모직물의 독점권을 잃었다. 또 가문의 후계자인 칼리시안이 황태자를 호위하는 제2기사단장직에서 물러났다.

기사단장직은 어차피 작위를 정식으로 물려받기 전까지 맡고 있던 허수아비 직책에 불과했다. 그러나 황태자의 가장 가까운 곁을 지키는 직책을 잃은 것은 가문에 크나큰 충격으로 다가왔다. 그것은 바로 아드리안 가가 차기 제국 주인의 신임을 잃었다는 사실을 뜻하기 때문이었다. 황궁에서 가장 가까운 곳에 지어진 그들의 저택은 지금 그야말로 초상집 분위기였다.

"율리, 들어간다."

칼리시안이 동생의 방을 찾아왔다. 밖에서 몇 번이나 노크를 했지만 답이 없어 그대로 문을 열고 들어간 그는 한낮인데도 밤처럼 깜깜한 방을 보고 한숨을 쉬었다. 성큼성큼 방을 가로지른 칼리시안은 커튼을 활짝 열어젖혔다. 전면에 난 창으로 눈부신 햇살이 쏟아져 들어오자, 그제야 율리아나의 모습이 보였다.

그녀는 여전히 침대에 누워 미동도 하지 않은 채였다.

"커튼을…… 닫아주세요, 오라버니."

"언제까지 이러고 있을 거니. 어서 일어나 씻고 몸단장을 제대로 하렴. 지금의 너는 아드리안 가의 공녀답지 않아."

"공녀다운 모습이 대체 뭔데요?"

율리아나가 날카롭게 대꾸했다. 신경질적인 여동생의 반응에도 칼리시안은 희미하게 웃을 뿐이었다.

"자책하지 마라. 아무도 널 탓하지 않는단다."

"자책 따위는 하지 않아요!"

율리아나는 결국 덮고 있던 이불을 홱 걷으며 자리에서 일어나 울분에 찬 목소리로 소리쳤다.

"제가 무얼 잘못했기에 자책을 해야 하죠? 전 그저, 사랑한 사람의 곁에서 얼쩡거리는 천한 것 한 명을 혼내주려 했을 뿐이에요. 원한은 배로 되갚아준다는 아드리안 가의 공녀답게요. 그것이 그리 큰 죄인가요?"

엉망인 차림의 그녀가 침대에서 내려왔다. 그 거친 몸짓에 의자가 옆으로 덜컹 넘어갔다.

"황녀라니요…… 북쪽 촌구석에서 일하는 검은 머리 시녀가 느닷없이 돌아온 황녀라니요! 오라버니가 조금만 빨리 말해줬더라면, 그랬더라면 이런 일도…… 없었을 텐데. 전부 오라버니의 탓이에요! 왜 오라버니 때문에 제가, 우리 가문이 이런 수모를 당해야 하나요?"

율리아나, 너는 아직도 잘못을 뉘우치지 못했구나. 칼리시안은 안타까움에 숨을 들이켰다. 들키지만 않았다면, 상대가 황녀가 아니라면 누구에게나 그런 행동을 해도 된단 말인가. 자신들 귀족은 날 때부터 많은 권리를 가지고 태어난다. 누리는 권리만큼 해서 되는 것과 안 되는 선을 확실히 구분하고 지키는 것이 자신들에게 주어진 도덕적 의무였다. 공녀로서 나고 자라 최소한의 사리분별은 할 줄 아는 아이로 생각했건만…….

그는 좀 전과는 달리 엄숙한 음성으로 입을 열었다.

"잘 들어라. 오늘 네게 황태자 전하께서 보내신 한 장의 서신이 도착했다."

흠칫, 패악을 부리던 율리아나가 돌연 겁먹은 표정으로 오라비를 올려다보았다. 그 모습에 칼리시안은 쓴웃음을 지었다.

"자아, 율리아나 폰 아드리안. 내일 열릴 무도회에 파트너 없이 홀로 참석토록 해라. 그곳에서 새로운 황녀의 탄생을 처음부터 끝까지 지켜보는 게 네게 주어진 역할이다. 그곳에서 자신의 경솔함이 자초한 모든 인과를 되새기며 마음껏 괴로워하고 고통스러워하려무나. 그것 또한, 가문을 위해 너밖에 할 수 없는 유일한 일일 테니."

말을 마친 칼리시안은 그대로 방에서 걸어 나왔다. 뒤에서 비명 같은 울음소리가 터져 나왔지만, 그는 결코 돌아보지 않았다.

17. 새로운 시작

마침내 무도회 당일이 되었다. 플로렌스 부인과 시녀들은 동이 트지 않은 이른 아침부터 세레나를 깨우고는 머리에 계란 흰자와 우유를 섞어 바른다, 손톱을 정리한다, 야단을 떨며 머리부터 발끝까지 정성들여 관리해주었다. 해가 다 저물도록 이어진 몸단장으로 온몸이 녹진녹진해질 때쯤에야 세레나는 전날 골라놓은 드레스를 입을 수 있었다.

그녀가 옷매무새를 가다듬고 있을 때, 무지개 머리 시녀들 중 하나가 다가왔다.

"황녀님, 착용하고 계신 목걸이를 풀겠습니다."

목에 닿는 손가락의 차가운 느낌에 깜짝 놀라 어깨를 움츠렸던 세레나는 황태자의 선물을 떠올렸다. 공작과 함께하는 느낌이 들어 한시도 몸에서 떼어놓지 않던 사파이어 목걸이였지만, 오늘만큼은 무도회의 격식에 맞춘 장신구를 착용하는 걸로 정했다.

그녀는 목에서 벗겨낸 목걸이를 손에 들고 잠시 바라보다 별도의 함에 넣어 잘 보관해두었다.

일찍 준비를 마친 황태자는 어제에 이어 응접실에서 계속 대기 중이었다. 소파에 앉아 상그리아를 홀짝거리던 그가 몸단장을 마치고 걸어 나오는 세레나를 보며 상기된 표정을 지었다.

"많이 기다리셨나요?"

"괜찮습니다. 어제 보긴 했지만, 다시 보아도 놀랍기 그지없군요. 흡사 천상의 여신이 내려온 것 같은 아름다움입니다."

"부디 그 말씀만은 말아주세요. 전 그 한마디의 비교의 말 때문에 아주 많은 것을 잃은 사람이거든요."

"뭐라고요? 하하!"

세간에 유명한 '여신의 질투'를 떠올린 황태자가 소리 내어 웃음을 터뜨렸다. 여느 때보다도 차림새가 화려한 그는 눈부신 황금빛 재킷을 걸치고 있었다. 몸에 꼭 맞는 재킷 안으로 비치는 슈미즈와 베스트는 세레나의 드레스 색깔과 같은 푸른색이어서 둘은 꼭 옷을 맞춰 입은 것처럼 보였다. 황태자가 세레나의 목에 걸린 목걸이를 의미심장하게 바라보며 입을 열었다.

"기다리는 동안 마신 상그리아의 맛이 나쁘지 않군요. 황녀께서도 음료와 배를 채울 음식을 좀 드시지요. 회장에 가셔서는 좀처럼 드시기 힘들 테니까요. 샴페인과 다과가 마련되어 있긴 합니다만, 의자에서 몸만 떼면 벌 떼처럼 몰려드는 이들 때문에 영……."

황태자가 의자에 체중을 실은 채 고개를 절레절레 흔들었다. 세레나는 여유를 부리는 그가 잘 이해가 되지 않았다. 이미 해가 진 지 오래다. 벽에 걸린 시계의 바늘은 무도회의 시작 시각에 점점 가까워지고 있었다.

"전하, 곧 시작 시각입니다. 저희도 슬슬 나가봐야 할 것 같은데요."

황태자는 손 안의 잔을 들며 짐짓 호기롭게 웃어 보였다.

"걱정 마세요. 한 잔의 상그리아를 마실 시간 정도는 충분히 있습니다. 우리가 등장할 순서는 어디까지나 제일 마지막이 될 테니까요."

가장 큰 축제일을 맞이해 황성은 성대한 분위기로 꾸며졌다. 그중에서도 무도회가 열리는 유바르 궁은 그야말로 제국의 풍요로움을 보여주는 듯 화려함의 극치를 선보였다. 아치형으로 된 천장은 당대의 가장 뛰어난 화가들이 그린 황가의 문장과 그림으로 가득하고, 금과 수정으로 장식한 거대한 샹들리에가 세로로 긴 천장을 따라 매달려 있었다. 흑백의 격자무늬로 이루어진 대리석 바닥은 흠집 하나 없이 매끈했고, 그 위로는 붉은 공단 카펫이 깔려 있다. 손님을 맞이할 준비를 마친 연회장 밖에서는 이미 수십 대의 마차가 줄을 지어 서서 자신들의 차례를 기다리고 있었다.

드디어 시간이 되었다. 연회장의 문이 열리고, 공작새처럼 화려하게 차려입은 귀족들이 하나둘씩 입장했다. 그때마다 문 앞의 시종은 큰 소리로 해당하는 귀족의 가문명을 외치느라 바빴다. 귀족들은 아는 이가 보일 때마다 눈인사나 목례 등으로 아는 척을 했다. 황실 무도회에 참석할 정도로 부와 권력을 가진 귀족이란 언제나 거기서 거기였으니.

주목할 만한 건 늘 황족들의 입장 바로 직전에 점잔을 빼며 등장하던 아드리안 공작과 그 가족들이 무도회에 불참했다는 것이다. 웃으면서 사람을 벤다는 북령의 철의 공작도 모습을 보이지 않는다. 건국 기념일의 무도회는 가장 큰 황실의 행사이자 최고의 사교 모임 장소다.

제도에는 통 모습을 보이지 않는 동령의 페이란과 서령의 킨샤사 공작조차 이 무도회만큼은 빠지지 않고 참석했다.

초대장을 받고도 별다른 사유 없이 불참하는 건 반역을 뜻하는 것이나 마찬가지. 그렇다면 두 가문이 오지 않은, 아니, 오지 못한 이유는 오직 하나, 모종의 이유로 근신을 명받은 것뿐이었다.

귀족들은 두 공작가의 불행을 고소해하며 잠자코 회장에 자리를 잡았다. 사실 율리아나 공녀는 처음부터 회장에 들어와 있었으나 머리가리개를 쓴 칙칙한 회색 드레스의 여자에게서 늘 가장 높은 머리와 화려한 드레스로 사교계의 유행을 이끌었던 공녀를 떠올리는 이는 아무도 없었다.

그때, 금관 악기의 팡파르가 울려 퍼지고, 시종이 연달아 황태자와 황제의 입장을 알렸다.

"떠오르는 태양, 루이리크 엘 루이네리아 황태자 전하께서 드십니다!"

"위대하고 정의로운 군주이시자 제국의 수호자이신 루이네리아 11세 황제 폐하께서 드십니다!"

회장을 가득 채운 인파들은 순식간에 썰물처럼 양옆으로 빠져 길을 만들었다. 성큼성큼 입장하는 황태자와 그의 파트너에게 모든 귀족들의 눈이 쏠렸다. '떠오르는 태양'이라는 소개말처럼 한창 정권을 장악중인 황태자는 성인식을 치르고도 아직 미혼이었다. 조혼을 권장하는 원래의 풍습대로라면 있을 수 없는 일이었지만, 웬일인지 황제도, 황태자 본인도 혼인에 크게 연연하지 않아 딸을 가진 귀족들을 애타게 했다.

매번 무도회 때면 방계 황족 여인들 중 한 명을 대동했던 것과는 달리 그의 이번 파트너는 은발을 우아하게 틀어 올린, 눈이 휘둥그레지게 아름다운 아가씨였다. 황태자는 파트너를 정중하게 에스코트했다. 천천히 회장을 가로지른 세 사람은 계단을 올라 황족들만 앉을 수 있는 단상의 의자에 조용히 자리했다.

소문을 접한 이는 이야기책에서 튀어나온 것 같은 전설 속의 공주에게서 눈을 떼지 못했고, 소문을 알지 못하는 이 역시 다른 이유로 그녀에게서 눈을 떼지 못했다.

“사교계에서 한 번도 본 적 없는 얼굴인데요?”

“저렇게 아름다운 아가씨라면 얼굴을 기억 못 할 리 없는데. 누구 저 아가씨를 본 적 있나요?”

부채로 입을 가린 귀부인들이 수군댔다. 곧 황제가 황태자의 부축을 받으며 단상 앞으로 나왔다.

“건국 기념일을 기념하는 무도회에 모두들 잘 와주었소. 무도회를 시작하기 전에 소개할 사람이 있군. 공주, 앞으로 나오겠나.”

세레나는 의자에서 일어나 한 걸음씩 발을 떼었다. 회장 안의 모든 시선이 자신에게 꽂히자 그녀의 작은 가슴이 뭉글해온다. 마음의 각오라면 이미 하고 나왔다. 잘못한 것 따위는 없으니 떨지도, 시선을 피하지도 않을 것이다. 세레나는 가슴을 내밀고 허리를 곧게 편 채 단상 밑의 귀족들을 내려다보았다. 호기심 어린 시선들 사이로 초췌해진 율리아나 공녀의 얼굴도 보였다. 눈이 마주치자, 그녀는 공녀를 향해 생긋 웃어 보였다. 공녀의 표정이 일그러지고 눈에 눈물이 글썽해졌지만, 이상하게도 조금의 동정심도 들지 않았다.

"이미 많은 이가 들어 알고 있겠지만, 정식으로 소개하지. 초대 황제 폐하의 따님인 세레니안 라 엘베른 공주다. 어렸을 때 그녀에 대한 그림책 한 권씩은 다 읽어보았겠지? 공주는 마왕의 저주를 받아 오랫동안 잠들어 있다 기적처럼 다시 깨어나게 되었다. 그녀는 짐의 딸은 아니지만 큰황녀라는 직책을 받았으며, 앞으로는 직계 황족으로서 대우받게 될 것이야."

세레나의 귓가로 흥분으로 커진 귀족들의 속삭임이 들려왔다.

"맙소사, 아나이스 여신이시여."

"정말 머리와 눈동자가 깨끗한 은색이에요. 아름답기 그지없군요."

"기다리던 새 황녀의 등장인가요."

모두가 술렁이는 가운데 황제가 한쪽 손을 들었다. 회장 안은 언제 그랬냐는 듯 다시 잠잠해졌다.

"이상으로, 무도회의 개막을 선언하는 바다."

황태자가 다가와 세레나에게 손을 내밀었다. 두 사람이 몸이 불편한 황제를 대신해 무도회의 시작의 춤을 출 차례였다. 세레나는 황태자의 손을 잠시 바라보았다. 참으로 이상한 기분이었다. 여름 장미 축제 마지막 날 열렸던 무도회에서, 공작이 율리아나 공녀에게 꼭 이렇게 손을 내밀었었다. 그리고 공녀의 손을 잡은 채 몇 번이고 원을 그리며 회장을 돌았다. 그 모습을 먼발치에서 지켜보기만 하던 자신이 이번에는 황태자의 손을 잡고 영광스러운 첫 번째 춤을 추게 되다니.

두 사람은 천천히 중앙으로 이동했다. 처음 와보는 넓고 으리으리한 회장에 모두의 주목까지 받자 정신이 하나도 없었다. 혹시라도 삐끗

해 실수를 하지 않을까 한 걸음 떼는 것도 조심스러웠다. 그런데 걸음을 옮기는 세레나의 눈에 언뜻, 익숙한 남자의 인영이 스쳤다. 모자로 가려져 잘 보이지 않았지만 하나로 묶은 바다색의 머리색이 꼭 발루아 공작의 것 같다. 그녀가 좀 더 자세히 살펴보려고 눈을 크게 뜨자, 남자는 홀연히 모습을 감춰버렸다.

곧 악단에 의해 부드러운 곡조의 음악이 흘러나왔다. 한 번도 들어본 적 없는 템포의 낯선 음악이었지만 황태자의 리드로 세레나는 어렵지 않게 스텝을 밟을 수 있었다. 혹시 각하께서 이곳에 오신 건 아닐까? 나를 만나기 위해? 마음이 들뜬 세레나는 바쁘게 스텝을 밟으면서도 이리저리 주변을 살피기 시작했다. 춤에 집중하지 않는 그녀를 눈치챈 황태자의 한쪽 입꼬리가 비딱하게 올라갔다.

"황녀님, 그러다 넘어지시겠습니다. 누군가 찾는 사람이라도 있으십니까."

"아, 죄송합니다. 저편에서 언뜻 아는 얼굴을 본 것 같아서요."

"그렇습니까. 제도에 온 지 얼마 되지 않은 분께서 아는 얼굴이라니, 어쩐지 의미심장하게 들리는군요."

황태자는 환하게 웃어 보였지만 그의 기분은 이미 바닥으로 곤두박질치고 있었다. 깨어나자마자 산 구석에 처박혀 있던 그녀가 아는 사람이라 해봤자 발루아 공작밖에 더 있을까. 그놈의 공작, 공작, 공작! 단순히 신세를 진 사이라 하기에 세레나의 공작 타령은 도가 지나치다. 덕분에 발루아 공작은 이제 황태자에게 있어 자객이라도 보내 목을 따고 싶은 1순위 인물이 되었다. 북령에 있는 동안 둘 사이에 어떤 감정이라도 싹텄는지 모르지만 두 사람은 어차피 이루어질 수 없는 사이다. 황태자는 이번 기회에 확실하게 그 이유에 대해 설명해주기로 마음먹었다.

“아십니까? 사실 발루아 공작과 전 인척 관계입니다. 그의 형이 제 누님인 안젤리크 황녀와 혼인했지요. 아카데미에서의 인연으로 맺어진 둘은 퍽 잘 어울렸습니다만, 1년 전쯤 시찰을 갔다 낙석 사고로 목숨을 잃었지요. 서로를 끔찍이 위하던 사람들이었으니 신께서도 그리 함께 불러들이신 것 같기도 합니다. 혼자 남은 조카는 가엾게 되었지만요.”

“그런 일이 있었군요.”

유벨의 어머니가 황녀라는 사실은 들어서 알고 있었지만 부모와 그 죽음에 대한 자세한 사정을 듣는 것은 처음이었다. 세레나는 회장을 두리번거리던 것도 멈춘 채 황태자의 이야기에 귀를 기울였다.

“당신께서 살던 시대에는 어땠는지 모르지만, 황족과 혼인 관계가 있는 가문은 같은 대에 다른 황족과의 혼인이 불가합니다. 권력이 한 곳에 집중되는 것을 막기 위함이지요. 귀족들 간의 힘의 균형을 적절히 유지시켜주는 것도 우리 황족들이 가져야 할 중요한 책임 중 하나 아니겠습니까?”

“그건, 분명 제가 있던 시절에는 없었던 새로운 법도…… 네요.”

그녀는 당황했다. 지금 황태자가 뭐라고 말하는 거지? 그 말대로라면 형이 황녀와 혼인했으니 그 동생인 공작과 자신의 혼인 역시 불가능한 것 아닌가?

“노파심에서 한 말씀 드리자면, 앞으로는 발루아 공작을 그리 가까이하지 않는 편이 좋으실 겁니다. 적자가 아니면서 공작위에 오른 그는 적이 많지요. 황실과 인척 관계인 그가 당신과 친밀한 관계를 가지는 건 공작 자신에게 치명적인 구설수가 될 겁니다. 물론 황녀님 당신께도요."

"……유념하지요."

대화가 끝나자 때마침 음악도 끝이 났다. 자리로 돌아오는 세레나의 등에 오싹한 한기가 느껴졌다. 왜 이제야 눈치 챈 걸까. 아무래도 황태자는 공작을 적대시하고 있는 것 같다. '공작'이라는 단어를 말할 때마다 황태자의 눈에 불이 붙는 듯했다. 지금까지 북령에서 연락 한 번을 받지 못한 건, 처음부터 아예 소식을 전하지 않았기 때문일지 모른다는 생각이 불쑥 들었다.

'세상의 법칙이란…… 이다지도 공평한 것이구나.'

세레나는 어처구니가 없어졌다. 이름조차 밝히지 못하고 시녀로 있을 때, 자신은 마음으로 자신을 아껴주는 소중한 사람을 얻을 수 있었다. 이제 겨우 진짜 모습을 되찾나 싶으니, 이번엔 자신에게 사랑을 버리란다. 어째서 하나를 얻으면 다른 하나를 포기해야 한단 말인가.

울적해진 세레나의 마음과 상관없이 본격적인 무도회가 시작되었다. 아름다운 음악이 울려 퍼지자, 회장 가장자리에서 얌전히 자신들의 차례를 기다리던 귀족들이 우르르 몰려나와 원형을 이뤘다. 두 번째 음악이 끝나고 세 번째, 네 번째 음악이 시작될 때까지도 세레나는 단상을 내려가지 않고 자리를 지키고 있었다. 어차피 신분이 더 높은 자신이 먼저 다가가 말을 걸지 않는 한 먼저 다가올 수 있는 귀족은 아무도 없었다.

황태자의 말 때문에 세레나가 복잡한 얼굴을 하고 있을 때, 아까 얼핏 보았다고 생각했던 그리운 얼굴이 다시 눈에 들어왔다.

차양이 넓은 모자를 깊숙이 눌러쓰고 장식이 없는 검은색 웃옷을 입은 공작은 입구 쪽 끄트머리에 몸을 숨기고 있었다. 왜 여태껏 찾지 못했나 싶을 정도로 강렬하게 자신을 바라보면서. 모습은 바꿀 수 있지만 빨려들 것만 같은 짙고 푸른 눈동자는 숨길 수 없었다. 분명 카이로스, 그였다.

공작을 발견한 순간, 세레나가 자리에서 벌떡 일어났다. 그러자 공작은 손가락을 입에 댄 채 정원으로 향하는 작은 문을 손짓했다. 당장이라도 달려가고 싶은 것을 꾹 참으며 세레나는 작게 고개를 끄덕였다. 손짓을 마친 그는 언제 있었냐는 듯 다시 그림자처럼 사라져버렸다.

일곱 번째 곡의 연주가 끝날 때쯤, 몸이 좋지 않은 황제는 먼저 퇴장했다. 세레나의 곁을 벗어나지 않으려 안간힘을 쓰던 황태자는 어느덧 한 무리의 귀족들에게 둘러싸여 옴짝달싹하지 못하고 있었다. 주위를 살핀 세레나는 자리에서 조심스럽게 일어났다. 그리고 화장을 고치러 여성 휴게실에 들어가는 척하다 반대 방향의 정원으로 천천히 걸어 나갔다.

마법등이 일정한 거리를 두고 걸려 있긴 했지만 밤의 정원은 어둑어둑했다. 한참을 걸어 어딘지도 모르는 황궁의 정원 한가운데에서 서성거리고 있자니 뒤편에서 발자국 소리가 들렸다. 얼굴이 보이지 않아도 세레나는 알았다. 지극히 일정하고 절도 있게 울려 퍼지는 이 소리는 과거 훌륭한 군인이었던 공작의 발소리였다.

잠시 후, 어두운 불빛 아래 나타난 정인의 모습에 세레나의 가슴이 벅차올랐다.

“보고 싶었어요, 각하. 아니, 카이로스 님. 이 이름 한 번을 부르기 위해 참 오랜 시간을 기다리게 해드렸네요.”

공작이 숙였던 모자의 끝을 들어 보였다.

“이젠 황녀님이라고 불러야 하나? ……미안. 변한 그대를 어떻게 대해야 할지 잘 모르겠군.”

“전처럼 편하게 대해주세요. 언젠가 카이로스 님이 제게 해주었던 말처럼, 어디에 있어도 저는 저일 뿐이잖아요.”

세레나의 말에 공작이 희미하게 웃었다. 그러나 그 웃음은 어쩐지 공허하게만 느껴졌다. 공작의 눈이 순식간에 세레나를 살폈다. 늘 하나로 땋던 머리는 우아하게 틀어 올리고 자수정으로 장식한 관을 썼다. 황실의 재단사가 정성들여 만들었을 드레스가 은발과 함께 신비로운 분위기를 자아내는 가운데, 가늘고 긴 그녀의 목에서는 사파이어가 아닌 푸른 다이아몬드 목걸이가 반짝이고 있었다.

“이제 몸은 괜찮아? 아픈 곳은 없는 거지?”

“네, 완전히 나았어요. ……죄송해요. 쓰러진 저 때문에 많이 놀라셨죠?”

“놀라다마다. 검은 머리 남자가 피투성이의 그대를 안고 나타났을 때는 심장이 다 떨어질 뻔했어. 평생 이렇게 놀랄 일이 있을까 싶을 정도였지. 그 뒤로 황태자 전하까지 나타나 정신을 잃은 그대를 데려갔을 때는, 더 이상 놀라거나 분하다는 마음은 들지 않았다. 그보다는…… 황궁에서 좀 더 제대로 된 치료를 받을 수 있을 거라는 생각에 안심을 했지.”

공작이 한쪽 눈을 찡긋 감으며 웃어 보였지만, 세레나는 여전히 미안한 마음을 감추지 못했다. 괜찮다고 말하고 있지만 속으로는 연락 한 번 없던 자신 때문에 마음을 졸였을 것이다. 실제로 며칠 전 마법으로 보았을 때보다도 홀쭉해진 그의 뺨은 보기에 안쓰러울 정도였다.

"황녀 책봉을 축하해. 그대는 뭔가 비밀을 가진 사람이라고 생각했지만…… 그 비밀이 이토록 큰 것일 줄은 몰랐지. 그것도 모르고 귀족 꼬맹이의 시중 따윌 들게 해서 미안하군."

다른 귀족들에게 알려지면 난 매장감이겠지, 농담을 하며 공작이 웃었다.

"실은 초청장은 받지 못했지만…… 눈을 감고 있던 마지막 모습이 아무래도 마음에 걸려 와봤지. 건강한 모습을 봤으니 이제 됐어. 그대는 지금의 모습이 잘 어울려. 힘들었던 북령에서의 기억은 잊고 빛이 날 앞으로의 생각만 하면 돼."

세레나는 아연해졌다.

'이런 말을 듣기 위해 당신을 기다린 것이 아닌데.'

보고 싶었다든가, 좀 더 빨리 자신을 보러 와주길 바랐다든가……. 상상했던 그 어떤 말도 공작은 해주지 않았다. 다행히 그는 거기서 멈추지 않고 계속 말을 이었다.

"……이렇게, 말할 수 있을 거라고 생각했다. 잘되었다고 시원하게 한 번 웃고 잊을 수 있을 줄 알았어. 알고 있나? 내 형은 황태자의 누이와 혼인했지. 내게는 황녀가 된 그대를 취할 자격도, 명분도 없어."

세레나가 어두운 얼굴로 답했다.

"저도 들었어요…… 오늘에야."

"지난 며칠간 별생각을 다 했지. 어떡하면 그대를 나의 성으로 다시 데려올 수 있을까, 몰래 납치라도 해야 하나? 군사를 일으킬까 하는 생각도 잠시 해봤어. 질 거라는 생각은 하지 않았거든. 하지만…… 이 땅은 그대가 목숨을 걸고 지킨 곳이니 나 하나의 이기심으로 제국을 피에 잠기게 할 수는 없지. 모든 경우의 수를 생각해봤지만…… 결론은 하나야. 그럼에도 불구하고, 나는 그대가 필요하다는 것."

공작이 세레나의 손을 꽉 쥐었다. 그리고 황성에 오기까지 줄곧 생각했던 말을 입 밖에 꺼내었다.

"둘이서 함께 사라지자. 황녀의 직책도, 공작 작위도 모두 버리고."

세레나의 얼굴이 더 이상 어떻게 할 수 없을 정도로 하얘지자, 그가 다급히 말했다.

"깊은 산속으로 들어가자는 이야기가 아니야. 10년쯤 뒤에 하려고 했던 일을 그저 조금 앞당기는 것뿐이다. 제국 곳곳에는 가문의 은신처가 있고, 우리는 그곳으로 갈 거다. 떠나오는 길에 모든 정리를 해두었고, 유벨도 이미 마음의 준비를 했다. 그대만 허락한다면 지금 바로 그곳으로 함께 떠나도록 하자."

세레나는 갑자기 자신이 서 있는 곳이 천 길 낭떠러지처럼 느껴졌다. 공작은 홀로 남겨진 조카를 보호하기 위해 원하지도 않던 공작위에 올랐다. 누군가를 위해, 누군가를 지키기 위해 헤아릴 수 없이 많은 짐을 짊어진 사람. 그런 그가 이번엔 자신을 위해 모든 것을 내던지겠다고 한다. 이렇게 다른 이의 손에 꾸며진 채 얌전이나 떨고 있는 자신보다 말로 표현하고 몸으로 행동하는 그는 얼마나 사랑 앞에 진실한 사람인가. 그러나 그 끝에는 과연…… 무엇이 기다리고 있을까.

"너무 갑작스럽긴 하지만…… 귀족과 그들의 가솔들을 위해 모든 문을 개방한 지금이 아니면 또 언제 기회가 생길지 몰라. 세레나, 함께해 주겠어? 밖에는 이미 나의 사람들이 기다리고 있다."

"……."

공작이 잡아오는 팔을 세레나는 가만히 뿌리쳤다.

"저는, 가지 않겠어요."

공작은 놀란 눈으로 뿌리쳐진 손과 세레나를 번갈아 바라보았다.

"여자 하나를 위해 작위도, 가족도 모두 버리려는 남자를 도저히 따라갈 수는 없어요."

"……세레나."

"……주변의 많은 사람들이 다칠 걸 모르나요? 정말 황실의 추격을 피할 수 있을 거라 생각하는 건가요? 카이로스 님, 황녀인 저는…… 당신을 따르지 않겠습니다."

세레나의 단호한 대답에 푸른 눈이 아픔으로 일그러졌다. 말없이 서 있던 공작은, 한참이 지난 뒤에야 짐짓 아무렇지 않은 척 어깨를 으쓱해 보였다.

"세레니안 황녀, 그대의 뜻을 잘 알겠소. 그렇다면 마지막으로 한 가지만 더 부탁해도 될까. 성에…… 그대의 물건이 도착했어. 기억이 날진 모르겠지만…… 언젠가 그대를 위해 화장품과 장신구들을 잔뜩 주문해놓았었거든. 그대가 아니라면 누구도 쓰지 않을 것들이니, 괜찮다면 황성으로 보내도록 하지. 알아두시오. 만일 그대가 황실의 여인이 아니었다면……."

공작이 애틋함을 가득 담은 눈빛으로 세레나를 바라보았다.

"설령 원하지 않더라도 내 성에 가둬놓고 누구에게도 보여주지 않았을 거요. 만난 지 그리 오랜 시간은 흐르지 않았지만, 함께 있던 그 시간들은 영원처럼 행복했으니."

사랑한다는 말보다, 보고 싶다는 말보다 지금 들리는 공작의 말이 더 아팠다. 공작은 세레나를 자신의 곁에 있어줄 유일한 사람이라 불렀다. 그렇다면 그 하나뿐인 사람을 잃은 공작은 남은 시간을 어떤 식으로 살아가게 되는 것일까. 자신은 어떨까. 마음을 잃은 채 화려한 껍데기만 뒤집어쓰고 살아가게 될까?

눈물이 터져 나올 것 같아 아무 말도 못 하고 공작을 바라보던 그녀의 귀에 '세레니안 황녀'를 찾는 목소리가 들렸다. 목소리는 점점 더 가까워졌고, 인기척을 눈치 챈 공작이 중얼거렸다.

"작별 인사를 나눌 시간이군. 어서 들어가보오, 사랑스러운 사람이여."

초청장도 없이 몰래 온 공작의 정체가 드러나면 여러모로 곤란해질 것이다. 고개를 끄덕인 세레나는 작별 인사도 제대로 하지 못하고 서둘러 자리를 떴다. 세레나가 어둠 속 저편으로 사라지자 공작은 홀로 덩그러니 정원에 남겨졌다.

공작은 좀처럼 쉽게 자리를 뜨지 못했다. 가슴 한가운데가 큰 구멍이 뚫린 듯 아파왔다. 쓰라린 통증을 참지 못한 그는 결국 거칠게 가슴을 움켜쥐었다. 결코 쉬운 결정이 아니었다. 평생을 고고한 귀족으로 살아온 그가 가문을 저버리는 선택을 하는 데는 첫 참전 때보다 더한 마음의 결심이 필요했다. 작위나 가문의 비호보다도 사랑하는 이와 함께하는 행복을 소중히 여기고자 했건만…… 그렇게 생각한 것은 아무래도 자신뿐인 듯하다.

공작은 세레나의 목에 걸려 있던 푸른 다이아 목걸이를 떠올렸다. 이번에 돌아가면…… 다시는 그녀를 만나지 않을 것이다. 아쉬움과 애달픔이 그의 뒷모습을 휘감았다.

무도회가 끝이 났다. 파트너인 황태자는 세레나를 에스코트한 채 거처까지 데려다주었다. 생각에 잠긴 세레나가 묵묵히 걸음을 옮기는 것을 옆에서 지켜보던 황태자가 잘생긴 눈썹을 찌푸렸다. 무도회가 시작할 때만 해도 설레어 하는 것이 눈에 선했건만, 함께 춤을 춘 뒤로 계속 저 모습이다. 틀림없이 발루아 공작의 일 때문일 테지.

'어디 마음껏 머리를 싸매고 고민해보십시오. 안 되는 건 안 되는 것이니.'

황녀에겐 애초에 공작과 함께할 수 있는 선택지 자체가 없다. 그리 생각하면서도 그는 내심 초조해졌다. 바쁜 일정 중에도 조금이라도 짬을 내어 매일 시간을 함께했다. 마음을 담은 선물도 주었다. 그럼에도 느껴지는 것은 친족으로서의 친밀감뿐, 세레나는 자신에게 이성으로의 호감을 조금도 보이지 않았다. 내일부터 그녀는 전혀 다른 삶을 살게 된다. 황실의 연장자로서 앞에 나설 일이 늘어날 거고, 각계 인사들과 교분을 나눌 기회도 많아질 것이다. 그녀의 세계가 점점 넓어질 거라는 사실이, 아직 마음을 얻지 못한 황태자를 못 견디게 했다.

두 사람은 수정궁의 입구에 도착했다. 그제야 정신이 든 세레나가 어색하게 웃으며 오늘의 파트너에게 밤 인사를 건넸다. 벌어진 마음의 거리만큼 그녀의 인사는 공손하기 짝이 없었다.

“전하, 이렇게 친히 데려다주셔서 감사드려요. 평안한 밤 보내십시오.”

“황녀님. 잠시만, 기다려주십시오!”

인사를 마치고 들어가려는 세레나를 황태자가 잡았다. 대문 가까이에 서 있던 그녀가 황태자의 두 팔에 밀어붙여져 멀리서 보면 꼭 품에 안겨 있는 듯이 보일 정도가 되었다. 세레나의 눈이 휘둥그레졌다.

“이 무슨 무례한 행동이죠? 어서 이 팔을 풀어주세요!”

황태자는 팔을 푸는 대신 자신의 얼굴을 보다 가까이 들이밀었다.

“묻고 싶은 게 있습니다. 황녀께서는 저를…… 어떻게 생각하십니까.”

“어떻게 생각하다니, 대체 무슨 소리를 하고 싶으신 건가요?”

세레나가 황당하다는 얼굴로 바라보았지만, 그는 아랑곳 않고 자신의 말을 계속했다.

“단도직입적으로 말씀드리면, 저는 당신께 관심이 있습니다. 그동안 매일 함께 있으면서도 그것이 단순한 친절이라고 생각하진 않으셨길 바랍니다. 저는 저의 대에서 이렇게 당신과 만나게 된 것은, 여신께서 점지해주신 운명이라고까지 생각하고 있으니 말이지요.”

“아니요, 전하의 생각은 덧없습니다. 당신은 저의 혈족입니다.”

“황위를 공고히 하기 위해 사촌 이상의 황족끼리는 혼인을 할 수 있지요. 알고 계시지 않습니까?”

입술을 한 번 깨문 세레나는 애써 동요를 가라앉히며 침착하게 답했다.

"……설령 그렇다 해도 제 마음에는 변함이 없군요."

"시간을 두고 진지하게 생각해주십시오. 황녀님 자신을 위해서도, 위험을 무릅쓰고 여기까지 보내주신 초대 황제 폐하를 생각해서도, 제국의 차기 주인인 저는 당신에게 가장 어울리는 혼인 상대일 겁니다."

오만하기 짝이 없는 고백 아닌 고백을 하면서도 황태자는 그저 당당했다. 세레나는 팔을 뿌리치려던 것도 잊고, 그가 자신의 손등에 입을 맞추고 사라지는 모습을 멍하니 바라봤다. 누구의 눈치도 보지 않고 살아온 귀하신 몸답게 황태자의 말은 미사여구 하나 없이 더없이 직접적이며 또한 자기애가 철철 넘쳤다.

그녀는 자신도 모르게 깊은 한숨을 내쉬었다. 공작의 문제만으로도 이렇게 머리가 아픈데, 이 머나먼 후손이 생각지도 못한 말로 숨통을 조여온다. 어쩌면 정말, 그간 눈치 채지 못한 자신이 둔한 건지도 모른다. 나쁘지 않은 혼인 상대라니? 대체 누구 마음대로!

종일 사람들에게 시달려 몸도 마음도 녹초가 되었지만 세레나는 좀처럼 잠들지 못했다. 돌이켜 보면 그녀는 늘 타의에 의한 삶을 살아왔다. 본디 왕족의 삶이 그러하긴 하지만, 이곳 황궁으로 오고 나서는 특히 그러했다. 본인의 의사와는 관계없이 순식간에 일이 진행되어서는, 감당할 수 없을 정도로 커지고 만다.

황족으로 대우하겠다는 황제의 말을 듣자마자 떠오른 건 바로 공작의 얼굴이었다. 보다 제대로 된 신분을 갖게 된다면, 황녀가 된다면 대륙을 호령하는 그의 반려로도 부족하지 않겠지? 불쑥 욕심이 생겼고, 보다 숙고해야 했을 황제의 말에 선뜻 응해 여기까지 왔다. 그러나 현실은 정반대여서, 이제는 모든 걸 가지는 대신 단 하나, 사랑을 버리라 한다.

자신은 어떻게 하고 싶은 걸까. 북령에서의 일들을 한여름 밤의 꿈으로 치부하고 기억 저편으로 묻어두고 싶은가? 아니면…….

창문을 열자 어스름 달빛이 쏟아져 들어왔다. 보름날도 아닌데 유독 크고 환한 달에 자연스럽게 떠오르는 존재가 하나 있다. 시간의 틈바구니에서 함께 길을 잃고 동고동락했던 유일한 '벗'. 아직 그와의 계약은 끝나지 않았다. 이제 아껴두었던 자신의 마지막 소원을 말할 차례다.

무릎을 세우고 소파에 앉아 있던 세레나가 작은 목소리로 읊조렸다.

"화염의 마왕 하우레스, 지금 여기 이 자리에 모습을 나타내 언약으로 맺은 계약을 이행하라."

말이 끝나기가 무섭게 방 안의 공간이 일그러졌다. 어디론가 빨려 들어가는 공기와 함께 급격히 내려간 방의 온도에 그녀는 몸을 떨다 눈을 감았다. 다시 눈을 떴을 때, 그 앞에는 거짓말인 양 밤처럼 검은 털의 고양이 한 마리가 앉아 있었다. 고양이를 본 세레나의 얼굴이 환해졌다.

"마왕!"

"멍청이 공주, 오랜만이군."

고양이는 한쪽 발을 들며 야무지게 인사했다. 원래의 목소리가 맑은 울림의 중성적인 소리여서인지, 동물의 몸으로 말을 하고 있는데도 큰 위화감이 없었다.

"시공의 거울을 통해 지켜보고 있었어. 하도 연락이 없기에 이제는 나도, 내 이름도 모두 잊어버렸나 했지."

"잊었을 리 없잖아. 마왕도 봤으면 알겠지만…… 그동안 통 정신이 없었어. 매일 내가 제대로 살고 있는지, 숨은 쉬고 있는지 확인하는 것만으로도 너무 벅찼거든."

그래서 놓친 것들이 너무 많아, 세레나는 뒷말을 삼키며 나지막이 웃었다.

"왜 아직도 고양이 모습이야? 이름을 되돌려 받으면서 힘도 되찾은 것 아니었어?"

"여전히 어리석구나. 나처럼 위대한 존재가 본 모습 그대로 현신하면, 인간계는 최소 멸망이라고."

"그래도 꼭 고양이일 필요는 없잖아. 마왕, 설마…… 고양이로 있는 게 좋은 건 아니지?"

"……나, 다시 돌아갈까?"

심통이 난 얼굴로 볼을 실룩거리는 그 귀여운 모습에 세레나는 결국 웃음을 참지 못했다. 한참을 깔깔 웃었더니 조금씩 턱이 아파온다. 이렇게 마음껏 웃어본 게 얼마 만인지. 새삼스럽게, 아니, 뒤늦게 아무렇지 않은 일상의 소중함을 깨닫는다. 모든 걸 잃었다고 여겼던 그때, 사실은 얼마나 많은 것을 누리고 있었는지도.

"아껴뒀다 부른 걸 보니 내 도움이 필요한 것 같은데? 어서 생각한 소원이나 말해."

"알겠어. 그럼 바로 말할게. 내 소원은……."

고개를 든 세레나의 눈이 아득히 먼 곳을 응시했다.

"제도에서 만난 모든 사람들이 황녀로서의 나의 존재를 잊는 거야.

다시 돌아온 공주, 새로 책봉된 황녀…… 이런 기억 따위는 까맣게 지워버리고, 혹시 떠올라도 한낮에 꾼 꿈 정도로 치부해주었으면 좋겠어. 제국의 주인들에게 은밀히 전해져 내려왔다는 선서도 모두 없었던 걸로 만들어주고."

고양이는 의아하게 세레나를 바라보았다. 자신의 도움 없이도 원래의 자리를 찾아 다행이라 여기고 있었더니, 그녀는 다시 옛날로 돌아가는 것을 원하고 있었다. 누구도 기억해주지 않고, 아무것도 가지지 못했던 빈털터리 시절로.

"차라리 너와 공작을 위한 작은 왕국을 하나 세우는 건 어때? 전쟁에서 이길 수 있도록 흉악하고 용맹한 마물들을 무한으로 지원하마."

"후후. 괜찮아. 조금 늦었지만 깨달은 게 하나 있어. 그건 말이지……."

그녀가 말을 잠시 멈추고 방 안을 둘러봤다. 금과 보석, 세상의 귀한 것들로 가득한 침실은 한밤중에도 달빛을 받아 빛이 난다. 그러나 이곳에 있는 동안 그녀는 줄곧 외롭고도 쓸쓸했다.

"그림책 속 공주가 되살아나 반드시 황녀가 될 필요는 없다는 거야. 다시 눈을 뜬 난 계속 찾아왔던 것 같아. 누구의 딸도, 공주도 아닌 나는 대체 어떤 모습인지를 말이야. 이제 진짜 내 삶을 찾고 싶어. 자신답게 한 번 살아보고 싶어. 마왕…… 도와줄 거지?"

"크윽, 하고 많은 것들 중 하필 제일 어려운 정신계 마법이라니……. 그래도 그게 네 소원이라면 어쩔 수 없지. 접수했다."

고양이가 또르르 굴러 떨어질 것 같은 자색 눈을 번뜩이더니 다시 감았다. 바람도 불지 않는데 작은 몸이 허공으로 떠올랐다 천천히 가라앉았다. 다시 눈을 뜬 고양이에게선 채 갈무리하지 못한 광채가 조금씩 흘러나왔다.

"이제 됐다. 새 황녀에 대한 이야기를 접했던 모든 사람들은 잠에서 깨어나는 대로 너에 대한 기억을 까맣게 잊어버릴 거다. 아귀가 맞지 않는 부분도 알아서 짜 맞춰서 이해할 거고. ……오직, 북령의 공작과 꼬맹이만 빼고. 이게 네가 원하던 게 맞나?"

"고마워. 역시 마왕의 힘이란 대단하구나!"

"그리 고마울 것도 없어. 일단 기억은 지웠다만 인간의 정신을 조작하는 이런 마법은 내 전문이 아니라서…… 언제 어떤 충격에 의해 다시 기억이 돌아올지 모르겠거든. 쩝, 체면이 말이 아니지만 이런 건 어디까지나 솔직해야 하니까."

"그럼, 사람들이 다시 나에 대한 기억을 떠올리는 데에는 얼마나 시간이 걸릴까?"

고양이는 망설이지 않고 발을 들어 보였다. 처음에 그 행동의 의도를 이해하지 못한 세레나는, 뒤에 이어진 말을 듣고서야 1을 가리킨 것임을 알아차렸다.

"길게 잡아 한 달. 그 안에 넘치도록 축복을 받은 황제와 황태자부터 기억이 돌아올 거다. 만일 기억을 완전히 없애고자 한다면 나와는 다른 속성의 힘을 가진 누군가의 도움이 필요해."

"다른 누군가?"

"그래. 나처럼 인세의 흐름을 벗어난 존재 말이다. 정신계 방면에 특히 강한 건 용족이야. 그러고 보니…… 네가 전에 가고 싶어 했던 동령의 어린 용이 나와는 조금 인연이 있지."

무언가를 생각하는 듯하던 고양이는 곧 날카로운 송곳니를 드러내며 외쳤다.

"동령으로 가라, 세레나. 그 녀석에게 가서 네 소원을 확실하게 마무리 짓도록 해. 혹시나 해서 말해두자면, 내가 그깟 용족보다 힘이 약해서 이러는 건 절대 아냐. 마음만 먹으면 난 얼마든지 이 대륙을 불바다로 만들 수도 있다고."

뒤에 이어진 장황한 허세를 못 들은 척하며 세레나는 속으로 고양이가 말한 장소를 되뇌어보았다. 동령, 동령이라……. 언젠가 가보고 싶다고는 생각했었지만 이렇게 갑자기 그곳으로 향하게 될 줄은 몰랐는데. 하지만 지금 떠나지 않으면 또 언제 가볼 수 있을까. 생각만 해서는 결국 아무 일도 일어나지 않으니까, 기회가 되었을 때 보고 싶던 푸른 바다를 마음속에 담아 오는 것도 나쁘지 않을 것이다.

갑작스러운 제안에 당황한 것도 잠시, 태어나서 처음으로 떠나게 된 여행에 그녀는 들뜨기 시작했다.

"그래, 가자. 이참에 300여 년이 지난 세상 구경까지 실컷 해보아야겠는걸."

먹구름이 걷힌 듯 환해진 얼굴의 그녀를 고양이가 비뚜름하게 바라봤다.

"정말 아쉽지 않아? 황제 못지않은 권력을 손에 쥘 뻔했다고, 너."

"있지, 마왕, 얼마나 누리고 사느냐가 중요한 게 아니었어. 정말 중요한 건 자신이 어떻게 살고 싶은지를 아는 거야."

"지금 바로 동령으로 가는 거냐?"

"아니, 그전에 만나야 할 사람이 있어."

세레나는 친절했던 황제와 황태자, 꿈처럼 아름다웠던 황성, 그녀에 대한 호기심과 호감을 숨기지 않던 뭇 귀족들의 시선을 차례로 떠올렸다. 그리고 미련 없이 머릿속에서 지웠다.

제국의 황태자비 자리도, 가장 귀한 손님 대접도, 마음이 거기에 없는 한 무슨 의미가 있을까. 아바마마께서 어렵게 만들어주신 새 삶이다. 아직 아무것도 채워져 있지 않은 삶 속에서 무엇을 첫 번째로 둘 것인가는 앞으로 살아가야 할 스스로가 결정할 문제. 그리고 자신은 이미, 그 답을 찾았다.

어슴푸레 날이 밝자마자 세레나는 서둘러 황성을 나왔다. 황궁 경비병들이 이중삼중으로 성을 지키고 있었지만 검은 고양이 친구의 도움을 받아 여유롭게 빠져나올 수 있었다. 고양이는 수정궁에 남은 흔적을 지우는 등 마지막까지 뒤처리를 꼼꼼하게 도왔다.

가장 성대한 축제일답게 해도 뜨지 않은 이른 시각에도 제도는 축제 분위기로 들썩거렸다. 세레나는 황성에서 그리 멀리 떨어지지 않은 공작의 저택을 향해 걷고 있었다. 이동 포털은 이용 가능한 시간이 정해져 있으니, 늦은 밤까지 무도회에 참석했던 공작은 아직 저택을 벗어나지 못했을 터였다.

내딛는 발걸음에는 한 치의 망설임도 없었다. 길을 모를 것 같으면 지나가는 행인에게 물었다. 늘 소심하고 조심성 많은 자신이었지만 오늘만큼은 이상하게 조금도 떨리지 않는다. 머릿속이 엉망진창인 주제에 조금이라도 빨리 만나고 싶다는 마음만 가득하다. 이전, 공작은 설령 인간이 아닌 마녀라도 좋으니 함께 있자고 말해준 적이 있다. 그렇다면 시간을 뛰어넘은 것도 모자라 이제는 마왕에게 소원까지 빈 조금은 이상한 자신이라도…… 이해해주지 않을까. 자신이 자신인 채로 그의 곁에 머문다면 말이다. 이런저런 생각을 하며 걷고 있으려니 북령의 성처럼 뾰족한 탑을 가진 공작의 저택이 점점 가까워지고 있었다.

어떻게 알았을까, 저택의 정문은 활짝 열린 채였다. 지키는 이 하나 없는 정문 앞에 공작이 홀로 서 있었다. 침의 차림의 그가 놀란 눈으로 세레나를 바라봤다. 푸른 눈동자가 무언가를 기대하는 듯 일렁였다 체념으로 까맣게 물들었다를 반복했다.

"세레나……."

세레나는 그런 공작의 시선을 피하지 않았다. 그녀는 환한 웃음을 지으며 똑바로 걸어갔다. 멈추지 않고 걸어간 세레나가 품에 덥석 안겨오자, 얼떨결에 붙잡은 공작의 손이 일순 풀리는 듯했다. 하지만 두 개의 단단한 손은 다시 힘을 주어 꽉 안아왔다. 마치 다시는 놓치지 않겠다는 듯.

"여기엔 어떻게 온 거야. 호위들은 어디 있지? 쌀쌀한 날씨에 숄도 걸치지 않고."

공작은 얼른 침의 위에 입고 있던 가운을 벗어 어깨에 걸쳐주었다. 가운에서는 그에게서 풍기는 따뜻하면서도 관능적인 향기가 났다. 덮혀진 가운의 향기와 온기에 초조하던 마음도 조금씩 진정되자, 세레나는 자신이 낼 수 있는 가장 밝은 목소리로 말했다.

"저, 허수아비 황녀는 그만두기로 했어요."

"뭐? 설마…… 성에서 도망쳐 나온 건가?"

걱정스러운 얼굴을 하는 공작에게 그녀는 싱긋 웃어 보였다.

"몰래 나온 건 사실이지만, 걱정 마세요. 저를 지켜주는 수호신 같은 존재의 도움을 받아 사람들의 기억을 모두 지웠거든요."

"수호신…… 이라고?"

"제 옆을 늘 따라다니던 검은 고양이, 기억나시나요? 그 아이의 정체는 이름을 잊어버려 인계를 떠돌던 마왕이랍니다. 믿어지지 않으시겠지만 사실이에요. 제가 300년도 더 전에 태어난 공주인데 무엇인들 더 이상하게 느껴지겠어요."

"……."

"요 며칠은 꿈속을 걷는 것 같았어요. 아바마마께서 건국하신 제국, 그 중심인 황성으로 돌아가고 원래의 신분을 되찾아 원하는 만큼 사람들의 환호성을 들었지요. 줄곧 바라왔던 자리였던 만큼 이전보다 더 행복해질 줄 알았는데…… 그렇지 못했어요. 행복은 그렇게 찾을 수 있는 것이 아니더라고요."

이 사람에게 내 마음을 전하자. 소중한 만큼 조심스럽게, 그렇지만 솔직하게. 세레나는 평생분의 용기를 모두 끌어 모았다. 그리고 눈앞의 공작의 입술에 제 입술을 포갰다. 강건한 무인인 그의 입술은 뜻밖에 슈크림처럼 촉촉하고 부드러웠다. 겹쳤던 입술을 뗀 그녀는 작지만 분명한 목소리로 고백했다.

"저는 카이로스 님, 당신이 좋아요."

제자리에 얼어붙은 공작은 긴 속눈썹을 깜박거렸다.

"그렇지만 당신 때문에 황녀 자리를 포기한 건 아니에요. 궁 안에 갇혀서 말하는 꽃 행세를 하는 일은 이제 더는 하고 싶지 않아요. 그래서 잠시 저를 위한 여행을 떠나려고 해요. 실은 마왕의 능력으로도 수많은 사람들의 머릿속에서 돌아온 공주에 대한 기억을 완전히 지우는 건 어려움이 있어, 동령에 산다는 용의 힘을 빌리러 가는 거긴 하지만요. 그래도 그 여정 속에서 온실 속 화초 같던 스스로를 돌아보고, 세상이 어떻게 변했는지도 눈으로 확인할 수 있을 거예요. 이런 제 여행에 카이로스 님도 함께…… 해주시겠어요?"

세레나의 말이 이어질수록 굳어 있던 그의 얼굴 근육이 부드럽게 풀렸다. 막 승낙을 담은 입술이 벌어지려는 차, 불쑥 튀어나온 검은 고양이가 먼저 선수를 쳤다.

"저놈은 안 돼. 여기 남아서 황실 녀석들의 기억이 제대로 지워졌는지 확인해줄 녀석이 필요하니까."

"방금 누가…… 설마 저 고양이가 말을 한 건가?"

"그래, 공작. 내가 바로 세레나가 말한 지고의 존재, 마왕이시다."

"……."

공작은 팔짱을 낀 채 자신의 발아래에서 가슴을 당당히 내밀고 있는 고양이를 내려다보았다. 마왕이라 자칭하는 자그마한 몸집의 고양이는 조금의 기도 죽지 않고 공작을 향해 또렷한 음성으로 명령했다.

"여행이라고 들떠서 전부 떠나버리는 건 곤란해. 혹시 남았을지 모를 세레나의 흔적이나 기억을 되찾을 수 있는 작은 실마리 하나까지도 깨끗이 처리해주어야 하고, 또 넌 북령으로 돌아가서 해야 할 일이 있을 텐데."

'넌'? 수십 년 만에 들어보는 참신한 지칭에 입을 벙긋거리던 공작의 얼굴이 이내 어두워졌다. 고양이의 지적에 자신이 영지에 벌여놓은 일들이 떠올랐기 때문이었다. 어떻게든 세레나의 손을 잡고 함께 떠나고 싶지만, 모든 걸 버릴 각오로 북령을 떠나오며 해둔 장치들을 없던 일로 만들기 위해선 한시라도 빨리 성으로 돌아가야 했다. 또 저 말대로라면 제도에 남았을지 모를 세레나의 흔적을 지우는 일 역시 시급을 다투는 중요한 과제였다. 세뇌, 기억 조작 등의 정신계 마법은 대체로 불안정해, 약간의 자극이나 계기만으로도 묻어둔 기억이 떠오를 수 있으니.

공작은 힘이 빠진 모습으로 두 팔을 늘어뜨린 채 한참을 서 있었다. 그러다 무거운 한숨과 함께 입을 열었다.

"잠시만…… 기다려주겠어? ……금방 돌아오지."

저택으로 들어갔던 공작은 얼마 지나지 않아 금방 모습을 드러냈다. 그의 손에는 여러 가지 물건들이 들려 있었다. 그중 공작은 덮개처럼 생긴 펑퍼짐한 옷을 펼쳐들었다.

"우선 이것부터 걸쳐. 여성용 로브야. 급하게 준비해 크기가 맞을지 모르겠지만 비와 추위를 그런대로 막아줄 거야. 주머니에는 금화와 은화, 동전을 골고루 준비했다. 혹시 몰라 보석도 몇 개 넣어두었으니 필요할 때마다 바꿔서 쓰면 돼. 그리고 이건 북령의 신분패야. 이게 있으면 어딜 가도 곤란할 일은 없을 거다."

그가 건넨 것은 금속으로 된 동그란 메달이었다. 푸른 보석이 박힌 메달의 중앙에는 발루아 가문의 문장인 검과 용이 조각되어 있었다.

"각하, 이런 것까지 준비해주시진 않아도 되는데요."

세레나가 벅찬 감동에 말을 잇지 못했다. 여행을 떠나겠다 말은 했지만 이렇게 세세한 부분까지는 생각도 하지 못했다. 떠나겠다는 여인에게 여행 물품까지 선물하는 연인이라니, 도대체 얼마나 마음이 넓은 것인지. 당황한 탓에 공작을 부르는 호칭까지 원래대로 돌아간 채였지만, 그는 회심의 미소를 지으며 다시 한 번 품속에 손을 집어넣었다.

"잠깐, 끝까지 설명하게 해줘. 마지막 물건이 가장 중요하거든."

공작은 커다란 보석 반지를 꺼내 앞으로 내밀었다.

"솔즈베리 부인이 끼던 반지야. 정탐 도구로 쓰던 것이라 그런지 기능이 제법 많더군. 반지에 달려 있는 보석을 잡고 한 번 돌리면 앞에 보이는 풍경을 고스란히 동일한 보석의 다른 반지로 전송하고, 한 번 더 돌리면 통신구 역할도 할 수 있어."

"……."

"새로운 장소에 도착할 때마다 이걸로 내게 연락을 주지 않겠어? 그대가 어디서 어떻게 지내고 있는지, 소식 정도는 알고 있어야 하잖아. 또 그래야 일을 마무리하는 대로 내가 그대를 따라갈 수 있지."

세레나는 반지를 응시하다 천천히 고개를 끄덕였다.

"약속…… 할게요. 처음 보는 풍경을 보게 되면 꼭 당신께 제일 먼저 전하겠다고."

"좋아."

공작이 만족스러운 미소를 지었다. 그는 세레나에게 준비한 로브를 입히고 경량화 마법이 걸린 가방을 꼼꼼히 매어주었다.

"만나지 못한 시간이 참 길었어. 나에게 오자마자 다시 훌쩍 떠나는 그대를 보내는 게 아쉽지만…… 대상이 그대라면 지옥 같은 기다림조차 퍽 달콤할 것 같군."

세레나의 손을 힘차게 감싸 쥔 공작이 그와는 정반대로 나지막하고 부드러운 목소리로 속삭였다.

“보고 싶은 세상을 마음껏 돌아보고 있도록 해. 그러면…… 머지않아 내가 바람처럼 날아서 데리러 갈 테니.”

말을 마친 그는 대답할 틈도 주지 않고 자신의 입술을 겹쳤다. 아까는 부드럽던 입술에서 이번에는 금방이라도 델 듯한 열이 느껴졌다. 살짝 깨물린 아랫입술이 벌어지자, 뜨거운 혀가 숨어 있는 연한 속살을 찾아 감아올렸다.

그 아릿한 느낌에 세레나가 움찔하자, 공작은 마치 언제 그랬냐는 듯 평온한 표정으로 원래의 자리에 서 있었다.

“그대의 여행이 돛을 단 배처럼 순조롭기를 기원하지.”

“……그럼, 다녀오겠습니다!”

인사를 마친 세레나는 저택의 반대 방향을 향해 씩씩하게 걸음을 옮겼다. 다부진 그 걸음걸이에 목에 걸린 공작의 푸른 목걸이가 좌우로 흔들렸다. 뒤는 돌아보지 않았다. 만일 돌아봤을 때 공작이 엄마 잃은 아이처럼 물끄러미 자신을 바라보고 있다면, 힘들게 한 결심이고 뭐고 다시 그에게로 달려가 따뜻하고 안전한 품에서 언제까지고 어리광을 부리고 싶어질 것이다.

도서관의 책을 다 읽었어도, 현자들과 대담을 나누어봤어도 정작 세상에 대해서는 아무것도 모른다. 천둥벌거숭이 같은 자신이 과연 어디까지 갈 수 있을까? 무엇을 보고, 느끼고, 담아 올까? 세레나는 가슴이 벅차올랐다. 본격적인 여행의 시작이었다.

얼마나 걸었을까, 그녀는 아까부터 자신의 뒤를 졸졸 따라오고 있는 검은 고양이를 불렀다.

"마왕."

"흥! 이제야 날 찾는 거냐? 둔해 빠져가지고서는. 아까 그 자리에 내가 있다는 사실도 까맣게 잊고 있었지? 둘이 딱 붙어선 아주 가관도 아니던데."

마왕의 이죽거림에도 아랑곳 않고 세레나는 아까부터 줄곧 신경 쓰이던 문제에 대해 물었다.

"마계로 돌아가지 않아도 되는 거야? 소원은…… 이미 이뤄주었잖아."

그녀의 말을 들은 고양이가 짐짓 가소롭다는 표정을 지어 보였다. 올라간 입꼬리를 따라 코끝의 수염이 잘게 흔들렸다.

"아직 반 개 남았다. 기억을 지우는 마법은 완전하지 않았으니까. 게다가 혼자서 무슨 수로 동령의 어린 용을 만날 생각인데? 네 바람이 이루어질 때까지는 이 몸이 친히 옆에서 지켜봐줄 테니 감사히 여기도록 해라."

"그 말, 정말이지?"

입가에 피어오르는 웃음을 참지 못한 세레나는 무릎을 굽히고 발밑의 고양이를 와락 들어 올렸다.

"동행이 된 걸 환영해! 혼자서 떠난다고 했다면 조금은 두려웠을 텐데 이렇게 든든한 고양이가 함께해주다니, 영광인걸?"

"고양이가 아니라 마왕이다. 감히 지고한 존재에게 손을 대다니, 어서 내려놓지 못해!"

질색하며 온몸을 흔들던 고양이가 슬그머니 꼬리를 내리며 몸의 힘을 뺐다.

"그런데 마왕, 동령까지는 어떻게 가면 돼? 마왕이 마법으로 날 거기까지 데려가주는 거야?"

"저, 저 욕심 많은 것 같으니라고. 가만히 있으려니 이제는 아예 날로 먹으려 하네? 지나치게 뛰어난 능력을 가진 난 약속한 소원에 대한 것 외에는 힘을 쓸 수 없다. 그러니 나머지는 네가 알아서 처리하도록 해."

"알겠어. 그럼 들어봐. 내가 생각한 경로는 바로……."

구름 한 점 없는 하늘에 어느덧 새로운 아침 해가 떠올랐다. 여행의 시작을 축복이라도 하듯, 눈부신 햇살이 은빛의 소녀와 고양이 한 마리를 포근하게 비추고 있었다.

Ⅱ

18. 동령으로 가는 길

포털은 방대한 영토의 관리를 위해 황실과 마법사 길드가 합작해 만들어낸, 고도로 진화된 마법의 산물이었다. 이는 국가 차원에서 살상이 가능한 공격마법 대신 실생활에 적용이 가능한 실용마법 연구를 적극 장려했기 때문이기도 하다.

제국의 수도답게 제도는 사방의 성문에 포털이 하나씩 설치되어 있었는데, 세레나는 그중 동문을 선택했다.

원기둥 모양의 둥근 탑을 양쪽으로 한 거대한 성문으로 수많은 사람들과 짐을 잔뜩 실은 수레가 드나들었다. 세레나는 마법사 길드의 상징인 오망성 표식을 찾아 이리저리 두리번거렸다.

얼마 지나지 않아 그녀는 성문에서 멀리 떨어지지 않은 곳에서 오망성 깃발이 나부끼는 3층짜리 건물을 발견할 수 있었다. 건물 앞에는 무장한 제국의 병사들이 부동자세로 서 있었다.

가까이 다가가자 젊은 병사 한 명이 들고 있던 창으로 문을 가로막았다.

"신분을 증명할 수 있는 것이 있다면 보여주시오."

이거면 괜찮을까? 세레나는 조마조마한 심정으로 공작이 준 신분패를 내밀었다. 군인은 패를 보자마자 들고 있던 창을 치웠다.

"큰 실례를 했습니다. 어서 안으로 드십시오."

그 정중한 태도에 세레나는 들고 있던 메달을 한 번 더 들여다보았다. 이름도 쓰여 있지 않은 이것이 대체 무엇이기에 그러지?

건물 안에서도 검문은 이어졌다.

"소지한 물건을 모두 이쪽에 두어라. 무기류를 비롯한 모든 물품의 소지가 가능하나 포획이 금지된 동물, 환각성 식물, 위조 화폐, 포털의 마법장에 영향을 줄 수 있는 강력한 마도구는 가지고 들어갈 수 없다. 해당 사항이 있는 자는 미리 앞으로 나와 신고하도록."

병사의 말에 세레나는 공작이 건넨 가방 안에 무엇이 있었는지 다시 한 번 떠올려봤다.

'그리 위험한 물건 따위는 없었으니 괜찮겠지. 끼고 있는 반지가 마력석을 이용하는 마도구이긴 하지만 그렇게 강력한 힘을 갖고 있는 것 같지도 않고.'

그녀는 안심하고서 메고 있던 가방을 건넸다. 배가 나온 병사 하나가 가방 속 패물과 주머니에 가득한 금화에 눈썹을 크게 치켜 올렸지만, 모자 사이로 삐져나온 그녀의 은발과 서릿빛 눈동자를 보고는 더 이상 붙잡지 않고 통과시켰다.

나선형 계단을 따라 올라가자 위에서는 마법사 길드의 로브를 입은 젊은 남자가 기다리고 있었다. 그의 뒤로 금빛이 번쩍거리는 복잡한 문양의 마법진이 보였다. 무료하게 뒤로 기대고 앉아 있던 남자는 세레나를 보더니 갑자기 자리에서 꼿꼿하게 일어났다.

"어, 어서 오십시오, 아가씨. 어디로 가십니까?"

"화란으로 갑니다."

화란은 동령의 중심이 되는 도시였다. 또한 대륙에서 가장 큰 항구를 가진 융성한 상업과 항해의 중심지이기도 했다.

그 말을 들은 젊은 마법사는 뜻밖에도 고개를 절레절레 저었다.

"포털 이용이 처음이신 모양입니다. 동령은 포털을 통한 이동이 불가능합니다. 그쪽은 독자적인 체계의 술법을 사용하거든요. 게다가 워낙에 마법을 배척해 날고 기는 마법사 길드라도 그곳에는 둥지를 틀지 못했어요. 포털 역시 설치되어 있지 않고요."

"그럼 어쩌죠? 전 꼭 그곳에 가야 하는데……."

"베델포트로 보내드리죠. 그곳에서 동령은 무척 가까우니까요. 일단 동령 안으로만 들어가면 그 안에 별도의 이동진이 마련되어 있으니 화란까지 가시는 길이 어렵지는 않으실 겁니다."

"친절하신 마법사님, 그럼 그렇게 부탁드릴게요."

세레나가 웃어 보이자 비쩍 마른 마법사는 주근깨투성이의 코를 포함해 얼굴을 죄 붉혔다.

"요금은 10만 페리입니다. 여기서 거리가 제법 되는지라…… 아, 하지만 원하시는 목적지까지 보내드리지 못하니 저의 재량으로 조금 깎아드리지요. 9만 페리만 주십시오."

"친절도 하셔라. 5만 페리와 1만 페리 동전으로 함께 드릴게요. 여기요."

웬만한 사람이라면 두 눈이 휘둥그레질 정도의 요금이었지만, 두말 않고 주머니에서 금화를 꺼내 요금을 지불했다. 그녀에게는 공작이 건넨 주머니 외에도 황성에서 지니고 나온 패물이 제법 되었다. 동전을 받으며 손이 스친 마법사가 황홀한 표정을 지었다.

그가 마법진 안으로 들어가는 세레나에게 묻지도 않은 주의 사항을 줄줄 읊는 걸 본 고양이가 속으로 혀를 찼다. 재는 왜 쓸데없이 아무에게나 웃어줘서. 귀찮게시리…….

"움직이지 마시고 이대로 눈을 꼭 감고 계십시오. 머리가 어지럽거나 몸이 무겁게 느껴질 수도 있지만 너무 저항하진 마세요. 포털을 이용하는 분들께 일어나는 자연스러운 현상이니까요. 다시 지면에 발이 닿는 느낌이 들 때쯤 눈을 뜨시면 됩니다."

"감사합니다."

"편안한 여행이 되시기를."

세레나는 좌표를 입력한 마법사가 마법진에 마력을 불어넣는 것을 신기하게 바라보았다. 멀뚱히 바라보는 그녀를 눈치 챈 마법사가 손을 들어 눈을 감으라는 신호를 보낸다.

"마왕, 너도 얼른 눈을 감아."

"난 위대한 존재라서 눈 따위 감지 않아도…… 읍."

그녀는 잘난 척하는 고양이의 얼굴을 손으로 가리고 자신도 눈을 꼭 감았다. 베델포트는 고대어로 '항구에서 가까운 곳'이라는 뜻이다. 그 뜻 그대로 도시는 황제가 다스리는 직할지의 끝에 위치해 폐쇄적인 동령과 중남부를 잇는 교통의 요지 역할을 했다.

그곳에 가면 또 어떤 일들이 기다리고 있을까. 기대와 불안이 반반

섞여 가슴이 두근거린다. 어두운 눈앞에서 하얀 빛이 번쩍한 순간, 마법사가 설명한 대로 발끝이 붕 떠서 흔들리는 느낌이 들었다.

어딘가로 빨려드는 듯한 그 기이한 감각에 그녀는 말없이 품 안의 고양이를 더 꽉 끌어안았다.

다시 눈을 떴을 때, 보이는 것은 거대한 광장이었다. 티 없이 하얀 옥돌을 사용하는 제도와 달리 자연석을 거칠게 쌓아올린 광장은 넓지만 칙칙한 회색을 띠었다. 신기한 표정으로 두리번거리는 그녀를 무표정한 길드의 마법사가 마법진 밖으로 꺼내주었다. 베델포트도 여느 곳과 마찬가지로 많은 군인들이 포털의 출입구를 삼엄하게 지키고 있었지만, 메달을 꺼내 보여주자 크게 신경 쓰는 기색 없이 그대로 통과시켜주었다. 영지를 벗어나서조차 이렇게 그 존재를 크게 느끼게 되다니. 그녀는 새삼 공작의 영향력에 대한 감탄과 고마움을 동시에 느꼈다.

"마왕, 이곳이 바로 베델포트야. 베델포트란 고대어로……."

"설명할 필요 없다. 너보다는 내가 떠돌아다닌 세월이 훨씬 길걸."

"그럼…… 먼저 중심지로 보이는 광장 근처를 천천히 돌아보도록 하자. 돌아보는 김에 오늘 묵을 숙소까지 정할 수 있으면 좋겠네."

동부의 독특한 양식으로 지어진 건축물이 광장을 따라 쭉 늘어서 있었다. 세레나와 고양이는 그 큰길을 따라 걸음을 옮겼다. 도시의 모습은 기대했던 것과는 조금 달랐다. 광장 앞쪽 상점은 불이 들어와 환했지만 가면 갈수록 문을 닫은 곳이 더 많이 보였다. 대부분의 건물은 손질이 되지 않아 을씨년스러운 느낌마저 들었다. 차고 축축한 공기마저 낡은 거리에 음습함을 더하는데, 가장 이상한 것은 '사람'이었다. 동령으로 들어가는 길목의 가장 번화한 도시라는 말이 무색하게 자신 같은 로브 차림의 여행자는 거의 보이지 않고, 지나치는 사람들의 표정에서는 활력이 느껴지지 않았다.

"이상하다. 혹시 오늘이 건국 기념일이라서 다들 하던 일도 멈추고 집에서 쉬는 걸까? 이곳은 분명 무척 번성한 도시라고 들었는데……."

세레나는 혼잣말을 하며 로브에 달린 모자를 꾹 눌러썼다. 그 바람에 기울어진 모자 끝에 맺힌 물방울이 바닥으로 똑똑 떨어졌다. 길지 않은 광장 어귀를 몇 번 왕복했을까, 그녀는 문이 열린 몇몇 가게에서 사려고 마음먹었던 동부의 지도와 필기구 등을 구입할 수 있었다.

"일단 필요한 것은 전부 샀으니 슬슬 묵을 곳을 찾아보자. 배도 많이 고프고……. 생각해보니 아침부터 우리, 아무것도 먹지 않았어."

"세레나, 아까 삼거리 어귀에서 여관을 봤다."

"정말? 미리 말해주지 않고!"

"그때는 네가 필요하다 말하지 않았잖아."

"하아, 그야말로 마왕다운 대답이네."

마왕의 추천을 받아 도착한 곳은 푸른 새벽이라는 간판을 단 2층짜리 여관이었다. 그리 고급스러운 외관은 아니었지만, 도시를 오가는 여행자들이 묵을 법한 이 여관의 이름은 세레나의 마음에 들었다. 대부분의 여관은 식당을 겸하니 안에 들어가면 오늘의 첫 끼니도 먹을 수 있을 것이다. 혼자서 밖에 나와보는 것도, 이런 숙박업소에 묵어보는 것도 처음이라 조금 떨렸다. 뜨내기처럼 보이면 안 될 텐데. 괜히 어설프게 두리번거리지 말아야지.

세레나는 두근거리는 가슴을 안고 문을 열었다.

딸랑, 손님을 알리는 종소리가 울리자 1층의 식당에 앉아 있던 사람들이 한 번씩 뒤를 돌아봤다. 세레나는 시선의 의미를 알지 못해 당황했다. 내가 뭘 잘못했나? 역시 노크를 했어야 했어.

“어서 오세요.”

들어오지도, 나가지도 못하고 우물쭈물 서 있는 그녀를 카운터에 앉아 있던 소녀가 불렀다. 사람들도 곧 모자를 눌러쓴 애송이 여행자에게서 관심을 거두고 맥주를 마시며 다시 왁자지껄 떠들어대기 시작했다. 세레나가 카운터 쪽으로 가자 검은 머리를 질끈 올려 묶은 소녀가 명랑한 태도로 말을 걸었다.

“푸른 새벽에 어서 오세요! 식사를 하실 건가요? 아니면 숙박과 식사를 함께?”

“아……, 둘 다예요. 식사부터 먼저 하고 싶은데 여기 메뉴판은 없나요?”

“호호, 손님도 참. 이런 곳에서 메뉴판을 찾으시다니. 그래도 있을 만한 건 다 있으니 뭐든 얘기하시라고요!”

소녀는 자신만만한 태도로 가슴을 탕탕 두드렸다. 뭐든 얘기하면 그 자리에서 조리해 가져다준다는 건가? 나쁘지 않은데? 여관의 방식이 익숙지 않은 세레나는 머릿속에 떠오르는 음식을 차례로 입 밖에 냈다.

“그럼 가재와 굴을 넣은 포타주와 구운 새끼돼지 요리로 할게요. 굽기는 보통으로. 도수가 높지 않은 포도주도 한 잔 부탁해요. 꽁꽁 언

몸을 따끈하게 녹이고 싶거든요."

"네? 포트 뭐, 무슨 요리요? 거기다 포도주?"

주문을 받던 소녀의 말문이 막혔다. 이 여자 손님이 지금 뭐라고 하는 거야? 평범한 여행자인 줄 알았더니 주문하는 내용이 전혀 평범치 않잖아. 그러고 보니 입고 있는 로브도 광택이 줄줄 흐르는 게 보통 물건이 아닌 듯하고.

소녀가 묘한 눈길로 눈앞의 낯선 손님을 유심히 뜯어보기 시작한 후에야 세레나는 자신의 실수를 알아차렸다. 이런 작은 여관에서 오더가 가능할 리 없다. 어디에나 있는 흔한 가정식 중 적당한 것을 주문하라는 뜻이었으리라.

"아…… 말이 잘못 나왔네요. 감자 수프와 훈제 소시지로 하지요."

"최대한 빨리 갖다드릴게요."

그제야 주문을 받은 소녀가 뒤로 사라졌다. 얼마 지나지 않아 따끈한 수프에 소시지가 반쯤 적셔진 채 나왔다. 접시를 하나 더 부탁한 그녀는 음식을 반으로 나누어 검은 고양이에게도 주었다. 수프에 소시지를 찍어 입으로 가져간 세레나는 바네사의 집에서 했던 식사 이후로 오랜만에 음식이 목으로 넘어가지 않는 현상을 경험했다. 소시지는 너무 짜고, 수프는 껍질을 벗기지 않은 감자를 그대로 잘라 넣어 삼킬 때마다 목이 꺼끌꺼끌했다.

그래도 그녀는 불평 하지 않고 조용히 음식물을 삼켰다. 지금은 여행 중이지 미식 탐방을 하러 나온 것이 아니니.

그녀는 식사를 위해 방해가 되는 모자를 뒤로 넘겼다. 하나로 묶고 있던 머리의 끈이 헐거워진 모양인지, 벗겨진 모자를 따라 머리카락이 쏟아지듯 흘러내렸다. 시끌벅적하던 여관 안이 갑자기 조용해졌다. 고요한 실내의 적막을 깬 건 탄복한 듯 중얼거리는 소녀의 말이었다.

"우아……. 반짝거리는 은빛 머리카락이 너무 아름다워요."

"고마워요."

"어쩐지 음식을 주문할 때부터 뭔가 다르다 했어요. 손님은 귀족님이신 거죠? 귀하신 아가씨께서 이런 곳까지 어쩐 일이세요?"

귀족'님'이라니. 순진한 소녀의 표현에 세레나는 빙그레 웃음을 지었다.

"나는 귀족이 아니에요. 동령으로 가기 위해 이곳에 들른 일개 여행자죠."

"예, 예, 그런 걸로 해두죠. 동령에 가시는 길이라면 잘 오셨네요. 동령 하면 역시 이곳 베델포트죠. 여기는 동령과 동대륙에 관심 있는 이들이 모두 모이는 집합 장소와도 같은 곳이니까요."

퍽 허물없이 대하는 소녀의 태도에 경계심이 누그러진 세레나도 오늘 하루 종일 궁금했던 점을 물었다.

"아가씨 말대로 베델포트는 동령으로 가는 길목의 마지막 도시 아닌가요? 오면서 보니까 북적여야 할 거리도 한산하고 문을 닫은 상점도 제법 되던데. 무슨 특별한 연유라도 있는 건지 궁금하네요."

"그야 동대륙과의 무역량이 병아리 눈물 수준으로 줄어들었기 때문이지."

그녀의 물음에 답을 한 건 소녀가 아니라 처음 보는 수염투성이의 장한이었다. 한 손에 맥주잔을 들고서 카운터로 비집고 끼어든 장한은 기다렸다는 듯 신세 한탄을 풀어놓기 시작했다.

“하루에도 수십 척의 배가 뜨던 것은 오래전 얘기고, 교역선이 뜨는 횟수는 이제 1년 중 손에 꼽을 정도라오. 교역품 역시 최고급 향료나 비단 정도로 한정되었고, 그 가격도 그 끝이 보이지 않을 정도로 껑충 뛰었지. 우리 같은 소규모 상단에게 동대륙 물품 구하기는 하늘의 별 따기가 되어버렸고, 몇몇 상단을 제외하면 쫄딱 망해버렸지 뭐야. 그러다 보니 교역 상단들에게 숙식을 제공하는 걸로 생계를 유지하던 베델포트의 상권도 자연히 어려워질 수밖에.”

“맞아요. 아버지는 이제 여관 운영은 저와 엄마에게 맡겨놓고 미장 일을 하고 계시다고요.”

장한의 말에 명랑하던 소녀의 얼굴이 급격히 어두워졌다. 세레나의 머리카락과 로브를 흘낏 본 장한이 말을 이었다.

“아가씨, 동령에 가시오? 여기서 동령의 초입인 리안까지 가려면 말로도 하루가 꼬박 걸리는데, 어떻게, 함께 갈 일행은 구하셨소?”

“내일 시에서 운영하는 이동 마차가 있는지 알아보려 하는 참이에요.”

“그러지 말고 우리와 함께 가는 것은 어떤가. 나는 보헤르라고 하오. 작은 상단을 꾸리고 있고 지금은 남부의 이스텔에서 화란까지 가는 길이지. 이렇게 멀리까지 왔다 갔다 해도 이윤이 워낙 적어서 말이야, 여행자들을 마차에 태워 용돈 벌이라도 하면 도움이 되거든. 저기, 저쪽에 앉아 있는 사람들이 다 나의 상단 일행이라오.”

세레나가 고개를 들자 거기에는 장한과 마찬가지로 맥주를 들이켜는 남자들이 보였다. 일행 중에는 여자도 한 명 끼어 있어 낯선 제의를 꺼림칙해하던 그녀를 안심케 했다. 어디에서 어떻게 마차를 구해야 하나 걱정했는데, 생각지도 못한 곳에서 문제를 해결하게 됐다.

"짐마차긴 하지만 마차도 꽤 고급이라고. 어때, 생각 있어?"

"요금은 어떻게 되나요?"

장한은 한 손을 들어 다섯 손가락을 쫙 펴 보였다.

"단돈 5천 페니. 점심 식사까지 포함한 요금이니 괜찮지?"

세레나는 잠시 망설였다. 5천 페니가 적당한 건가? 공작성에서 마차를 타고 바네사의 집에 갈 때는 그보다 낮은 단위의 500페소 동전 하나로 충분했다. 물론 여기서 다른 도시까지 이동해야 하니 보다 비싼 요금을 받는 건 당연한 일이겠지만 말이다. 비용이라면 충분했다. 공작이 약간의 잔돈을 챙겨주긴 했지만 주머니에 든 금화는 대부분이 1만 페니짜리였으니.

그녀는 길게 망설이지 않고 결정을 내렸다.

"……그럼, 잘 부탁드려요."

자신을 보헤르라고 소개한 장한은 내일 아침 7시에 여관 앞에서 보자는 말을 남기고 다시 일행에게로 건너갔다. 식사를 마친 세레나 역시 소녀에게 숙식비를 정산하고 위로 올라갔다.

칠이 벗겨진 낡은 문을 열자 보이는 건 휑한 침대와 짐을 넣어둘 수납장 하나뿐이었다. 그래도 제법 정성들여 청소한 듯 방은 먼지가 쌓인 곳 없이 깨끗했다. 막 가방을 풀려는데 뒤에서 비꼬는 소리가 들렸다.

"여행 첫날부터 경비를 거덜 낼 참이야?"

"응? 그게 무슨 말이야?"

영문 모를 고양이의 말에 세레나가 시선을 돌렸다.

“마차와 숙박비, 충분히 반의반도 안 되는 요금으로 흥정할 수 있었어. 딱 봐도 세상물정 모르고 어수룩해 보이는 귀족 아가씨라 일단 세게 불러본 거라고. 그걸 깎을 생각도 않고 그 자리에서 금화 주머니를 풀어 건네다니. 1층에 있던 사람들이 네가 갖고 있던 주머니를 다 봤을 거다. 그렇게 어설퍼서 어떻게 여행을 하려고 그래?”

그제야 자신의 실수를 깨달은 세레나가 새파랗게 질렸다.

“……어쩌지. 이제라도 숙소를 옮겨야 할까?”

“해가 다 졌는데 어딜 또 나가. 그러다 거리의 부랑자라도 만나면 무슨 꼴을 당하려고. 그저 다음번부터는 조심하라는 얘기다.”

“주의할게. 좋은 충고 고마워.”

“뭘 또 그렇게까지. 에헴.”

그녀가 순순히 잘못을 인정하자 고양이는 잘난 척하며 풀었던 이야기를 마무리 지었다. 세레나는 방금 전 요금을 지불하느라 꺼내 들고 있던 주머니를 매트리스 안에 급히 숨기고, 메고 있던 가방을 풀어 침대 바닥 깊숙이 넣었다. 그제야 마음을 놓은 그녀는 하루의 마지막 일과로 끼고 있던 반지를 꺼내 손바닥 위에 올려놓았다. 그리고 그것을 두 번에 걸쳐 천천히 돌렸다.

“카이로스 님? 제 목소리가 들리시나요?”

잠시 후 반지 건너편에서 기다리던 이의 목소리가 들려왔다. 그 소리는 새벽녘에 직접 들었던 것처럼 풍부한 울림을 가진 근사한 저음이었다.

– ……세레나.

목소리가 들림과 동시에 반지에서 뿜어 나온 빛을 통해 공작의 얼굴이 비쳤다.

"어머."

그녀는 공작과 손가락에 끼워진 신기한 기능의 반지를 번갈아 바라보다 그만 피식 웃었다. 솔즈베리 부인이 머리가 허옇게 센 아르만드 백작과 매일 밤 이렇게 밀담을 나누었다 생각하니 우스워서였다. 한편 기대한 대답이 돌아오지 않자 공작이 살짝 머리를 기울이며 그녀를 찾았다.

– 세레나? 거기 있는 것이 맞나?

"네, 저예요. 마법진을 통해 무사히 베델포트에 도착했어요. 지금은 숙소 안이에요."

– 나는 제도의 저택 안이다. 오늘은 하루 종일 황궁에 가 있었어. 황제 폐하와 황태자 전하를 알현하고 성 곳곳을 돌아보았지만 누구도 그대를 언급하는 사람은 없더군. 그대를 연상할 만한 흔적도 발견하지 못했고.

세레나가 안도의 한숨을 내쉬며 고양이를 힐끗 보았다.

"그것 참 다행이네요."

– 하루만 더 지켜보고 문제가 없으면 북령으로 돌아갈 참이야. 그곳에도 서둘러 정리해야 하는 일들이 있거든. 아, 반지를 통해 보내준 광장의 풍경은 잘 보았어. 폐하의 직할령이면서도 여타의 도시와는 다른 양상을 하고 있는 게 퍽 인상적이더군. 실은 동남부 지역은 나도 한 번도 가본 적이 없어.

"언제고 함께 오게 되면 그때는 제가 안내를 해드릴 수 있겠네요. 베델포트는 본디 제도보다도 온화한 기후라는데 오늘은 비가 와서 그런지 쌀쌀했어요. 덕분에 제대로 구경도 하지 못하고 얼른 여관을 찾아 들어왔지 뭐예요. 아, 제가 오늘 묵을 숙소의 모습을 보여드릴까요?"

세레나는 손을 들어 방의 구조가 제대로 보이도록 한 바퀴 돌렸다. 그녀가 보여주는 영상을 주의 깊게 보던 공작이 한숨을 실어 말했다.

– 침대가…… 하나뿐이군.

저 한숨의 의미는 뭐지? 혹시 마왕 고양이와 침대에서 함께 잘까 봐 걱정이 되어 그러나? 질투도 심하셔라. 옆으로 벌어지려는 입을 겨우 다문 그녀가 손사래를 쳤다.

"걱정 마세요. 마왕은 바닥에서 재울 테니까요."

– 무슨 의미지?

"네?"

멀거니 서로를 바라보던 두 사람 중 먼저 웃음을 터뜨린 건 공작이었다.

– 하하, 그래. 함께 자면 곤란하지. 고양이의 탈을 쓰고 있지만 사실 그의 정체는 남성체인 마왕이잖아? 헌데…… 내 말의 의미는 그런 게 아니었어.

웃음을 그친 그는 매력적인 눈을 가늘게 떠 보이더니 혀로 마른 입술을 핥았다.

– 그 하나뿐인 침대에 그대와 함께 누워 있는 상상을 했거든. 좁은 침대에 몸을 겹쳐 눕고는, 평상시에 보지 못한 부위들까지 속속들이 확인하며 사랑을 나누고 함께 아침을 맞이하는…… 그런 상상.

세레나의 얼굴이 붉어짐과 동시에 고양이가 꽥, 괴음을 질렀다.

"이봐, 여기 둘만 있어? 엉? 작작 좀 해. 애꿎은 나를 사이에 두고 이게 뭐하는 짓이야."

고양이의 계속되는 타박에도 공작은 끄떡도 하지 않았다.

– 듣기 싫으면 밖에 나가 있으면 되지 않나. 그대야말로 연인간의 대화를 언제까지 훔쳐듣고 있을 참이야. 세레나, 내 말이 틀린가? 아니면 혹, 방금 한 말이 듣기에 불쾌했던가?

세레나는 양손을 볼에 올린 채 작은 목소리로 대답했다.

"싫지…… 않았어요. 단지 조금 부끄러웠을 뿐이에요."

– 세레나…….

"카이로스 님……."

"어휴. 앓느니 내가 죽지, 죽어."

떨어진 지 겨우 반나절밖에 되지 않았는데 무슨 할 말이 그리 많은지, 둘의 수다는 그 뒤로도 한참 동안 계속되었다. 몸을 뒤틀며 괴로워하던 고양이는 결국 두 발로 귀를 꼭 틀어막은 채 잠을 청해야 했다.

모두가 잠든 고요한 새벽, 바닥에 쥐 죽은 듯 누워 있던 고양이의 눈이 갑자기 번쩍 뜨였다. 예민한 귀로 숨을 죽이고 방문으로 다가오는 누군가의 인기척이 들려왔기 때문이었다. 도둑고양이처럼 소리도 나지 않는 그 발걸음에 그가 혀를 찼다.

"하여간 바보 공주라니까. 그 사람 많은 곳에서 덜렁 주머니를 꺼내니 이런 일이 생기지……. 그럼 오랜만에 실력 발휘 좀 해볼까?"

앞발을 핥던 고양이가 몸을 뒤로 쭉 빼며 기지개를 켰다. 쩝쩝 입맛을 다시며 어떤 마법을 써야 소리 없이 깨끗하게 해치울 수 있을까 떠올려볼 때였다.

"윽."

문밖에서 외마디 비명이 들렸다. 비명 소리는 지극히 짧고도 간결해 인기척을 눈치 챘던 고양이조차 정말 누가 있긴 있었나? 하고 고개를 갸우뚱할 정도였다. 잠잠해진 문을 바라보던 고양이는 다시 바닥에 벌러덩 드러누워 눈을 감았다.

"공작, 그래도 제법 학습 능력이 있구나. 이번엔 그냥 보내지는 않은 모양이네……."

다음 날 아침, 시간에 맞춰 나가자 여러 필의 말과 짐을 실은 마차 한 대가 세레나를 반겼다. 마지막까지 결정을 망설이던 세레나는 상단임을 나타내는 깃발과 산더미 같은 짐을 확인한 후에야 마음을 놓았다. 털북숭이 장한은 사람 좋은 얼굴로 일행을 소개시켜주었다.

"어제 인사한 여행자 아가씨까지 모두 모였군. 그럼, 상단의 일행들을 간단히 소개하지. 나는 상단을 이끌고 있는 보헤르, 이쪽부터 순서대로 야다, 시에나, 모담, 비체른, 데본이오. 하루 동안 함께할 일행들이니 얼굴을 익혀두면 좋을 것이오."

세레나는 예의 바르게 고개를 꾸벅 숙여 인사했다.

"세레나라고 합니다."

"히야. 정말 아름다운 아가씨네. 머리와 눈동자 색은 또 어떻고……. 이거 이번엔 제법 큰돈이…… 컥!"

"호호호. 반가워요, 세레나 양. 데본이라고 해요. 자, 어서 마차에 올라타요."

세레나를 위아래로 훑어보며 입을 놀리는 남자를 팔꿈치로 세게 찍은 여자가 짐을 실은 마차의 덮개를 들어 보였다. 마차에 가득 실린 물품들 사이로 사람 두세 명이 앉을 수 있는 공간이 있었다.

"저만 마차에 타는 건가요?"

"그래요. 우리들은 말을 타고 이동할 거예요. 짐수레를 보호하기 위해 앞뒤 양옆을 감싼 형태로 움직이는 거죠."

세레나는 그 형태가 어쩐지 죄수를 호송하는 것과 비슷하다는 생각이 들었지만 잠자코 마차에 올라탔다. 얼마 지나지 않아 채비를 마친 상단의 마차가 출발했다. 안은 퍽 아늑했다. 바람이 들어올 만한 틈은 짚을 뭉쳐 틀어막았고, 간이 의자 위에는 담요까지 준비되어 있었다. 그녀는 아까 여관에서 소녀가 싸준 주먹밥을 꺼내 고양이에게 주었다.

"아침에 먹은 수프와 빵이 부족하면 이걸 먹어. 이대로 마차를 타고 가면 아마 저녁때쯤엔 리안에 도착할 거야."

"흐응……. 무사히 갈 수 있다면 말이지."

"응? 지금 뭐라고 했어?"

세레나의 반문에 고양이는 큰 눈을 데굴데굴 굴리며 답을 피했다.

"아니야, 아무것도."

그녀는 가리개를 살짝 들어 창밖을 내다보았다. 리안으로 가는 길은 갈림길 없이 쭉 뻗은 일직선의 대로였다. 길을 따라 낭창한 나무들이 양옆에 줄을 지어 늘어서 있었다. 햇살을 받아 투명하게 반짝이는 붉고 노란 잎사귀들에 세레나의 입에서 연신 감탄사가 터져 나왔다. 그녀는 동행인 고양이와도 이 아름다운 풍경을 함께 나누고 싶었지만, 그는 입이 찢어져라 하품을 하며 누워 있을 뿐, 바깥 풍경엔 별다른 관심을 보이지 않았다.

마차는 반나절을 꼬박 달리고서야 멈추어 섰다. 멈춘 곳은 우거진 나무들 사이 바위틈에서 맑은 샘물이 솟아나오는 작은 쉼터였다. 상단의 일원 중 한 명이 창문을 손등으로 두드려 내리라는 신호를 보냈다.

"여기서 잠시 쉬도록 하지. 점심 식사도 하고."

일행은 나무에 타고 온 말의 고삐를 매어놓고, 분주히 식사 준비를 시작했다. 남자들이 먼저 나서서 낫으로 풀을 고르고 모닥불을 피운 뒤, 양쪽에 고리가 달린 냄비를 걸었다. 세레나는 데본의 야채 써는 일을 도왔다. 그녀들이 잘게 썬 야채와 말린 고기 조각을 물과 함께 냄비에 넣자, 금방 먹음직스러운 냄새가 풍겼다.

스튜의 완성을 기다리며 지루하게 기다리길 몇 분, 불현듯 땅을 뒤흔드는 소리와 함께 반대편 대로에서 뿌연 먼지가 일었다. 얼마 뒤, 눈앞으로 말을 탄 한 무리의 남자들이 나타났다. 민머리의 거친 외모에 등 뒤에 검은 탄궁을 메고 있는 우두머리 뒤로 여섯 명의 사내들이 각기 다른 무장을 한 채 뒤따랐다. 흉흉한 기세를 뿜는 낯선 이들의 등장에 세레나가 잔뜩 긴장하고 있는데, 보헤르가 뜻밖에도 손을 들어 반가이 인사를 건넨다.

"오랜만입니다, 카신."

"괜찮은 물건은 좀 들어왔나? 이번에도 쭉정이면 아무리 자네라도 별 재미가 없을 줄 알아."

"여부가 있겠습니까. 준비했고말고요. 그것도 최상등품으로요. 흐흐흐."

전에 없이 음침한 웃음을 흘린 보헤르는 손을 들어 세레나를 가리켜 보였다.

"어떻습니까?"

"클클클. 자네가 이번엔 작심을 했구먼. 어디 보자. 반반한 얼굴에 잘 보이진 않지만 몸매도 나쁘지 않아 보이고, 거기에 은발까지 프리미엄으로 붙이면……. 좋다, 이번 값은 내 보석으로 지불하지."

"어이쿠! 감사합니다. 그럼 감사히 받지요."

기분 나쁜 눈으로 세레나를 훑어보던 민머리 사내가 품에서 작은 주머니를 꺼내 던졌다. 공중으로 솟아오른 주머니는 잘그락 소리와 함께 보헤르의 손으로 들어갔다.

"보헤르…… 님? 상단의 행수가…… 아니었나요?"

세레나가 떨리는 목소리로 물었다. 그녀의 손에는 아직도 그가 준 말린 과일과 치즈 덩어리가 들려 있었다. 그런 그녀를 지켜보던 상단 일원들이 킬킬댔다.

"상단은 맞아. 물건 말고도 다른 여러 가지 것들을 함께 파는 상단일 뿐이지. 크크크."

"순진한 아가씨야, 그러게 뭘 믿고 마차에 덥석 올라탔어?"

"귀한 집 아가씨가 혼자 여행 따위를 다니는 게 아니지."

보헤르와 일원들은 서로를 마주 보며 큰 소리로 웃어젖혔다. 세레나는 기가 차서 말도 나오지 않았다. 세상물정 모르고 속아 넘어간 자신이 어리석었다. 발품을 팔더라도 리안까지 갈 수 있는 수단을 좀 더 알아보거나, 아예 직접 마차를 사서 갔으면 좋았을걸. 위기에 몰린 세레나는 저도 모르게 고양이를 힐끗 보았다. 능력을 되찾은 마왕이 어떻게든 도와주지 않을까 싶어서였지만, 웬일인지 고양이는 계속 모른 척이었다.

말에서 내린 부하 한 명이 세레나의 팔을 잡았다. 그녀는 팔을 뿌리치려 했지만 억센 사내의 힘을 이기지 못해 질질 끌려갔다. 순간, 많은 생각이 머릿속을 스쳤다. 허나 무장을 하고 말까지 타고 있는 이들을 따돌릴 수 있는 좋은 방법은 좀처럼 떠오르지 않았다.

굵은 끈이 세레나의 가녀린 두 손을 꽁꽁 묶으려 할 때였다. 어디서 날아온 날카로운 비수가 끈을 깨끗이 잘라냈다.

"웬 놈이냐?"

놀란 도적 떼들은 무기를 꺼내들고 좌우를 살폈다. 상단의 마차 위로 청년 한 명이 홀연히 나타났다. 청년을 본 도적들은 서로를 마주 보며 헛웃음을 지었다. 검을 들고 있긴 했지만 갑옷조차 착용하지 않은 호리호리한 몸매의 청년은 그들의 긴장을 풀게 하기에 충분했다.

"뭐야, 이 말라비틀어진 빗자루 같은 놈은."

"죽고 싶어서 환장을 했구나. 영웅 흉내를 내려거든 딴 데 가서 기웃거려라."

청년은 말없이 적들의 품에 파고들어 들고 있던 검을 휘둘렀다. 청년을 비웃던 도적과 상인들은 그가 검을 휘두를 때마다 하나씩 쓰러지는 동료들을 보고서야 그 범상치 않은 칼솜씨에 주춤했다. 민머리 사내는 속으로 혀를 찼다. 망할, 철없는 귀족 아가씨가 웬일로 호위 기사도 없이 밖에 나왔나 싶더라니, 뒤에서 몰래 따르는 호위가 있을 줄이야. 이러다 괜히 발목이라도 잡히면 이 근방 전체가 토벌이다 뭐다 해서 시끄러워질 것이다.

"철수, 철수다!"

재빨리 말에 올라탄 사내는 보헤르를 노려보며 이를 갈았다.

"보석은 네놈 손에 잠시 맡겨두기로 하지. 이 빚은 나중에 이자까지 톡톡히 받아낼 줄 알아라!"

다친 동료를 부축해 말에 오른 도적단은 어디론가 급히 사라져버렸다. 기댈 곳을 잃은 보헤르와 상단 역시 허겁지겁 줄행랑을 쳤다.

청년은 그들이 모습을 모두 감춘 것을 확인하고 나서야 들고 있던 검을 검집에 넣었다. 북령에서 만났던 용감한 기사 프란츠를 연상케 하는 검은 머리 청년은 긴 앞머리가 앞을 가려 얼굴이 보이지 않았다. 홀연히 나타났던 것처럼 다시 어디론가 걸음을 옮기려는 청년을 세레나가 붙잡았다.

"잠시만 기다려주세요!"

청년이 멈칫했다. 내딛으려던 발을 그대로 든 채 서 있는 모습은 마치 어떻게 할까 고민하는 것처럼도 보였다. 세레나는 머리와 허리를 깊게 숙여 감사의 뜻을 표했다.

"구해주셔서 정말 감사합니다. 당신은 제 생명을 구해주신 은인이세요."

"……아, 네."

"이 은혜에 대체 어떻게 보답해야 할지…… 혹시 은인께서도 동령에 가시는 길이신가요?"

잠시 망설이던 청년이 내뱉듯 말했다.

"아니요. 그냥…… 우연히 이 길을 지나던 주민입니다."

"네? 우연히…… 여기를요?"

세레나가 의아한 얼굴로 되물었다. 이 근방은 아무것도 없는 허허벌판이었다. 인적이 있는 마을에라도 가려면 아까 왔던 길로 한참은 되돌아가야 할 텐데. 얼굴을 보이지 않고 서 있던 청년이 제법 심각한 목소리로 그녀에게 충고를 건넸다.

"그나저나 아가씨, 여행을 하고 싶은 거라면…… 여기 말고 다른 곳으로 가시는 게 어떻겠습니까? 동령은 위험합니다. 자치령 중에 유독 제국인을 배척하고, 황실의 힘이 온전히 미치지 못하는 곳이 바로 동령입니다. 대륙 간의 물자량이 줄면서 이 '실크로드'의 치안 역시 썩 좋지가 않아요. 직접 겪으셨다시피 말이죠."

"……."

청년의 말에 세레나는 바로 답을 하지 못했다. 틀린 말은 아니었다. 해상 무역을 독점한 주제에 포털의 설치도 거부하고 육로를 통해서만 물자와 사람들을 받는 것만 보아도 다분히 폐쇄적인 영지의 성향이 고스란히 전해졌으니.

실은 겁이 난다. 아까 자신을 잡아오던 낯선 남자의 손의 오싹한 촉감이 아직 생생했다. 만일 고양이 마왕이 여행을 따라오지 않았다면, 지나가던 청년이 자신을 구해주지 않았다면 과연 어떤 일이 닥쳤을까. 생각도 하기 싫었다. 하지만 그렇다고 여기서 지레 포기하고 싶지도 않다. 이런 이유 때문에 처음으로 결정한 목적지를 바꾸게 된다면, 자신은 앞으로 무슨 일이 닥쳐도 이겨내지 못하고 누군가의 뒤에 숨어버리게 될 것만 같으니.

"부끄럽게 은인의 도움을 받아 위기를 넘기긴 했지만…… 동령에 가는 것은 포기하지 않겠습니다. 마차를 타고 온 덕에 이제 반밖에 남지 않았는걸요."

세레나는 아직도 떨림이 멈추지 않는 손을 내리며 웃어 보였다. 그녀가 내렸던 손을 다시 들자, 양손 가득 보석과 패물들이 반짝이는 빛을 뿌리고 있었다.

"이걸…… 받아주세요. 대단찮은 것이지만 생명을 구해주신 은혜에 대한 자그마한 사례입니다. 그리고 혹시 괜찮으시다면……."

"사례는 되었습니다. 그리고 혹시라도 호위를 부탁할 생각일랑 마십시오. 전 지금 이렇게 모습을 드러낸 걸로도 이미 내려진 명령을 어긴…… 크흠, 아무튼!"

보석은 거들떠보지도 않고 손을 내저은 청년이 갑자기 헛기침을 했다.

"정 동령에 가시고 싶거든 베델포트로 먼저 돌아가시는 게 좋을 겁니다. 그리고 여장을 다시 꾸려 출발하시지요. 그럼 전 이만."

말을 마친 청년은 깍듯이 인사를 한 뒤, 그야말로 바람처럼 사라져 버렸다. 한 걸음 뗄 때마다 보통 사람의 다섯 걸음은 되는 거리를 훌쩍 뛰어넘는 그를 세레나는 감히 붙잡을 생각조차 하지 못했다. 그제야 어슬렁어슬렁 기어 나온 고양이가 못마땅한 얼굴로 쯧쯧거렸다.

"고놈 참 연기가 서툴기도 하지. 그래도 틀린 말은 아니네. 베델포트로 가자, 세레나."

"……마왕."

"가방을 메고 있어 돈을 잃지는 않았잖아. 가서 그걸로 제대로 된 다른 상단을 알아보든가, 아예 마차를 한 대 구입해버리자고."

"우리가 왜 돌아가야 해? 눈앞에 네 다리가 튼튼한 말이 떡하니 준비되어 있는걸."

그녀의 말대로, 청년의 칼에 깊이 베인 도적이 동료의 말을 같이 타고 도망을 친 덕에, 한 필의 말이 주인을 잃고 근처에서 방황하고 있었다. 고양이가 미심쩍은 얼굴로 물었다.

"너…… 말을 탈 줄 알아?"

"아니, 몰라."

말을 바라보던 세레나가 시원스레 답했다.

"그렇지만 지금부터 배워보려고. 돌아가서 마차를 구한다 해도 낯선 도시 한복판에서 믿을 만한 마부를 구할 수 있다는 보장이 있어? 이런 일이 있었는데 다시 상단에게 소중한 목숨을 맡기고 싶지도 않아."

그녀가 말을 이었다.

"사실 지금…… 무척 분해. 그만큼 부끄럽기도 해. 그동안 얼마나 많은 사람들의 보호 속에 곱게 지내왔나 싶어서. 사람을 보는 눈이 없어 몇 번이나 속임을 당하고, 스스로를 지킬 수 있는 능력도 갖추지 못했지. 그런 주제에 홀로 여행이라니, 얼마나 무모한 생각이었는지 이제야 실감이 나. 그래도 다행이야. 홀로 떠나보지 않았다면 이런 사실도 깨닫지 못했을 테니까."

"……."

"수없이 마차를 타면서도 스스로 말안장 위에 올라보려는 생각은 한 번도 해본 적이 없었어. 이번엔, 내가 직접 말을 몰고 리안까지 가보고 싶어."

네 고집을 누가 말리겠냐. 고양이는 더 이상 설득을 포기하고 조용히 있기로 했다.

세레나는 주인을 잃어버린 말에게 천천히 다가갔다. 온순하게 생긴 갈색 말이 그녀를 보자 한쪽 귀를 연신 찡긋거린다. 세레나는 그 눈을 피하지 않으며 부드러운 목소리로 말을 걸었다.

"안녕? 우선…… 미안하구나. 그동안 정들었을 너의 주인과 이렇게 헤어지게 만들어서. 나는 세레니안 라 엘베른이라는 이름을 가진 변변찮은 여행자란다. 마차를 타고 가던 도중, 이동 수단을 잃고 이렇게 덩그러니 홀로 남게 됐지. 나는 바다를 보러 동령으로 가는 중이야. 괜찮다면 이 여행이 끝까지 순조로울 수 있도록 힘을 빌려주지 않겠니?"

말은 콧잔등을 쓰다듬는 손길에도 움직임 없이 가만히 서 있었다. 세레나는 조심스레 고삐를 붙잡고 안장 위로 올라가려 시도했다. 말등이 생각보다 높아 올라갔다기보다는 두 팔에 힘을 주어 기어 올라간 것에 더 가까웠지만, 어쨌든 몇 차례의 시도 끝에 가까스로 안장에 올라앉는 데 성공할 수 있었다.

긴장 탓에 고삐를 잡은 손은 벌벌 떨리고 등은 이미 시큰하게 젖은 지 오래, 높아진 시점도 적응이 되지 않아 속이 울렁거렸지만, 그녀는 없는 용기를 내어 짐짓 호기롭게 외쳐보았다.

"그럼 한 번 가볼까? 이랏!"

구령에 맞춰 말이 터덜터덜 걸음을 옮기기 시작했다. 시험 삼아 외쳐본 구령에 말이 움직이자 오히려 당황한 건 세레나였다.

"자, 잠깐! 그렇게 갑자기 빨리 움직이면!"

말이 걸음을 옮길 때마다 몸도 따라 양쪽으로 들썩거렸다. 발굽이 지면을 디딜 때마다 생기는 흔들림은 눈앞에 잔상을 만들어낼 정도다.

세레나는 앞도 제대로 바라보지 못하고 말 등에 필사적으로 매달렸다. 그런 그녀를 보며 고양이가 한숨을 푹푹 쉬었다.

"이래서 동령에 갈 순 있을까……."

세레나는 오후 내내 말을 달렸지만, 끝내 리안에 도착할 수 없었다. 반나절 만에 충분히 도착할 수 있는 거리였지만, 서툰 기마술 덕에 말이 시원하게 한 번 달리지도 못한 탓이었다. 해가 저물자 곧 어둠이 몰려왔다. 그녀는 좌우를 둘러보다 들고 있던 고삐를 잡아당겼다. 말이 투레질을 몇 번 하고는 제자리에 멈춰 섰다.

"아무래도 여기서 쉬었다 가야 할 듯해. 도착해보았자 성문은 어차피 굳게 닫혀 있을 테니."

"……이게 다 누구 탓이라고는 말하지 않으마."

"미안, 미안. 그래도 한 번도 떨어지진 않았잖아?"

"떨어질 만한 속도를 내기는 했던가?"

"마왕……."

세레나가 고른 장소는 나무들이 오목하게 원을 이루고 있어 아늑한 느낌을 주는 공터였다. 고양이가 먼저 훌쩍 뛰어내렸고, 뒤이어 세레나도 등자에서 뺀 양쪽 발로 땅을 차례대로 디뎠다. 말에서 내려오자마자 허벅지가 얼얼하게 아파왔다. 떨어지지 않으려 있는 힘껏 말의 몸에 매달린 탓이다. 세레나는 통증을 참으며 걸음을 옮겨 가까이 있는 나무에 말고삐를 묶었다.

"네가 가장 수고가 많았구나. 아무것도 모르는 초심자를 태우느라 고생했어."

그녀는 길게 늘어뜨린 말의 갈기를 몇 번이고 쓰다듬어주었다. 휴식을 취할 틈도 없이 곧바로 부지런히 마른 나뭇가지와 나무토막을 줍기 시작하는 세레나를 고양이가 의아하게 바라봤다.

"지금 뭐하는 거야?"

"불을 피울 준비를 하는 거야. 이렇게 작은 나뭇가지를 나무토막에 대고 비비면 불씨가 일어나거든."

"풋, 그래서 그걸 몇 시간이고 비벼보겠다고? 아서라."

바람 빠지는 소리를 내며 비웃던 고양이가 눈을 감았다 뜬 순간, 모아놓은 나뭇가지 더미 사이에서 불꽃이 피어올랐다. 솟아오른 불길은 여타의 준비를 하지 않아도 될 만큼 크고 따뜻했다. 세레나는 히죽 웃는 고양이를 따라 미소를 지으며 들고 있던 나뭇가지들을 모두 불길 속에 던져 넣었다.

따뜻한 불을 쬐고 있으니 찬바람에 굳었던 손과 발이 조금씩 녹았다. 로브를 입었어도 안은 얇은 드레스 차림이라 말을 달리는 내내 얼마나 추웠는지 모른다. 불을 확보하자 이제 좀 안심이 되었는지 못 느끼던 허기도 찾아왔다. 기다렸다는 듯 나는 꼬르륵 소리에 부끄러워진 세레나가 배를 꼭 움켜쥐었다. 오늘 안에 목적지에 도착할 거라 생각했기에 가방에는 음식도, 다른 어떤 것도 챙겨 넣지 않았다. 그나마 물통을 챙겨 와 쉼터에서 물을 가득 받을 수 있었던 것이 불행 중 다행이라면 다행이다.

아무리 배를 가리고 꼬집어봐도 꼬르륵 소리는 좀처럼 멈추질 않았다. 사람보다 예민한 청력 때문에 그 소리가 몇 배는 크게 들린 고양이가 듣다못해 선심을 쓰기로 마음먹었다.

"토끼를 잡아줄까? 아니면 사슴? 원한다면 마물 한 마리 정도는 특별히 준비해줄 수도 있고."

"괜찮아. 출발 전 냄비의 스튜를 먹었으니 한 끼 정도 굶어도."

세레나는 고개를 저었다. 변화에 적응할 준비는 됐지만 토끼의 가죽을 벗겨 꼬치에 끼울 정도의 배짱까지는 아직 갖지 못했다. 저녁 한 끼 정도는 체중을 관리하기 위해서라도 건너뛸 수 있다. 물론 배가 좀, 아주 많이 고프기는 하지만 말이다.

고양이는 로브를 뒤집어쓴 채 쪼그리고 앉아 있는 그녀를 바라봤다. 생각보다 적응이 빠르지 않나. 오늘 정도의 일을 겪고 나면 당장 공작의 곁으로 돌아가겠다고 울고불고 할 줄 알았는데 제법 강단이 있다. 며칠 전까지만 해도 드레스 차림으로 큰황녀님 소리를 듣던 세레나는 단 며칠 만에 먼지를 뒤집어쓰고 길거리에서 노숙을 하는 '진짜' 여행자가 되어 있었다.

힘을 되찾아 온전해진 자신은 어디까지나 이계의 존재, 계약과 관련된 일이 아니라면 인과율에 따라 일어나는 인간사에 함부로 참견할 수 없었다. 그래도 도저히 안 되겠다 싶으면 앞으로 나설 작정이었는데, 그녀는 혼자서도 충분히 잘해내고 있었다. 그때 손의 반지가 붉은 빛으로 깜박이는 걸 발견한 고양이가 턱으로 그것을 가리켜 보였다.

"네 애인이 부른다, 세레나."

손을 내려다보던 세레나는 곤란한 표정을 짓더니, 빛을 내는 반지를 내버려둔 채 자리에서 일어났다.

"오늘은 건너뛰는 거냐? 하루 만에 연락을 받는 것조차 귀찮아하다니, 매정한 것 같으니라고."

고양이의 물음에 세레나는 씁쓸하게 웃어 보였다.

"그런 게 아냐. 그분께 야외에서 노숙하는 모습을 보여드릴 순 없잖아. 통신으로 목소리만 들려드린대도 밤새의 울음소리와 풀벌레 소리 때문에 금세 이상한 점을 눈치 채실 거야. 며칠 뒤면 만날 분에게 걱정을 끼쳐드리고 싶진 않아. 오늘 하루만…… 이해를 구해야겠어. 이리 와."

세레나는 근처의 나뭇잎을 주워 모아 바닥에 푹신하게 깔았다. 그리고 가죽 로브를 벗어 이불 대신 덮었다.

"일찍 자고 해가 뜨는 대로 다시 출발하자."

"길은 알고 가는 건가?"

"음…… 대충은? 교역품 운송으로 만들어진 길이니 오랫동안 수많은 마차들이 그 길을 지났겠지. 그러니 갈림길이 나오더라도 바퀴 자국이 깊게 파인 길을 골라 달리면 헤매지 않고 리안에 도착할 수 있을 거야. 여차하면 베델포트에서 산 지도도 있고 말이지."

바보 주제에 제법 영리한데. 고양이는 쫄랑쫄랑 걸어가 그녀 곁에 누웠다. 바닥에 드러누운 세레나의 눈앞에 까만 밤하늘이 가득 펼쳐졌다. 맑고 깨끗한 하늘에서는 눈을 의심할 정도로 많은 별들이 반짝이고 있었다. 이 아름다운 풍경을 유벨이 보았다면 어떤 반응을 보였을까. 모르긴 해도 금빛 곱슬머리를 휘날리며 꽤나 야단법석을 떨었을 게 분명하다. 그런 유벨을 자애로운 눈으로 바라볼 삼촌의 모습도 눈에 선하다.

가을에 접어든 지도 한참이니 북령을 떠나온 지도 제법 시간이 흐른 셈이었다. 세레나는 사랑스러운 도련님 유벨과 다정한 공작님이 보고 싶었다. 정이 담뿍 느껴지는 성의 식구들도 그리웠다. 어디선가 불어온 한풍에 몸을 부르르 떤 그녀는 로브를 목까지 끌어올렸다. 용을 만나 제대로 된 마무리를 하고 나면 금방 모두와 다시 만날 수 있을 것이다. 돌아가는 그날에는 지금과는 다른, 보다 성장한 자신이 되어 있으리라. 그러니…….

'조금만 더…… 기다려주세요…….'

상념은 그리 길게 이어지지 않았다. 피곤에 지친 세레나는 이내 깊은 잠에 빠져들었다.

19. 화란

이른 새벽, 눈을 뜬 세레나는 일어나자마자 짐을 꾸렸다. 그녀는 말에게 다가가 아침 인사를 건네며 물통의 남은 물을 전부 먹여주었다.

"잘 잤니? 리안에 가면 신선한 과일과 야채를 마음껏 먹여줄게. 조금만 더 힘내주렴."

채비를 마친 세레나는 다시 길을 나섰다. 세레나의 기마술은 하루만에 괄목할 만한 성과를 보였다. 떨어지지 않으려고 다리에 온 힘을 주던 것이 불과 어제의 일이었는데, 말의 움직임에 맞춰 함께 리듬을 타자 조금씩 속력을 내는 것도 가능해졌다. 물론 그러기 위해서 아픈 허벅지의 감각을 거의 잃다시피 해야 했지만.

얼마나 지났을까, 말 등 위에서 잠을 청하던 고양이가 갑자기 발딱 일어났다.

"다 왔다."

"정말?"

고양이가 가리키는 곳을 따라 고개를 들자 새벽 여명 속에서 리안의 성벽이 희미하게 보인다. 세레나는 감격에 젖었다. 단순한 경유지에 불과했던 리안이 불과 하루 만에 자신의 모든 고통과 어려움을 해결해 줄 소중한 여행의 이정표가 되었다. 그녀는 문득 도착 전에 해야 할 한 가지 일을 떠올렸다.

"마왕, 부탁이 있어."

"……뭔데."

"머리와 눈동자 색을 전처럼 검정색으로 바꿔줄 수 있을까? 혼자 돌아다니는 귀족 아가씨는 어디서나 금방 타깃이 돼. 귀찮은 일을 막으려면 모습을 바꾸는 편이 좋을 것 같아."

고양이는 속으로 단순히 머리색의 문제는 아닐 거라 생각했지만 순순히 그녀의 부탁을 들어주기로 마음먹었다. 이 정도는 해줘도 괜찮겠지.

"뭐…… 네가 정 원한다면."

마왕의 대답이 떨어지기가 무섭게 어깨로 내려온 머리의 색이 까맣게 변했다. 목적지가 눈앞이라고 생각하니 밀려오던 피로와 허기가 어느샌가 사라졌다. 활기를 되찾은 주인과 말은 앞을 향해 다시 힘차게 내달렸다.

동령의 입구인 리안은 성벽을 쌓는 방법부터 제국의 것과 완전히 달랐다. 밑에는 큰 바위를 깔고 위로 올라갈수록 작은 돌을 쌓아 그 사이사이 틈을 잡석과 토사로 다져넣었다. 성벽의 두께나 높이가 충분치 않아 성채의 역할을 할 수는 없지만 충분히 견고하고 실용적이었다. 성문 앞에서는 무장을 한 경비병들이 통행인들의 신원 확인을 하고 있었다. 세레나는 얼른 줄을 따라 섰다. 길던 줄은 빠르게 줄어들었고 금방 그녀의 차례가 돌아왔다.

"신분을 증명할 것이 있다면 꺼내주시죠."

"여기 있습니다."

그녀는 그간 여러 차례 사용한 공작의 신분패를 내밀었다. 그런데 다른 도시에서와 달리 병사는 패를 보고도 별 반응을 보이지 않는다. 오히려 갸우뚱한 표정으로 한참을 들여다보던 그가 다른 경비병에게 물었다.

"어이, 혹시 이런 패 본 적 있나?"

"어디 보자……. 글쎄, 이름이 쓰여 있지 않은 것은 처음인데."

"모자를 벗어보시겠습니까?"

병사의 말에 세레나는 순순히 로브를 뒤로 젖혔다. 주변까지 환하게 밝히는 그녀의 외모를 넋을 잃고 보고 있었지만, 검은 머리카락을 본 병사의 말은 자연스럽게 반말로 바뀌었다.

"이름이…… 뭐지?"

세레나는 고민하다 답했다.

"'세레나'입니다."

"출신지는?"

"……북령의 그림자 숲 마을입니다."

더 이상 거짓말을 하는 건 내키지 않았지만 공작이 준 신분패대로라면 자신은 북령의 호구를 가진 걸로 대답해야 했다. 경비병들은 그녀의 신상에 대해 이상할 정도로 꼬치꼬치 캐물었다.

"가족 관계는 어떻게 되나?"

“양친과 두 언니가 있지만 모두…… 세상을 떴습니다.”

“남아 있는 일가친척은 없고?”

“연락을 할 수 있는 친척은…… 이제 남아 있지 않군요.”

루이리크 황태자와 황제, 이름 모를 황족들은 분명 자신의 혈족임이 확실하다. 그러나 그들이 진정으로 자신과 마음을 나누고 서로를 위하는 관계를 만들어갈 수 있는지는 모를 일이었다. 그것은 오직 시간만이 답해줄 수 있는 문제였지만, 세레나는 새 삶에서 굳이 그 수고를 들이지 않기로 마음먹었다.

“마지막 질문이다. 북령에서 이곳, 동령까지 방문한 목적은?”

“여행을 하고 싶어서 왔습니다. 푸른 바다를 두 눈으로 직접 볼 수 있는 곳은 전 대륙을 통틀어 오직 동령뿐이니까요.”

“……으음.”

세레나는 모든 대답을 마친 후에야 성문을 통과할 수 있었다. 여기는 신원 검사를 하는 방법도 다른가 보지? 종이에 그녀가 했던 대답과 인상착의를 세세히 기록하는 경비병을 그녀는 무심코 지나쳤다. 어깨에 앉아 있던 검은 고양이만이 유난한 그 행동에 큰 눈을 반짝거렸을 뿐.

교통의 도시답게 이동진은 리안의 성문 바로 앞에 마련되어 있었다. 제국의 것과 연동만 되지 않을 뿐이지 움직이는 원리는 같았다. 세레나는 금방 진을 통해 동령의 중심지인 화란에 도착할 수 있었다. 대륙의 젖줄인 메티 강이 바다와 만나는 곳, 화란은 천해의 자연 환경 덕에 물자와 교통의 요지로 널리 알려져 있었다. 강을 따라 수상 무역이 활발하게 이루어지고 있고, 운반되어온 모래와 진흙 덕에 비옥한 곡창 지대를 형성하고 있다. 때문에 동대륙과의 해상 무역을 제외하고도 이곳은 늘 사람과 재화로 넘쳐났다.

세레나는 말고삐를 잡고 걸음을 옮기며 구경에 바빴다. 제일 먼저 나무로 기둥을 세우고 흙과 돌로 벽과 지붕을 올린 독특한 주거 형태가 눈에 띄었다. 사람들은 하나같이 소매가 넓은 화려한 문양의 옷을 입고 있었다. 악센트가 강해 짐짓 거칠게도 들리는 북령의 말씨와는 달리 부드럽고 높낮이가 없는 그들의 말씨는 노래처럼 우아했다. 그녀는 길거리에서 산 빵을 하나 사서 배를 채우고, 고양이와 말에게도 각각 꿀에 절인 과일과 당근을 하나씩 물려주었다.

부른 배를 만지며 발길이 닿는 대로 걷다 보니 메티 강이 나왔다. 아마 이대로 쭉 걷다 보면 그 끝에는 그토록 보고 싶었던 바다가 기다리고 있을 터. 서둘러 걸음을 옮기려던 세레나는 강가의 경관을 해치는 이상한 다리 하나를 발견했다. 푸른 강과 어울리지 않게 황금으로 장식된 붉은 다리 하나가 강의 반대편 끝까지 이어져 있었다. 강 건너 높게 두른 담장 뒤로 어마어마한 규모의 전각들이 모습을 드러내 보인다. 세레나는 궁금함을 참지 못하고 가까이 다가갔다.

"멈춰라! 이곳은 함부로 들어갈 수 있는 곳이 아니다."

다리 앞을 지키던 경비병이 그녀를 가로막으며 호통을 쳤다.

"죄송합니다. 이곳을 처음 방문한 여행자라 잘 몰랐습니다. 그런데 여기가 대체 무엇을 하는 곳인지요?"

"위대하신 페이란 일족께서 거하시는 모란궁이다."

"아아, 공작님께서 계시는 곳이군요. 그런데 모란궁…… 이라고요?

공작저나 공작성이 아니고요?"

보통 공작의 거처를 궁이라고 부르나? 공국을 다스리는 공왕이 아닌 다음에야. 대륙에선 거의 찾아보기 힘든 모란꽃을 궁의 이름으로 붙인 것도 특이했다. 별생각 없이 되물었던 세레나는 갑자기 터져 나온 우레 같은 고함 소리에 그만 어안이 벙벙해졌다.

"말조심해라! 루오한 님께선 예부터 이 땅을 다스려온 센국의 정통 후계자이시자 용의 후예이시다. 멋모르는 여행자라 해도 더 이상의 무례는 용서하지 않겠다. 썩 물러나지 못할까!"

……그러고 보니 이곳은 반제국주의가 심하다 했었다. 더 이상 물었다가는 경이라도 칠 듯 쌀쌀맞은 경비병의 태도에 무안해진 세레나는 더 이상 말을 잇지 못하고 뒤로 물러났다. 그리고 다시 말 한 필과 고양이 한 마리를 데리고 터덜터덜 걸음을 옮겼다.

몇 걸음 걸었을까, 불현듯 귓가로 철썩거리는 물소리가 들려왔다. 세레나는 자신도 모르게 고양이에게 말을 걸었다.

"들려? 이 소리……. 바다야……. 바다의 음성이야."

"그냥 파도가 부딪쳐 나는 소리다. 음성은 무슨."

고양이는 툴툴거리면서도 빨라진 그녀의 보폭에 맞춰 속도를 내기 시작했다.

고달픈 며칠간의 여정 끝에 드디어 종착지인 바다가 나타났다. 탁 트인 시야로 햇빛을 담은 오색 바다가 한눈에 들어왔다. 푸른 파도가 쉴 새 없이 밀려왔다 하얗게 부서지고, 끝없이 펼쳐진 수평선은 하늘과도 맞닿아 있다. 하늘과 바다의 경계가 사라진 그곳을 하얀 바다 새들이 날개를 펼치고 날아오르고 있었다.

세레나는 자리에 선 채 말을 잃었다. 자연은 그 자체만으로도 무엇과 비할 수 없는 최고의 예술 작품이었다. 장엄한 광경 앞에 한낱 인간인 자신은 겸손해지는 법을 배운다. 가슴 벅찬 이 느낌을 표현할 수식어가 도무지 떠오르지 않으니 말이다. 그동안 머릿속을 채웠던 걱정과 고민들도 파도에 깨끗이 씻겨나가는 것만 같다. 처음 만난 바다는 언제까지라도 바라보고 싶은 하나의 훌륭한 작품이었다.

눈가마저 촉촉이 젖은 그녀를 고양이가 흐뭇하게 바라봤다. 아직 멀었구나, 세레나. 고작 바다에 이 정도 반응이라니. 마계의 혈해나 펄펄 끓는 보라색 용암을 봤다간 감동으로 쓰러지겠군.

그때 세레나가 갑자기 뒤를 돌아보며 불쑥 묻는다.

"혹시 이 노래 알아?"

"……뭔데. 불러봐."

"절벽에 핀 난 꽃이 거센 바람에 고개를 숙이려 한다면,
세월에 잊힌 그의 이름을 파도를 향해 외쳐라.
동쪽 끝에 사는 검은 심해의 주인이
오래된 맹세를 지키기 위해 돌아오리라."

아련한 표정으로 노래를 마친 그녀가 살포시 웃어 보였다.

"동령의 옛 이름인 센국의 구전 노래야. 마왕도 내게 동령의 용 이야기를 했지만, 내려오는 전설에 의하면 이 아름다운 바다에는 검은 비늘을 가진 흑룡이 살고 있어서, 이 땅을 다스리는 페이란의 일족은 대대로 그 용의 수호를 받는다고 해. 어쩜, 이곳의 분위기와도 잘 어울리는 낭만적인 이야기 아니니?"

저렇게 좋아하는데 조금 놀래줘볼까나. 고양이는 코를 바짝 치켜들며 잘난 척 입을 열었다. 그 움직임에 수염이 대롱대롱 위아래로 흔들렸다.

“그건 단순한 노래가 아니라 용을 부르는 주문의 일부분이다. 네가 말하는 용이라면…… 지금도 바다 저쪽에서 우리를 뚫어져라 쳐다보고 있다만.”

“저, 정말?”

“불러주랴? 어차피 한 번은 만나기 위해 이 먼 곳까지 온 것이니까.”

으쓱해 보인 고양이가 눈을 들어 푸른 바다를 응시했다. 세레나의 눈에는 그저 허공을 바라보는 것으로밖에 보이지 않았지만 사실 고양이는 바다 속 깊은 곳의 누군가와 대화 중이었다.

– 이봐, 어이!

– …….

– 누구 앞에서 의뭉을 떨어. 빨리 대답 안 해?

– ……의뭉을 떤 게 아닙니다. 너무 오랜만에 누군가와 대화라는 것을 하려니…… 어색해서요.

맑고 청량한 소년의 목소리가 그의 머릿속에 울려 퍼졌다.

– 그동안 수면기였어? 왜 혼자 컴컴한 데 처박혀 살아 있는 화석 따위를 자처하는 거야?

– 그러게나 말입니다.

– 여기로 부를 순 없으니 그쪽으로 초대해봐. 특별히 시간을 내서 얘기를 들어주마.

– 마계의 지고한 존재인 당신은 괜찮지만…… 인간은 안 됩니다. 인

계의 법칙에 위배되는 일이에요.

– 잘 봐봐. 네 눈에 얘가 평범한 인간으로 보이냐?

– ……하긴, 그도 그렇군요. 그녀가 동령에 들어선 순간부터 강한 마력의 향기가 이곳까지 전해졌으니.

둘의 마음속 대화가 끝난 순간, 세레나와 고양이는 그 자리에서 자취를 감췄다. 바닷가에 나와 있던 몇 안 되는 행인들은 갑자기 사라진 여인을 찾아 두리번거렸지만, 한참을 돌아봐도 그녀의 자취조차 찾을 수 없었다.

세레나는 좌우를 두리번거렸다. 갑자기 밑으로 쑥 꺼지는 느낌이 들더니 눈앞의 풍경이 완전히 바뀌었다. 좀 전까지만 해도 분명 바다 앞에 서 있었는데 지금 이곳은 몹시 어둡고 컴컴한 어딘가였다. 그녀는 서둘러 이 상황을 만든 주범을 찾았다.

"마왕?"

"……왜."

"여긴 어디야? 갑자기 날 어디로 데리고 온 거야?"

고양이가 태연히 대꾸했다.

"용을 보고 싶어 하지 않았나? 소원대로 해준 것뿐인데."

"용? 용이라고?"

그녀는 잘 보이지 않는 눈을 찡그리며 전설 속 신비한 존재를 찾았다. 그러나 아무리 찾아도 깜깜한 어둠뿐, 눈에 보이는 건 없었다.

"아무것도 없는데."

"바보. 바로 네 앞에 있잖아. 위를 보라고."

고개를 들자, 칠흑 같은 어둠 속에서 푸르스름하게 빛나는 두 개의 보석이 보였다.

설마 저게…… 용의 눈은 아니겠지?

"계속 그러고 있을 거야? 손님에 대한 예의도 없이."

— *아무래도…… 눈높이를 맞춰야 대화가 가능하겠군요.*

갑자기 불빛이 번쩍하더니 주변이 환해졌다. 세레나의 앞에는 긴 검은 머리를 하늘하늘 늘어뜨린 소년이 한 명 서 있었다. 인간의 모습을 했던 마왕처럼 비정상적으로 아름다운 외모를 갖고 있지만, 이상하리만치 길게 찢어진 눈과 깊은 눈동자, 한 톨의 표정조차 담기지 않은 얼굴은 그가 겉보기처럼 단순히 앳된 소년만은 아님을 여실히 보여주었다.

"이렇게 직접 만나는 것은 처음이군요."

"저를…… 아시나요?"

세레나의 물음에 소년이 담담하게 답했다.

"인계의 법칙을 벗어난 존재들 중 공주를 모르는 이는 아마 없을 겁니다. 당신이 봉인진에 올라서는 순간을 모든 용족이 숨죽여 지켜봤지요. 설마하니 생명력과 축복의 힘이 집중된 심장에 봉인 마법을 새길 줄은. 위험하긴 했지만 피해를 최소화하는 탁월한 방법이었어요. 검은 숲의 그자, 꽤 재미있는 생각을 했더군요."

"애송이 주제에 말이 많구나. 마법을 논하려면 5천 년 뒤에나 다시 해. 성년이 되자마자 인간에게 속아 넘어가 줄곧 바다 밑에나 묶여 있는 녀석이 잘난 척은."

기분이 나빠진 고양이가 거칠게 대꾸했다.

"그보다 어서 얘기나 해봐. 페이란의 거처에 있어야 할 네 녀석이 왜 바다 깊은 곳에서 꼼지락대고 있는지. 설마, 그 수많은 일족들 중 마음에 드는 이가 하나도 없었다는 건 아니겠지?"

"……부정하진 않겠습니다. 정확히 말하면 용신제를 주관한 이 중에 마음에 차는 이가 없었다는 것이 더 맞지만."

"까다롭게 굴긴. 인간이 어차피 거기서 거기 아니냐."

소년은 고개를 흔들었다.

"그렇게 간단히 정할 수 있는 것이 아닙니다. 영혼의 공명은 한 대에 오직 한 명에게만 이루어집니다. 그 대상 또한 장자나 직계 혈족에 국한된 것이 아니고요. 대대로 페이란의 장은 세습이 아닌 나와의 계약을 갱신한 일족의 일원이 맡아왔습니다. 그런데 이 나라가 제국의 영토로 편승되고부터…… 페이란 역시 제국의 장자 승계법을 적용하게 되었어요. 용신제의 주관자는 권력을 쥔 직계 자녀들로 한정되었고요. 이제 용신제는…… 열려도 열리지 않은 것이나 다름없는 빈껍데기 장이 돼버렸습니다."

"……그랬군요."

"계약이 갱신되지 않는 한 나는 인계에 어떤 영향도 끼칠 수 없습니다. 인과율은 우리 같은 존재들에게 더욱 가혹한 법이니까요. 갈수록 거칠어지는 바다 때문에 페이란의 아이들에게 나의 존재란 이미 사악한 마룡이 다 되어 있을 겁니다. 이번에도 계약자를 잃는다면 어쩌면 정말, 그리될지도 모르겠군요."

말을 멈춘 소년은 잠시 위를 올려다봤다. 소년과 세레나 일행이 있는 곳은 심해 깊숙한 곳에 위치한 동굴이었지만, 그의 눈에는 육지 위

페이란 일족들의 모습이 생생히 보였다. 욕심에 찌들어 맹세를 저버린 가엾은 자들……. 한때 진정으로 마음을 나누었던 친우의 자손들을 바라보는 소년의 눈에 회색 슬픔이 비쳤다 사라졌다.

심드렁하게 그 모습을 바라보던 고양이가 혀를 차며 말했다.

"사정은 대충 알겠어. 그런데 우리가 여기까지 온 건 네 신세한탄 따위를 듣기 위해서가 아냐. 부탁이 하나 있다. 여기 있는 세레나라는 아이는 사실……."

"당신들이 무엇 때문에 왔는지 정도는 알고 있습니다. 어둠을 근간으로 하는 당신의 마력은 파괴에 특화되어 있어 섬세한 운용이 어렵지요. 제가 도와드리겠습니다. 용족은 정신계 마법이 특기이니까요. 제아무리 일곱 신의 축복을 받은 황족이라도 다시는 공주의 이름조차 떠오르지 않도록 만들어드리죠. 단 모든 일에는 그와 같은 무게의 대가가 따르는 법, 대신 제 쪽의 부탁도 한 가지 들어주셔야겠습니다."

소년은 세레나의 앞에서 갑자기 한쪽 무릎을 꿇었다. 시간의 흐름에서 벗어난 존재답지 않게 그의 말과 태도는 무척이나 공손하고도 간절했다.

"부디 나의 공명자를 찾아, 그 아이가 적법한 절차를 통해 용신제의 제주가 될 수 있게 도와주십시오. 그래서 이 땅에서 벌어지고 있는 모든 슬픈 일들이 더 이상 계속되지 않도록 막아주십시오."

"어이! 괜히 어려운 일을 떠맡길 생각 말라고. 그 일이 대체 우리와 무슨 상관인데? 기억 조작 정도의 간단한 마법이 벌써 몇백 년 동안이나 찾지 못한 영혼의 공명자를 찾는 일과 같아?"

고양이의 대꾸에 소년은 기다렸다는 듯 입을 열었다.

"어디 보자……. 제국의 젊은 황태자가 생각보다 기억을 빨리 되찾을 것 같군요. 아직은 꿈인가 생신가 싶어 가만히 있지만 오늘로부터 딱 사흘이 지나기 전, 그는 당신이 닫아두었던 모든 기억을 떠올릴 수 있을 겁니다. 그렇게 되면 곧바로 황녀를 찾기 위한 수색대가 꾸려질 텐데, 정말로 괜찮겠습니까? 장담컨대 그들은 일주일이 채 지나기 전에 공주를 찾아낼 겁니다."

"크읔……."

세레나는 선뜻 답을 하지 못하고 망설였다. 사정은 안타깝고, 돕고 싶은 마음 역시 간절하다. 그러나 스스로의 앞가림조차 제대로 하지 못하는 자신이 과연 그런 어마어마한 일을 해낼 수 있을까?

"어떻게 생각해도 제가 그 일의 적임자는 아닌 것 같아요. 시간만 넘어왔다 뿐이지 전 정말, 아무런 능력도 갖지 못한 평범한 여자아이거든요."

"아니요. 당신이라면 분명 그 아이를 한눈에 알아볼 수 있을 겁니다. 그녀 역시 당신 못지않게 특별한 사람이거든요. 또한 여신도 질투한 당신의 지혜와 풍부한 마력이라면, 용신제의 세 가지 시험 역시 무사히 통과할 수 있도록 도울 수 있을 거고요."

'그녀라니, 공명자라는 분은 여자인가 보다.'

세레나는 속으로 잘 기억해두었다.

"하필 지금, 바로 이 시점에 적이었던 마왕님과 공주, 그리고 제가 한자리에서 만난 건 결코 우연이 아닐 겁니다. 어떻습니까, 세레니안 공주. 내 부탁을 받아들이겠습니까?"

세레나를 바라보는 소년의 눈은 확신으로 가득 차 있었다. 어찌 저리 자신하는지는 모르겠지만, 여기까지 와서 그의 제안을 거절하고 또 다른 용을 찾아 나설 자신은 없었다. 해보지도 않고 물러났다 후회하기보다는 무엇이 되었든 있는 힘껏 부딪쳐보는 편이 나으리라.

고민하던 세레나는 결국 소년의 제안을 수락했다.

"받아…… 들이겠어요."

"잘 생각하셨습니다. 기억에 관한 문제는 맹세를 마치는 대로 해결해드리지요."

세레나와 소년은 각자 자신의 신에 걸고 맹세를 했다. 이 '깰 수 없는 언약'만 벌써 두 번째였다. 그것도 처음은 힘을 잃은 마계의 주인과, 두 번째는 동령의 수호자인 용족과라니. 평생에 한 번도 하기 힘든 경험을 이렇게 연달아 하게 될 줄은 꿈에도 몰랐다. 용의 공명자라는 이를 어디서부터 어떻게 찾아야 할지는 막막했지만, 새로운 모험이 시작되었다는 생각에 세레나는 한편으로 가슴이 뛰었다.

맹세가 끝나자 푸르스름하던 소년의 눈동자는 옅은 회색으로 변해 있었다. 색이 변한 눈을 한 번 길게 감았다 뜬 그가 말했다.

"다 되었습니다. 이제 당신을 보고 돌아온 공주를 떠올릴 사람은 북령의 두 남자를 제외하면 어디에도 없으니 더 이상 정체를 들킬 염려 따위는 하지 않아도 좋습니다. 누구와 달리 내 마법은 완벽하니까."

"뭐야? 건방진 녀석 같으니라고!"

"이제 남은 건 공주 쪽에서 맹세를 잘 지켜주는 겁니다. 이번 용신제가 얼마 남지 않았습니다. 용신제가 시작하기 전에 그녀를 찾아 일족의 시험에 참가시키는 것, 우선 거기서부터 시작하지요."

세레나는 혹시나 하는 마음에 소년에게 물었다.

"저…… 혹시 공명자라는 분을 다른 사람과 구분 지을 수 있는 특징은 없나요? 그걸 안다면 보다 쉽게 찾을 수 있을 것 같은데요."

그녀의 질문은 제법 사리에 맞고 타당한 것이었다. 잠시 생각하던 소년이 입을 뗐다. 무엇을 떠올렸는지 무표정하던 그의 얼굴에는 드물게도 미소가 떠올라 있었다.

"누구보다도 곧은 눈동자를 가진 아이입니다."

"네?"

"다정하고 남을 돌볼 줄 알지요. 기사가 아니지만 투철한 기사도 정신을 가진 사랑스러운 아이이고요. 더 이상 얘기하면 규칙을 깨게 되니 여기까지만 하겠습니다."

"그렇군요."

대답에서 조금의 도움도 얻지 못한 그녀가 의미 없이 고개를 주억거렸다.

"너 지금 그걸 힌트라고 주는 거야? 이거 완전히 중증이구만."

"저…… 힘닿는 데까지 노력해보겠습니다. 고결한 존재께서 마음에 들어 하실 정도의 사람이라면 분명 저희도 금방 찾을 수 있을 거예요."

또다시 거칠어지려는 고양이의 말에 세레나가 얼른 중재에 나섰다. 물론 그녀 역시 용의 설명이 이해가 되지 않는 건 마찬가지였다.

"하아. 내가 왜 이런 애송이의 뒤치다꺼리를 해야 하는지……. 너 말이야, 페이란 녀석들과 남은 계약 기간이 천 년은 더 되지? 속아 넘어간 주제에 혼자서 남은 맹세를 지키려고 노력하는 게 억울하지도 않나?"

"나는 누군가에 의해서가 아니라, 스스로의 선택 하에 지금 이 자리에 있습니다. 인간들을 지켜보는 것은 퍽 즐거운 일입니다. 그들이 매 순간 자아내는 선명한 색채의 감정들은 사랑스럽기 그지없지요. 그러다 가끔은 우리조차 놀랄 만한 진짜 '기적'을 만들어내기도 하고요. 그러는 마왕께서도…… 공주의 곁이 그리 싫어 보이시진 않는군요."

"뭐야?"

소년은 세레나를 보며 다시 입 끝을 조금 올렸다.

"시간이 많이 지났습니다. 이만 원래 계신 곳으로 돌려보내드리지요. 공주, 나비의 작은 날갯짓이 폭풍우를 몰고 오듯 당신의 모든 걸음은 분명 대륙에 의미 있는 영향을 미치고 있습니다. 자신을 믿으십시오. 쉽진 않겠지만 당신이라면 분명, 답을 찾을 수 있을 겁니다."

답을…… 찾는다고? 소년의 말을 되새겨보는 사이, 세레나는 어느새 아까 서 있던 바닷가로 돌아와 있었다. 불현듯 찾아온 용족 소년과의 만남은 끝조차 갑작스럽기 짝이 없었다. 세레나는 고양이에게 동의를 구하듯 물었다.

"이게 설마 꿈은 아니겠지?"

"마왕도 별 고민 없이 그대로 받아들인 녀석이 용 하나에 왜 이리 호들갑이야."

"그야 책에서나 보았지 평생 만날 일 없는 존재라 생각했으니까. 그런 존재와 직접 이야기를 나누고, '깰 수 없는 맹세'까지 하게 되리라고 누가 상상이나 했겠어."

"칫, 보주도 제대로 활용할 줄 모르는 어린 녀석 따위."

고양이의 눈이 샐쭉해졌다. 애송이. 어린 녀석. 아까부터 마왕이 용을 지칭할 때마다 쓰는 표현이었다. 센국 시절부터 셈해보면 이곳에 용의 전설이 알려진 것은 자그마치 천 년도 더 된 옛날의 일이었다. 그런 용을 어린애 취급하는 마왕은 대체 나이가 어떻게 되기에? 2천 살 정도 되었을까? 아니면…… 3천 살? 생각에 생각을 거듭하던 세레나는 슬그머니 무서워지기 시작했다. 이제부터라도 제대로 존칭을 사용해주어야 하나.

"마왕, 혹시…… 나이가 어떻게 돼?"

"……."

고양이는 거짓을 말하는 대신 대답을 회피하는 쪽을 선택했다.

"하아, 갑자기 피곤이 몰려오는구나. 숙소나 구하러 가자, 세레나."

짧은 다리로 쫄랑대며 앞장서는 뒷모습을 보자 저절로 웃음이 나온다. 그래, 나이 따위가 무슨 상관이겠어. 제아무리 긴 세월을 살아왔건, 무서운 지옥의 불꽃을 만들어내건, 지금은 그냥 나의 고양이일 뿐인데.

세레나는 얼른 뒤쫓아 가며 대답했다.

"……그래."

용에게 초대된 이는 세레나와 마왕 둘뿐이었기에, 화란에 오기까지 결정적인 도움을 주었던 갈색 말은 바닷가에 그대로 남겨졌다. 귀한 이동 수단인 말은 당연히 누군가가 데려간 지 오래였다. 세레나는 포기하지 않고 강의 수로를 따라 끈질기게 돌아다녔지만, 한 번 사라진 말은 끝내 다시 볼 수 없었다. 고양이가 몇 번이나 재촉을 한 뒤에야 세레나는 아쉬움을 감추며 돌아섰다.

어느덧 해가 뉘엿뉘엿 지고 있었다. 그녀는 홍정 끝에 비교적 합리적인 요금에 바닷가 근처의 전망 좋은 방을 구했다. 1층의 식당에서는 원하는 방식으로 조리한 해산물 요리 주문이 가능했는데, 그중 세레나는 해산물과 야채를 듬뿍 넣은 찜을 시켰다. 갖가지 신선한 해물과 향긋한 야채를 함께 끓여 나온 요리는 시원한 국물 맛이 일품이었다. 그녀는 고양이와 앞 다퉈 한 그릇을 다 비운 뒤에야, 부른 배를 두드리며 방으로 올라왔다.

방으로 들어와 제일 처음 한 일은 하룻밤 사이 새로 전송된 영상이 있는지 확인하는 것이었다. 세레나는 반지를 여러 번 돌려보았지만 보석에서는 전처럼 영상이 흘러나오지도, 빛이 새어나오지도 않았다.

"아, 충전을 하지 못해 그런지도 몰라."

그녀는 얼른 가방 속을 뒤져보았다. 주머니 안의 노란 금화들 사이로 작고 붉은 돌 몇 개가 보인다. 그녀는 마력석을 한 개 꺼내 반지 뒤편에 끼워 넣었다. 그러고는 평소답지 않게 옷도 갈아입지 않은 채 벌렁 침대에 드러누웠다.

'하아…… 피곤해.'

하루 동안 정말 많은 일이 있었다. 말을 달려 리안에 도착해, 거기서 다시 화란까지 이동했다. 잠시 들른 바다에서는 이렇게 빨리 만나게 될 줄은 몰랐던 용과 조우하고, 계약을 통해 거절할 수 없는 부탁까지 받게 되었다.

세레나는 손을 바꿔가며 양쪽 어깨를 주물렀다. 어깨뿐 아니라 다리도, 발도 납을 매단 듯 무거웠다. 무겁기만 할까, 은은한 통증까지 있었다. 아무래도 어제 한 노숙의 여파인 듯했다.

끙끙 앓는 그녀의 모습을 삐뚜름하게 웃으며 바라보던 고양이가 물었다.

"내일부터 무얼 할 셈이야?"

"그야 용의 공명자라는 여자분을 찾으러 나서야지."

"어린 용족의 말 따윈 너무 신경 쓰지 마라. 며칠쯤 더 쉬어도 찾을 사람을 못 찾게 되는 것도 아니니."

세레나는 침대에 누운 채 생글생글 웃어 보였다.

"괜찮아. 보고 싶던 바다도 이미 보았는걸. 쉽게 일이 해결되어 곧바로 돌아가기보다는 좀 더 남아서 할 일이 생겨 반가울 정도야."

"할 일이 생겨서…… 반갑다라."

앞다리를 쭉 뻗고 기지개를 켜려던 고양이가 의아해하다 결국 제 화를 이기지 못하고 몸부림쳤다.

"세레나, 난 널 도무지 이해할 수가 없다. 넌 이제껏 내가 본 인간들 중 가장 특이한 계집아이야."

"그 말, 칭찬으로 들을게. 오늘은 푹 쉬고 내일부터 본격적으로 시내를 돌아다녀보자. 공명자를 찾기 위해서는 먼저 다리 건너편에 있는 성에 들어갈 방법부터 찾아야 해. 용과 피로 이어져 있는 페이란 일족들은 다 그곳에 살고 있을 테니."

"흐응, 그리 고민하지 않아도 때가 되면 다 만나게 될 텐데. 내가 봤을 때 넌 사건 사고를 몰고 다니는 체질 같거든."

"부디 그 말대로 이루어질 수 있길 바랄 뿐이야."

'슬슬 충전이 다 되었을까?'

침대에 누워 있던 세레나는 얼른 몸을 일으켰다. 그리고 마력석을 연결해놓은 반지를 집어 들어 보석을 두 번 돌렸다. 곧 보석에서 보는 이의 눈을 현혹하는 붉은 빛이 흘러나왔다.

"카이로스 님, 카이로스 님?"

상대편의 응답은 조금 늦게 들려왔다.

– 아아, 미안.

곧이어 모습을 드러낸 공작은 드물게 그의 긴 머리를 풀어헤치고 있었다. 반지의 영상을 통해서는 얼굴을 포함한 상반신 정도가 보였는데, 우물처럼 깊은 쇄골과 맨 가슴을 훤히 드러낸 모습에 세레나가 어엇 하고 놀란 소리를 냈다. 그녀의 반응에 피식 웃던 공작은 이마에 흐르는 물기를 훔쳐내며 연유를 설명했다.

– 몸을 씻는 중이었다. 반지에서 빛이 나는 걸 보고 막 욕실에서 뛰쳐나온 참이야.

얼굴이 달아오른 세레나가 시선을 빗기며 중얼거렸다.

"제가 때를 맞추질 못했네요. 음…… 곤란하시면 조금 있다 다시 대화할까요?"

"으이그, 멍청이. 곤란할 리가 있냐? 저놈은 지금 일부러 홀딱 벗고 있는 거야. 왜냐고? 그야 당연히 널 유혹하기 위해서지. 멀리 떨어져 있다가 혹여 한눈이라도 팔까 봐서. 흥, 악마 같은 놈 같으니라고."

가만히 있다가 봉변을 당한 공작의 눈썹이 꿈틀거렸다.

– 아무리 나라도 언제 올지 모를 연락을 위해 종일 젖은 몸을 하고 있을 자신은 없는데. 유혹이라, 그런 걸 할 거였다면 아마 밑에도 아무것도 입지 않았겠지. 하지만 난 다급한 와중에서도 이렇게…… 충분한 예의를 차렸다고.

반지의 시야는 말을 하고 있는 그의 얼굴에서 밑으로 점점 내려가 수건을 두르고 있는 하체를 비추었다. 한 장의 수건은 중요한 부위만 겨우 숨겨주었을 뿐, 갈라진 몸의 근육이나 아찔하게 드러난 치골까지는 가리지 못했다. 실전으로 다져온 덕에 남성미를 물씬 풍기는 몸을 본의 아니게 확대까지 해서 보게 된 세레나의 얼굴은 이제 아예 불타는 듯했다.

어쩔 줄 몰라 하면서도 좀처럼 영상에서 눈을 떼지 못하는 그녀를 보며 고양이가 쯧쯧 혀를 찼다.

"역시 내 말이 맞다니까."

– 마왕, 오늘도 우리의 대화를 훔쳐들을 생각인가? 허튼소리나 늘어놓을 거라면 방을 나가 있도록.

"엄연한 여행의 동반자인 내가 나가긴 어딜 나간단 말이냐? 걱정 마. 치사해서 안 듣는다. 너희 대화가 너무 시끄러워서 앞으로는 계속 소리 차단 마법을 걸어놓을 거야."

소파로 훌쩍 뛰어올라간 고양이는 고개를 휙 돌린 채 드러누웠다. 공작은 다시 떨어지기 시작하는 머리의 물기를 털며 입을 열었다.

– 어제는 무슨 일이 있었나? 저녁에 반지로 그대를 불렀는데 계속 응답이 없더군.

전날 밤의 혹독했던 야영을 떠올린 세레나가 어색하게 웃었다.

"죄송해요. 너무 피곤해서 잠에 들어버렸었나 봐요. 그도 그럴 게 여행을 해보는 건 태어나서 처음인걸요. 아, 오늘 저희는 화란에 도착했어요. 이곳은 정말 신기해요. 집 위에 흙을 구워 만든 도자기를 얹어요. 사람들은 모두 손을 덮는 긴소매 옷을 입고 다니고요. 게다가 눈앞에 펼쳐진 푸른 바다는 말로 표현하지 못할 정도의 아름다움 그 자체였지요. 그곳에서 기대하던 용을 만났는데, 그가 저를 도와 원하는 기억을 사람들의 머릿속에서 깨끗이 지워주었지 뭐예요."

– 기억을 지웠다니, 그럼 이제 북령으로 돌아와도 되는 건가?

공작이 반색을 하며 묻자, 세레나가 고개를 저었다.

"그게 당장은 어려울 것 같아요. 용과 저는 계약을 했거든요. 그가 제 부탁을 들어주는 대신 저는 용의 공명자라는 여인을 찾아 이곳의 축제인 용신제에 출전시켜야 해요. 내일부터 당장 그 여인을 찾아 나설 예정이죠."

– 공명자…… 공명자라. 그대 혼자서는 어려울 거야. 내가 최대한 빨리 동령에 가 돕도록 하지. 난 오늘 북령에 돌아온 참이다. 당장이라도 그대를 만나러 가고 싶은데 벌여놓은 일들이 많아 아무래도 며칠은 더 소요될 것 같군. 안타까운 일이지만.

상황이 맘에 들지 않는다는 듯 미간을 찌푸리던 그가 얼굴을 펴며 다시 물었다.

– 세레나, 여행을 하면서 불편한 건 없나? 내가 준비해 갈 것은 없고?

"음……. 불편한 거라면 딱 하나 있어요."

곰곰이 생각하던 세레나가 손가락을 하나 펴 보였다.

"바로 카이로스 님을 보지 못하는 것."

– 내 아가씨가 어리광이 많이 늘었군 그래.

소리 내어 웃던 공작은 서늘한 눈을 접으며 반지에 대고 입을 맞추었다. 핏기 없는 그의 입술이 영상을 통해 가까이 다가왔다 떨어졌다.

– 나도 보고 싶어. 그거 알아? 다시 만나면 그 자리에서 꽉 끌어안고 만나지 못한 만큼의 입맞춤을 퍼부어줄 참이야.

"만나지 못한 만큼의……입맞춤이라고요."

– 어디 입맞춤뿐이야? 눈, 코, 머리카락, 아예 온몸을 이 손으로 만져줄 테야. 귀찮아할 때까지 붙어 있을 테니 그대, 각오하고 있으라고.

영상에서 공작의 얼굴이 사라지더니 가늘고 긴 손가락이 나타났다. 반지를 쓰다듬는 듯 위아래로 움직이는 그의 손길에 세레나는 다시 얼굴을 붉혔다. 그녀의 눈동자가 꿈을 꾸는 듯 몽롱해지자, 어느새 일어난 고양이가 한심하게 쳐다보며 투덜댔다.

"귀를 막았더니 이제는 눈까지 썩어 들어가는구나. 허어, 난 무얼 잘못해서 이리도 고통을 받아야 하나……."

"하루빨리 함께 바닷가를 걷게 된다면 좋겠네요. 제 마음에 밀려온 감동을 당신과 함께 나눌 수 있다면……. 그럼, 안녕히 주무세요."

고양이의 푸념에 쑥스러워진 세레나는 얼른 마지막 인사말만 남기고 대화를 마쳤다.

침대 위로 올라가 몸을 뉘자, 전날부터 이어진 고된 여정의 피로가 단숨에 몰려왔다. 더 이상의 사고 없이 무사히 목적지에 도착할 수 있게 해준 모든 보살핌과 행운에 감사하며, 그녀는 쓰러지듯 잠이 들었다.

꿈도 꾸지 않고 깊은 잠을 자던 세레나는 원인 모를 흔들림에 천천히 눈을 떴다. 가만히 누워 있는데 몸이 좌우로 미동한다. 머리도 조금 어지러웠다.

'이곳은…… 어디지?'

차갑고 습한 공기가 코끝을 찔렀다. 발끝으로 딱딱한 벽이 느껴지는데 귓가에선 낮에 들었던 파도 소리가 들려오고 있었다. 놀란 그녀는 몸을 일으키려 시도했다. 그러나 몸은 어찌 된 일인지 꿈쩍도 하지 않았다. 다급해진 세레나는 자신의 고양이부터 찾았다.

"마왕, 여기 있어? 마왕!"

"……그래."

세레나는 그제야 한숨을 놓았다.

"갑자기 무슨 일이 일어난 거야? 분명 여관에서 잠을 자고 있었는데."

"아직도 모르겠어? 납치당한 거야, 너. 어쩌면 그렇게 한결같이 재수가 없냐."

"뭐라고? 왜 진작 깨우지 않은 거야……."

그 원망 섞인 말에 꿀이 떨어지는 공작과의 대화로 고통받은 지난밤을 상기시켜줄까 고민하던 고양이는 그녀의 귀에 가까이 다가가 속삭였다.

"널 납치한 게 누군지 알아? 바로 이곳 병사들이야. 화란에 도착한 지 하루도 안 된 평민 아가씨 '세레나'를 납치한 이유가 무엇인지, 좀 기대가 되어야지."

"납치라……. 이번에도 그렇단 말이지."

세레나는 답답함을 감추지 못했다. 이걸로 벌써 두 번째였다. 황성을 박차고 나온 지 며칠이나 되었다고 또다시 이런 일을 겪는단 말인가. 그녀는 옆에서 아랑곳 하지 않고 음침한 웃음을 연발하는 고양이를 흘겨보았다. 힘을 되찾은 마왕씩이나 되면서 자신을 돕기는커녕 집 앞 마실이라도 나온 듯 유유자적하는 그가 오늘만큼은 원망스럽다.

'이번에는 또 어떤 방법으로 빠져나가야 하나.'

세레나가 심란한 마음을 감추지 못하고 있는 동안에도 배는 착실하게 바다 한가운데를 향해 나아가고 있었다.

프란츠는 악몽에 시달리다 벌떡 잠에서 깨었다. 꿈도 그리 꾸지 않는 무딘 신경의 그에게는 드문 일이었다. 꿈속에서 프란츠는 검이 부러지고 손과 발이 잘린 채 마룡에 의해 세레나가 소멸하는 장면을 처음부터 끝까지 지켜봐야 했다.

"후……. 정말 끔찍했어."

두 번 다시 꾸고 싶지 않은 최악의 꿈이었다. 그는 손가락을 오므려 땀에 젖은 머리를 몇 번 긁적거렸다. 지금이 몇 시지? 세 시간에 한 번씩은 주무시는 것을 확인해야 하는데. 평상시와 달리 눈을 뜬 뒤에도 좀처럼 머리가 맑아지지 않는다. 아마 어제 밤새도록 찬바람을 맞으며 뜬눈으로 지새웠기 때문일 것이다. 그렇게 베델포트로 가라고 충고했건만, 느닷없이 야영을 감행할 줄이야.

거기다 오늘 오후 화란에 도착하자마자 일어났던 세레나의 짧은 '실종' 사건도 지금 느끼는 피로에 한몫을 했다. 바다를 바라보나 싶더니 그 자리에서 불쑥 사라지는 통에 얼마나 놀랐던지, 지금 생각해도 식은땀이 날 정도다. 눈으로 보아도 믿기지 않는 실종에 프란츠는 주군께서 주신 나침반을 얼른 꺼냈다. 그녀가 지닌 신분패의 보석과 연동이 되는 나침반은 위치 탐지 기능이 있어 패의 소지자의 방향과 떨어진 거리를 파악할 수 있게 했다. 나침반이 가리키는 곳은 해변에서 한참 떨어진 바다 어딘가였다.

겨우 움직일 수 있는 배를 구해 출발하려는데, 나침반이 한 바퀴 핑그르르 돌더니, 처음 그녀가 서 있던 바닷가 쪽을 가리켰다. 자꾸만 휙휙 돌아가는 나침반의 고장을 의심했으나, 혹시나 하는 마음에 다시 돌아간 프란츠는 과연 세레나가 사라졌던 바로 그 자리에서 그녀와 그녀의 고양이를 만날 수 있었다. 그는 그길로 세레나의 뒤를 밟아 같은 숙소의 다른 층에 방을 구한 참이었다.

처음 제도에서 주군의 명을 받들게 되었을 때에는 가슴이 벅차오르는 한편 수많은 의문들이 머릿속을 맴돌았다. 황태자 전하의 품 안에 갇혀 있다던 세레나 님이 드디어 황궁에서 벗어나셨단 말인가? 대체 어떤 방법으로? 그런데 왜 바로 북령으로 돌아오지 않고 혼자서 떠나시는 거지?

어떤 궁금증도 해결해주지 않은 채 주군이 내린 명령은 단 두 가지였다. 그녀를 지키되 결코 그녀가 하려는 일을 훼방 놓거나 정체를 들키지 말 것, 매일 정해진 시각에 자신에게 그날 있었던 일을 보고할 것.

프란츠는 많은 심복 중 자신을 선택한 공작에게 감사하며 오늘까지 그 명에 충실했다. 다시 만난 세레나는 머리와 눈동자 색이 바뀌어 있었지만, 오히려 그 덕에 말도 안 되는 미모와 기품 넘치던 행동들이 이해가 됐다.

'아마 어딘가의 지체 높은 왕족이거나 귀족 영애겠지. 피지 못할 사정으로 모습을 감추고 계셨던 거야, 가엾게도.'

무슨 일로 동령까지 왔는지는 모르겠지만 프란츠는 세레나를 여행의 마지막까지 잘 지켰다 북령의 공작성까지 곱게 모셔 갈 생각이었다. 자신의 레이디는 주군인 카이로스 공작의 하나뿐인 반려가 되어 여생을 더없는 행복 속에서 보내리라.

그는 손에 낀 장갑을 가만히 내려다보며 설핏 웃었다.

"이제 슬슬 내려가볼까나……."

발소리를 죽여가며 아래층으로 내려온 그는 익숙하게 벽에 몸을 기댄 채 방 안의 소리에 귀를 기울였다. 그런데 어찌 된 일인지, 규칙적으로 나야 할 호흡 소리가 들리지 않았다. 고민하던 프란츠는 그녀의 방문을 살짝 열었다. 예상대로 방에 있어야 할 세레나와 그녀의 고양이는 보이지 않았다.

"하아, 대체 어딜 그렇게 쏘다니시는 겁니까……."

한숨과 함께 나침반을 꺼내보자 바늘은 또다시 바다 한가운데를 가리키고 있다. 아까 오후와 완전히 똑같은 상황이었다. 이분은 대체 바다에서 무얼 하고 계시단 말인가. 한밤중의 수영이라도 즐기시는 겐가. 서둘러 달려 나가려던 프란츠는 우뚝 걸음을 멈췄다. 이 야밤에 움직이는 배가 있을 리 없다. 웃돈을 주고 겨우 사공과 배를 구했는데 또 아까처럼 갑자기 숙소로 돌아와버리면 정말 곤란하다.

그가 보기에 세레나는 확실히 마법사였다. 옆에 데리고 다니는 고양이는 사역마 정도 되는 것 같았다. 여행 내내 고양이와 대화 비슷한 것을 나누었으니 말이다. 사역마를 기르고, 머리색을 자유자재로 바꾸고, 지금처럼 공간 이동을 할 정도의 대단한 마법사가 왜 전날 숲에서 도적 떼를 직접 물리치지 않았는지는 모를 일이다. 그 덕에 정체를 들킬 것도 무릅쓰고 모습을 드러내지 않았나. 고민하던 프란츠는 바다로 향하는 대신, 자신의 방으로 돌아가 침대에 드러누웠다.

"에잇, 잠이나 자자."

곧 숙소로 돌아오시겠지. 내일부터는 부디 평범하게 관광이나 해주셨으면 좋겠는데. 틀림없이 그녀가 돌아올 거라 믿으면서도 자꾸만 마음 한편이 불편해졌다. 프란츠는 불안감을 감추려는 듯 이불을 머리끝까지 덮고 달아난 잠을 청했다.

한편, 바다에서는 손발이 묶인 세레나가 고양이를 향해 애타게 도움을 청하고 있었다.

"마왕, 일단 이 손부터 좀 풀어줘. 그러면 나갈 방법은 내가 어떻게든 생각해볼게."

"조금만 참아라."

"정말 이대로 가만히 두고 볼 참이야?"

"지금은 내가 나설 때가 아니야."

들은 척도 않는 고양이 때문에 그녀의 목소리가 점점 커지려는데, 밖에서 누군가의 말소리가 들려왔다.

"신원은 확실히 확인했나."

"예, 북령의 호적을 갖고 있으나 부모형제, 일가친척 하나 없는 고아입니다. 동령에는 홀로 방문했고, 하루 동안 접촉한 이 역시 없는 것으로 파악되었습니다."

"……좋다."

문이 열리는 소리가 들리고 방 안이 환해졌다. 갑자기 켜진 불빛에 세레나는 제대로 눈도 뜨지 못했다. 시간이 지나자 차차 시야가 뚜렷해졌고, 그녀는 눈앞에서 흰 수염을 기르고 치렁치렁한 옷을 입은 제사장이 병사들과 함께 자신을 내려다보는 모습을 마주해야 했다.

세레나를 요모조모 뜯어보던 제사장이 감탄사를 흘렸다.

“이번 제물은 제법 만족스럽구나. 틀림없이 용신께서도 기뻐하실 것이다.”

“용신…… 이라고요?”

모처럼 마음에 드는 제물에 기분이 좋아진 제사장은 답지 않게 제물의 질문에 답을 해줬다.

“그래. 지금부터 우리는 동령을 수호하는 용신께 순항을 기원하는 제사를 지낼 것이다. 이방인 주제에 이러한 대제사에 참여하게 된 것을 영광으로 알거라.”

“이게…… 정말 용이 원하는 거라고 생각해요? 그럴 리가 없잖아요!”

세레나는 태어나서 처음으로 화가 머리끝까지 치솟는 것을 느꼈다. 흥분으로 몸이 다 벌벌 덜덜 떨렸다. 인신공양이라니, 같은 인간의 생명을 담보로 어떻게 이런 짓을 할 수 있단 말인가!

“당신들은 틀렸어요! 이건 제대로 된 방식이 아니라고요! 정 무언가를 바꾸고 싶다면 센국의 역사서를 찾아 읽어봤어야죠! 용과 했던 계약이 어떤 내용이었는지, 바다가 거칠어진 진짜 원인은 무언지! 그런 것들을 알아보아야 하는 게 순서 아닌가요?”

“……제물이 시끄럽구나.”

“죄송합니다. 어서 저년의 입을 막아라.”

제사장의 얼굴이 언짢아지자, 병사들이 서둘러 그녀의 입에 재갈을 물렸다. 마음이 쓰인 제사장이 한마디 덧붙였다.

"그래도 상처는 나지 않게 조심하도록."

세레나는 손발이 묶인 채 갑판 위로 질질 끌려갔다. 바다 한가운데에 정박한 배 위에는 갖은 음식들이 놓인 상이 놓여 있고, 그 주위를 수십여 개의 초가 밝히고 있었다. 세레나는 오늘 만났던 앳된 소년의 모습을 한 용의 얼굴을, 이 땅에서 벌어지고 있는 슬픈 일을 막아달라던 그의 말을 떠올렸다. 그렇다. 이건 정말 막아야 할 일이다. 만일 자신이 이 자리에서 살아날 수만 있다면 말이다.

뱃머리 앞에서 서서 한참이나 이상한 주문 따위를 외우던 제사장이 촛불을 하나씩 껐다. 마지막 초가 빛을 잃자, 그가 손짓을 했다.

"제물을 바다로."

병사들이 세레나를 뱃머리로 끌고 갔고, 그녀는 곧 첨벙 소리와 함께 바다로 던져졌다.

가을 밤바다는 예상보다도 차가웠다. 세레나는 뼈까지 스며오는 한기를 참으며 어떻게든 손에 묶인 끈을 풀어보려 노력했다. 하지만 끈은 풀리기는커녕 물에 젖어 더더욱 바싹 조여들었고, 자신의 것 같지 않게 무기력한 몸은 한없이 밑으로 가라앉았다. 참은 숨이 조금씩 가빠지자 덜컥, 두려움이 밀려왔다.

'이렇게 덧없이…… 허무하게 생을 마감하게 되는 걸까?'

어지러움으로 흐려져가는 그녀의 눈에 멀리서 희끄무레한 물체가 하나 보였다.

'저게…… 뭐지?'

희끄무레한 덩어리는 점점 가까이 다가왔다. 세레나는 곧 자신의 손과 발이 자유로워진 것을 느꼈다. 이윽고 입에 무언가가 물려졌다. 얼떨결에 손으로 붙잡은 그것은 공기를 불어 넣은 가죽주머니였다. 꺼져가던 기력을 가까스로 되찾은 그녀는 자신을 잡고 이끄는 손길을 따라 필사적으로 헤엄쳤다.

얼마나 헤엄쳤을까, 손에 잡히는 단단한 밧줄을 잡고 기어코 세레나는 수면 위로 올라갈 수 있었다.

"푸하!"

"풋! 하아, 하아……."

"괜찮아요? 몸은 좀 어때요."

숨을 헐떡이는 세레나의 귀에 생명을 구해준 은인의 말소리가 들렸다. 아직 어린 티가 묻어나는 앳된 소녀의 목소리였다.

"하아……. 너무…… 너무 추워요."

"어서 배로 올라가요. 몸을 덥힐 것들을 준비해뒀으니. 불을 켜지 않아 어두우니 조심하고요."

배 위에는 수건과 두꺼운 털 담요가 미리 준비되어 있었다. 세레나는 수건으로 물기를 닦고 담요를 목까지 덮었다. 소녀가 그녀를 옆으로 눕히고 하반신을 마사지해 몸을 덥혀주었다. 그제야 멈추지 않던 몸의 떨림도 조금씩 잦아들었다. 세레나가 꽁꽁 언 몸을 녹이는 사이, 소녀는 소리도 나지 않게 노를 저어 부두까지 갔다. 인적이 없는 것을 확인한 그녀는 선착장 맨 끝에 배를 댔다.

"고맙……습니다."

세레나가 감사 인사를 건넸다. 희미한 불빛으로 보이는 소녀의 얼굴은 잔뜩 지쳐 보였지만 밝은 미소를 잃지 않은 채였다.

"별말씀을요. 숙소로 돌아가면 또다시 오늘 같은 사달이 날지 몰라요. 저희 집이 여기서 멀지 않으니 따라오세요."

바다에서 얼마 떨어지지 않은 소녀의 집은 나무와 흙으로 지은 오두막이었다. 계속 불을 피워두었는지 안은 훈훈했다.

세레나가 앉을 곳을 찾지 못하고 두리번거리는 사이 소녀가 재빨리 옷을 꺼내어 내밀었다. 불빛 밑에서 보는 그녀는 콧등에 주근깨가 가득한 귀여운 아가씨였다. 짙은 눈썹에 매부리코가 고집 있는 인상을 주긴 했지만, 시종일관 호선을 그리고 있는 입술과 푹 팬 보조개는 호감을 주기에 충분했다.

"젖은 옷을 좀 갈아입으세요. 음…… 저보다 키가 훨씬 크셔서 길이는 맞지 않겠지만요."

"정말 고마워요. 이 은혜를 어떻게 갚아야 할지……."

"고맙긴요. 다…… 인데."

"네?"

"아, 아니에요. 어서 갈아입고 나오세요. 저는 그동안 마실 거라도 준비해놓을게요."

방에 들어가 옷을 갈아입고 나온 세레나는 소녀가 타놓은 따뜻한 꿀물을 한 잔씩 나누어 마셨다.

"구해주셔서 다시 한 번 감사드려요. 전 세레나라고 해요. 화란에 오자마자 이런 일을 겪어 당황스러웠는데, 덕분에 목숨을 구했어요."

세레나의 인사에 소녀는 난처한 얼굴을 했다. 머뭇거리던 소녀는 무언가를 결심한 듯 힘을 주어 자기소개를 했다.

"반가워요. 제 이름은 진, 진 페이란이에요."

"어? 그럼 페이란 일족의……!"

진은 고개를 끄덕였다.

"네. 뭐 성에서는 쫓겨난 신세이긴 하지만요. 지금은 해녀 일을 하고 있어요."

"페이란 일족은 다 당신처럼 검은색 머리를 가졌나요?"

세레나는 바다에서 만났던 용의 소년처럼 푸르스름한 빛이 도는 그녀의 머리와 눈동자를 신기하게 바라보았다. 진은 짐짓 답답한 표정을 지어 보였다.

"이래서 제국인들이란. 흑룡과 계약을 한 페이란 일족은 대대로 검은 머리와 검은 눈동자를 갖고 태어나요. 신성시되는 검은 머리를 제국에서는 평민의 색이라 천대한다죠? 그건 여기 사람들이 제국을 싫어하고 그쪽 사람들을 배척하는 큰 이유이기도 해요. 어쨌든……."

그녀는 갑자기 정색을 하더니 고개를 깊이 숙였다.

"정말 미안해요. 일족들이 당신께 부끄러운 짓을 했어요. 결코 해서는 안 되는 일인데도 불구하고, 무역선이 출발할 때마다 제물을 바치는 것은 공공연한 비밀이 되어버렸죠. 왠지 아세요?"

두 눈이 동그래진 세레나를 본 진은 씁쓸한 얼굴로 어깨를 으쓱했다.

"용은 페이란 일족을 떠난 지 오래거든요. 벌써 아주 오랫동안 용신제를 주관했던 어떤 누구도 용을 보지도, 부르지도 못했어요. 사실…… 이런다고 떠난 용이 돌아올 리 없어요. 애초에 사람의 생명을 취하는 짓을 즐기는 악룡이라면 돌아올 필요도 없는 거고요. 오늘은 운이 좋아 당신을 구할 수 있었지만, 벌써 몇십, 몇백은 되는 애꿎은 생명들이 바다 위에서 스러졌다고요."

"……너무 상심 마세요. 결코 진의 탓이 아니에요."

분노하는 그녀의 눈동자가 파르르 떨리는 것을 보던 세레나가 위로의 말을 던졌다. 진은 금방 자신의 감정을 수습하고 웃음을 지어 보였다.

"그래요. 어쨌든 오늘은 당신을 구할 수 있었으니까요. 용신제가 열릴 때까지는 우리 집에 머무르세요. 내일 아침 바다 위로 시체가 떠오르지 않으면 혹시 모를 생존자를 찾기 위해 경계가 강화될 거예요. 얼굴과 이름이 알려져 있어 바로 화란을 벗어나려 하다간 곤란해질지도 몰라요. 축제 때문에 인파가 몰려 조금이나마 틈이 생기면, 그때 기회를 봐서 탈출하도록 해요."

눈앞의 소녀의 야무진 말에 세레나는 감탄했다. 앳된 외모에 가녀린 체구를 지녔지만, 진의 말과 행동은 무척이나 믿음직스러웠다.

"폐를 끼치게 됐네요."

"별말씀을요. 애초에 우리 일족이 아니었다면 이런 일을 당하실 일도 없었을 텐데. 그럼 방에 들어가서 쉬고 계세요. 저는 혹시 남겼을지 모를 흔적을 지우러 밖에 나갔다 올게요."

소녀는 한 손을 입에 대고 비밀 이야기를 하듯 속삭였다.

"실은 아까 타고 온 배, 제 것이 아니거든요."

세레나는 옷을 갈아입었던 방으로 들어갔다. 사람 서너 명이 들어서면 꽉 찰 만큼 좁은 방에는 침대 하나와 낡은 옷장 하나가 덜렁 놓여 있었다. 그리고 그곳에서 세레나는 생각지도 못한 불청객과 만날 수 있었다.

"수고했다, 세레나."

침대 위에는 그녀의 검은 고양이가 편한 자세를 취한 채 누워 있었다. 그 갑작스러운 등장이 반갑다기보다 기가 찰 뿐이었다. 자신이 밤바다에 빠져 딱 죽기 일보 직전까지 가는 동안 대체 어디서 뭘 하고 있었단 말인가. 그녀의 매서운 눈초리에도 고양이는 그저 태평한 얼굴이었다.

"마왕, 나한테 뭔가 할 말 없어?"

"할 말? 글쎄. 어쨌든 넌 죽지 않았고, 거기다 공명자인 소녀까지 만날 수 있었잖아?"

"그래도 이건 너무하잖아. 우리가 정말 여행의 동행이긴 한 거니?"

"만일 내가 나섰다면 넌 공명자를 만나기는커녕, 이곳에서 벌어지는 일들에 대해서도 아무것도 알지 못했겠지. 일어났어야 할 일들이 일어나지 못한 탓에 인계의 흐름이 깨지고 모든 것이 엉망이 되었을 거다."

마왕의 논리에 넘어간 세레나는 결국 유야무야 넘어갔다. 마왕에게도 나름대로의 사정이 있었던 건지도 모른다. 게다가 계속 화를 내기엔 그의 말 중 마음에 걸리는 부분이 있었다.

"역시 마왕도 그렇게 생각해?"

"뭘."

"공명자 말이야. 마왕도 진이 공명자라고 생각하는 거지?"

"……더 말하지 않으마. 모든 선택과 결정은 네가 하는 거니까. 그보다 자, 네가 떨어뜨린 것."

고양이가 발에 쥐고 있던 것을 입으로 물어 그녀에게 건넸다. 그것은 바로 공작이 주었던 반지였다. 물에 흠뻑 젖은 반지는 어디에 부딪혔는지 보석 부분이 반 이상 깨져 있어서, 세레나는 손을 모아 무척 조심스럽게 받아 들어야 했다.

"고마워. 모르는 새 바다에 떨어졌었나 보구나."

"바다 밑으로 가라앉은 걸 주워 왔다. 뭐, 나름대로 소중한 물건인 듯해서. 떨어질 때 보석 부분이 망가져 원래 있던 기능은 거의 못 쓰게 되었지만 말이야."

"못 쓰게 되었다고……."

세레나는 하룻밤 사이 광채를 잃어버린 반지를 안타깝게 쓸어보았다. 귀한 물건을 선물해준 카이로스에게 미안한 마음이 들었다. 서둘러 이곳 일을 해결하고 반지를 수리할 방법을 알아봐야 할 것 같다. 마법사 길드에 가지고 가면 고쳐주려나.

혹시나 하는 마음에 잡고 돌리자 얼마 남지 않은 보석에서는 희미한 붉은 빛이 돌았다.

'앗, 다행이다.'

그 빛은 이전과는 비교도 되지 않을 정도로 미약했지만, 세레나는 간절히 손을 쥐고 반지가 전처럼 공작의 얼굴을 비춰주길 바랐다. 파지직. 몇 번의 잡음이 일었고, 한참 뒤 반지를 통해 기다리던 이의 목소리가 흘러나왔다.

– 으음…… *세레나? 이 시각에 어쩐 일이야?*

잠에 취해 있었는지 공작의 음성은 잔뜩 잠겨 있었다. 게다가 시끄러운 잡음 때문에 목소리가 또렷이 들리지 않아 세레나는 보다 얼굴을 바짝 붙여 귀를 기울여야 했다.

"카이로스 님, 제 소리가 들리세요?"

– 음, 그런대로. 전에 없이 이상한 소리가 섞여 들리긴 하지만. 그런데…… 불을 켰는데도 왜 그대의 모습이 안 보일까. 자기 전에 끼워놓은 마력석이 불량품인가.

"보이지 않는 건 제 쪽도 마찬가지예요. 그런데 그 이유는 아마도 제 반지가 망가져서일 거예요……. 어쩌면 다음번에는 교신을 주고받기 어려울지도 모르겠어요."

– 반지가? 왜? 무슨 좋지 않은 일이라도 생긴 건 아니지?

놀란 그가 어떤 행동이라도 취했는지 반지에서 한바탕 시끄러운 소리가 들렸다.

곧바로 '괜찮아요'라고 말하려던 세레나의 목이 갑자기 무언가 퀸 듯 답답해져왔다. 차가운 밤바다에서 느낀 무력함이 다시금 떠올라서였다. 마왕은 태연하게 말했지만 자신은 꼭 영원처럼 느껴지던 그 순간. 눈앞이 온통 캄캄한데 숨도 쉴 수 없어 그저 괴롭고 괴로웠다. 걱정을 듬뿍 담은 연인의 목소리를 들으니 뒤늦게 긴장이 풀리는지 금방이라도 울음이 터져 나올 것 같았다.

한참 동안 대답을 하지 않자 공작은 "괜찮아? 당장 갈게!" 같은 소리를 하며 난리였다.

실은 좋지 않은 일이 있었고, 전 지금 조금도 괜찮지 않아요. 당장, 당신의 위로가 필요해요.

하고픈 말이 너무 많아 쏟아져 나오려는 걸 겨우 참으며, 세레나는 떨리는 음성으로 한 마디를 뱉어냈다.

"보고 싶어요."

— 세레나, 세레나?

전하고픈 말과 마음을 모두 담은 말. 그 한 마디만을 전하고 반지는 곧 완전히 빛을 잃어버렸다.

까맣게 변해버린 보석을 내려다보던 세레나는 손 안에 반지를 꼭 쥔 채 천천히 이불을 덮고 누웠다.

'카이로스 님은 내 마지막 말을 들으셨을까? 대화 내내 계속 들리던 잡음 때문에 어쩌면 제대로 전해지지 않았을지도 몰라.'

야심한 시각에 말을 걸어 틀림없이 깜짝 놀랐을 텐데 걱정을 끼치는 소리만 늘어놓은 것이 마음에 걸렸다. 좀 더 똑바로 하고 있는 모습을 보여주고 싶었는데 웬걸, 모든 게 엉망진창이었다.

'그나저나 반지가 망가져버려서 그분이 동령에 도착하신대도 무슨 수로 나를 찾아온다지? 큰일이로구나…….'

꼬리에 꼬리를 무는 복잡한 생각들 때문에 그녀는 좀처럼 잠들 수 없었다.

다음 날 아침, 진은 자신이 구한 소녀가 은발로 바뀌어 있는 것을 보고 깜짝 놀랐다.

"세레나, 당신…… 귀족이었어요?"

"귀족은 아니지만…… 어쨌든 더 이상 검은 머리로 있을 필요는 없을 것 같아서요."

안타깝군요. 머리색을 바꾸지 않았다면 병사들이 감히 귀족인 당신을 납치할 생각 따윈 하지 못했을 텐데. 진이 속으로만 중얼거렸다.

"아침을 준비해줄 테니 잠시만 기다리세요."

"난 반숙 계란과 버터를 발라 구운 흰살 생선이 먹고 싶다."

갑자기 어디선가 낯선 목소리가 들려왔다. 뒤를 돌아본 진은 앞발을 세운 채 가슴을 내밀고 있는 고양이 한 마리를 발견했다. 그녀가 문과 고양이를 몇 번 번갈아 바라보다 중얼거렸다.

"말하는…… 고양이? 내가 잘못 들은 건가?"

"고양이 따위와 날 비교하지 마라! 너 따위는 감히 존재를 알 수도 없는 위대한 존재이시다!"

말없이 고양이를 바라보던 진이 도마 쪽으로 걸어가 제일 큰 칼을 집어 들었다. 그것을 본 세레나는 황급히 자신의 고양이를 안아 들었다.

"진! 이 아이는 제가 키우는 고양이예요. 영리하게도 저를 찾아 이곳까지 온 모양이에요."

진은 미심쩍은 얼굴로 고양이를 들여다보았다.

"설마 신수는 아닐 테고…… 마법사가 기르는 사역마 같은 건가요?"

"칵! 못생긴 꼬맹이 주제에 어디서 사역마래!"

"이 땅딸막한 고양이가 보자보자 하니까!"

"하하……. 비슷하게 생각해주면 좋겠어요. 정식 마법사는 아니지만 어쩌다 보니 마력을 지니고 있기도 하고요."

세레나는 한쪽 손으로 고양이의 입을 세게 막으며 어색하게 웃었다. 고양이는 답답한지 몸부림을 쳤지만 꽉 잡은 세레나의 두 손은 고양이에게서 떨어질 줄을 몰랐다.

아침 식사로는 곡물 죽이 준비됐다. 고양이는 묵묵히 죽을 먹으며 투덜댔다.

"형편없군. 세레나의 크로켓에 버금가는 맛이야."

"조용히 해. 안 그럼 지금 먹고 있는 그릇부터 빼앗아버릴 거야."

"……흥."

이야기를 나누다 보니 세레나와 진 두 사람은 제법 마음이 잘 맞았다. 나이도 불과 한 살 차이밖에 나지 않았다. 금방 의기투합한 그녀들은 서로 말을 놓기로 했다.

"진, 용신제는 도대체 무엇을 하는 축제야?"

세레나의 물음에 진은 수저를 잠시 내려놓고 생각에 잠겼다.

"용신제는…… 말 그대로 동령을 지키는 수호용을 부르는 축제야. 아직 성인이 되지 않은 일족 중, 용이 내세운 세 가지 덕목을 두루 갖춘 이를 뽑아 제례를 주관케 하지. 전설에 의하면 제례가 끝나면 바다 끝에서 용이 나타난다고도 하는데 그건 잘 모르겠고, 지금은 그냥 형식적인 의식 중 하나야."

"형식적…… 그렇구나. 그렇게 되어버렸구나."

세레나가 씁쓸하게 웃었다.

"용신제가 4년에 한 번 열리는 건 알고 있지? 축제가 열리면 거리 전체가 떠들썩해지고 꽤 볼 만해. 낮에는 하늘에 폭죽을 터뜨리고, 밤에는 강물을 따라 색색의 등불을 떠내려 보낸다고. 아마 기대해도 좋을 거야."

용신제에 대해 설명하는 진에게 세레나가 슬그머니 물었다.

"진. 혹시 용신제의 제주, 그러니까 무녀가 되고 싶은 생각 없어?"

"내가? 무녀를? 무슨 그런 말도 안 되는 소리를."

"왜 말이 안 되지? 진은 성을 가진 직계 일족이니까 참가 자격은 충분하잖아?"

"……."

진의 표정이 급격히 어두워졌다.

"이상하지 않아? 페이란의 가주를 백부로 두고 있는 미성년 일족이 왜 이렇게 홀로 밖에 나와 사는지."

그러고 보니 성년식도 치르지 않은 어린 아가씨가 부모님과 집을 떠나 굳이 이런 다 쓰러져가는 오두막에 혼자 나와 살 이유가 없었다. 진은 한마디로 그 이유를 설명했다.

"사실 난…… 저주받은 아이거든."

저주받은 아이라고? 맙소사, 이건 또 무슨 소리지. 세레나는 작게 입을 벌린 채 그녀를 바라봤다.

"방계 출신의 어머니는 나를 낳자마자 돌아가셨고, 아버지께서도 1년을 채 넘기지 못하고 병으로 급사하셨어. 어릴 때는 그런대로 거둬져서 사촌인 첸과 그 여동생 나린과 함께 자랐는데, 시간이 지나 발견한 거지. 부모를 잡아먹고 태어난 아이가 알고 보니 일족이라면 누구나 다룰 줄 아는 술법도 못 쓰는 돌연변이라는 걸. 정말 수도 없이 연습하고 또 연습해봤지만 타고난 마력 자체가 없어 단 한 번도 성공한 적이 없어. 주워 온 자식이다, 저주를 받았다…… 말들이 많았지. 안 그래도 천덕꾸러기였던 난, 결국 이렇게 쫓기듯 성을 나와 밖에서 살고 있어."

잠시 침묵이 흘렀다. 예상보다도 무거운 이야기에 세레나도, 고양이도 뭐라 대꾸할 말을 찾지 못했다.

"하하…… 이야기가 왜 이렇게 흘러버렸지? 얘기하려던 건 이게 아닌데. 어쨌든!"

분위기가 이상해지자 화제를 전환한 진이 씩 웃어 보였다.

"제주가 되기 위해선 세 가지 시험을 통과해야 하는데 그 시험에 응시하는 최소한의 자격이 바로 술법 사용이야. 그래서 난…… 안 돼."

"……진."

"언니, 난 바다에서 전복이나 미역 따위를 캐는 해녀 일을 해. 한 번 물질을 나가면 오후에나 돌아올 테니 집에서 푹 쉬고 있어요."

자리에서 벌떡 일어난 진이 방에서 작은 가방 하나와 망태기를 들고 나왔다. 세레나는 손을 흔들며 문을 나서는 진의 눈에서 언뜻 반짝이는 무언가를 본 것 같았다. 불현듯 가슴이 답답해졌다. 어린 나이부터 홀로서기를 시작한 진의 사연에 마음이 아프다. 한편으론 자신을 챙기기도 벅찰 척박한 삶 속에서 눈먼 제사로 희생당하는 타인까지 챙기는 마음 씀씀이가 무척 대견했다.

밤바다는 낮에 느꼈던 아름다움을 송두리째 잊게 할 만큼 두려운 곳이었다. 한치 앞도 보이지 않는 어둠 속에서 세레나는 뼛속까지 시리다는 게 무슨 뜻인지 처음 실감할 수 있었다. 진은 모두를 구하진 못했다며 자책했지만, 적어도 어제의 세레나에게는 그것이 유일하게 다가온 구원의 손길이었다. 일족의 치부를 부끄러워 않고서 드러내고, 미약한 힘으로나마 그것을 막으려는 용감한 소녀. 다른 일족들은 아직 만나보지 않았지만 진이야말로 고결한 용의 공명자로 어울리는 소녀가 아닐까.

그렇게 되면 자신은 이제 마력이 없는 진을 설득해 경연에 참가시키고, 한 가지도 아닌 무려 세 가지 시험을 통과해 우승까지 시켜야 한다. 생각만으로도 벌써부터 아찔해져오지만, 그래도 한 번 시도해보고 싶다. 시작이 반이라고도 하지 않았나. 세레나는 힐끗 옆의 고양이를 바라보았다. 이 까만 고양이가 좀 거들어주면 수월하련만 마음 씀씀이가 영 상냥하질 못하니. 흘겨보는 눈초리에도 고양이는 그저 뚱한 표정만 짓고 있다.

"마왕, 이곳에 머물며 진을 도울 방도를 찾도록 하자. 목숨을 구해줬으니 그에 대한 보답은 해야지. 우선은 마력을 시험한다는 예선부터야. 어떡하면 그녀가 술법을 사용할 수 있을까?"

"글쎄, 도와야 하는 건 '우리'가 아니라 너야. 정말 그 애로 괜찮겠어? 잘 생각해보고 결정하라고."

"내 마음은…… 이미 결정했어."

그녀를 이 어둡고 좁은 공간이 아닌 눈부신 빛의 장소에 세우리라, 세레나는 주먹을 불끈 쥐며 다짐했다.

집을 나선 진은 곧 깎아지른 절벽 밑 해안가에 도착했다. 철썩이는 파도 소리와 끼룩거리는 바닷새의 울음소리가 여느 때처럼 정겹다. 바닷가에서는 이미 물옷으로 갈아입은 몇몇 해녀들이 그녀를 반겼다.

"좀 늦었네? 다른 이들은 기다리다 못해 먼저 들어가버렸다고."

"헤헤, 그렇게 됐네요. 그래도 채집량은 항상 제가 최고인 건 아시죠? 두고 보시라고요. 노을이 지기 전에 이 망태기 가득 채워서 갈 테니."

"그야 뭐, 바다 신의 딸이니 그렇겠지. 오늘도 잘 부탁한다고."

"저도 잘 부탁드려요."

동료 해녀의 말에 대차게 대꾸하며 진은 입고 있던 옷을 훌훌 벗었다. 나오기 전 안에다 미리 물옷을 챙겨 입었다. 검은 물옷에 같은 색 물 모자를 쓴 그녀는 몸을 이리저리 움직이며 바다로 들어갈 준비를 했다.

'바다 신의 딸'이란, 유독 다른 사람들보다 채집량도 많고 값나가는 해산물을 곧잘 캐내는 진을 동료들이 부러움을 담아 부르는 말이었다. 해녀는 막 모란궁을 나왔을 무렵, 가까운 지인의 추천으로 엉겁결에 시작한 일이었다. 그런데 첫날부터 망태기 가득 전복을 담아서 나오자 반색한 대장 해녀가 그날로 계약서를 쓰고 자신들의 무리에 끼워주었다.

'이렇게 쉬운 일을 사람들은 왜 그리 힘들다 하지?'

그녀는 양손에 깍지를 껴서 마주 잡고 몸을 구부리며 생각했다. 깊지 않은 물밑으로 들어가기만 해도 전복, 소라, 성게…… 그 밖에 귀한 해산물들이 가득했다. 사람들은 같은 곳에서 작업을 하는데도 그렇게 좋은 것들만 쏙쏙 가져가는 그녀가 신기하다고 했지만, 진에게는 마치 그것들이 자신을 위해 준비된 것마냥 선명하게 보일 따름이었다.

'오늘은 값을 쳐주는 전복을 더 많이 캐야겠어. 당분간이지만 식구가 둘이나 늘었으니.'

준비 운동을 마친 그녀는 마지막으로 수경을 들어 착용했다. 그리고 물에 띄워놓은 공기 주머니인 테왁을 안고 바다 속으로 뛰어들었다.

마음을 먹어서 그런지 모르겠지만 오늘따라 유난히 전복이 많이 보였다. 그녀는 쾌재를 부르며 기다란 빗창으로 암반에 붙어 있는 전복의 머리 부분을 떼어냈다. 물 위로 솟구쳐 올라 잡은 전복을 망태기에 넣은 그녀가 다시 잠수했을 때였다.

— 나의 아이야.

머릿속에서 들려오는 목소리에 움찔했다.

'또 이 목소리야. 한동안 안 들리나 했더니.'

진은 속으로 한숨을 쉬며 계속 밑으로 헤엄쳐 내려갔다. 해녀 일을 시작하고 처음 이 소리를 들었을 때는 얼마나 놀랐는지 모른다. 호들갑을 떨며 동료들에게 하소연해봤지만 돌아오는 건 질 나쁜 바다 요정들의 장난일 테니 신경 쓰지 말라는 핀잔뿐, 같은 소리를 들었다는 사람은 아무도 없었다. 그 뒤로도 목소리는 계속해서 들려왔지만 더 말했다가는 귀신 들린 아이라 꺼림칙해할까 봐 입을 다문 지도 꽤 되었다. 뭐, 들리는 건 목소리뿐이고 실제로 해를 끼치지는 않으니 더 이상 무섭지는 않다. 게다가 낮고 풍성하게 울리는 이 남성의 목소리는…… 제법 근사했다. 사람이라면 꼭 한 번 만나보고 싶을 정도로.

— 네 집의 손님이 지금 위험에 처해 있다.

와, 이제는 악담도 하네. 그나저나…… 손님이 와 있는 건 어떻게 알았지? 그녀는 두 개째 전복을 캐던 중 갑작스러운 의문을 떠올렸다. 손을 멈춘 그녀의 귀로 계속해서 소리가 들려왔다.

— 집으로 돌아가라. 지금 바로 구하러 가지 않으면…… 이야기는 시작되지 않는다.

오늘따라 내게 왜 이러는 거야……. 진은 낯선 목소리를 따라야 할지, 아니면 여느 때처럼 모른 체해야 할지 고민에 빠졌다.

'이 전복들을 다 캐 가면 평소보다 세 배는 더 받을 수 있는데…….'

아쉬움에 머뭇거리던 진은 끝내 수면 위로 올라왔다. 물에 들어가자마자 나오는 그녀를 보고 누군가 불렀다.

"진, 어디 가? 방금 와놓고서는."

"집에 가요! 좀 급한 일이 있어서!"

보지도 않고 대답하는 진의 걸음은 점점 빨라지고 있었다.

진이 집을 비운 사이, 세레나는 소매를 걷어붙이고 청소를 시작할 준비를 했다. 공작성에 있으면서 늘어난 것은 이 청소 솜씨와 차 끓이는 실력뿐이다. 그녀는 부쩍 얄미워진 고양이에게도 물기를 짠 천을 한 장 들려주었다.

"자, 이걸 밀고 다니면서 깨끗이 닦는 거야."

"말도 안 되는 소리! 내가 왜 그런……."

세레나는 두 손을 허리에 올리며 정색을 했다.

"설마 마왕씩이나 돼서 남의 집에서 무전취식할 생각은 아니겠지? 그럼 얼른 시작하자."

세레나는 힘차게 창문을 열어젖히고는, 먼지떨이로 집안 곳곳에 쌓여 있는 먼지를 털기 시작했다. 고양이는 처음에는 발로 천을 쥐고 움직이는 시늉만 하다 호된 꾸지람을 듣고 나서야 힘을 주어 바닥을 박박 닦기 시작했다. 뿌옇던 집이 점차 선명한 색을 되찾자 복잡했던 생각들까지 따라서 씻겨 내려가는 것만 같아 그녀의 기분도 좋아졌다.

잠시 후, 청소를 마친 세레나와 고양이는 방석을 여러 겹 깔아놓은 의자에 털썩 주저앉았다. 물을 한 잔 마시며 휴식을 취하려는데 문 밖에서 웬 낯선 남자의 목소리가 들려왔다.

"진, 진!"

어떡하지. 진을 아는 사람인가. 처음에는 몸을 숨겨야 하는 게 아닌지 망설였다. 그런데 아까 청소를 하느라 창문을 활짝 열어놓은 참이었다. 창문으로 인영이 보이는데 아무도 문을 열지 않으면 그쪽이 도리어 이상하게 보일 것이다. 고민하던 세레나는 문고리를 잡고 조심스레 문을 열었다.

"누구……세요?"

진을 부른 목소리의 주인공은 갑옷을 차려입은 검은 머리, 검은 눈의 남자였다. 혹시, 이 사람도 진의 일족인가? 세레나는 놀란 눈으로 눈앞의 남자를 바라봤다. 남자의 머리는 진의 것처럼 푸른 윤기는 흐르지 않았다. 창백한 피부에 가느다란 눈 역시 사괏빛 뺨에 뚜렷한 이목구비를 가진 진과는 전혀 닮지 않았다.

놀란 얼굴을 하던 남자는 세레나의 얼굴과 머리를 홀린 듯이 바라보았다. 어딘가의 귀족이라고 생각한 걸까, 그는 한쪽 팔을 내민 채 허리를 굽히며 짐짓 우아하게 인사를 해 보였다.

"생각지도 못한 곳에서 이런 꽃을 만나는군요. 나는 첸 페이란, 동령의 지배자 루오한 페이란의 아들이자 이곳 화란의 경비대장입니다. 은빛의 아가씨는 누구시죠?"

"전…… 진의 친구예요. 그녀의 집에서 잠시 신세를 지고 있습니다."

"쯧쯧. 이런 쓰레기장 같은 곳에서 신세라니요. 우리 같은 사람들은 단 하루라도 머물기 힘든 곳입니다."

첸은 열린 문틈으로 보이는 집을 건너다보며 혀를 찼다. 그러다 길이가 맞지 않는 옷 사이로 훤히 드러난 세레나의 하얀 팔과 다리, 흘러내린 은빛 머리칼을 보고는 마른침을 꼴깍 삼켰다.

"그러지 말고…… 페이란 일족들이 사는 모란궁으로 오시겠습니까. 원래 외부인은 잘 들이지 않지만, 특별히 손님의 자격으로 머물 수 있도록 해드리겠습니다. 세상의 진귀한 것은 모두 모아놓은 아름다운 곳입니다. 그곳의 보물들을 하나하나, 제가 직접 구경시켜드리죠."

말이 끝나자 첸은 활짝 웃어 보였지만, 세레나는 어쩐지 그 웃음이 거북하게만 느껴졌다.

"전 괜찮습니다."

"하하, 사양하지 마세요. 궁의 자랑인 모란꽃 화단은 봄뿐만 아니라 사시사철 활짝 피어 있답니다."

"이 손 놓아주세요!"

"손도 무척 고우시군요. 연약한 동물의 털처럼 아주…… 부드럽고 말이죠……."

첸은 비릿한 미소를 지으며 거부하는 세레나의 팔을 잡고 끌었다. 문 앞에서 손을 뿌리치려는 세레나와 그녀를 끌고 가려는 첸이 실랑이를 벌였다. 파충류를 연상케 하는 차가운 손길에 소름이 끼친 세레나가 당장 눈에 보이는 빗자루라도 집어 휘두를까 심각하게 고민하는 차에 어디선가 찬물이 날아왔다.

좌악! 물은 시원하게 첸의 얼굴을 적셨다. 찬물을 뒤집어쓴 그는 잡았던 세레나의 팔을 놓고 형편없이 젖어버린 얼굴을 벅벅 문질러 닦았다.

“푸핫! 퉤, 퉤!”

“어디서 수작질이야?”

찬물을 끼얹은 건 진이었다. 그녀보다 머리 하나는 더 큰 첸이 험상궂은 얼굴로 노려봤으나 진은 눈도 깜짝하지 않았다.

“왜? 어디 그 잘난 술법을 써서 피해보시지?”

“너어…… 끄응. 오늘만큼은 내가 참으마. 손님도 계시니.”

“예쁜 여자들 앞에서만 보이는 허세가 또 도지셨군. 참는 게 아니라 이길 자신이 없는 거겠지. 성에나 처박혀 있을 것이지 여까지 웬일이야?”

걸걸한 그녀의 입담에 첸의 말문이 막혔다. 말싸움만으로는 도무지 이 사촌에게 이길 수가 없다. 어릴 적부터 그랬다. 부모도, 가진 능력도 한 푼 없는 주제에 어딜 가서 기 한 번 죽는 걸 못 보았다. 그러나…… 까부는 것도 여기까지, 그녀는 결국 후계자인 자신의 손바닥 안이다.

첸은 비뚜름한 웃음을 지으며 다시 입을 열었다.

“내가 왜 왔냐고? 잘 들어라, 진. 너, 이제 곧 18세가 되지? 성인이 될 때까지 혼약자도 없고, 일족의 일원으로 인정도 받지 못한 널 동령에서 내쫓으라는 아버지의 명이 떨어졌다…… 만!”

“만?”

“그동안의 정을 생각해서…… 특별히 널 내 일곱 번째 부인으로 삼기로 했다.”

진이 조용히 주먹을 말아 쥐었다.

"진짜로 죽어볼래?"

"이게 감사해하지는 못할망정! 반대하는 어머니를 설득하느라 나도 힘들었다고."

첸이 딴에는 억울한 듯 항변했다.

"원로회로부터도 어렵게 허가가 떨어졌으니 목욕재계 잘하고 기다리고 있어라. 축제가 끝나는 대로 데리러 오마."

진은 기가 막혀서 화도 나지 않았다. 저 호색한 첸의 부인이라니. 그것도 여섯 번째 첩이라니. 원로회에서까지 허가를 받았으면 이미 일족 내부에선 정리가 끝난 일이라고 봐야 했다. 그동안 내팽개쳐놓고 쳐다보지도 않을 땐 언제고 이제 와서 내 인생을 마음대로 휘젓겠다고? 누구 맘대로!

울분에 찬 그녀가 막 소리를 지르려는 찰나, 세레나가 불쑥 입을 열었다.

"진이 쫓겨나거나 당신의 첩이 될 일은 결코 일어나지 않을 거예요. 이번 용신제의 제주는 바로 진이 될 거거든요."

"하, '일족의 수치'가 용신제라?"

첸이 차게 비웃었다.

"진, 밖에서 살더니 머리까지 이상해진 거냐? 그래서 외부 사람에게까지 그런 허튼 소리를 떠들고 다닌 거야?"

용신제의 제주는 수많은 일족들 중 시험을 통해 추려낸 가장 뛰어난 한 명에게 주어지는 영예로운 자리였다. 한 번 제주를 경험한 일족에게는 많은 특혜가 주어졌다. 첸 자신도 지난 용신제의 제주를 맡은 뒤

성인식을 치르는 것과 동시에 경비 대장으로 승진하지 않았나. 그러나 그러기 위해서는 실제로 쉽지 않은 여러 번의 시험을 통과해야 한다. 성격만 드센 진에게는 무리였다.

한편 제일 싫어하는 별칭으로 불린 진이 발끈했다.

"난 항상 정상이었거든? 이상한 건 네 머릿속이지. 내가 정말 용신제에 나가기라도 하면 어쩔 건데?"

"좋다. 그럼 우리 내기를 하자. 만약 술법도 쓸 수 없는 네가 용신제에 참가하고, 또 세 가지 경합에서 한 번이라도 승리를 얻어낸다면, 용신께 맹세코 이 혼인을 없던 것으로 하마."

"그럼…… 반대로 내가 실패한다면?"

"그땐 순순히 내 첩이 되는 거지."

"뭐, 뭐라고?"

첸이 놀란 눈을 하는 진을 새삼스럽게 훑어보았다. 작은 키에 마른 몸, 까만 피부까지, 어떻게 보아도 여성스러운 매력은 조금도 보이지 않는다.

그의 시선이 자연스럽게 다시금 세레나에게 향했다. 어디서 온 여자일까. 신이 공들여 빚어놓은 피조물처럼 보기만 해도 눈이 부시다. 귀족만 아니었다면 바로 데려가서 여덟 번째 부인으로 삼았을 텐데. 그는 아쉬움에 다시 한 번 침을 삼켰다. 하지만 어릴 때부터 골목대장 노릇을 하며 저를 이겨먹으려 들던 진이 곁에서 시중을 든다면, 그것도 나름대로의 즐거움이 될 것이다.

"하하! 두 손으로 곱게 따른 혼례주를 받을 날이 머지않았군. 그날을 기대하마."

"잠깐, 난 아직 대답도 하지 않았다고! 첸!"

말을 마친 첸은 고래고래 소리 지르는 진을 아랑곳 않고 휘적휘적 사라졌다. 그 뒷모습을 넋이 나간 것처럼 멍하니 바라보던 진이 털썩 자리에 주저앉았다.

"미쳤지, 미쳤어……. 왜 그런 소리를 해서…… 하아."

혼잣말로 중얼거리던 진이 갑자기 집 안에 들어가 주섬주섬 짐을 챙기기 시작했다. 놀란 세레나가 그녀를 뜯어말렸다.

"진, 갑자기 왜 그래."

"짐을 싸야겠어. 까짓것 이 땅을 떠나면 그만이지. 설마 대륙 반대편인 서령까지 쫓아오지는 않을 거 아냐."

"흥분을 가라앉히고 침착해."

"지금 침착하게 생겼어?"

세레나는 혼란에 빠진 진의 등을 다독였다. 그리고 차분하게 입을 열었다.

"우선 경솔한 내 말 때문에 일이 커지게 된 것 같아 사과할게. 정말 미안해. 그렇지만 나는 진을 믿어. 만난 지 얼마 되지는 않았지만, 진이야말로 진정으로 용신제에 어울리는 주인공이라 생각해."

그녀의 진심 어린 격려에도 진은 전혀 힘을 얻지 못했다. 진이 한숨을 푹푹 내쉬며 하소연했다.

"아까 말했잖아. 용신제 참가는 술법을 사용할 수 있는 직계 혈족만이 가능하다니까. 나는 예선부터 탈락이라고."

"내게 좋은 생각이 있어. 짐을 싸기 전에 내 얘길 먼저 들어봐주지 않을래?"

세레나의 깊은 눈이 반짝거렸다. 이가 없으면 잇몸으로 싸우면 된다. 비록 몸을 지킬 수 있는 무술도, 마법도 모르지만 풍부한 마력만큼은 지니고 있다. 거기에 과거에 축적해놓은 지식들 역시 머릿속에서 사라지지 않고 그대로였다. 자신은 기필코 눈앞의 소녀를 승리케 만들 것이다. 그래서 그녀를 용의 곁으로 보내주리라.

세워놓은 계획을 들으며 점점 표정이 변하는 진을 보면서 세레나는 다시 한 번 굳게 다짐했다.

영지로 돌아간 공작의 생활은 여느 때처럼 철저하게 규칙적으로 이루어졌다. 그는 해가 뜨기 전에 일어나 연무장에서 검술을 수련했고, 땀이 난 몸을 깨끗이 씻고 나면 이른 아침 식사를 하고 나선 그대로 집무실로 들어가 쌓인 서류들과 함께 하루를 보냈다. 무슨 심경의 변화인지 공작은 이 며칠간 철저히 성에 틀어박혀 있었다. 발로 뛰는 것을 즐기는 평상시의 그답지 않게 나가야 할 일이 있어도 담당자를 부르거나 대신 처리할 사람을 파견하며 가능한 한 외출을 피하는 모습이었다.

파티에 목이 마르다 못해 이제는 아예 제도와 여타 영지를 전전하고 있는 영지 내 젊은 귀족들의 사정을 아는지 모르는지, 지극히 비사교적인 일상을 보내는 공작에게는 얼마 전부터 새로운 일과가 하나 생겼다. 바로 손에 낀 반지와 통신구를 활용한 교신이었다. 그는 철저하게 혼자인 시간에만 반지를 사용했다. 새로운 영상을 보내오면 이전의 것은 사라져버리기 때문에 세레나가 자신의 모습을 담아 보낸 영상 같은 경우 하루에도 몇 번이고 반복해서 돌려 보곤 했다.

공작이 사용한 두 번째 도구는 통신구였다. 선천적인 마력을 타고나진 않았지만, 검을 수련하며 얻은 기운을 흘려 넣어 어렵지 않게 그것을 이용할 수 있었다. 그는 아무리 바빠도 반드시 시간에 맞춰 통신구를 켜는 것을 잊지 않았다. 대화는 대부분 건너편에서 흘러나오는 목소리가 주도했으나, 그것을 들으며 그는 드물게 소리 내어 웃기도, 때로는 한숨을 내쉬기도 했다. 그런데 오늘따라 통신구 앞의 공작은 말이 없었다.

"……."

– 드릴 말씀이 없습니다. ……죽여주십시오.

"……네 탓이 아니다."

통신구 너머에서 흐느끼는 목소리에 비해 공작은 담담했다. 아니, 담담해 보였다. 공작은 제도에서 돌아오자마자 프란츠의 동선을 따라 한 소대의 정예 기사단을 파견했었다. 오늘 교신에서 그는 단원들과 무사히 합류했다고 전했다. 허나 그러면 무얼 한단 말인가. ……지킬 사람이 사라졌는데.

훈련받은 기사조차 흔적을 발견하지 못한 세레나의 실종은 공작에게 결코 되새기고 싶지 않은 과거의 기억을 다시 떠올리게 했다. 호위 하나 붙이지 않고 보냈다 피투성이가 되어 돌아왔던 그녀의 창백한 얼굴이, 붉었던 옷자락이 재차 가슴에 아프게 날아와 박혔다.

「보고 싶어요.」

전날 새벽 갑자기 불빛이 들어온 반지. 파지직거리는 소음 속에서 귀에 날아와 박히던 가느다란 한마디 말에는 얼핏 물기가 서려 있는 것 같기도 했다. 대체 세레나에게 무슨 일이 일어난 걸까.

공작은 답답함에 주먹을 들어 책상을 쳤다. 쩌적. 책상 위의 유리가 갈라지는 소리가 들렸으나 그는 들은 척도 하지 않았다.

세상을 아름답게만 보는 순진함이 걱정이긴 했지만 능력이라면 자신을 능가할 마왕이 붙어 있으니 괜찮을 거라 여겼는데. 단순히 실수로 반지를 망가뜨린 건가? 아니면 혹…… 아니, 아니다. 떠올리고 싶지도 않은 상상을 한 그는 흐트러진 머리를 엉망이 될 때까지 흔들며 자신의 생각을 부정했다.

잘못이라면…… 프란츠가 아닌 자신이 한 것이다. 또다시 그리 혼자 보내는 것이 아니었는데. 제아무리 괜찮다고 예쁜 소리로 지저귀었어도 그녀를 안전한 자신의 새장 속에 가둬놓았어야 했다. 막지 못할 거였다면 차라리 무리를 해서라도 함께 떠났어야 했다. 공작의 무시무시한 기운에 눌린 통신구가 듣기 싫은 소리를 내며 조금씩 금이 갔다. 챙그랑, 통신구가 산산조각 남과 동시에 그는 자리를 박차고 일어났다.

지금 당장 동령으로 갈 것이다. 그리고 세상 끝까지 다 뒤져서라도 그녀를 원래 있어야 할 곳으로 되돌려놓을 것이다. 그곳은 바로 공작 자신의 곁이었다.

'세레나, 잊지 마라. 우리는 아직 무엇도 시작하지 않았다는 걸. 이 겨울의 성에 영원한 봄을 불러올 수 있는 존재는 단 한 명, 오직 그대뿐이라는 걸.'

20. 세 개의 시험

모란궁 정문 앞 화사각은 아침부터 문을 활짝 열어놓은 채였다. 오후가 되자 열린 문으로 햇살이 들어와 안쪽에 놓인 긴 탁자까지 비췄다. 따스한 햇살이 계속 얼굴을 간질이자 탁자에 팔을 대고 앉아 있던 붉은 도포의 중년 남자는 결국 쏟아지는 졸음을 참지 못하고 하품을 했다. 그러자 아까부터 그의 불량한 태도를 지켜보던 보좌관 리우가 기어코 한마디 했다.

"타오준 님, 계속 그렇게 계실 겁니까?"

"하암, 어차피 보는 사람도 없는데 뭘 그리 딱딱하게 굴어. 오늘은 정오까지만 있다가 자리를 접자고."

"설마 진심으로 하시는 말씀은 아니죠?"

타오준은 텅 빈 앞을 보며 또다시 하품을 했다.

"왜 아니겠어. 등록할 만한 사람은 이미 다 왔다 갔지 않았나? 이렇게 앉아서 시간을 죽이고 있자니 좀이 쑤셔 죽겠군. 이래 봬도 꽤 바쁜 사람인데 말이지."

"말씀대로 그리 다망하신 분께서 시험에 공정을 기하시겠다며 굳이 이 자리에 자원하지 않으셨습니까. 그렇다면 부디 끝까지 체통을 지켜 주시지요."

가주의 동생인 타오준은 이번 용신제 제주를 뽑기 위한 시험의 주관자였다. 참가 접수 정도는 원래 아랫사람을 시켜도 되는 것이었지만, 모든 과정을 직접 눈으로 봐야겠다고 우겨 부득불 자리에 앉아 있는 터였다. 접수를 받는 날짜는 단 사흘. 그러나 참가자들은 대부분 첫날 등록을 끝마쳤고, 이틀째가 지나 접수 마지막 날인 오늘에 와서는 근처를 지나는 사람 그림자도 하나 찾아볼 수 없었다. 부관의 말에 그는 심드렁하게 대꾸했다.

"에잉, 영 재미가 없단 말이야. 이대로라면 제주는 볼 것도 없이 나린이 아닌가."

"타오준 님!"

리우의 잔소리를 못 들은 척하며 타오준은 귀를 긁적였다. 이번 제주로 나린이 반쯤 확정됐다는 사실을 모르는 일족이 있나. 이미 지난해부터 현자 하시엔에게서 일대일로 학문을 배우고 있고, 술법은 아비인 루오한이 직접 지도했다. 얼마 전 제도의 비밀 경매장까지 가서 최고의 병기를 구해 왔다는 얘기도 들었다. 이렇듯 편애를 하니 용신제는 가주의 자식들이 다 맡아두었다는 말을 듣는 것이다. 그것을 당연하게 받아들이는 일족들도 문제였다.

'아마 이번 용신제에서도 별다른 반전은 없겠지. 폐쇄되고 경직된 이곳 모란성에 언제쯤이면 새 바람이 불려는지.'

속으로 냉소하는 타오준의 눈에 웬 소녀가 한 명 들어왔다. 전각으로 점점 가까이 다가오고 있는 소녀는 작은 키에 두 볼 가득 홍조를 띠고 있었다.

“어? 저 아이가 여기 웬일이지.”

“아시는 아이입니까?”

알다마다. 몇 안 되는 조카인데 모를 리가 있나. 타오준이 고개를 갸우뚱했다. 저 녀석이 여기 웬일이지? 시험 내용을 모르는 것도 아니면서.

“오랜만이구나.”

“타오 숙부.”

안으로 들어온 진이 꾸벅 인사를 했다.

“화사각에는 무슨 일로 왔어.”

“숙부님도 참. 여기에 시험 접수 말고 또 찾아올 이유가 있나요?”

“예선 내용이 무엇인지는 알고 있지? 내 비록 너를 아끼지만…… 그렇다고 예외는 없다.”

타오준 숙부는 친척들 중 유일하게 어떤 차별도 없이 진을 대해준 사람이었다. 또 모란궁을 나올 때 지금의 집을 구하고 일을 찾을 수 있도록 뒤를 봐주기도 한 장본인이기도 했다. 물론 그렇다고 특별대우를 바라고 온 것은 결코 아니다. 진은 굳은 표정으로 고개를 끄덕였다.

“잘 알고 있어요.”

“좋다. 여기 있는 도구들 중 하나를 이용해 가장 자신 있는 술법을 펼쳐보아라.”

탁자 위에는 술법에 사용되는 다양한 도구들이 놓여 있었다. 진은 그중 가장 넓은 자리를 차지하고 있는 거대한 대야를 골랐다. 반질반

질한 은 대야에는 맑은 물이 가득 담겨 있었다. 란스는 일족의 아이들이 제일 처음 술법을 연마할 때 쓰는 기초 도구다. 지난 십여 년간 몇 번이나 이 앞에서 좌절했는지 모른다. 아마 모르긴 해도 대야 안에 눈물을 한 바가지도 더 쏟았을 것이다. 란스를 앞에 두자 꼭 다시 어릴 때로 돌아간 것처럼 심장이 가파르게 뛰었다.

'부모를 잡아먹고 태어난 주제에 이런 돌연변이라니.'

'왜 이 간단한 걸 못 하는 거야? 멍청한 계집애 같으니라고.'

'정말 레이의 딸이 맞긴 한 거냐? 그러고 보니 생김새도 좀…….'

'일족의 수치!'

과거의 상처들이 떠오르자 가슴이 따끔하게 아파오는 것 같다.

'침착하자, 진. 침착해.'

진은 눈을 꼭 감고 가만있지 못하고 쿵쿵대는 심장에 손을 얹었다. 할 수 있어. 나를 믿고, 나를 믿어주는 사람들을 믿자. 눈을 감고 집중하자 가슴에서 아직도 낯설기만 한 뜨거운 기운이 느껴졌다. 그녀는 기운을 오른손 검지 끝에 모으며 수백 번도 더 입에 담아봤을 주문을 외웠다.

"운디-모베오."

찰랑, 대야의 물이 흔들리며 소리를 냈다. 그 광경을 바라보던 타오준의 두 눈이 튀어나올 것처럼 커졌다. 운디-모베오는 페이란의 어린 아이들이 제일 처음 배우는 주문으로, 가장 친숙한 요소인 물을 이용해 마력의 운용을 연습하는 방법이었다. 대단한 위력을 가진 것은 아니었지만, 마력 한 푼 없어 쫓겨나기까지 한 이 아이가 정말로 술법 시연에 성공할 줄이야. 타오준은 몇 번이고 흔들리는 수면을 다시 들여다봤다.

"통과한 거…… 맞죠?"

진의 질문을 받고 그는 잠시 대답을 망설였다. 이제까지의 지원자 중에서 진처럼 간단한 술법을 펼친 이가 있었나? 물론 없었다. 모두 펼칠 수 있는 가장 고급의 술법으로 스스로를 과시하려 노력했으니까. 그러나 그가 아는 한, 시험 참가 자격은 분명 '술법을 사용할 수 있는 페이란의 일원'이었다. 또한 주문을 외우는 순간, 분명 다른 누구도 아닌 진에게서 마력의 흐름을 느낄 수 있었다.

타오준은 피식 웃으며 고개를 끄덕였다.

"네게는 분명 자격이 있다. 축하한다."

"고마워요, 숙부. 그럼 내일 본선에서 뵐게요."

진은 리우가 건네는 합격패를 받고 들뜬 발걸음으로 사라졌다. 그 뒷모습을 바라보던 리우가 흥분해서 입을 열었다.

"타오준 님, 이래도 되는 겁니까? 어린아이들이나 쓸 법한, 아무짝에도 쓸모없는 술법입니다. 그런 술법을 보고 합격점을 주시는 것은 아무래도 형평성에……."

"리우."

리우는 상관의 가라앉은 목소리를 듣고 입을 다물었다.

"알고 있나? 본디 용은 바다가 아니라 일족들의 곁에 함께 머무는 친숙한 존재였다. 그런 용의 계약자에게 자격 따윈 없었어. 오늘날의 예선도, 세 가지 시험도 모두 인간이 만든 것이지. 무슨 말인지 알아듣겠어? 페이란의 피를 이어받은 일족이라면 우리들 중 누구라도 용을 부를 수 있다는 거다. 그것이 리우 너라도 말이다."

"제가 어찌 감히 그런 생각을 품겠습니까."

준비라도 한 듯 깍듯한 대답을 들으며 타오준은 쓴웃음을 지었다. 녀석, 교육을 잘 받았군. 하지만 그렇게 눈과 귀가 틀어막혀 어떤 의문조차 갖지 못하니 재미가 없다는 게다. 손바닥으로 하늘을 가리려 하는 우매한 일족은 이러다 정말 해신의 분노를 사 멸문이라도 당할지 모르겠어.

타오준은 방금 전 사라진 자신의 조카를 떠올렸다. 궁을 나서던 마지막 날까지 그치지 않은 핍박 속에서도 웃음을 잃지 않았던 심지 굳은 아이였다.

'진, 네게 기대를 걸어보아도 되겠니. 청량한 한 줄기 바람이 되어 세월의 먼지가 낀 이곳 모란궁을 깨끗이 씻어주려무나.'

"진!"

집 앞에는 세레나가 초조한 얼굴로 서 있었다.

"어떻게 됐어?"

"으음……."

짐짓 어두운 얼굴로 뜸을 들이던 진이 등 뒤에 들고 있던 합격패를 자랑스럽게 들어 보였다.

"짜잔!"

"합격이구나!"

두 여자는 서로를 얼싸안았다. 세레나는 손을 들어 진의 등을 힘차게 두드려주었다. 혼자서 복마전인 모란궁까지 가서 합격을 따낸 그녀가 못내 대견했다.

"다 언니 덕분이야, 흑…… 만약 언니가 준 포션이 아니었다면, 난 평생 술법이란 건 모르고 살았을 거야."

"고맙기는. 도움이 되었다니 기쁠 따름이야."

눈물을 글썽이는 동생에게 세레나는 활짝 웃어 보였다. 실은 진이 용신제의 참가 자격을 얘기할 때부터 짚이는 데가 있었다. 황궁에 있을 때, 대마법사 라이오넬이 자신의 몸을 진단하고는 살아 있는 마력 공급원이라며 호들갑을 떤 적이 있다. 마력을 양분 삼아 자라는 씨앗에 손끝에서 나온 핏방울을 떨구자 싹이 트고 꽃까지 피어나는 기이한 현상도 일어났었다.

세레나는 자신의 피를 한 방울 물에 떨어뜨려 물약이라 속이고 진에게 먹였다. 그러자 진 역시 몸에 열기가 피어오르며 그동안 한 번도 경험한 적 없었던 마력의 기운을 느낄 수 있었다.

며칠간 진은 '물약'을 통해 얻은 마력으로 술법을 안정적으로 펼칠 수 있도록 연습에 연습을 거듭했다. 양이 적어 그런 건지, 체질 때문인지는 모르겠지만, 한 번 술법을 쓰고 나면 몸에 머물던 마력은 그 자리에서 눈 녹듯 사라져 다시 돌아오지 않았다. 지속적으로 '물약'을 마시지 않으면 또다시 술법을 펼칠 수는 없을 것이다. 그러나 진은 욕심을 부리지 않았다. 무사히 예선을 통과할 수 있었으니 이것으로 된 것이다.

"이제부터 시작인 거지?"

"응, 내일부터 일족이 숭상하는 세 가지 덕목인 지혜, 힘, 그리고 용기를 겨루는 경합을 벌이게 돼. 세 번의 시험 중 두 번을 먼저 이긴 사람이 제주가 되지. 워낙 오래된 시험이라 어떻게 치러지는지도 모두들 알고 있다고, 대충은."

"정말?"

세레나가 눈이 동그래지자 진이 고개를 끄덕였다.

"응. 내일 있을 첫 시험에선…… 지혜를 겨루게 될 거야. 절대 풀 수 없도록 잔뜩 꼬아놓은 어려운 문제들이 나오겠지. 그래도 자신 있어. 이래 봬도 학당에 있을 적에 단 한 번도 1등 자리를 놓친 적이 없거든. 술법에서 낙제를 받는 바람에 다 내려놓고 나와야 했지만."

진이 잠시 머뭇거리다 다시 입을 열었다.

"저…… 언니, 부탁이 하나 있어."

"응? 뭔데. 말해보렴."

"시험에는 '길잡이'라고 해서 딱 한 명, 함께 문제를 맞힐 수 있는 사람을 데려갈 수 있어. 그래서 말인데……."

"진!"

조심스럽게 이야기를 풀어놓던 진이 갑자기 이름을 불리자 멈칫했다. 세레나가 두 손을 하나로 모은 채 눈을 반짝거리고 있었다.

"혹 생각해둔 사람이 없다면 나를 데려가주겠니? 책이라면 제법 많이 읽었다고 자부하거든. 어렵고 복잡한 계산 문제나 오래된 역사, 자연과학 학문까지도 모두 자신 있어. 아마도 네게 폐가 되진 않을 거야."

진이 얼굴이 더 환해질 수 없을 정도로 밝아졌다. 세레나는 그날 하루 종일 진이 부르는 '우리의 만남은 운명.' 타령을 들어야 했다.

그날 밤. 옆에서 곯아떨어진 진을 바라보던 세레나가 빠끔히 고개를 내밀고 속삭였다.

“마왕, 자니?”

곧바로 대답이 돌아왔다.

“왜.”

“묻고 싶은 게 있어서. 혹시 말이야…… 내게 마법을 가르쳐줄 수 있어?”

“……마법?”

세레나는 어둠에 앞이 제대로 보이지도 않으면서 손을 부산하게 움직이며 지팡이 휘두르는 시늉을 해 보였다.

“응, 지팡이 끝에서 불이나 바람을 만들어내는 진짜 마법. 나…… 여행을 시작하며 부쩍 힘이 갖고 싶어졌어. 자유롭고 싶어 떠난 길인데, 그 길 위에서 스스로에 대한 책임까지 짊어질 준비가 안 된 내 자신을 뒤늦게 깨달았거든.”

굳게 마음먹고 오른 여행길이었지만, 세상은 생각처럼 그리 녹록지 않았다. 벌써 두 번이나 위험한 일을 겪었고, 그중 한 번은 심지어 목숨을 잃을 뻔했다. 누군가를 도우려 해도 마음만으로는 어려움이 많다는 걸 그녀는 실감했다. 만약 자신이 마법을 자유로이 사용할 수 있다면 진에게도 보다 많은 도움을 줄 수 있고, 무엇보다 망가진 반지의 걱정을 하지 않고도 공작에게 연락을 취할 수 있을 것이다.

그러나 세레나의 진심 어린 말을 듣고도 고양이는 한 마디로 딱 잘라 거절했다.

“불가능해.”

그래, 쉽게 가르쳐줄 리 없지. 바다에 빠졌을 때도 구해주지 않고 그대로 보고만 있었는걸. 세레나가 그럴 줄 알았다는 눈초리를 보내자 곧바로 변명이 돌아왔다.

"마족은 태어났을 때부터 본능적으로 힘을 사용할 줄 안다. 같은 마법이라도 체계가 완전히 달라서 인간처럼 마력을 끌어내거나 주문을 외우는 일은 없어. 그러니 네게 마법을 알려주기가 불가능하다는 거야. 나중에 마법서라도 한 권 사면 연습 정도는 봐주마."

"……하아, 그래. 생각해보니 마법서 구입 전에 쓸 수 있는 지팡이부터 찾는 게 먼저겠네. 라이오넬 님의 말에 의하면 내게는 지나치게 강력한 마력을 제어할 수 있는 특별한 도구가 필요할 거래."

특별한 도구라고? 그건 또 무슨 소리야. 고양이는 큰 눈을 열심히 굴렸다. 어둠 속에서 요사한 보랏빛 눈이 반짝 빛났다.

"남의 말이나 도구 따위에 의지하지 말고 좀 더 자신을 믿는 게 어때? 세레나, 넌 이미 원하는 모든 답을 갖고 있잖아."

"자꾸 무얼 갖고 있다는 거야. 예전에도, 지금도 내게는 아무것도 없는걸."

"어린 용 녀석이 괜히 네게 그런 부탁을 했을 리 없잖아? 당장 세상을 뒤흔들 만한 힘이 없어도 되니 너이기 때문에 할 수 있는 일을 찾아라. 거기서부터가 벌써 시작이니까."

"……고마워."

세레나는 한숨과 함께 다시 자리에 누웠다. 내일은 드디어 첫 번째 시험이 있는 날, 집중해서 듣고 한 문제라도 더 맞히기 위해선 충분히 자두어야 한다. 내려간 이불을 목까지 올려 덮고 오지 않는 잠을 청했다. 하지만 시간이 갈수록 잠은 더욱 오지 않고 정신은 또랑또랑 맑기만 하다.

세레나는 옆에서 쿨쿨 단잠을 자고 있는 진의 얼굴을 힐끗 들여다보았다. 어린 티가 뚝뚝 묻어나는 티 없이 말간 얼굴이다. 그동안의 고생이 전혀 느껴지지 않을 정도로 밝은 진의 모습이 떠오르자 다시금 마음을 다잡게 된다. 진은 자신의 목숨을 구해준 생명의 은인이었다. 그런 그녀를 위해 조금이라도 제대로 된 보답을 하고 싶다. 무엇을 얼마나 할 수 있을지는 모르겠지만, 내일 자신들에게 무슨 일이 들이닥칠지도 걱정이지만 그래도 앞으로 나아갈 수밖에 없다.

제도를 떠나오는 길에서 몇 번이고 생각했다. 자신은 이 여행을 단순히 용과의 계약을 통해 기억을 지우는 과정으로 여기지 않고, 보다 성장한 자신을 찾아서 돌아가는 계기가 되길 바랐다. 지금 걷는 이 길이 좁고 어두워 불안하지만, 젖 먹던 힘까지 최선을 다해보자. 분명 어딘가에서 문을 열 열쇠를 찾을 수 있으리라.

잠이 든 세레나의 얼굴에선 더 이상 불안이나 망설임을 찾아볼 수 없었다.

날이 밝자마자 그녀들은 모란궁에 들어섰다. 경비병은 진의 얼굴을 보고도 손에 든 창을 치우지 않았지만, 합격패를 꺼내 보이자 이내 길을 열어주었다.

"진, 이제 어디로 가야 하니?"

"음……. 보화전이라고 했으니까 저기, 저쪽이야."

경연이 펼쳐지는 곳은 궁에서 가장 큰 규모를 지닌 보화전이었다. 걸음을 옮기는 진의 가슴이 벅차올랐다. 보화전은 큰 의식이 있거나 귀한 손님이 있을 때에만 개방하는 곳이다. 10년을 넘게 이곳에 살았어도 직접 안까지 들어가는 건 처음이었다. 과연 듣던 대로 실내는 정교한 대들보와 황금 처마, 아름다운 그림들로 호화롭게 장식되어 있었다.

그중 세레나와 진의 시선을 한눈에 사로잡은 것은 천장 한가운데에 조각된 용이었다. 검정색 오팔을 일일이 깎아 붙여 오색 찬연한 빛을 발하는 용이 꼭 금방이라도 보주를 물고 하늘로 날아오를 것만 같다. 용의 모습을 감탄하며 바라보고 있으려니 어디선가 목소리가 들려왔다. 그 목소리는 진에게는 더없이 익숙하지만 동시에 가장 듣고 싶지 않은 사람의 것이었다.

"어디서 역한 냄새가 난다 했더니, 여기 쓰레기가 있었잖아."

"……."

진은 뒤를 돌아보지 않았다. 굳이 돌아봤다가 불쾌해진 마음으로 시합에 임하고 싶지 않아서였다. 외면하는 모습이 괘씸했는지 목소리의 주인공이 뚜벅뚜벅 걸어와 어깨를 툭 건드린다. 진보다 곁에 서 있던 세레나가 더 놀라 갑자기 등장한 낯선 소녀를 바라봤다. 율리아나 공녀를 연상케 하는 화려한 외모의 소녀는 모란이 수놓인 자색 옷을 입고 있었다. 일국의 공주처럼 눈부시게 치장한 소녀는 고운 외양과 달리 앙칼진 소리로 대뜸 시비를 걸었다.

"너, 대체 무슨 수를 쓴 거야?"

"웬 뚱딴지같은 소리야."

"어떻게 숙부를 매수했지? 바짓가랑이라도 붙잡고 예선만이라도 통과시켜달라 매달렸어? 우리 오빠한테 그런 것처럼?"

말도 안 되는 모함을 듣자 진은 불쑥 화가 치밀었다. 치맛자락을 붙잡고 매달린 건 자신이 아니라 첸이다. 게다가 예선을 치렀을 때 자신은 어떤 특혜도 받지 않았다.

"말조심해, 나린. 너와 나는 어디까지나 같은 예선을 치르고 참가한 거야. 게다가 네 오라비인 첸은 내 쪽에서 사양이라고!"

"하, 똑같은 예선이라고? 그래. 운디 모베오와 운디 미실레, 둘 다 물을 다루는 술법이긴 하지. 결과에서 하늘과 땅만큼 차이가 나긴 하지만 말이야. 내가 만든 물 화살은 강철도 뚫거든."

나린은 비웃음을 가득 담고 비아냥거렸다.

"어디 한 번 열심히 발버둥 쳐봐. 그래봤자 어차피 승자는 정해져 있겠지만."

말을 마친 그녀는 코웃음을 치며 반대편으로 사라졌다.

'결과를 이미 알고 있으면서 왜 굳이 내게 물어보는 거야? 예선에서 중요한 건 누가 더 위력적인 술법을 사용하느냐가 아니었다고.'

진은 발끈해서 앞으로 나서려다 나린의 뒤를 따르는 청수한 용모의 노인을 보고 그대로 굳어버렸다. 갑자기 꿀 먹은 벙어리가 되어버린 그녀를 위해 세레나가 대신 역성을 들었다.

"어쩜, 앙칼진 살쾡이 같은 아가씨네. 신경 쓰지 마, 진. 이게 다 너의 기를 꺾어놓으려는 수작이니까."

"……언니."

"응?"

"아까 나린의 뒤에 있던 사람…… 누군지 알아?"

말을 꺼내는 진은 고개를 숙인 채였다. 그녀에게서 흘러나오는 작은 목소리가 불안하게 흔들렸다.

"동령에서 제일가는 현자 하시엔 님이야. 예전에 딱 한 번, 학당에 강의차 오신 것을 본 적이 있어. 나린의 길잡이가 하시엔 님이라니…… 믿을 수가 없어."

"진……."

"이 시합…… 정말 이길 수 있을까?"

두려움이 잔뜩 실린 진의 눈망울을 보며 세레나는 마음을 다잡았다. 자신은 진의 길잡이였다. 그리고 바로 지금은 나아갈 방향이나 목적을 위해 이끌어주는 길잡이로서의 역할을 다할 때였다.

"진, 하시엔 님께서 얼마나 대단하신 분인지는 잘 모르지만, 네 옆에서 있는 사람도 머리에 든 지식이라면 둘째가라면 서러운 사람이야. 이래 봬도 대륙 전역의 현자들과 지혜를 겨루어 단 한 번도 진 적이 없단다. 그러니 자부심을 가지렴. 내가 반드시 널 이번 용신제의 주인공으로 만들어줄게."

"후후. 말이라도 고마워. 덕분에 힘이 나네."

세레나는 희미하게 웃는 진을 보며 고개를 갸웃거렸다. 왠지 자신의 말을 다 믿는 것 같지 않다. 나름대로 진심을 담아 한 말이었는데.

그때, 반대편 입구를 통해 한 무리의 사람들이 우르르 들어왔다. 앞장선 이는 진의 숙부인 타오준이었다. 그들이 모두 중앙의 단상 위로 올라가자 웅성거리던 궁 안에 침묵이 내려앉았다. 진과 나린, 그 외 참가를 신청한 소년소녀들이 각각 자신의 길잡이와 함께 단상 위를 올려다보았다.

"이번 시험을 주관하게 된 타오준이다. 모두들 제법 익숙한 얼굴들이구나. 엉덩이를 내놓고 똥 기저귀를 갈던 모습이 엊그제 같은데, 어느새 성장해 어엿한 일족의 일원이 된 그대들의 모습을 보니 뿌듯하기 그지없다."

상관의 품위 떨어지는 개회사에 리우가 한 손으로 자신의 이마를 짚었다. 부관의 행동에 아랑곳 않고 타오준의 말은 계속되었다.

"오늘을 시작으로, 총 세 번의 시험이 치러진다. 매번 각기 다른 내용의 문제가 제시되며, 그중 두 번을 먼저 이긴 사람이 곧 열릴 용신제의 제주가 되어 물의 검을 손에 들 수 있다. 아직 성인식을 치르지 않은 미성년자임을 감안해 시험에는 특별히 '길잡이'라는 이름으로 한 명의 파트너를 선택해 별도로 조언을 구하거나 의논할 수 있는 기회가 주어진다. 아무쪼록 그동안 갈고닦은 기량을 모두 뽐내주길 바란다."

신검으로도 불리는 물의 검은 투명한 날을 가진 단검이었다. 그것은 용과 일족 간의 약속의 증표로도 불리는 귀물로, 평소에는 궁의 비밀 창고에 보관되어 있다 용신제 때만 한 번씩 세상에 모습을 드러낸다. 물의 검을 들고 빛나는 영광의 주인공이 되고 싶은 마음은 누구나 같았다. 회장 안에 모인 소년소녀들의 얼굴들이 점차 긴장으로 딱딱하게 굳어갔다.

"첫 번째 시험은 그대들의 지혜를 알아보는 장이 될 것이다. 경합의 내용은 미어, 즉 수수께끼다. 어떤 사물에 대해 빗대어 말하는 내용을 듣고 그것이 무엇인지 알아맞히는 것이다. 답은 특정한 사물일 수도 있고 자연 현상을 가리킬 수도 있으며 정해진 형식은 따로 없다. 그러니 설명을 잘 듣고 연상해 답을 찾아주길 바란다. 자, 그럼 첫 번째 수수께끼다.”

이렇게 곧바로 시작해도 되는 건가. 갑작스레 시작된 시험에 모두들 황망히 수수께끼를 풀 준비를 했다. 종이와 필기구를 꺼내는 이, 두꺼운 고서를 꺼내는 이 등 준비하는 모습도 다양했다. 세레나는 그저 가만히 서서 타오준이 꺼낼 다음 얘기를 기다렸다.

“이것은 검은 밤을 가르는 환상. 무지갯빛 날개를 펴고 날아오르지. 모든 이들이 불러내길 원하나 동이 트면 금세 사라져버린다. 누군가의 심장 속에서 다시 살아나기 위해…….”

세레나는 말이 채 끝나기도 전에 손을 들었다. 타오준이 이채롭다는 눈빛으로 은발의 소녀를 내려다보았다. 처음 회장 안에 들어왔을 때부터 눈에 띄었던 무시무시한 아름다움을 가진 소녀였다.

“그대는 누구지? 답을 알고 손을 든 것인가.”

“진 페이란의 길잡이로 참가한 세레나입니다. 수수께끼의 답은 바로…….”

세레나는 진의 얼굴을 한 번 힐끗 본 뒤 말을 이었다.

“‘희망’입니다. 희망은 어두운 절망 속에서도 한 줄기 빛처럼 다시 태어나지요. 희망은 지금 여기 모인 모든 이의 심장 속에 자리하며 기쁨과 환희로 그들을 데리고 갑니다.”

타오준은 고개를 끄덕였다.

“정답이다, 지혜로운 길잡이야.”

그의 말이 떨어지기가 무섭게 주변이 웅성거렸다. 신음인지 감탄인지 모를 소리들로 시끄러운 가운데 타오준이 손을 들었다. 회장에는 다시금 침묵이 내려앉았다.

"그럼, 이어서 두 번째 수수께끼를 내겠다. 잘 듣고 답하도록.

불꽃처럼 깜빡이지만 불꽃은 아니야. 때로는 열병처럼 흥분하고 충동적이 되지만, 게으름은 이것을 나른하게 해. 그대가 패배하면 몹시 차가워지고, 승리를 꿈꿀 때 이것은 뜨겁게 불타오른다. 석양과도 같은 빛을 가진 이것은 무엇이지?"

세레나는 이번에도 가장 먼저 손을 들었다. 순간, 찌를 듯 따끔한 시선들이 한 몸에 쏟아졌지만 그녀는 든 손을 내리지 않았다. 이것 봐라? 타오준은 느른하게 한쪽 입술 끝을 올렸다. 생각보다 일이 재미있게 되어가는군.

"이번에도 제일 먼저 손을 들었군. 세레나…… 라고 했나? 생각한 답을 말해보시게."

"혈관을 타고 흐르는 붉은 피는 때때로 뜨거워지기도 약해지기도 하며, 생명을 잃으면 차갑게 굳어버리지요. 그러므로 수수께끼의 정답은 '피'입니다."

"과연…… 그 말 그대로다."

세레나가 진을 향해 윙크를 해 보였다. 생각보다 수수께끼가 어렵지 않다. 이 정도 수준이라면 몇 문제라도 맞힐 자신이 있었다. 한편 나린은 옆에 서 있던 자신의 길잡이 하시엔을 뚫어질 듯이 노려보았다. 유명한 현자라고 해서 아버지가 거금을 주고 초빙해 왔건만, 어째 진이 데려온 철부지 귀족 아가씨보다도 문제를 못 맞히고 있다. 게다가 지난겨울부터 그에게서 배운 고대어와 역사는 문제로도 출제되지 않았다.

그녀의 눈가가 부들부들 떨렸다. 이대로 선수를 빼앗길 순 없었다.

그것도 일족의 수치 따위에게!

타들어가는 나린의 마음은 아랑곳 않고 타오준의 말이 계속 이어졌다.

“진과 그녀의 길잡이가 한 문제만 더 맞히면 지혜의 장은 이걸로 끝이로군. 자아, 다음 수수께끼는…… 아주 오래된 노래의 일부분이다.”

모든 이가 침을 꿀꺽 삼키며 타오준을 바라보았다. 넓은 회장 안에 그의 낭랑한 목소리가 울려 퍼졌다.

“나는 보았노라, 불타던 대지가 다시금 바다에서 떠오르는 것을. 고결한 마음과 옛 주문이 검은 못의 주인을 불러냈으니, 그가 당신에게 자유를 허락하면 그는 당신을 노예로 만들고, 그가 당신을 노예로 받아들이면 당신은 왕이 된다. 찬란한 영광과 고난을 동시에 주는 그는 누구인가?”

세레나를 의식해서인지 타오준의 말이 끝나자마자 여기저기서 번쩍 손을 들었다. 그러나 정답을 맞힌 이는 아무도 없었다. 앞의 두 문제와 달리 좀처럼 답이 바로 떠오르지 않자 세레나는 초조해졌다. 침착하자. 침착해야 한다. 그녀는 가슴에 손을 올리고 여러 차례 쓸어내렸다.

시험관님은 분명 오래된 노래라고 했다. 그렇다면 틀림없이 자신이 살던 시대에도 존재했던 노래이니 모를 리가 없다. 기억을 잘 되살려 보자. 불타던 대지에 생명을 불어넣은 바다. 영광과 고난을 함께 주는 검은 못의 주인…….

‘어? 검은 못?’

타오준의 말을 곱씹어보던 세레나는 갑자기 머릿속을 스친 생각에 멈칫했다. 화란에 도착해 바다를 보면서 불렀던 노래 중 비슷한 내용의 가사가 있었다.

[검은 심해의 주인이 오래된 맹세를 지키기 위해 돌아오리라.]

이제 알겠다, '그'는 바로……!

그런데 세레나가 손을 들기도 전, 오른팔을 번쩍 치켜든 사람이 있었다. 타오준이 씩 웃으며 입을 열었다.

"진, 이번엔 네가 수수께끼의 답을 맞혀보겠느냐?"

"네, 숙부. 아니, 타오준 님. '그'의 정체는 바로……."

진이 숨을 한 번 고르고 다시 말을 이었다.

"흑룡 '헤이룬'입니다. 실은 들려주신 노래를 따로 들어본 적은 없습니다. 그렇지만 가사를 들었을 때 과거 선조께서 흑룡을 불러 화산 폭발로부터 이 땅을 지켜내고 센국을 세우셨다는 건국 설화가 떠올랐습니다. 제가 생각한 답은 일족의 가장 든든한 방패이자 검인, 수호용 헤이룬입니다."

"으음, 훌륭하다."

타오준이 고개를 끄덕이는 것을 본 진과 세레나가 손을 맞잡았다. 두 사람을 흐뭇한 눈으로 내려다보며 그가 큰 소리로 선언했다.

"첫 번째 시험인 지혜의 장의 승자는 진 페이란이다. 이어지는 두 번째 시험은 내일 아침 8시, 동쪽 성문에서 치러질 것이다. 모두들 돌아가 내일 있을 시험에 대비해 푹 쉬도록 하라."

"말도 안 돼!"

타오준과 나린의 말은 거의 동시에 들려왔다. 세레나는 놀라서 나린 쪽을 바라봤다. 나린의 고운 얼굴이 악귀처럼 일그러져 있었다. 물들인 입술을 잘근잘근 짓이긴 탓에 입 주변이 온통 붉은 핏빛으로 물들어 있었다. 길잡이인 하시엔이 놀라 나린의 팔을 붙들었다.

"나린 님, 진정하시지요."

그런 그의 행동은 오히려 나린의 화를 북돋울 따름이었다. 고개를 홱 돌린 나린이 잡힌 팔을 빼며 하시엔을 매섭게 노려보았다.

"아버지께서 당신에게 들인 금화가 얼만데! 당신이 그러고도 현자가 맞나요?"

"그건……."

"작년 겨울부터 달달 외웠던 것들이 알고 보니 하나도 쓸모없는 잡학일 줄이야. 대체 이 책임을 어떻게 질 거예요?"

"……."

나이 든 노현자가 어린 소녀 앞에서 쩔쩔 매는 모습을 보고 있는 것은 썩 기분 좋은 일이 아니었다. 잠시 서로의 얼굴을 마주 보던 세레나와 진은 함께 보화전을 벗어났다. 들어올 때와 달리 나가는 발걸음은 깃털처럼 가볍기만 했다.

'오늘 이 모습을 카이로스 님이 꼭 보셨어야 했는데.'

세레나는 내심 아쉬웠다. 그동안 천둥벌거숭이처럼 사고만 몰고 다니던 자신이 모두의 앞에서 조금도 떨지 않고 미어를 맞히는 모습을 그와 유벨이 보았어야 한다. 만약 보았다면 그는 뭐라고 말을 했을까. 그저 웃으며 안아주었을까? 아니, 전에 얘기했던 대로 만나지 못한 만큼의 마음을 담아 입맞춤을 해주었을지도 모른다.

'지금쯤 어디에 계실까. 설마 벌써 동령에 도착하신 건 아니겠지.'

연락을 취할 유일한 수단인 반지가 망가졌으니, 그녀는 어떻게든 곁의 마왕 고양이를 이용해볼 생각이었다. 인계의 규칙 어쩌고 하며 모든 일에 모른 척 뒤로 물러나 있지만, 소식을 알려주는 정도는 괜찮지 않을까. 세레나는 나중에 제대로 이야기해보아야겠다고 생각하며 계속 걸었다.

그녀들의 걸음은 약속이라도 한 듯 정문 앞에서 마주친 첸에 의해 멎어야 했다. 첸의 얼굴은 석고처럼 딱딱하게 굳어 있었다.

"왜 그렇게 서서 길을 막고 있어? 할 말이 없으면 옆으로 비켜. 물론 결과는 전해 들었겠지?"

진이 기세 좋게 앞으로 나서 외쳤지만, 그는 길을 비키지도, 팔짱을 풀지도 않은 채 중얼거렸다.

"……숙부를 매수한 거냐?"

"뭐?"

진이 어이가 없어 되물었다.

"10년 넘게 한 곳에서 자랐지만 네가 마력을 가지고 있는 줄은 몰랐다. 그랬다면 스스로를 증명하지 못해 그렇게 밖으로 쫓겨났을 리가 없잖아. 도무지 믿을 수가 없어. 대체 어떤 눈속임으로 숙부를 속이고 시험까지 통과한 거냐?"

"이게 정말!"

누가 남매 아니랄까 봐 어쩜 이리 하는 말이 똑같지? 화가 난 진이 달려가 첸의 정강이를 찼다. 파각! 뼈 부분을 제대로 걷어차이자 첸은 한쪽 다리를 부여잡은 채 정중정중 뛰었다.

"윽…… 진짜 죽고 싶어?"

"사과가 하기 싫으면 그렇다고 해. 남의 노력을 한낱 요행으로 치부할 생각 말고. 네가 아무리 주절대봤자 결과는 나의 승리야. 이제 혼사 같은 건 없는 거다."

진이 세레나를 데리고 몸을 돌리려 하자 첸이 다시 불렀다.

"멈춰. 거기서 계속 간다면 내가 가주가 되는 날, 널 영영 이곳 동령에서 추방해버리겠다. 다시는 발도 못 붙이게 만들어주지. 하지만 만약 지금이라도 무릎 꿇고 사과한다면……!"

퍽! 진이 던진 한쪽 신발이 정통으로 첸의 머리통을 가격했다.

"진!"

치솟은 화와 부끄러움으로 얼굴이 붉어진 첸에게 그녀가 혀를 날름 내밀어 보이며 외쳤다.

"네 여섯 명의 부인들에게나 잘해!"

그날 저녁, 진의 집에서는 축하 파티가 열렸다. 세레나는 자진해서 앞치마를 둘렀다.

"진, 오늘은 특별히 내가 음식을 해줄게."

"우와, 정말? 언니는 무슨 요리를 할 줄 아는데?"

진의 질문에 그녀는 곧바로 대답을 하지 못했다. 의욕이 앞서 덜컥 앞치마를 했지만 할 줄 아는 요리로 퍼뜩 떠오르는 것이 없다. 공작성에 있을 때 로안느와 사라에게서 배웠던 것이 그나마 유일하게 할 줄 알고, 자신 있는 요리랄까.

"음……. 샌드위치와 크로켓? 샌드위치는 속을 다르게 해서 여러 가지를 만들 수 있어."

진이 미묘한 얼굴로 그녀를 바라봤다. 귀하게 생겼다 했더니 정말 귀한 집 따님인가 보구나. 빵에 재료를 끼워 넣기만 하면 되는 샌드위치가 요리인가? 음식을 가리지 않는 자신이지만, 오늘 같은 날 빵과 크로켓으로 한 끼를 때우고 싶진 않았다.

"저녁은 내가 할게. 마침 돌아오는 길에 받아 온 것도 있고."

진이 문밖에 놓인 바구니를 가리켰다. 뚜껑이 채 닫히지 않은 바구니는 싱싱한 게와 생선, 조개들로 가득했다.

"소식을 들은 동료 해녀 아주머니들이 주신 거야. 따로 조리를 하지 않고 솥에 푹 쪄 먹어도 맛있을걸."

"탁월한 선택이다, 진. 세레나의 요리에는 생명을 해치는 독이 들었거든."

잠잠하던 고양이가 대화에 툭 끼어들었다. 세레나가 짐짓 억울하다는 얼굴로 소리를 높였다.

"마왕, 자꾸 그럴 거야?"

"난 틀린 말은 하지 않는다."

"시험 삼아 만들어본 걸 가지고 언제까지 얘기할 참이야?"

"그건 백 번을 연습해도 나아질 맛이 아니었어. 넌 그냥 요리 센스 자체가 없는 거야."

그사이 솥에다 해산물을 가득 넣고 불 위에 올린 진이 투덕거리는 세레나와 고양이를 보며 웃었다.

"언니, 마왕, 그만 좀 해. 오늘같이 좋은 날 우리끼리 다툴 필요 없잖아? 그나저나 고양이 씨는 왜 이름이 마왕이야? 말하는 고양이인데 이름까지 그러니까 좀 이상하다."

"그건 말이지……."

세레나가 고양이를 물끄러미 바라봤다. 자수정처럼 빛나는 눈을 제외하면 귀 끄트머리부터 꼬리까지 온통 새까만 고양이는 특유의 심드렁한 표정을 짓고서 바닥에 누워 있다. 공작성에 있을 때는 지금처럼 말을 잘하지 못했다. 보름달이 떴을 때만 잠깐씩 모습을 드러냈기 때문에 이처럼 능청스러운 성격인 줄도 미처 알지 못했다.

'마왕이 마왕인 이유라…….'

사실 제일 처음에는 얄미운 감정이 컸다. 마왕만 아니었더라면 대륙에 위기가 찾아올 일도, 자신이 제물이 되어 낯선 곳으로 떨어질 일도 없었을 테니. 그만큼 마음의 거리가 있었기에 따로 이름까지 지어 부를 생각 따위는 하지 않았던 것 같다.

조금씩 시간이 흐르자 고양이는 자신을 공주라고 불러주는 유일한 존재가 되었다. 별것 아닌 호칭이지만, 그것은 당시 무너졌던 자존감을 세워주고 스스로를 일으켜 세울 수 있는 힘이 되어주었다. 시녀 세레나를 공주로, 검은 고양이를 마왕으로 알아주고 그렇게 불러주는 것은 세상에서 오직 서로뿐이었다. 언젠가 각자 빛나는 자기 자리로 돌아가길 바라는 마음에서 그녀는 마녀로 의심을 받은 뒤로도 호칭을 바꾸지 않았다.

지난 일들을 떠올린 세레나의 입가에 미소가 떠올랐다.

"마왕은 그냥…… 마왕이니까."

"신경 꺼라, 못생긴 여자. 네게 별명 따위로 불리고 싶은 생각은 추호도 없으니."

"너 말 다 했어? 언니만 아니었으면 벌써 털 한 움큼은 뽑혔을 줄 알아!"

"참아, 진!"

펄펄 뛰는 진을 이번엔 세레나가 뜯어말렸다. 고양이는 여전히 바닥에 누워 혀를 배꼼 내민 채였다.

세레나와 진은 솥의 손잡이를 나누어 잡고 테이블로 옮겼다. 뚜껑을 열자 집 안에 향긋한 바다 향기가 가득 퍼졌다. 진이 익숙하게 국자를 들어 그릇에 해물과 야채를 골고루 담아 나누어주었다. 갖은 해산물에 신선한 야채로 맛을 더하자 그야말로 별미가 따로 없었다. 두 사람과 한 마리의 고양이는 한참을 말없이 식사에만 열중했다.

생선살을 발라내는 데 집중하던 세레나가 그제야 생각난 듯 물었다.

"진, 혹시 다음 시합 주제가 뭔지 아니?"

"응."

진이 양손으로 게의 등딱지를 잡고 뜯으며 답했다.

"다음 주제는 '힘'일 거야. 여태까지 계속 그래왔거든. 일족들에게 '힘'이란 무력이 아닌 술법을 가리키는 단어야. 그러니 고난도의 술법을 써야만 통과할 수 있는 문제가 나오겠지. 둘씩 짝을 지어 대결이라도 시키려나? 뭐, 어떤 문제가 나오든 난 관심 없어. 이미 첸과의 내기에서 이겼으니까. 언니도 더 이상 시험 때문에 머리 아프게 고민하지 말라고. 아, 이거 한 접시 더 줄까?"

태연하게 국자를 흔들어 보이는 진에게 세레나가 되물었다.

"이대로 포기할 참이야?"

잠시 말이 없던 그녀는 어깨를 으쓱해 보였다.

“포기라기보단…… 주제 파악이라고나 할까. 언니의 도움을 받아가며 운 좋게 예선을 통과하고 첫 번째 시험까지 이길 수 있었지만 사실 여기까지 올 실력이 아닌 걸 내가 더 잘 알아. 다음 시험의 주제는 무려 ‘힘’이야. 요행을 바랄 수 있는 시험이 아니라고. 물약을 마셔도 대야의 물이나 겨우 움직일 수 있는 내가 나가봤자…… 잘될 것 같지도 않고.”

손짓 발짓을 해가며 대답하던 진의 말끝은 점차 흐려져 마지막엔 거의 들리지도 않았다. 축 늘어진 그녀의 모습은 꼭 어젯밤의 자신을 보는 것만 같다. 승리를 해서 기쁜 만큼 두려움도 커졌겠지. 부푼 기대가 뼈아픈 실패로 돌아오는 것이 싫어 피하고 싶은 거야. 세레나는 손을 들어 진의 어깨에 올렸다.

“진, 누구나 아니라고 했지만 우린 이미 그 길 위에 서 있잖니. 끝까지 한 번 해보자. 꿈은 그저 꾸기만 하는 것이 아니라 이루기 위해 존재하는 거 아니겠어? 눈을 크게 뜨고 할 수 있는 것부터 찾아보는 거야. 어떤 결말이 기다리고 있을지는 모르겠지만 이 모든 경험들은 분명 우리를 성장시켜줄 테니까.”

진은 세레나를 바라보았다. 남루한 옷을 입고도 얼굴에서 빛이 나는 것처럼 보이는 건 투명한 은발 때문만은 아닐 것이다. 한 떨기 꽃처럼 아름다운 외모에 부드러운 성품, 대현자조차 고민하게 만든 수수께끼를 척척 알아맞히는 지혜까지. 가엾은 제사의 희생양을 구해주었다고만 생각했는데 어디서 왔는지 모를 이 신비한 언니는 도리어 자신에게 새로운 기적이 되어주고 있었다.

일생을 바다와 더불어 살 생각이었다. 영지에서 쫓겨나지 않는 걸로도 감지덕지하며 죽은 듯이 살자고 몇 번이고 스스로에게 얘기했었다. 그런데 조금씩, 욕심이 생긴다. 이 천덕꾸러기가 알고 보면 다른 일족들과 다를 바가 없다는 걸, 아니, 그보다 더 큰 걸 해낼 수 있다는 걸 보여주고 싶다. 세레나와 함께라면 왠지 정말 해낼 수 있을 것만 같은 기분이 든다.

진은 낼 수 있는 가장 밝은 목소리로 대답했다.

"……그래."

우당탕, 루오한의 주먹에 맞은 타오준이 바닥에 쓰러졌다. 거대한 장한인 루오한에 비해 동생인 그의 체구는 왜소해 둘의 모습은 흡사 고양이가 쥐를 잡는 듯했다. 타오준은 소매로 입가를 훔쳤다. 어디가 터졌는지 붉은 피가 꾸역꾸역 묻어나왔다.

"형님……."

"못난 놈. 네놈이 엉터리 예선 심사를 하지 않았더라면 오늘의 일도 없었을 것을. 이번에 참가한 건 네 조카인 나린이다. 넌 나와 나린을 부끄럽게 만들 참이냐?"

타오준은 무릎을 세우고 몸을 일으켰다. 주먹 한 방의 여파가 컸는지 다리가 후들거렸지만 내색하지 않으려 애썼다. 이런 때만큼은 빈틈을 보이고 싶지 않았다.

"진도 똑같은 저의 조카입니다. 마찬가지로 형님의 조카이기도 하고요. 두 사람은 어디까지나 동일한 조건 속에서 경쟁을 했습니다."

"틀림없이 금지된 약물이나 주술을 썼을 것이다. 그렇지 않고서는 십여 년간 단 한 번도 힘을 보인 적 없던 녀석이 갑자기 술법을 사용할 수 있을 리 없어. 내일 시험에서 다시 한 번 제대로 살펴보아라. 그 길잡이로 나왔다는 수상한 여자도 뒤를 알아보도록 하고."

"형님!"

타오준이 일갈했다.

"우리도 그만 진을 인정해줄 때가 됐어요. 입문할 때 제일 처음 배우는 주문이긴 하지만 그 아인 틀림없이 자신의 힘으로 술법을 사용했습니다. 보잘것없는 술법이나마 피나는 노력을 기울인 끝에 성공한 것이 대견하지도 않으십니까?"

루오한은 동생의 질문에 대답하지 않았다. 진의 아비인 레이는 두 형제와 어머니가 달랐다. 제국은 공식적으로 첩을 인정하지 않으므로 레이는 일곱 살 무렵 입양의 형태로 궁에 들어오게 되었다. 그때 루오한은 이미 성인식을 치르고 가주의 모든 권한을 물려받고 있을 때라 다망한 일에 치여 첩의 자식 따위에게 관심을 둘 여유는 없었다. 혼인도 먼 방계 출신의 여인과 했다 전해만 들었다. 형제로 인정하지도 않은 녀석이 남긴 딸 따위에 관심이 있을 리가 만무하다.

나린이 진과 같다고? 건방진 녀석 같으니라고. 루오한은 혀를 찼다. 곱게 기른 여자아이에게 가능하면 마지막 시험까지는 치르게 하고 싶지 않았는데. 용기의 장은 늘 두려움과 마주 보고 그것을 스스로 헤쳐나가도록 하는 위험천만한 과제가 주어졌다. 해서 세 번째 시험을 피하고자 현자 하시엔을 불러오고 '길잡이'라는 제도까지 새로 만든 것이 아니었던가.

그러나 이제는 선택의 여지가 없었다. 남은 두 시험을 모두 이겨야 가까스로 제주가 될 수 있으니.

루오한은 입술을 깨물었다. 이제껏 가주의 자녀가 용신제 제주 자리를 차지하지 못한 적은 단 한 번도 없었다. 자신의 대에서 결코 그런 이변이 있어서는 안 될 것이다. 지금껏 어떤 일도 동령의 지배자인 자신의 통제를 벗어난 적이 없었는데, 이렇게 자꾸만 예상을 벗어나는 일이 발생하는 것이 그는 도무지 마음에 들지 않았다.

"타오준, 제주는 나린이 되어야 한다."

"……."

답이 들려오지 않자 루오한은 다시 한 번 으름장을 놓았다.

"대답해라. 결코 이것과 다른 결과가 나와서는 안 된다. 무슨 일이 있어도. 알아듣겠나?"

"……예."

21. 몰아치는 폭풍

다음 날 아침, 일족의 소년소녀들이 동문에 모두 모였다. 타오준은 먼저 와서 그들을 기다리고 있었다. 세레나는 하루 사이에 그의 얼굴이 많이 수척해 보인다고 생각했다. 가만 보니 안색이 안 좋은 것뿐 아니라 입가까지 살짝 옆으로 찢어져 있었다.

'역시 이런 큰 시험의 감독관을 맡는 건 보통 일이 아니야.'

그녀가 안쓰럽게 바라보는 것을 아는지 모르는지 타오준은 참가자 전원이 도착했음에도 미리 공지했던 정시가 지나서야 다음 시험 내용을 발표했다.

"두 번째 시험은 힘을 겨루는 장이 될 것이다. 모두들 눈앞의 성문이 보이느냐? 지금부터 성문에서 출발해 화란의 정중앙에 자리한 모란궁 정문으로 오너라. 오는 길에는 발이 땅에 닿지 않아야 하고, 마차나 동물을 타선 안 되며, 어떤 도구도 사용해선 안 된다. 기한은 오늘 저녁, 해가 지기 전까지. 출발 전에는 길잡이에게 조언을 구할 수 있으나 일단 문에서 출발하고 나면 시험장에 도착할 때까지 누구의 도움도 받을 수 없다. 성문을 포함해 가는 길목마다 시험관들이 배치되어 있으니 요령을 피울 생각도 접어두어라. 가장 먼저 도착하는 사람에게 상점을 줄 것이다. 그럼, 먼저 가서 기다리고 있으마."

말을 마친 타오준은 휘적휘적 걸어가더니 마차에 올랐다. 네 마리 흑마가 끄는 마차는 순식간에 그들을 지나쳐 성문 안으로 사라져버렸다.

위기라 할 만한 어려운 문제 앞에서 진은 의외로 초연한 모습을 보였다.

"힘을 겨루는 장이니 이 정도 문제쯤은 나올 거라 예상했어. 모두들 가장 자신 있는 술법을 사용하겠지. 아마 바람 계열이나 중력을 다루는 최상위 주문을 통해 움직일 거야. 우린 이번 시험은 포기하고 다음을 준비하자."

"진."

"괜찮아, 아직 마지막 용기의 장이 남아 있으니까."

"벌써부터 포기할 필요는 없단다."

고개를 가볍게 한 번 저은 세레나가 말했다.

"내게 좋은 생각이 하나 떠올랐거든. 순조롭게만 풀린다면 어쩌면 넌 누구보다 빨리 목적지에 도착할 수 있을 거야."

"그게 정말이야?"

진이 반색하며 되묻자, 그녀는 자신 있게 고개를 끄덕여 보였다.

"물론이지. 다만 네가 조금 부끄러운 상황에 처할 수 있는데…… 그런 부분은 감수할 수 있겠니?"

"그게 무슨 소리야. 이길 수만 있다면 창피 따위가 무슨 상관이겠어?"

"그럼 여기서 잠시만 기다려줘. 필요한 것들을 준비해 다시 돌아올게."

원하던 대답을 들은 세레나가 고양이를 데리고 모습을 감췄다.

성문 안으로 들어온 세레나가 슬슬 중심가에 접어들 무렵, 거리엔 비가 조금씩 흩날리고 있었다. 비가 내리면 속력을 내기 힘들어 마차가 다니는 대로가 혼잡해지기 십상이다. 그렇게 되면 안 그래도 열세인 진이 더욱 불리한 상황에 처할지 모른다. 우중충한 잿빛 하늘을 본 세레나가 걸음을 더욱 서둘렀다.

한참 뒤 그녀는 대낮에도 환한 불빛을 밝힌 거대한 상회를 바로 앞에 두고 걸음을 멈추었다. 그리고 갑자기 뒤로 홱 돌아서서 가만히 뒤따르던 고양이를 뚫어지게 바라보기 시작했다. 그 시선이 못내 부담스러웠던 고양이가 결국 먼저 입을 열었다.

"무얼 그리 보냐? 고양이 처음 봐?"

"바다로 납치되기 전에 숙소에 두었던 내 귀중품들, 마왕이 갖고 있지?"

"무, 무슨 소리야. 그건 여관에 그대로……."

변명을 늘어놓는 고양이를 세레나가 눈도 깜박이지 않고 바라보았다. 시릴 만큼 맑은 그 눈빛에 가슴 한구석이 찔린 고양이가 슬그머니 시선을 피했다.

"설마 내가 몰라서 다시 찾지 않은 거라 생각한 건 아니겠지? 여행길 내내 지켜보니 마왕, 반짝거리는 것에 유독 관심이 많더라고. 보석이나 금화를 보았을 때 눈이 튀어나올 듯 커지는 것도 그렇고……."

여행길 내내 고양이는 공작의 금화 주머니에 큰 관심을 보였으니 그것이 누군가의 손에 그대로 들어가는 걸 그냥 보고 있었을 리 없다. 자신이 바다로 빠지는 위험천만한 순간에도 분명 패물과 주머니를 따로 꺼내 챙기고 있었을 것이다. 그녀가 손을 앞으로 내밀었다.

"많이 바라진 않을게. 금화 한 닢."

"……칫."

고양이는 대답을 하지 않았지만, 세레나의 손에는 어느새 딱딱한 금화 한 닢이 놓여 있었다. 깜짝 놀란 세레나가 눈을 한 번 깜박였다. 할 줄 아는 건 말뿐인가 싶다가도 이런 때 보면 새삼 마왕의 능력에 감탄하게 된다. 이렇게 사소한 데에 능력을 쓰는 게 아깝긴 하지만 말이다. 그나저나 이러고 있을 때가 아니었다. 생각해둔 물건들을 모두 준비하려면 서둘러야 한다.

세레나는 금화를 움켜쥐고 바삐 걸음을 옮겼다.

그사이 진은 주변의 참가자들이 술법을 펼치기 위해 책을 구한다, 요정의 가루를 구한다, 분주하게 돌아다니는 것을 지켜보고 있었다. 난다 긴다 해도 아직 어린 풋내기들이라 멀리까지 이동하기 위해서는 간단한 주문만 가지고서는 불가능했다. 중간에 떨어진 마력을 보충할 수 있는 도구의 도움도 받지 못하니 더더욱 초반에 정교하고 위력적인 마법진을 구축해야 한다.

진은 조금씩 떨어지는 빗방울을 맞으며 나린 쪽을 바라보았다. 시험 내용을 미리 알고 준비한 듯 평소와 달리 머리를 묶고 몸에 붙는 상의와 바지를 입은 그녀는 벌써 마법진을 그릴 준비를 하고 있었다. 만약 이번 시험의 승리마저 누군가에게 빼앗긴다면, 제아무리 가주의 딸이라도 용신제와는 영영 멀어져버릴 것이다. 그래서인지 나린에게는 지난번과 달리 시비를 걸 여유조차 없어 보였다.

나린과 첸 남매는 참 이상했다. 가주의 자녀인 그들과 진은 같은 궁 안에서 자랐을 뿐 공통점도, 우위를 논할 만한 접점도 전혀 없었다. 그런데도 나린은 동갑인 진을 누르고 늘 위에 서고 싶어 했다. 어릴 때에는 사이가 좋았던 적도 있었는데, 시간이 흐르며 두 사람과의 거리는 돌이킬 수 없을 만큼 벌어져버렸다. 물론 거기서 앞장서는 건 나린과 첸이고, 보이지도 않는 뒤에서 걷고 있는 건 진 자신이지만.

조금 씁쓸해진 기분으로 기다리고 있으려니 어느새 세레나가 돌아왔다. 세레나의 등 뒤로는 늙은 당나귀 한 마리가 따라오고 있었다. 당나귀의 등 위로 엉기성기 짜인 그물 같은 것도 보인다.

"웬 당나귀야? 동물을 타서는 안 된다고 했는데."

"알고 있어. 진이 이 아이 위에 탈 일은 없을 거야."

세레나가 밝은 미소를 지으며 당나귀의 등을 쓸었다.

"타지 않고, 매달려서 갈 거니까."

"매달린다고? 누가? 설마, 내가?"

진의 입이 쩍 벌어졌다. 지금 내가 잘못 들은 건 아니겠지. 궁까지 가려면 몇 군데의 큰길과 사람들이 모이는 시장을 거쳐야 한다. 그곳을 당나귀 등에 두 팔로 대롱대롱 매달려 간다 생각하니 상상만으로도 끔찍했다. 게다가 자신은 제대로 무예를 수련한 적도 없어 그렇게 오랫동안 매달릴 수 있는 체력도 가지지 못했다.

"난 그렇게 팔 힘이 세지 않아. 얼마 지나지 않아 땅바닥을 구르게 될걸."

"걱정 마. 그래서 이것을 준비한 거니까."

세레나가 당나귀의 등에서 그물을 내리며 말했다.

"자, 그럼 시작해볼까?"

세레나는 제일 먼저 가지고 온 그물을 넓게 펼쳤다. 그리고 그것을 반으로 한 번 접은 뒤 진의 몸에 돌돌 둘렀다. 그물은 작은 몸을 다 덮고도 양쪽 귀퉁이가 넉넉하게 남았다.

"이…… 이 그물은 뭐야? 설마 그물을 당나귀 등에 매단다는 이야긴 아니지?"

"왜 아니겠어? 이 당나귀는 궁에 물건을 납품하는 상단에서 빌렸어. 성문을 지나고 나면 당나귀는 모는 사람 없어도 멈추지 않고 곧바로 모란궁까지 향할 거야."

"언니……."

진이 말끝을 흐렸다. 다른 사람들은 모두 최고의 술법을 준비하는데 혼자 그물을 휘감고 당나귀에 매달려 가는 건 너무나 부끄러웠다. 물론 그렇다고 딱히 다른 뾰족한 수가 떠오르는 건 아니었다. 망설이는 모습을 본 세레나가 그녀를 설득했다.

"타오준 님의 말씀을 잘 떠올려봐. 그 안에 반드시 술법을 사용해서 가야 한다는 내용은 없었어. 이 방법대로라면 발이 땅에 닿는 것도 아니고 마차나 동물을 탄 것도, 도구를 사용한 것도 아냐. 물론 조금 창피할 수도 있지만 시험을 통과할 수 있다면 이 정도는 참을 수 있지 않겠니?"

한 번 질끈 감았던 눈을 다시 뜬 진이 결국 세레나의 권유를 승낙했다.

"……그래. 지금 내가 자존심 따윌 내세울 때가 아니지. 언니 말대로 할게."

진의 등을 토닥이며 세레나는 당나귀를 끌고 성문 앞으로 갔다. 진의 몸에 두른 그물 끄트머리를 당나귀 꼬리에 야무지게 묶자, 그녀는 자연스럽게 당나귀에 매달린 형태가 되었다.

"준비됐니?"

"걱정 말고 어서 출발시켜줘!"

지면에서 몸이 붕 뜬 진을 미간을 찌푸린 채 바라보던 세레나가 비장한 표정으로 당나귀의 엉덩이를 밀었다. 우두커니 서 있던 당나귀가 투르르 소리를 몇 번 내더니 걸음을 내딛었다. 순식간에 사라져가는 진을 바라보던 세레나는 자신도 모르게 중얼거렸다.

"힘내……."

"저게 무슨 해괴망측한 꼴이람? 하다하다 안 되니 별별 수단을 다 쓰는군."

나린은 당나귀에 매달린 채 사라지는 사촌을 보고 어처구니없어하며 비웃었다. 그러나 한참이 지나도 자신이 준비한 술법의 진이 완성되지 않자 슬슬 불안해지기 시작했다. 여기서 궁까지 가는 데 시간이 얼마나 걸리더라? 이러다가 정말로 저 계집이 먼저 도착하는 건 아니겠지? 설마…… 아니, 그래도……!

"아직 멀었나요?"

나린의 재촉에 땀을 뻘뻘 흘리며 진을 그리던 하시엔이 고개를 저었다.

"아직 반절 정도가 남았습니다. 그래도 점심때까지는 충분히 완성……."

"더 서둘러요! 이대로라면 또다시 지게 된단 말이에요!"

"지금보다 더욱 빠르게는 불가능합니다, 나린 님. 진을 그릴 때에는 만전에 신중을 기해야 혹시 모를 사고를 예방할 수 있습니다. 게다가 하늘에서 비가 내리고 있기 때문에 어려움이 더욱……."

"아악!"

한 마디도 지지 않고 대꾸하는 현자 때문에 결국 나린은 참았던 화가 다시 폭발하고 말았다. 한편 아까부터 손 하나 까딱 않고 불평만 늘어놓는 그녀를 보는 하시엔의 눈 역시 차갑게 가라앉아 있었다. 가주의 부탁으로 어렵게 여까지 왔건만, 정작 딸인 나린은 용신제의 제주라는 자리가 무엇을 의미하는지조차 제대로 모른 채 오로지 승패에만 집착하고 있다. 교만한 태도와 말씨 또한 가히 좋아 보이지 않는다.

그는 결국 진을 그리다 말고 크게 한숨을 내쉬었다. 제아무리 현자라 불려도 지배자 앞에서는 한 명의 백성일 따름이다. 힘이 없어 제 발로 여까지 온 자신을 탓하지 누굴 탓하랴. 어찌 되었든 최선을 다해 가주의 딸의 승리를 도울 수밖에. 그러나 이 시험의 결과 또한 하늘만이 알 일이다.

진은 당나귀에 대롱대롱 매달린 채 시내를 이동하고 있었다. 당나귀는 모는 사람 없이도 길에 난 마차 바퀴 자국을 따라 무사히 잘 달리고 있었다. 속도도 말처럼 빠르진 않지만 그렇다고 그리 느리지도 않았다.

언니가 생각해낸 방법은 생각보다 꽤…… 괜찮았다. 오직 하나, 부끄러움만 감수할 수 있다면 말이다.

“에구머니, 이게 뭐래?”

“저기 매달려 있는 것이 사람 맞아?”

“세상에나, 세상에나…….”

구경꾼들이 몰려들기 시작하자 뚫려 있던 대로가 혼잡해졌다. 이대로는 곤란하다. 지금 이 순간에도 누군가 하늘을 날아서 이동하고 있을지 모르니까. 진은 손으로 얼굴을 가린 채 큰 소리로 외쳤다.

“페이란 일족의 시험이 진행 중이에요. 일족의 행사를 방해하고 싶지 않거든 모두 물러서요!”

“페이란…….”

“페이란이라면…….”

진의 말을 듣자 모였던 사람들이 순식간에 이리저리 흩어졌다. 동령에서 페이란이라는 가문의 힘은 절대적이었다. 수상쩍어 보이는 모습에 호기심을 보였다 괜히 경을 칠까 두려웠으리라. 길이 뚫리자 걸음을 멈췄던 당나귀는 다시 달리기 시작했다.

계속되는 흔들림 속에서 어지러움을 느낀 진이 눈을 꼭 감았다. 몸은 이미 내리는 비로 흠뻑 젖은 채였다. 당나귀에 매달린 채 그녀는 속으로 몇 번이고 같은 생각을 했다.

‘세레나 언니, 언니의 방법은 분명 탁월하지만, 그런데도 참…… 쉽

지가 않다.'

진은 오래 지나지 않아 모란궁의 정문에 도착했다. 신기하게도 당나귀는 궁에 도착하자마자 누가 시키기라도 한 듯 움직임을 멈췄다. 벌써 도착인가? 진은 그물의 틈새로 주변을 둘러보았다. 문을 지키는 경비병들이 경악한 얼굴로 바라보는 걸 제외하면 주변에 사람은 보이지 않았다.

'설마…… 내가 첫 번째로 도착한 거야? 그럼 승자는……!'

지친 와중에서도 진의 얼굴이 기쁨으로 빛났다. 그러나 한참을 기다려도 경비병들만 우리 안의 원숭이를 바라보듯 쳐다볼 뿐 나타나는 사람이 없자, 그녀는 결국 부끄러움을 무릅쓰고 목청껏 소리쳐야 했다.

"여기 진 페이란이 도착했습니다. 누가 저를 좀 밑으로 내려주세요!"

고함 소리를 듣고 나서야 타오준이 안에서 뛰어나왔다. 조카의 해괴망측한 몰골에 기막혀하던 그는 얼른 검을 들어 그물의 매듭을 잘라주었다. 갑자기 그물이 풀리자 진은 그대로 땅으로 떨어져 엉덩방아를 찧었다.

"아야야……."

엉덩이를 매만지는 진을 타오준이 놀란 눈으로 내려다보았다.

'설마 진짜 여기까지 올 거라곤 생각지 못했는데.'

첫 번째 시험을 통과한 것만으로도 충분히 훌륭하다 여겼건만, 조카는 술법을 사용하지 않고도 시험의 규칙에 어긋나지 않는 지혜로운 방법을 생각해냈다. 그것도 누구보다 빠른 속도로 말이다. 타오준은 감탄을 숨기지 않았다.

"진, 수고가 많았다. 어떻게 당나귀 뒤에 매달려 올 생각을 다 했는지…… 참으로 신통하구나. 오는 동안 어디 상처라도 나지 않았는지 걱정이다. 비가 제법 와서 몸도 다 젖었고 말이야."

낮게 혀를 찬 타오준이 부하를 시켜 마른 수건을 가져다주었다. 그들의 앞에는 곧 지붕이 있는 간이 탁자와 의자가 마련되었다.

"여기 앉아라. 따뜻한 차라도 한잔 하면서 나머지 사람들을 기다리자꾸나."

"네."

나린은 진과 타오준이 두 잔째의 차를 마실 때쯤에야 공중을 날아 도착했다. 그녀는 타오준과 차를 마시고 있는 진을 보고 경악했다. 타오준은 나린에게도 차를 권했지만 낭패한 얼굴의 그녀는 옷을 갈아입는다는 핑계로 궁 안으로 쏙 들어가버렸다.

어느덧 해가 서쪽으로 뉘엿뉘엿 넘어가고 있었다. 진과 나린을 제외한 나머지 참가자들은 오는 도중 마력이 모자라서 발을 땅에 디뎌 실격 처리를 당하거나, 술법에 실패해 기권을 알려왔다. 이윽고 해가 지자 칠흑 같은 어둠이 내렸다. 이제 두 번째 시험의 결과만을 발표할 차례였다.

자신의 입만 애타게 지켜보는 두 조카를 번갈아 바라보며 타오준은 깊은 고민에 빠졌다. 제일 먼저 도착한 건 진이다. 비록 망측한 꼴을 하긴 했지만 그녀는 분명 땅에 발을 딛지도, 동물에 타거나 도구를 이용하지도 않고 멋지게 모란궁에 도착해 보였다.

나린은 원래 시험의 취지대로 훌륭하게 술법을 사용했으나 도착 시점은 진의 다음이었다. 이를 어쩐다? 타오준이 생각하는 시험의 승자는 진이다. 그러나 그대로 결과를 발표하기엔 전날 형님으로부터 받은 언질이 마음에 걸렸다. 그는 고민 끝에 마음의 결정을 내렸다.

"그럼 결과를 발표하겠다. 두 번째 시험, 힘의 장의 승자는…… 윽!"

진의 이름을 말하려던 타오준은 갑자기 모란궁 쪽에서 날아온 날카로운 무형의 기운에 배를 감싸 쥐었다. 그리고 뱃속에서부터 끓어오르는 뜨거운 것을 왈칵 토해냈다.

"꺅!"

"타오준 님!"

그것은 한 줌의 검은 피였다. 한참 동안 바닥에 떨어진 피를 바라보던 그는 내뱉듯 못 다한 말을 마무리했다.

"괜찮으니 소란 떨지 마라. 다시 말하지. 승자는……."

마지막까지 뜸을 들이던 그는 결국 다시 한 번 끓어오르는 피를 삼키며 승자의 이름을 뱉었다.

"나린…… 페이란이다."

타오준의 말이 끝나자마자 여기저기에서 환호성이 터졌다. 장소가 장소이니만큼 타오준과 소녀들 외에도 많은 일족들이 나와 두 번째 시험의 결말을 지켜보고 있었다. 나린이 그들의 축하를 받으며 기쁨을 나누는 걸 보고 있던 진이 앞으로 나섰다.

"숙부, 먼저 도착한 것은 제가 아닌가요? 어째서 나린의 손을 들어주시는 거예요?"

"이 시험의 부제는…… 힘의 장이다. 그녀는 시험의 원 취지대로 술법을 사용해 이곳까지 왔고, 오는 동안 약간의 실수도 보이지 없었지."

"외람되오나 문제를 출제하실 때에는 반드시 술법을 사용해야 한다는 말씀을 하지 않으셨습니다. 한데 이제 와서 그런 이유로 결과를 번복하시는 것은 납득이 가지 않습니다."

세레나도 답지 않게 격앙된 목소리로 따졌다. 너무 어이가 없어 화도 나지 않았다. 이럴 거라면 처음부터 술법 이야기를 꺼냈으면 좋았을 것이다. 그럼 분명 다른 더 좋은 방법을 강구했으리라.

"세레나라 했나? 그대는 어느 가문의 영애이기에 이리 방자하지?"

"저는……."

우물쭈물하는 그녀를 차갑게 내려다보던 타오준이 말을 이었다.

"진의 방법은 문제의 허점을 교묘히 이용한 것에 불과하다. 만일 진의 승리를 인정한다면 수백 년간 이어온 전통 있는 시험의 권위에 먹칠을 하는 것이나 마찬가지. 다시 한 번 말하지만 두 번째 시험의 승자는 나린 페이란이다. 각각의 시험에서 승자가 한 명씩 나왔으므로 마지막 시험은 진과 나린, 두 사람이 치르는 것으로 한다."

타오준은 말하는 내내 진의 쪽을 쳐다보지 않았다. 실망하는 그녀의 얼굴을 보는 것이 못내 미안했기 때문이다.

'너무 원망 마라, 진. 이게 다 너를 위한 것이니.'

칼날처럼 자신을 베었던 무형의 기운은 일종의 협박이었다. 나린이 이기지 못하면 판정에 관련된 이들을 가만두지 않겠다는 형님의 목소리가 귓가에 들리는 듯했다.

이런 상황에서 무녀가 되어봤자 진에게 무슨 이득이 있을까? 형님의 미움을 사 영지에서 쫓겨나거나 목숨을 잃지나 않으면 다행이었다.

차기 후계자인 첸과 나린 남매의 원한을 사는 것도 좋지 않았다. 이만하면 진도 충분히 선전했다. 타오준은 이번 축제를 끝으로 진이 다시 궁에 돌아와 자기 자리를 찾도록 힘을 써줄 생각이었다. 겸사겸사 괜찮은 혼처로 시집도 보내준다면 오히려 별 볼일 없는 명예뿐인 무녀 자리보다 더 큰 기회가 될 것이다.

"마지막 시험인 용기의 장은 사전 준비가 필요하기에 그 내용을 미리 발표하도록 하마. 내일 밤 달이 중천에 뜰 무렵, 나린과 진 두 사람은 홀로 푸른 안개 계곡에 들어갈 것이다. 기간은 해가 뜰 때까지. 그때까지 너희들은 계곡에 단 하나뿐인 출구를 찾아 그곳으로 빠져나와야 한다. 들어갈 때에는 입고 있는 의복을 제외하고 오직 한 가지의 물건만 지니고 들어갈 수 있다. 그러니 내일까지 심사숙고해서 도움을 받을 물건을 선택하길 바란다."

돌아오는 길에는 두 사람 다 말이 없었다. 비는 이미 그친 지 오래였지만 둘의 몸은 솜방망이처럼 무거웠다. 하루 종일 돌아다닌 데다 오전부터 흠뻑 내린 비로 이미 잔뜩 지쳐버렸다. 힘이 빠져서인지 걸음을 옮길 때마다 신발을 끄는 소리가 났다. 무거운 침묵이 감도는 가운데 세레나가 먼저 사과의 말을 건넸다.

"진, 정말 미안해. 괜한 짓을 해서 네가 창피를 당하게 만들었구나."

진이 손을 휘휘 저으며 부정했다.

"아니야. 언니가 아니었으면 여기까지 와보지도 못했을 텐데. 게다가 첸과의 억지 결혼이 이미 무효가 되었으니 난 충분히 만족스럽다고."

"그래도 마지막 시험 내용은 미리 알려줘서 다행이다. 푸른 안개 계곡이란 장소는 여기에서 가깝니? 지도를 구해서 미리 길을 살펴보자. 하루 동안 철저하게 준비하면 가주의 따님보다 우리가 더 빨리 출구를 찾아낼 수 있어."

"지도는…… 필요 없어. 그 계곡은 지도가 있다고 통과할 수 있는 곳이 아니거든."

진이 눈을 내리깔며 허탈하게 웃었다.

"이곳 사람이 아닌 언니는 모를 거야. 그곳은 말이지……."

대화를 나누는 동안 어느새 집에 도착했다. 진은 주머니에서 낡은 열쇠를 꺼내며 말했다.

"푸른 안개 계곡은 사시사철 밤낮 구분 없이 안개가 껴 일찍이 금지(禁地)로 지정된 곳이야. 자욱한 안개는 방문자의 혼을 빼놓고, 흉한 마물과 독초들이 그 남은 생명을 거두어 간다고 하지. 계곡에 들어가면 승리가 문제가 아니라 내가 살아날 수 있을지부터 걱정해야 해."

철컥, 문이 열렸다. 부엌을 겸한 거실에 비좁은 방 한 칸. 초라하기 짝이 없지만 여기까지 오는 데 참 많은 시간이 걸렸다. 홀로서기에도 익숙해졌고, 바다에서 전복과 소라를 캐는 일도 이제는 숨을 쉬듯 자연스럽다. 그런데 세레나를 만나고 나서부터 잔잔한 일상에 파문이 일었다. 이 끊이지 않는 무모한 도전 끝에는 과연 무엇이 기다리고 있을까.

세레나 쪽을 보니 선뜻 안으로 들어오지 않고서 젖은 발을 닦고 있다. 하루 종일 함께 비를 맞은 탓이다.

'몸은 괜찮은가? 아까 간간이 기침도 하는 것 같던데.'

시험 내내 결정적인 도움을 주고 있지만, 실은 조용히 숨어 있어야 할 그녀를 밖으로 드러나게 한 것이 마음에 걸린다. 혹시라도 병사들 중 누군가 알아보는 자가 있으면 곤란한 일이 생길지도 모르는데. 진은 그제야 제 욕심만 앞서 너무 충동적으로 행동했다는 생각이 들었다.

"우리…… 여기서 이만 기권하면 안 될까? 난 정말 만족해. 억지 결혼도 취소되고, 일족들에게도 충분히 내 가치에 대해서도 증명해 보였잖아. 내일 아침 숙부를 찾아가서 얘기해둘 테니 언니는 더 이상 밖에 나가지 말고 조용히 있다가 동령을 떠나도록 해. 아니, 오늘부터라도 새로 몸을 숨길 곳을 알아보는 게 좋겠어."

"진……."

"어이, 꼬맹이. 벌써 포기하는 거냐?"

고양이의 말에 진이 씁쓸히 웃었다.

"그래, 이 심술궂은 고양이야. 내 생각이 짧았어. 운 좋게 예선을 통과하더니 좀 들떴었나 봐. 내 욕심이 앞서서 언니를 위험에 빠지게 만들었어. 함께 모란궁에 가는 것만은 결코 해선 안 됐는데……."

"이미 일어난 일을 곱씹으면 뭐하겠냐. 따지고 보면 네가 강요한 것도 아니고. 그보단 어떻게든 마지막 시험을 성공적으로 마무리하는 법을 생각하는 게 더 좋지 않을까?"

고양이의 말은 제법 어른스러웠다. 팔짱을 끼고 가만히 듣고 있던 세레나도 거기에 동조했다.

"마왕의 말이 맞아. 네가 부탁하지 않았어도 시험에는 꼭 함께하고 싶었어. 뭘 걱정하는지는 알고 있지만, 보다시피 머리와 눈동자의 색이 완전히 바뀌어서 쉽사리 날 알아보진 못할 거야. 봐, 오늘만 해도 종일 밖에 있었는걸.”

“세레나, 저렇게 멍해 보여도 꽤 유능한 아이이다. 게다가 그 옆에는 나라는 위대한 존재까지 함께하고 있지 않으냐.”

털 짧은 고양이가 가슴을 내밀고 우쭐해하는 모습은 보기에 퍽 우스웠다. 진은 결국 참지 못하고 웃음을 터뜨렸다. 유리구슬처럼 맑은 소리가 집 안을 가득 채웠다.

“아하하. 그래, 고마워. 언니는 젖은 옷을 갈아입고 쉬고 있겠어? 난 무기점에 가서 검을 배우지 않아도 쓸 수 있는 무기가 있는지 알아보고 올게. 오는 길에 포 할머니 가게에 들러 푸른 안개 계곡의 지형이 나와 있는 지도를 구할 수 있는지도 살펴보고. 어떤 결과가 나오더라도 후회는 남지 않도록, 할 수 있는 최선을 다해볼 거야.”

진이 벽에 걸려 있던 겉옷을 집어 들고는 힘찬 걸음으로 집을 나갔다. 쾅 소리와 함께 대문이 닫혔다.

“재 참 기운차다.”

칭찬인지, 비꼬는 건지 모를 말투로 고양이가 중얼거렸다.

“응. 시무룩해졌다가도 금방 툭 털고 일어나니까, 보고 있으면 곁에 있는 나도 힘을 얻어.”

“하암. 그래서 이번에는 또 무슨 좋은 생각이 떠오르셨나? 여신도 시기를 감추지 못했다는 지혜로운 세레나 공주?”

하품을 하며 앞다리를 곧게 세운 고양이가 입매를 비뚜름하게 올리며 묻는다. 세레나는 가시가 돋친 말에도 싫은 내색 없이 생글거렸다.

“마왕, 시린스의 피리를 알아? 혹시 그 피리가 지금 어디에 있는지 알 수 있을까?"

신화 속의 목신 시린스에게는 늘 지니고 다니는 피리가 있었다. 길고 짧은 여러 개의 대롱을 길이 순으로 엮은 피리는 그 소리가 곱고 아름다워 피리 소리를 들으면 제아무리 흉악한 맹수라도 순한 양처럼 고분고분해졌고, 시린스는 양떼를 몰고 이리저리 피리를 불고 다니는 것을 즐겼다. 그러던 어느 날 만취한 시린스는 샘의 요정의 꼬임에 빠져 함께 춤을 추다 그만 피리를 강물에 빠뜨리고 말았다. 거센 물살을 따라 흘러간 피리는 그대로 인간계로 흘러들어갔다.

처음 피리를 주운 것은 산과 동굴의 요정인 레이아스였다. 그녀는 피리를 이용해 인근 생명체들을 지배하며 여왕을 자처하다 정복왕 샤를 2세에게 빼앗겼다. 이후 피리의 주인이 바뀔 때마다 대륙에서 벌어졌던 갖가지 소동들에 대해서는 고서와 역사책 등에서 여러 차례 언급된 바 있다.

만일 그 목신의 피리가 진에게 있다면, 쓸 줄도 모르는 무기를 쥐고 부들부들 떨지 않고도 쉽게 계곡을 지날 수 있으리라.

세레나의 설명을 들은 고양이가 자리를 차지하고 앉아 있던 의자에서 훌쩍 뛰어내렸다.

"피리는 백야의 마녀 카밀라의 보물 창고에 고이 모셔져 있다. 헌데 그녀에게서 무슨 수로 피리를 뺏을 참이지? 나이를 먹어 잠잠해지긴 했다만 한 시대를 풍미했던 마녀의 힘은 무시할 만한 게 아니야. 그 고약한 성질머리는 또 어떻고."

고양이는 언급하는 것도 싫다는 듯 넌더리를 쳤다.

"백야의 마녀라고……."

세레나는 할 말을 잃었다. 생각해보니 피리가 어디 있을까만 생각했지 정작 그 피리를 손에 넣어 진에게 건네줄 방법까지는 미처 궁리하지 못했다. 피리의 주인이 하필이면 흑마법을 쓰는 마녀라니. 차라리 요정이나 대마법사 같은 존재였다면 좋았을 것이다. 그들이라면 적어도 자신의 얘기를 끝까지 들어는 줄 테니. 기가 죽은 그녀가 눈치를 보며 중얼거렸다.

"피리를 가져가겠다는 게 아니라 빌려달라 부탁할 참이야. 하룻밤 빌리는 정도라면…… 그래도 좀 낫지 않을까?"

"그렇게 친절했으면 마녀가 왜 달리 마녀겠냐."

얘는 도대체가 똑똑한 건지, 멍청한 건지 모르겠어. 여기까지 오기 위해 죽을 만큼 고생을 했으면서도 여전히 세상물정과 거리가 멀게 들리는 말에 고양이가 한숨을 푹푹 내쉬었다.

"생각해봤자 머리만 복잡해진다. 세레나, 가자. 지금 바로 거기로 데려다주마."

"하, 하지만 아직 피리를 빌릴 방법을 생각하지 못했는데……."

"옷깃을 단단히 여미도록 해. 마녀의 성은 해가 지지 않는 얼음의 땅에 있어 꽤 춥거든."

"잠깐, 아직 카밀라 님께 드릴 선물도 챙기지 못했……!"

고양이의 눈이 불길한 보라색으로 빛나자 세레나는 갑자기 나른해지면서 몸이 어딘가로 빨려 들어가는 듯한 아득함을 느꼈다. 암막 커튼을 친 것처럼 눈앞이 까매졌다 다시 밝아지자, 그녀와 고양이는 눈으로 뒤덮인 대지 위에 서 있었다.

순간, 살이 떨어져 나가는 통증과 추위가 느껴졌다. 그녀가 몸을 부르르 떨자 곧바로 주위에 보라색의 반투명한 막이 씌워졌다. 세레나는 마왕에게 고맙다는 눈빛을 한 번 보낸 후 다시 앞을 바라보았다. 방금 전까지만 해도 깜깜한 밤이었는데 잿빛 구름 사이로 태양이 비치고 있었다. 아득하게 펼쳐진 흰 대지 사이로 햇빛을 받은 얼음 덩어리들이 하얗게 빛난다. 구름이 걷히자 얼음 덩어리의 정체가 드러났다. 그것은 뾰족한 탑이 솟아 있는 얼음 성이었다.

세레나는 그 비현실적인 광경을 넋을 잃고 바라보다 정신을 차렸다. 속없이 구경이나 하고 있을 때가 아니었다. 마지막 시험에서 승리하기 위해선 어떻게든 그 피리를 얻어 돌아가야 한다.

그녀는 몸을 다시 한 번 작게 떨고는 마녀의 성으로 향하는 첫 걸음을 옮기기 시작했다.

이윽고 세레나와 고양이는 얼음으로 만들어진 거대한 문 앞에 도착했다. 문의 위용 덕분인지 들어가기도 전부터 조금씩 기가 죽었다.

"……다른 사람의 집에 방문했을 땐 역시 노크부터 해야겠지?"

세레나는 오른손을 조심스레 들어 문에 가까이 가져갔다. 그런데 말아 쥔 손의 마디 끝이 채 닿기도 전에 문이 저절로 열렸다.

"어라? 문이 혼자서……."

뒤에서 불어온 바람에 의해 둘은 순식간에 성 안으로 밀려들어갔다. 바람은 방향을 이리저리 바꾸며 그녀와 고양이를 어마어마하게 넓은 홀까지 들여보낸 뒤에야 소리도 없이 그쳤다. 세레나는 얼음을 깎아 만든 의자에 앉은 채 어리둥절한 얼굴을 했다.

"이게 대체 어떻게 된 거지?"

"뭐긴 뭐야, 마녀가 우릴 초대한 거지. 노크를 한다고 들어올 수 있는 곳이 아니니까."

"마녀라니, 무슨 말씀을 그리 섭섭하게 하실까. 이왕이면 미녀라고 불러주시겠어요? 동과 서, 전 대륙을 통틀어 가장 강하고 아름다운 여인이라고요."

아무것도 없던 자리에 불쑥 나타난 이는 바닥까지 내려오는 검은 머리의 여자였다. 이제 20대 초반쯤 되었을까, 검은 눈에 흰 피부, 유난히 붉고 도톰한 입술을 한 여자는 온몸을 휘감는 보라색 로브 차림이었다. 그녀는 과장된 태도로 양팔을 들었다 두 손의 깍지를 끼어 턱에 갖다댔다.

"아아, 이 크리스털 성에 손님이 찾아온 것이 얼마 만인지. 게다가……."

여인이 고양이를 힐끗 내려다보았다.

"위대하신 존재께서 인간계에 내려와 계실 줄이야. 그것도 그런 우스운 모습으로 말입니다. 대체 무얼 하고 계신 건가요? 계약자가 그리 있어달라 간청하던가요? 호호호호."

"입 다물어. 나잇살이나 먹은 할망구가 귀여운 척은."

정체를 감추고 있었음에도 여인은 한눈에 고양이를 알아보았다. 제법 험한 위협에도 그녀는 고양이의 작고 앙증맞은 코, 볼록 튀어나온 배를 연신 돌아보며 웃음을 멈추지 않았다.

새된 웃음소리가 얼음으로 지은 궁전 안에 길게 울려 퍼졌다. 그 소리를 듣고 있자니 세레나는 웬일인지 머리가 어지럽고 가슴이 진탕이 되는 것을 느꼈다. 계속 있다간 준비했던 말조차 잊어버릴 것 같아 주먹을 쥐고는 용기를 내어 앞으로 나섰다.

"카밀라 님, 아름다운 성에 초대해주셔서 진심으로 감사드립니다. 저는 엘베른 왕국의 마지막 공주 세레니안 라 엘베른이라고 합니다. 당신께 드릴 부탁이 있어 여까지 어려운 걸음을 옮기게 되었습니다."

"흐응, 부탁이라. 그리 마음에 들지 않는 단어로구나."

마녀 카밀라가 눈가를 느른하게 휘었다.

"시간의 틈새에서 운 좋게 살아남은 공주, 너를 잘 안다. 원하는 것이 있다면 그에 비례하는 대가를 걸고 계약을 하자꾸나. 대가만 합당하다면 하지 않을 이유야 없지. 오랜만의 손님 덕분에 지금 나는 무척 기분이 좋고, 또 옆에는 내가 모시는 존재께서도 자리해 계시니. 네가 여기까지 온 이유는 뭐지? 무엇을 원하느냐?"

"저는……."

말을 끊은 세레나는 침을 삼켰다. 긴장으로 마른 건 입술뿐이 아니었는지 목이 살짝 메어왔다. 앳되어 보이는 외모와는 달리 200년 전 대륙을 누비며 활동했던 카밀라는 내로라하는 신전의 대신관들이 연합까지 해서도 목숨을 빼앗지 못하고 대륙 밖으로 쫓아내는 게 전부였던 무시무시한 마력의 소유자였다. 저렇게 생글생글 웃고 있어도 속으로 어떤 생각을 하고 있을지 모른다. 정신을 바짝 차리고 한 마디 한 마디를 신중하게 뱉어야 한다.

"목신의 피리를 빌리러 왔습니다. 빌리고 싶은 기한은 단 하룻밤이고 목적은 그저, 힘없는 소녀의 호신을 위해서입니다. 피리로 대륙의 판도를 바꾸거나 누군가를 위험에 처하게 만들 생각은 추호도 없습니다.”

“시린스의 피리라……. 그런 물건이 있었던 것도 같네.”

피리로 제국의 황제라도 꼭두각시로 만든다면 재미있을 텐데, 고작 호신용이라니.

심드렁해진 카밀라가 허공에 손을 들어 무언가를 꺼내는 시늉을 했다. 그저 손짓을 했을 뿐인데 그녀의 손에는 어느샌가 잿빛 물체가 들려 있었다.

“이것이지? 한때는 참 잘 사용했었는데 지금은 생명체도 보기 드문 눈 덮인 대지에 살아서 좀처럼 쓸 일이 없구나. 이 나이에 대륙까지 가서 또다시 피를 보고 싶지도 않고…… 피리는 네게 주마.”

피리가 허공을 날아 세레나의 손에 들어왔다. 세레나는 손에 들린 피리를 가만히 쥐어보았다. 다발뭉치의 형태로 묶인, 재질을 알 수 없는 피리는 새것처럼 매끈하고 윤이 났다. 설마 이대로 끝인가? 예상보다 친절하고 종잡을 수 없는 마녀의 행동에 그녀는 어찌할 바를 몰랐다.

“물론 그 귀한 피리를 맨 입으로 줄 수는 없겠지? 계약의 대가는…….”

카밀라가 탐욕스러운 눈길로 세레나의 가슴께를 바라보았다.

“심장에 깃든 그 마력으로 하마.”

그들이 공간을 찢고 나타나는 순간부터 카밀라는 좀처럼 흥분이 진정되질 않았다. 옆에 있는 고양이 모습을 한 마왕만 아니었더라면 아직 활성화되지 않은 저 순수한 마력 덩어리를 한 톨도 남기지 않고 씹어 삼켰을 테다. 그녀는 이 은빛 공주의 힘이 갖고 싶어 견딜 수가 없었다. 이 정도의 마력이라면 지난 100년간 아무리 수련해도 이루지 못한 반신의 경지에 금방 도달할 수 있다. 영원한 젊음과 생명을 약속받은 지고한 존재가 된다면…… 그때야말로 자신이 진정한 대륙의 지배자가 되는 순간이리라.

욕망에 사로잡힌 카밀라의 눈이 희번덕거렸다.

세레나는 고민했다. 마력이란 것이 도대체 무엇이기에 대마법사 라이오넬도, 희대의 마녀 카밀라도 이렇게 탐을 내는지 그녀는 잘 모른다. 제대로 된 마법을 사용해본 적도, 이것으로 무언가 이득을 본 일도 없기 때문이다. 마력이 없이도 여태까지 잘 살아왔다. 그렇다면 그것은 앞으로도 자신에게 꼭 필요한 것은 아닐 것이다. 하지만 목신의 피라면, 동물과 새들을 자유로이 부릴 수 있는 이 피라면 진은 용신제의 주인공이 되어 오랫동안 수면 밑에서 숨을 죽였던 용을 불러낼 수 있다.

침묵 끝에 세레나가 입술을 뗐다.

"얻은 힘으로 타인의 생명을 해치거나 다치게 하지 않는다는 조건이라면……."

"안 돼!"

고양이가 툭 튀어나와 그녀의 말을 가로막았다. 세레나는 '계약을 승낙하겠다.'는 뒷말을 채 마치지 못하고 입을 다물었다.

"세레나, 남은 소원을 써라."

"그게 무슨 소리야!"

"카밀라는 인간이야. 나나 어린 용 녀석과는 달리 맹세에도 거짓을 섞을 수 있고, 얼마든지 계약의 허점을 찾아 번복할 수 있다. 장담컨대 그녀는 네 힘을 얻고 반신이 되는 순간, 전 대륙에 영원한 겨울을 불러올 거다. 아니라고 할 참이냐?"

세레나가 놀라서 그녀 쪽을 쳐다보자 마녀는 샐쭉한 얼굴로 대답하지 않았다.

"우리 사이에는 아직 반 개의 소원이 남아 있다. 사실 처음부터 소원을 제대로 들어주었다면 이렇게 귀찮은 일에 휘말릴 일도 없었을 테지? 내게 피리를 원한다고 말해. 손 안의 피리를 영원히 너의 것으로 만들어주마."

"……."

세레나는 말없이 고개를 저었다. 이렇게 갑자기 이별할 수는 없다. 여행을 시작한 지 얼마나 되었다고. 그러자 고양이는 답답한 듯 발을 들어 가슴을 팡팡 쳤다.

"어차피 곧 돌아갔어야 해. 언제까지 이 꼴로 인간계에 머무르란 말이냐. 네게 일을 해결하면 돌아가고 싶은 곳이 있듯 나 역시도 마찬가지다."

"마왕……."

"설마 늙어 죽을 때까지 붙잡아둘 참이냐?"

그녀는 더욱 세게 고개를 저었다. 그런 것이 아니다. 욕심을 채우기 위해 붙잡아두려는 게. 어떤 마음의 준비도 없이 덜컥 떠나보낸다 생각하니 허전하고 가슴이 시려서다. 유쾌한 달변가인 이 마왕 고양이에게 너무 많은 부분을 의지해왔다. 잔소리꾼에, 때로는 위험에 빠진 것을 보고도 모른 척하는 얄미운 모습을 보이기도 했지만 결국 그것들은 다 자신을 위해서였다. 그가 아니었다면 베델포트에서 리안으로 가는 길목에서 노숙을 할 생각도, 선뜻 용의 부탁을 승낙할 생각도 결코 하지 못했을 것이다.

그러나 반대로 생각해보면 자신은 300여 년 만에 고향으로 돌아간 그를 다시 이곳으로 불러들여 이리저리 끌고 다닌 셈이다. 마왕에게 자신과의 이별은 다른 의미로 '고향으로의 귀환'이었다.

세레나는 마녀의 제안을 받았을 때보다 더 오랜 시간을 침묵하다 겨우 닫혀 있던 입을 열었다.

"……마녀 카밀라에게서 시린스의 피리를 가져다주길 원해. 그게 나의 마지막 소원이야."

"그 소원, 접수했다."

고양이는 갑자기 의자에서 훌쩍 뛰어내렸다. 그리고 카밀라에게 한 걸음씩 다가가기 시작했다. 겉으로 보이는 모습은 그저 자그마한 한 마리 고양이일 뿐인데도 카밀라는 사색이 되어 뒷걸음질 쳤다.

"제가 경솔했습니다. 그, 그냥 해본 소리였어요. 피리는 검은 달의 주인을 영접하게 해준 공주에게 선물로 주겠습니다."

"은혜라도 베푸는 양 함부로 지껄이지 마라."

고양이의 눈이 차갑게 빛났다. 검은 달의 종 주제에 감히 주인의 계약자에게 또 다른 계약을 입에 담는 것이 가소롭기 그지없었다. 게다가 그 조건이 세레나에게 준 자신의 마력이라니. 알고도 그런 것인지, 몰라서 용감한 것인지 알 수가 없다.

"네 건방진 언행에 대한 대가를 오늘 톡톡히 치르게 될 것이다."

뒷걸음질 치던 카밀라가 얼굴 가득 억울함을 품고 사납게 소리쳤다.

"……대체 왜! 이유가 뭡니까. 당신의 종인 저의 편을 들어주셔야 하는 것이 아닙니까!"

"너를 벌하는 것에 특별한 이유는 없다. 네 말대로 나는, 사악한 마왕이니까."

고양이가 이를 드러내며 웃어 보임과 동시에 작은 몸에서 눈동자와 같은 보라색 장막이 퍼져 나왔다. 장막은 점점 넓어져 세레나와 카밀라를 넘어 얼음 성 전체를 덮었다 어느 순간 사라졌다.

아무렇지 않아 하는 세레나에 비해 검은 눈의 마녀는 밀려오는 탈진감에 비틀거리다 끝내 바닥에 철퍼덕 주저앉았다. 몸을 가누지 못하고 가쁜 숨만 내쉬는 카밀라의 모습은 가엾어 보일 지경이었지만 고양이는 엄중한 시선을 거두지 않았다.

"잠시 빌려주었던 것이니 힘을 거두는 것 또한 나의 의지. 그래도 수련을 제법 열심히 한 모양이지? 빙정을 통해 얻은 마력은 남아 있으니 열심히 수련하면 그런대로 젊음은 유지할 수 있을 게다."

"……."

카밀라는 대꾸할 기운조차 남아 있지 않았다. 인계의 흐름을 거스르는 초월자들은 계약과 관련된 일이 아니면 함부로 나설 수 없다고 과신을 했다. 설마 저 공주가 한 번뿐인 소원을 저 피리 따위에 쓸 줄이야. 처음부터 피리를 내어주었으면 될 것을, 공연히 욕심을 부렸다 수백 년간 모은 마력마저 빼앗겼다. 피리고 마력이고 이제는 둘 다 눈앞에서 빨리 사라져버렸으면 싶다.

바닥에 널브러져 헐떡이는 그녀에게 고양이가 마지막으로 뼈아픈 한 마디를 남겼다.

"카밀라, 네가 세상의 종말을 가져오건 말건 상관없었다. 하지만 내 계약자는 건들지 말았어야지."

눈을 감았다 뜨자 다시 진의 집 앞이었다. 세레나는 꺼진 눈으로 고양이의 자수정 눈동자를 들여다보았다. 손에 들린 회색 피리가 떨어질 듯 말 듯 흔들렸다.

"가슴을 펴고 얼굴을 들어. 다 그럴 만한 때가 되어 일어나는 일이니. 지금 넌 단순히 피리 하나를 얻었다 생각하겠지만 넓게 보면 얼마 후면 대륙에 불어 닥쳤을 마녀의 공습을 막아낸 거나 다름없다고. 이대로 동령의 수호용까지 다시 불러내고 나면…… 캬, 인간들의 진정한 영웅은 바로 너일 거다, 세레나. 도대체 대륙을 몇 번이나 구하는 거냐?"

"……."

"못난이 꼬마가 자리를 찾고 나면, 동령은 금세 원래의 청명함을 회복할 거다. 용들이란 결벽에 가까운 도덕심을 가진 놈들이라서 말이야, 제아무리 아끼는 후손들이라도 때가 타고 부패한 채로는 두고 보지 못할 거거든."

"더 소중히…… 아껴두고 싶었어. 자신을 위해서가 아니라 조금이라도 기억에 남을 수 있는 특별한 무언가를 마왕에게 남겨주고 싶었거든."

장난스러운 그의 말에도 세레나는 좀처럼 울적함을 감추지 못했다. 고양이는 다정한 목소리로 말했다.

"반려가 아니면서도 마계의 주인의 이름을 아는 아이야, 그 사실만으로도 이미 넌 이 영원에 가까운 삶 속에서 잊을 수 없는 유일한 존재가 될 것이야. 지금은 이렇게 섭섭해하고 있다만 이제 곧 마왕 따위는 까맣게 잊게 될걸? 네가 마음으로 기다릴 상대가 이미 여기 도착했거든."

고양이의 눈이 허공을 향했다.

"딱 하나, 결혼식을 보지 못하고 가는 게 좀 아쉽긴 하군. 공작 녀석의 입에서 침이 떨어지는 것을 이 눈으로 직접 보고 싶었다만…… 크큭. 그건 거울을 통해 잘 감상하도록 하지."

그의 몸이 처음 만났던 어느 보름날처럼 고양이에서 인간의 모습으로 바뀌었다. 여전히 인세의 존재 같지 않은 요사한 아름다움을 뽐내며 마왕은 조금씩 투명해졌다.

"마왕. 아니, 하우레스…… 그동안 고생 많았어. 늘 곁에 있어주고 힘이 돼줘서…… 고마워."

울먹거리던 세레나는 손을 뻗어 마왕의 허리를 꼭 끌어안았다. 그 서툰 손길에 쓴웃음을 지은 마왕은 잠시 머뭇거리다 그녀의 하얀 이마에 입을 맞춰주었다.

그러나 이미 반 이상 몸이 투명해진 탓에 세레나는 전혀 눈치 채지 못했다.

"잘 있어라, 달빛의 아이야."

"고마웠어! 정말, 정말로 고마웠어!"

손 안의 차가운 감촉이 완전히 사라질 때까지 그녀는 쉬지 않고 같은 말을 외쳤다. 이윽고 마왕이 완전히 사라지자 눈에서 기어코 참았던 눈물이 터졌다. 불구대천의 적에서 함께 지내는 애완 고양이로, 때로는 오라버니로, 든든한 동료로. 상황에 맞춰 모습도, 하는 역할도 달랐지만 마왕은 늘 단 하나의 위안이 되어주었다.

여행길 내내 그가 직접 능력을 발휘해 자신을 도와준 것은 손에 꼽았다. 속으로 원망을 한 적도 여러 번 있었다. 그러나 만일 그때마다 도움을 받았다면 결국 홀로서기라는 여행의 의미는 찾지 못한 채 언제까지고 힘없고 연약한 공주에서 벗어나지 못했으리라. 툴툴대며 잔소리를 하면서도 마왕은 자신이 스스로 어려움을 딛고 성장할 수 있도록 늘 뒤에서 지켜봐주었다.

이제 언제 또 만날 수 있을까? 이름을 부르면 다시 내 앞에 나타나줄 거니? 언제 거울을 통해 지켜보아도 부끄럽지 않도록 힘낼게. 내일 있을 마지막 시험도, 앞으로 펼쳐질 자신만의 길에서도.

세레나는 또다시 나오려는 눈물을 참으며 손 안의 피리를 굳게 쥐었다.

"언니, 어디 갔었어? 한참 찾았잖아!"

집 안에 들어서자 진이 떠들썩하게 반겼다. 그녀는 양손에 종이 뭉치와 봉지를 잔뜩 들고 있었다.

"짜잔! 이게 뭔지 알아? 푸른 안개 계곡의 지형이 나와 있는 지도야. 물론 자세히는 나와 있지 않지만 이걸로 대충의 방향을 알 수 있어. 거기다 라이 아저씨에게서 자동으로 발사되는 활과 화살을 빌리기로 약조까지 받아 왔다고."

"진……."

진은 신이 나서 봉지를 흔들어 보였다.

"올 때 포 아줌마가 꿀을 발라 구운 파이를 싸주셨어. 따뜻한 차를 끓여 나누어 먹으면 기가 막힐걸. 근데 고양이는 어디 갔어? 이때쯤이면 나타나서 얄미운 소리를 늘어놓아야 되는데 어째 조용하네."

"고양이는…… 마왕은……."

세레나가 또다시 뜨거워지려는 눈시울을 감추며 조용히 대답해주었다.

"여기 없어. 돌아갔거든. 오랫동안 가지 못했던 자신의 고향으로."

"엑, 그게 무슨 소리야? 그 녀석의 고향이 어딘데?"

세레나는 대답 대신 들고 있던 피리를 건넸다.

"받아. 내일 있을 시험에 도움이 될 물건이야."

"이건…… 피리잖아. 이걸 왜 나에게……."

"목신 시린스의 피리야. 이 피리로 마지막 시험에서 꼭 승리하길 바랄게."

진은 그 말이 전혀 이해가 되지 않았다. 시린스의 피리가 뭐지? 고양이는 또 어디로 가버린 거고? 묻고 싶은 것은 산더미 같았지만 자신을 바라보는 세레나의 표정이 너무나 아련하고 슬퍼 보여 그녀는 결국 아무 말도 하지 못했다.

22. 재회

다음 날 밤. 푸른 안개 계곡 입구에 진과 나린, 그녀들의 일행이 모였다. 입구 어귀는 커다란 횃불을 몇 개씩 꽂아놓아 낮처럼 환했다. 타오준은 불빛에 붉게 익은 조카들의 얼굴을 한 번씩 바라보았다. 더 이상 물러날 곳이 없어서일까, 양쪽의 표정 모두 비장하기 짝이 없었다. 특히 진에게선 전에는 볼 수 없던 어떤 단호함 같은 것이 느껴졌다. 승자가 어느 쪽이든 좋을 것이다. 막바지에 다다른 이 시험이 아무쪼록 다치는 이 없이 무사히 끝날 수만 있다면.

"진, 나린. 잠은 미리 자두고 왔나? 밤을 새워 계곡을 통과하려면 충분한 체력을 비축해두어야 하는데."

"걱정 마세요, 숙부. 시간 끌지 말고 얼른 시작해주시죠."

당차게 대꾸해온 건 가주의 딸인 나린이었다. 그녀는 윤기가 흐르는 검은색 갑옷과 투구를 착용하고 있었다. 허리춤에 찬 검집에 꽂혀 있는 황금색 손잡이가 은은하게 빛을 뿌린다.

'한눈에도 보통 물건이 아니어 보이는 검과 달빛 속에서도 몸을 감춰

줄 검은 갑옷이라. 형님이 신경을 많이 쓰셨군.'

혀를 찬 타오준이 이번엔 진의 쪽으로 몸을 돌렸다. 직물로 짠 셔츠에 헐렁한 블리오, 가죽 신발은 활동성이 높은 복장이었지만 위험천만한 계곡에 들어가기에는 많이 부족해 보인다. 게다가 그녀가 선택한 단 한 가지의 도구는 어둠을 밝히는 등도, 몸을 지킬 무기도 아닌, 한 손에 들어오는 작은 피리였다. 안에 한 방울로 코끼리를 죽일 수 있는 독침이라도 들어 있나? 그가 고개를 갸웃거렸다. 하여간 요즘 애들은 속을 알 수가 없다.

"그럼 마지막 세 번째 시험, 용기의 장을 거행하겠다. 지금부터 참가자 나린과 진은 차례로 골짜기에 입장한다. 누구의 도움 없이 오직 스스로 선택한 도구에 의지해 산등성이 너머에 위치한 출구로 나와야 한다. 기한은 해가 바다에서 완전히 떠오르기 전까지. 지금 들어가면 나올 수 있는 출구는 오직 한 곳뿐이니 헤매는 일은 없을 것이다."

타오준이 눈짓하자 병사들이 나와 소녀들에게 작은 주머니를 하나씩 건넸다.

"주머니 안에는 폭죽이 들어 있다. 위험할 것 같으면 그것을 꺼내 하늘 높이 쏘아라. 계곡 곳곳에 배치되어 있는 정예 기사와 술법사들이 폭죽을 발견하는 대로 금방 달려올 터이니. 물론 그리하면 시험은 실격 처리되겠지만…… 하나뿐인 소중한 목숨은 구할 수 있을 것이다."

협박과도 같이 들리는 그 말에 이번에는 나린도 아무 말도 하지 못했다. 갑자기 숲 속에 조용한 침묵이 내려앉았다. 그러나 목숨을 걸어야 할 정도로 위험하대도 페이란의 가장 뛰어난 자식임을 증명해 보이는 이 자리에서 겁을 먹고 물러서는 이는 없었다.

안개 속으로 들어가기 직전, 뒤를 돌아보는 진에게 세레나는 고개를 한 번 끄덕여주었다. 자신의 도움은 여기까지다. 이제부터는 진 자신이 해내야 할 차례.

'힘내, 진. 처음 보았을 때 받았던 느낌 그대로 새로운 '기적'을 보여주리라 굳게 믿고 있을게.'

깍지 낀 두 손을 모은 세레나가 마음속으로 중얼거렸다.

갑옷과 투구로 무장한 나린이 먼저 계곡에 입장했다. 발을 들이자마자 자욱한 안개가 몸을 휘감았지만 그녀는 조금도 당황하지 않았다. 이곳의 지리라면 이미 익숙하기 때문이었다.

"흥."

코웃음을 한 번 친 나린은 험한 계곡 길을 매끄럽게 빠져나가기 시작했다. 앞이 잘 보이지 않고, 길의 높낮이도 시시때때로 달라졌지만 그녀의 걸음은 거침이 없었다. 아무도 모르고 있지만, 이미 수개월 전부터 출구까지 향하는 길을 외웠고, 실제로 길잡이를 데리고 몇 차례의 예행연습까지 거친 참이었다. 그럼에도 불구하고 무거운 갑옷을 입고서 거친 밤길을 달리는 일은 썩 유쾌하게 느껴지진 않았지만 말이다. 나린이 푸석해진 자신의 볼에 손을 갖다대며 인상을 썼다.

'지금쯤 푹신한 침대에서 꿀잠을 자고 있을 시간인데, 이게 뭐람.'

쉽게 끝날 줄 알았던 경합이 질질 늘어져 마지막 용기의 장까지 오게 될 줄이야. 덕분에 오라버니도 하지 않은 생고생을 자신이 하고 있다. 바로 이 계곡 어딘가에 있을 단 한 사람 때문에. 걸음을 옮기며 나린은 뿌득뿌득 이를 갈았다.

'두고 봐, 진. 이 중노동이 끝나는 대로 처참하게 짓뭉개 동령에서 내쫓아줄 테니까!'

눈앞의 풍경은 퍽 아름답다고 할 만했다. 희뿌연 달빛이 푸른 안개 속에 우거진 나무와 암석을 감싸 신비스러운 분위기를 자아냈으니까. 허나 그 안에 갇혀 있는 당사자에게 아름다움을 느낄 만한 여유 따위는 없었다. 무슨 수를 써서라도 상대보다 빨리 출구에 도착해야만 한다.

선의의 경쟁 따위가 어디 있단 말인가. 지금 서 있는 자리는 단순히 누가 더 뛰어난지를 가리는 게 아니라 일족의 미래를 이끌어갈 차기 지도자로서의 능력을 증명해 보이는 자리였다. 그런데 정신없이 발을 내딛던 나린의 귀에 어디서 스산한 소리가 들려왔다. 솨아아. 바로 계곡을 타고 불어오는 바람에 나뭇잎들이 서로 부딪치며 내는 소리였다. 여느 때와 다를 것 없는 소리였지만 잔뜩 긴장하고 있는 나린은 어쩐지 온몸에 소름이 돋는 걸 느꼈다.

"으으…… 싫어. 오늘따라 왜 이런 기분이 드는 거지?"

이게 다 어둠 때문이다. 앞이 잘 보이지 않으니 신경이 날카로워져 별것 아닌 소리에도 예민하게 반응하게 되는 것이리라. 망설이던 나린이 허리춤에서 검을 뽑았다. 스릉. 부드럽게 뽑힌 검에서는 뜻밖에도 환한 빛이 터져 나왔다.

검의 빛 덕에 흐릿하던 시야가 낮처럼 밝아지자, 나린은 뿌듯하게 손 안의 검을 바라보았다.

이 '여명의 검'은 작년부터 아버지를 졸라 어렵게 구한 것이다. 이것만 있으면 어둠에 떨거나, 혹여라도 길을 잘못 들거나 헤맬 일도 없다.

검을 쥔 그녀는 다시 자신감을 가지고 성큼 걸음을 옮겼다.

몇 발자국쯤 떼었을까. 등 뒤에서 수풀이 헤쳐지며 사부작 소리가 들려왔다.

"누구야!"

깜짝 놀란 나린이 재빨리 뒤로 돌아 검을 휘둘렀다. 보검의 날카로운 날에 몸이 뭉텅 잘린 길짐승은 소리도 내지 못하고 목숨을 잃었다. 그러나 짐승의 사체를 내려다보면서도 그녀의 표정은 밝지 않았다.

"왜 벌써 나타난 거지?"

자신이 걷고 있는 곳은 아직 계곡의 초입에 불과하다. 아직 위험한 맹수나 몬스터가 나타날 만한 위험 지대가 아닌 것이다. 나린은 검을 당겨 쥐고 아까보다 조심스럽게 발을 뗐다. 취릭. 또다시 들리는 소리에 흠칫 놀라 검을 겨누자 이번엔 산새 한 마리가 날개를 펴고 후드득 날아오른다.

"뭐야…… 깜짝 놀랐잖아."

나린이 짧게 한숨을 내쉬었다. 왜일까. 몇 번이고 와본 길인데 전에는 들리지 않았던 밤의 소리들이 선명하게 귀에 날아와 박힌다. 끊일 듯 끊이지 않고 이어지는 이름 모를 새와 벌레의 울음소리는 망령이 부르는 노래처럼 못내 불길하게만 느껴졌다.

잠시 후, 그녀의 앞에 노란색을 띤 손톱만 한 두 개의 빛 덩어리가 나타났다.

"이런 벌레도 있었나."

빛을 뿜는 날벌레 따위를 생각하고 무심코 지나치려던 그녀는 몇 걸음 떼지 못하고 그만 입을 떡 벌리고 말았다. 거대한 잿빛 늑대 한 마리가 코앞에서 몸을 엎드린 채 공격 태세를 갖추고 있었기 때문이었다. 대수로이 여긴 노란 빛은 바로 늑대의 호박색 눈동자였던 것이다. 더욱 절망적인 사실은 늑대의 뒤로 같은 색 눈동자를 한 수십 마리의 늑대들이 떼로 우글거리고 있다는 것이었다.

"이, 이건 대체…… 뭐가 어떻게 된 거야."

대체 왜? 이유가 뭐지? 전에 찾아왔을 때에는 단 한 번도 이런 일이 없었는데. 대체 무엇 때문이냔 말이야! 나린은 정신이 반쯤 나간 상태로 있는 힘을 다해 검을 휘두르기 시작했다. 그러나 시간이 지날수록 그녀를 포위한 맹수의 수는 줄지 않고 늘어만 갔다.

그녀는 짐승들이 모여드는 이유가 다름 아닌 자신이 든 검에서 나는 빛 때문이라는 사실을 알아차리지 못했다.

한편 진 역시 달달 외운 지도를 떠올리며 희미한 달빛에 의지해 걸음을 옮기고 있었다. 불과 10분 차이로 입장했을 뿐인데 안개 때문인지 나린의 모습은 찾아볼 수조차 없었다. 이미 저만치 앞으로 가버린 건 아닌가 걱정도 되었지만, 하는 수 없다. 이미 마지막 시험은 시작되었고, 어떤 결과가 나오더라도 자신이 할 수 있는 만큼 최선을 다하는 수밖에. 세레나의 조언으로 푸줏간에서 빌린 늑대 가죽을 온몸에 문지른 덕인지는 몰라도 우려했던 산짐승은 보이지 않았다. 허나 이끼가 잔뜩 낀 암석, 손질되지 않아 높이 자란 풀과 우거진 나무들은 악명 그대로여서, 지도를 보고 왔음에도 금방 방향을 알 수 없게 되어버렸다.

"흠, 이럴 땐 다 방법이 있지……."

걸음을 멈춘 진이 고개를 들어 위를 바라보았다. 하늘에 뜬 북극성을 찾으려는 것이다. 하지만 안개가 자욱한 이 계곡에서 밤하늘에 뜬 단 하나의 별을 찾기란 너무도 어려운 일이었다. 이리저리 방향을 바꾸어 하늘을 올려다보던 진이 결국 자신의 목을 붙잡았다.

"에고, 목이야……. 안개 때문에 아무것도 안 보이잖아."

아쉬움에 절로 탄식이 나온다. 계절이 바뀌어도 언제나 북쪽을 가리키는 북극성만 찾으면 방향을 아는 건 어렵지 않았을 텐데. 그래도 아직 남은 방법이 한 가지 더 있다.

그녀는 가슴께에 옷핀 대신 꽂아두었던 바늘을 뺐다. 그리고 심호흡을 한 번 한 후 머리카락을 한 가닥 뽑았다.

"아얏!"

이번엔 뽑아낸 머리카락을 조심스레 들어 바늘 가운데에 묶고, 그 끝을 손으로 잡았다. 희미한 달빛으로 바늘이 빙글빙글 돌아가는 것이 보였다. 사실 이 바늘은 집을 나오기 전, 양쪽 끝을 몇 번이나 자석에 문질러두어 자성을 띠고 있다. 이제 이것은 간이 나침반이 되어 자신에게 정확한 남쪽과 북쪽을 알려줄 것이다. 이윽고 돌아가던 바늘이 움직임을 멈추자 그녀는 희열에 찬 미소를 지었다.

"찾았다!"

진은 바늘이 가리키는 방향과 기억 속 계곡의 지형을 비교해보았다. 다행히 지금까지는 헤매지 않고 잘 찾아온 것 같다. 걷고 있는 방향 그대로 산줄기를 쭉 따라 올라가면 곧장 내리막길이 나올 것이다. 진은 더 이상 망설이지 않고 목적지를 향해 빠르게 걷기 시작했다.

시간이 흘러 경사지고 험한 길 때문에 진의 콧방울에 땀이 송송 맺히기 시작할 무렵, 어디선가 고약한 냄새가 흘러왔다.

'윽, 대체 이게 무슨 냄새지?'

달걀 썩은 내와 비슷한 악취에 진은 코를 틀어막았다. 크오오. 지독한 냄새에 이어 이번엔 고막을 찢는 괴음이 들려왔다. 곧이어 나타난 것은 집채만 한 크기의 몬스터였다. 어둠에 가려 제대로 보이진 않았지만 분명 동물이라 하기에는 미안할 정도의 크기와 생김새였다. 달빛에 반사되어 보이는 돌출된 눈과 무시무시한 송곳니에 진은 덜컥 겁에 질리고 말았다.

'뭐야. 여기, 몬스터도 서식하는 곳이었어?'

이럴 때를 대비해 챙겨 온 것이 어디 있었는데. 그녀는 후들후들 떨리는 손으로 허리끈에 매어둔 피리를 집었다. 세레나가 홀연히 들고 온, 새와 동물들을 다룬다는 이것은 입에 대고 부는 족족 옆집 개와 고양이들을 집 앞으로 대령시키며 뛰어난 효과를 입증했었다. 언니는 혹시라도 맹수를 만나 위험에 빠지게 된다면 꼭 이 피리를 사용하라고 신신당부를 했다. 289

진이 들고 있던 피리의 구멍에 입을 가져갔다. 그러나 너무 긴장해서인지 피리에서는 좀처럼 소리가 나지 않았다.

'왜 또 이러지. 연습할 때에는 분명 소리가 매끄럽게 잘 났는데.'

쿵. 쿵. 또다시 포효한 몬스터가 큰 팔을 앞뒤로 흔들며 진의 앞으로 다가왔다. 피리를 입에 문 진의 마음이 점차 다급해졌다. 몬스터가 딱 다섯 발자국 앞까지 다가왔을 때쯤 피리에서 비명과도 같은 음이 터져 나왔다. 가쁜 숨 탓에 피리의 소리는 전혀 맑지도 않고, 짧은 멜로디 하나 연주하지 못했지만, 소리를 들은 몬스터는 갑자기 동작을 멈추더니 천천히 바닥에 엎드렸다. 동상마냥 가만히 엎드린 몬스터는 한참이 지나도록 그 자리에서 움직이지 않았다.

'이제…… 된 건가.'

눈치를 보며 연주 아닌 연주를 하던 진은 슬그머니 피리 불기를 멈췄다. 그리고 피리를 불던 자세 그대로 다리만 움직여 슬쩍 옆으로 이동해보았다.

"엄마야!"

걸음을 옮길 때마다 이놈의 몬스터 역시 뒤를 쫓아 한 걸음씩 가까워지는 게 아닌가. 그 모습은 당장이라도 자신을 한입에 씹어 삼킬 것 같던 좀 전과 달리 어린아이가 엄마를 따르듯 살갑기 그지없었다. 낮게 그르렁거리는 울음소리는 상상도 하고 싶지 않지만 꼭 어리광을 부리는 것만 같다. 몬스터를 처음 만났을 때보다도 안색이 나빠진 그녀는 속으로 절규했다.

'언니…… 피리에 이런 기능이 있다고는 설명해주지 않았잖아!'

두 팔을 허우적거리며 뛰어가던 진이 한참 만에 걸음을 멈췄다. 위로 올라갈수록 길은 점점 험해졌고, 키가 큰 나무들에 가려 달빛조차 점점 희미해졌다. 이대로라면 설령 방향을 안다고 해도 동이 트기 전까지 빠져나가는 건 요원해 보였다.

진은 곁눈질로 자신의 뒤를 따르는 몬스터를 샅샅이 훑었다. 자신의 다섯 배는 되어 보이는 몸뚱이에 커다란 송곳니를 가진 몬스터는 습한 곳에서 사는 생물답게 발에 물갈퀴가 달렸다. 저 발이라면 이끼 낀 바위나 물가에서도 미끄러지지 않고 손쉽게 이동할 수 있을 것이다. 그러고 보면 좀 전에 자신을 향해 뛰어오던 속도도 덩치에 비해 제법 빨랐다. 몇 번을 멈칫거리던 진이 조심스레 입을 열었다.

"혹시…… 이 계곡을 빠져나가는 가장 빠른 길로 나를 데려가줄 수 있니?"

말이 떨어지기가 무섭게 몬스터가 긴 팔을 뻗어 그녀를 휙 잡아챘다. 종잇장처럼 가벼운 그녀의 몸뚱이가 순식간에 몬스터의 등 위로 올라갔다. 비늘이 달린 등의 피부에는 점막이 덮여 있어 몹시 끈적거렸다.

'우웩, 이번엔 진짜 토할 것 같아.'

진은 축축한 촉감과 냄새를 꾹 참으며 등에 튀어나온 돌기를 잡았다. 몬스터는 주저앉듯 몸을 낮추었다 그대로 훌쩍 뛰어올랐다. 그러고는 몸집에 어울리지 않는 유연하고 빠른 움직임으로 차디찬 밤바람을 가르기 시작했다.

푸른 안개 계곡의 유일한 출구인 물바람 숲에서는 참가자들의 길잡이인 세레나와 하시엔, 타오준, 그녀들을 응원하는 일족들이 모여 곧 있으면 나타날 시험의 최종 승자를 초조하게 기다리고 있었다. 그동안의 축제에서 이토록 치열한 시험은 치러진 적이 없다. 또한 승자가 누가 되었든, 일족 내에서 그 존재마저 잊혀가던 진이 보여준 기지와 활약은 사람들의 입에서 길이길이 회자될 것이었다.

출구 쪽에서 부스럭거리는 소리가 들리자, 소리가 들리는 곳으로 사람들의 이목이 집중되었다. 아직은 한밤중. 깊은 계곡 산등성이를 건너오기엔 꽤 이른 시각이었다.

승자는 누구지? 나린? 설마…… 진인가?

출구에서 모습을 드러낸 것은 진이었다. 그녀는 조금 전 입구에서 힘차게 손을 흔들던 때와는 비교할 수 없이 초췌해진 얼굴을 하고 있었다. 어깨를 늘어뜨리고 터덜터덜 걸어 나오는 모습은 잔뜩 지쳐 보였지만 두 눈에는 별처럼 반짝이는 총기가 가득했다.

타오준이 애매한 표정으로 그녀를 바라보다 옆에 서 있던 뾰족한 모자 끝을 어깨까지 늘어뜨린 남자에게 물었다.

"나린은? 아직인가?"

"계곡에서 보내온 통신에 의하면…… 나린 님께선 산짐승 떼에 포위당해 아직 초입을 벗어나지 못했다 합니다."

"……그 아일 이리로 데리고 오라 일러라. 시험이 끝이 난 이상 더 이상의 고생은 무의미해."

세레나가 얼른 다가가 진에게 물병을 건넸다.

"수고 많았어."

"수고는 무슨. 다 언니 덕이야. 언니가 준 이 피리가 없었으면 몬스터에게 꼼짝없이 잡아먹혔을걸."

진이 손 안의 피리를 흔들다 원 주인에게 다시 되돌려주었다. 흰 달빛 아래 몬스터의 등에 매달려 숲 속을 가로질러 온 오늘 밤 일은 아마 평생이 가도 잊을 수 없을 것이다.

처음엔 단순히 신기한 피리라고만 여겼는데, 지금 생각해보니 보통 물건이 아니었다. 누가 어떻게 사용하느냐에 따라 상상도 못 할 어마어마한 일이 벌어질 수도 있을 듯했다. 만약 악심을 품은 누군가가 이 피리로 수십, 수백 마리의 맹수와 몬스터를 조종한다면……. 그녀는 어깨를 부르르 떨었다.

진이 두꺼운 외투를 걸치고 몸을 녹이는 사이 나린이 나타났다. 기사들의 안내로 걸어 나오는 그녀는 쓰고 있던 투구는 어디다 내팽개쳤는지 흙투성이 맨얼굴이었다. 금방이라도 쓰러질 듯 위태로워 보이는 나린을 타오준이 안쓰럽게 바라보았으나, 위로의 말은 따로 건네지 않았다. 어차피 동일한 조건하에 치러진 시합, 승자가 누가 되었든 결과에 승복해야 한다. 지친 그녀들을 편하게 해주기 위해선 빠른 결과 발표가 오히려 도움이 될 터.

타오준은 엄숙한 표정으로 입을 열었다.

"시험의 결과를 발표하겠다. 마지막 시험, 용기의 장의 승자는…… 진 페이란이다. 따라서 용신제의 무녀가 되어 제사를 집전할 자는……."

"잠깐! 발표를 중지하라."

결정적인 순간에 갑자기 찬물을 끼얹은 이는 나린의 부친이자 동령의 지배자인 루오한이었다. 거대한 체구에 범의 가죽으로 된 외투를 걸친 그는 기품 있는 공작이라기보다 거친 사냥꾼이나 대군을 호령하는 장군에 더 가까워 보였다.

"가주를 뵙습니다."

"푸른 바다의 주인을 뵙습니다."

자리에 모여 있던 이들이 모두 고개를 숙인 가운데, 루오한이 멀리 떨어져 있던 세레나와 진에게 차례로 시선을 옮겼다. 형형한 그의 두 눈이 짐승의 그것처럼 번들거렸다.

"진 페이란, 네게 하나만 묻겠다. 자신이 길잡이로 택한 여인이 수배령이 내려진 죄인임을 알고 있었느냐?"

얼토당토않은 말에 진이 숙이고 있던 고개를 들며 항변했다.

"……언니는 죄인 따위가 아닙니다! 화란에 온 지 얼마 되지도 않은데다, 그동안 줄곧 저와 함께 있었어요."

"그녀는 동령에 들어올 때 불분명한 신원으로 인해 수배령이 내려진 상태였다. 어디서 왔는지도 알 수 없는 자를 일족의 중요한 행사에 참가시키고 심지어 궁 안에까지 끌어들이다니, 너의 죄 역시 가볍지 않구나."

진의 말을 딱 잘라 걷어낸 루오한이 동생에게 선언하듯 말했다.

"타오준, 진 페이란의 시험은 무효다. 처분은 저 이방인의 심문 결과가 나오는 대로 함께 결정하도록 하지."

"형님……."

"엉터리 길잡이를 당장 체포하라. 궁으로 데려가 내가 직접 심문할 것이다."

루오한의 일갈에 병사들이 우르르 나서 세레나의 어깨를 잡았다. 그 광경을 바라보던 타오준이 지끈거리는 이마를 짚었다.

'정말 이렇게까지 하시깁니까, 형님.'

시험이 진행되는 동안 세레나의 뒷조사를 진행한 것은 사실이었다. 어떻게 보아도 고위 귀족의 영양으로 보이는 그녀였지만 신기하리만큼 가문도, 출생지도 드러난 것이 없다. 제국의 어떤 귀족 가문에서도 은발에 은안을 가진 영애를 사교계에 내보낸 기록은 남아 있지 않았다.

형님의 말대로 직접 데려다 신문한다면 그녀가 누구였든 그 정체는 드러날 것이다. 어려운 문제가 아니었다. 평민이라면 없던 죄도 만들어 처벌하면 그만, 정말 귀족이라면 무언가 착오가 있었다 발뺌하고 예물이라도 안겨 고이 돌려보내면 그만이다. 하지만…… 신문이 끝날 때쯤이면 용신제는 나린에 의해 막을 내렸겠지.

타오준이 거칠게 머리를 쓸어 올렸다. 마지막까지 이어온 시험을 결코 이렇게 망치게 두지 않을 것이다. 시험관은 누가 뭐래도 자신이었다. 타오준이 이를 악물고 앞으로 나서려던 순간, 처음 듣는 낯선 남자의 목소리가 울려 퍼졌다.

"잠시만 기다리시지요."

긴 머리를 하나로 묶은 남자 하나가 병사들을 헤치고 나타났다. 바다를 연상케 하는 남빛 머리를 질끈 묶은 남자는 병사들이나 입을 법한 검정색 무복을 입고 있었지만, 비현실적으로 아름다운 외모 때문인지 도무지 평범한 인물로는 보이지 않았다. 남자의 뒤로는 은빛 갑주를 입고 어깨에는 검과 용이 그려진 견장을 단 기사들이 뒤따랐다.

타오준은 어깨에 그려진 문장을 한눈에 알아봤다. 자신의 가문을 제외하고 대륙에서 용을 사용하는 가문은 단 한 군데밖에 없다. 눈과 얼음의 땅, 북령의 주인 발루아 공작가. 그리고 그 북령의 주인을 수호하는 건…….

"프뤼나 나이트다……."

"눈보라의 기사단이야……."

조용하던 병사들 사이에서 웅성거림이 일었다. 황실에 속하지 않음에도 줄곧 대륙 최강의 기사단 자리를 지켜온 눈보라의 기사단은 검을 다루는 이라면 누구라도 한 번쯤 꿈꾸었을 동경의 대상이었다. 그리고 이번 대의 단장은 꽃 같은 외모와 달리 유례없는 실력으로 전장의 전설이 되었다는 발루아 공작, 아마도 눈앞의 이 미청년이겠지.

루오한이 믿을 수 없다는 듯 물었다.

"설마 당신은……."

"카이로스 폰 발루아입니다. 이렇게 푸른 바다의 주인을 만나게 되어 기쁘군요."

"어떻게 여기 있는지 믿기진 않지만…… 황궁의 행사에서 그대를 본 일이 있소, 공작. 연락도 없이 이 먼 곳까지 걸음을 하다니, 미리 기별이라도 줬다면 여독을 풀 수 있는 거처로 안내해드렸을 것을. 보시다시피 일족의 중요한 행사를 진행 중이니 인사는 추후 밝은 곳에서 제대로 나누도록 하지요."

루오한이 기별도 없이 무례하게 찾아와 일족의 행사에는 왜 끼어드느냐는 말을 대귀족답게 빙빙 돌려서 하자 공작이 해사한 얼굴로 웃어 보였다.

"그것 참 유감입니다. 중요한 행사를 계속 방해하게 되었으니 말이지요. 나는 여행 도중 갑자기 연락이 끊긴 약혼녀를 찾으러 왔습니다만."

말을 끊은 공작은 애틋한 눈으로 세레나를 바라보며 나머지 말을 이었다.

"마침 그녀가 여기 내 눈앞에 있군요."

이윽고 말에서 내린 그는 아직까지도 세레나를 붙잡고 있는 병사의 손에 시선을 두었다. 그 날카로운 기세에 놀란 애송이 병사가 흠칫 잡고 있던 세레나의 어깨를 놓고 뒷걸음질 쳤다. 천천히 걸음을 옮긴 공작이 팔을 들어 동그래진 눈을 하고 있는 세레나를 꼭 끌어안는가 싶더니, 그대로 격정적인 입맞춤을 했다. 서늘한 미남미녀들이라 보는 걸로도 그림이 되었지만, 때와 장소에 조금도 어울리지 않는 그 행동에 모두가 굳어버렸다.

퍽 농밀한 인사를 나누고서야 입술을 떼어낸 공작은 태연한 얼굴로 세레나의 입가를 닦아주며 그녀를 소개했다.

"나의 피앙세는 바로 이 아름다운 은빛의 아가씨입니다. 원체 몸이 약한 사람이라 성 밖에 내놓지 않다 보니 모르는 이가 더 많을 겁니다. 그런데…… 그녀에게 무슨 용건이라도 있으신지? 오는 길에 보니 병사들이 이 사람의 몸을 잡고 있는 것이 썩 보기 좋지 않더군요."

"그, 글쎄. 뭔가…… 착오가 있었던 게 아닌가 싶은데."

아무렇지 않은 척, 사실을 부정하는 루오한의 등에 식은땀이 흘렀다. 진이 내세운 길잡이가 발루아 공작의 약혼녀라고? 왜 그런 사실이 조사를 통해 나오지 않았단 말이냐. 차기 공작부인이 될 아가씨를 잡아다 신문을 하려 했다 생각하니 모골이 다 송연해졌다.

"잘못된 보고만 믿고 귀한 아가씨에게 실례를 할 뻔했군. 그럼 어서 아가씨를 데리고 산을 내려가시오. 북령에 비해서는 온화한 기후라 하나 가을 밤바람은 무시할 것이 못 된다오."

"아닙니다. 이왕 여기까지 온 것, 끝까지 함께하도록 하지요. 마침 나의 피앙세가 참가자 중 한 명과도 인연이 있는 듯하니."

"카이로스 님……."

세레나가 나지막이 이름을 부르자 공작은 안심하라는 듯 다정하게 웃으며 어깨를 감쌌다. 갑자기 은색 갑주를 입은 기사 하나가 바닥에 모포를 주섬주섬 깔았다. 구경을 위해 아예 자리까지 펴겠다는 그 모습에 루오한은 현기증마저 느껴야 했다. 이게 어찌 된 일이란 말인가. 발루아 공작은 제 영지에 쌓인 눈이나 치울 것이지 왜 이곳까지 와서. 그의 미간이 일그러지며 불쾌한 감정을 드러냈다. 허나 눈앞의 젊은이는 동령의 지배자인 자신과 어깨를 나란히 할 수 있는 몇 안 되는 이들 중 하나. 또한 그의 앞에서 먼저 그의 피앙세를 모욕한 건 자신의 쪽이었다.

'어쩔 수 없군. 딸도 중요하지만 이 어마무시한 불청객 앞에서 체면을 잃을 수는 없으니.'

결정을 내린 루오한이 타오준에게 턱 끝을 주억거리며 신호를 보냈다.

결국 동령의 가장 성대한 축제, 용신제의 주인공은 진 페이란으로 결정되었다.

산에서 내려오는 길, 어슴푸레 날이 밝아왔다. 공작과 세레나, 진이 나란히 앞에서 걷고 그 양옆과 뒤를 기사들이 감싼 형태로 움직였다. 기사들의 호위가 어찌나 철통같은지 뒤따르던 타오준마저도 혀를 내두를 지경이었다. 세레나는 걸음을 옮기면서도 계속 믿을 수 없다는 표정으로 옆에서 걷고 있는 공작을 흘낏 보았다.

"카이로스 님, 대체 어떻게 저를 찾아내신 거예요. 반지는 분명……."

"그래. 그대가 내가 준 선물을 제대로 보관하지 않기에 혼을 내주러

왔지."

공작이 짐짓 장난스러운 미소를 지어 보였다. 가면을 한 꺼풀 쓴 것 같던 좀 전과 달리 솔직하고 풍부한 표정이 떠오르자 아름다운 그의 미모가 더욱 빛을 발했다.

"후후, 농담이야. 실은…… 반지 말고도 제도에서 그대를 보낼 때 호위 기사를 한 명 붙였었어. 뭐, 그 역시 큰 소용이 없긴 했지만. 몇 가지 일만 더 마치고 서둘러 뒤쫓아 갈 생각이었는데, 기사가 어느 날 밤 그대가 흔적도 없이 사라졌다고 보고 하기에 얼마나 당황했는지 모른다."

"그랬군요."

"동령에 도착하자마자 줄곧 그대의 행적을 좇았어. 어제 성문 근처 시장에서 빗속을 뛰어다니는 걸 보지 못했다면 아직도 여기저기 뒤지고 다니는 중이었겠지. 보자마자 끌어안고 싶은 마음이 굴뚝같았지만…… 고양이를 끌고 다급히 뛰던 그대가 어떤 상황에 처했는지를 알지 못하니 뒤에서 따라가며 계속 지켜보았지. 날 깜짝 놀라게 만든 벌로 그대 역시 조금 놀라게 해줄까 하고."

세레나는 전날 비를 맞으며 당나귀와 그물을 구하러 돌아다녔던 것을 떠올렸다. 공연한 일을 했다 여겼었는데, 그 일이 공작이 자신을 찾는 데 결정적인 역할을 한 모양이었다.

세레나는 양팔을 들어 그의 허리를 있는 힘껏 껴안았다.

마왕이 가고, 공작이 왔다. 희미하게 웃으며 사라지던 고양이는 이렇게 될 거란 걸 알고 있었던 걸까? 닿아 있는 몸의 부분에서 전해지는 온기가 그간 잔뜩 곤두서 있던 그녀의 마음속으로 보드랍게 스몄다.

조금씩 긴장이 풀리자 그제야 품에서 흘러나오는 묵직한 향기가 코끝에 느껴진다. 강철같이 강하고 단단한, 확고한 자신의 세계를 가진 성인 남성의 냄새. 익숙한…… 아니, 어느덧 익숙해진 카이로스의 향기였다.

"떨어져 있던 며칠간이 얼마나 길게 느껴졌는지……. 당신께 해드리고픈 이야기가 얼마나 많은지 아마 모르실 거예요."

공작은 잔잔하게 미소 지으며 그녀의 머리를 쓰다듬어주었다.

"하나씩 천천히 듣자고. 이제 무엇도 급할 게 없으니까. 게다가 나 혼자 그대의 이야기를 듣는다고 하면 크게 질투할 사람이 하나 있어."

질투할 사람이라니? 답을 요구하는 세레나의 눈과 마주치자 공작은 잠시 뜸을 들이다 크흠, 헛기침과 함께 말을 이었다.

"실은 온 것은 나뿐이 아니야. 유벨도 함께 왔지. 여기에 올 때에도 숙소에 떼어두고 나오느라고 애를 먹었다고."

"네에?"

아니, 대체 수업은 어찌하고 여길 데려왔단 말이지. 세레나는 자신도 모르게 황당하다는 표정을 지었다. 그때 뒤를 따르던 기사 한 명이 둘 사이의 대화에 불쑥 끼어들었다.

"세레나 님, 저도 있습니다."

의아한 눈으로 바라보자 기사는 참, 그렇지 하며 투구를 벗어 보였다. 짧은 검은 머리에 앳되어 보이는 이목구비는 그녀가 익히 아는 사람의 얼굴이었다.

"프란츠 님!"

"다시 뵙게 되어 다행입니다. 제 탓으로 귀한 분을 잃는 줄만 알고 얼마나 마음 졸였는지 몰라요. 베델포트에서 리안으로 가던 길에…… 기억하십니까? 그때는 얼굴과 음성을 숨긴 채 못된 상단 놈들을 혼내주느라 힘들었습니다."

"그때 그 은인이…… 바로 프란츠 님이었군요."

프란츠의 너스레에 공작이 눈을 흘겼다.

"잘도 얘기하는군. 네 녀석이 세레나를 놓치지만 않았어도 이렇게 시간이 걸리진 않았을 거다."

"프란츠 님 탓이 아니에요. 오밤중에 뜻밖의 사건에 휘말려 바다로 끌려갔으니 누구였대도 절 찾지 못했을 거예요. 만약…… 여기 있는 진이 아니었더라면 전 정말 죽은 목숨이었겠죠."

공작의 눈이 자연스럽게 세레나가 가리키는 소녀를 향했다.

유리알처럼 푸른 눈동자가 자신을 향하자 진의 얼굴이 새빨개졌다. 태어나서 저렇게 잘생긴 사람은 처음 보았다. 어쩜 저리 콧날이 오뚝하지. 베일 듯한 턱선은 또 어떻고. 쑥스러움에 모른 척 눈만 데굴데굴 굴리는 그녀를 보며 피식 웃은 공작이 인사말을 건넸다.

"진이라고 했나? 고맙구나. 세레나는 내게 있어 무엇과도 바꿀 수 없는 소중한 사람이다. 그대의 선행과 마음 씀씀이는 북령에 돌아가서도 잊지 않으마."

"아니에요. 잘 알지도 못하는 저의 길잡이가 되어 최고의 영예인 용신제의 무녀가 될 수 있도록 애써준 것은 언니인걸요. 물론…… 이렇게 귀한 신분인 줄은 몰랐지만요."

"귀한 신분이라니…… 그런 것 아냐. 그보다 축하해. 이 길로 바로 궁으로 들어가야 하지?"

넋을 잃고 세레나의 약혼자를 바라보던 진이 조금 미안하다는 얼굴로 고개를 끄덕였다.

"응. 가서 정오부터 시작될 제례의 순서를 배워야 해."

제주로 선정된 자는 바다에서 축제의 시작을 여는 제사를 지낸다. 가문의 문양인 구슬을 움켜쥔 용을 수놓은 옷을 입고, 신검인 물의 검을 쥔 채. 일생에 한 번뿐일 영예로운 자리에 서게 될 생각을 하니 진의 가슴이 다시금 벅차올랐다.

"언니 덕이야. 언니가 내게 와줘서 해낼 수 있었어."

"해낸 건 진이지. 나는 곁에서 그 모습을 지켜봤을 뿐이고."

"또, 또 나왔다, 그 겸손."

진은 한 손으로 세레나의 손을 꼭 쥐고, 다른 한 손으로 붉어진 뺨을 비비며 씩 웃어 보였다.

"……나, 떨지 않고 멋지게 해내 보일게. 그러니 꼭 보러 와줘야 해! 옆에 계신 멋진 약혼자님과 함께."

산을 내려오자마자 진은 가마에 태워져 어딘가로 사라졌다. 가마의 최종 목적지를 알고 있기에 크게 걱정은 하지 않았다. 공작은 함께 모란궁으로 가자는 타오준의 권유를 딱 잘라 거절했고, 자연스럽게 세레나 역시 텅 빈 진의 집으로 돌아가지 않고 그가 묵는 숙소로 함께 이동하게 되었다.

도착한 곳은 중심가에서 그리 멀리 떨어져 있지 않은 최고급 여관이었다. 공작 일행은 가장 꼭대기 층을 전세 내어 사용하고 있었다. 유벨은 잠든 지 오래였고, 기사들 역시 의미심장한 웃음과 함께 우르르 인사를 하고는 각자의 방으로 들어가버렸다. 복도에는 순식간에 두 사람만 덩그러니 남았다. 난감한 표정을 짓고 있던 공작이 양쪽으로 난 체리색 문을 가리켰다.

"그대는…… 내 방을 쓰도록 해. 내가 유벨의 방에 딸린 침대를 쓰면 되니까. 일단 안으로 들어가지."

소리도 없이 방문이 닫히고, 공작이 바로 보이는 응접실의 커튼을 열어젖히며 침실로 안내할 때까지도 세레나는 어쩐지 꿈을 꾸는 기분이었다. 눈앞에 공작이 서 있다는 사실이 도무지 믿기지가 않았다. 자신이 있는 곳으로 그가 찾아온 것은 이번이 두 번째. 문이라 해도 고작 한 장의 나무판자일 뿐인데, 문이 닫히자 갑자기 바깥과 단절된 둘만의 세계에 들어온 것 같은 이상한 느낌이 든다.

"한숨 자두지. 밤을 꼬박 새워 피곤할 거야. 좀 있다 제사 관람을 위해 밖에 나가기 위해서라도 미리 쉬어두는 편이 좋아."

세레나는 침대에 누운 채 한편에 걸터앉은 공작이 이부자리를 정돈해주는 모습을 가만히 바라보았다. 사락거리는 침구의 감촉처럼 가슴이 간질간질했다. 그것은 고마움과 설렘, 미안함이 한데 섞여 무어라 표현하기 힘든 오묘한 감정이었다.

"……화란에서 당신을 뵙게 될 줄은 꿈에도 생각지 못했어요."

"그 말을 그대로 돌려주고 싶군. 그대, 옆 동네까지 와서 큰일을 해냈어. 버려진 귀족 아이를 원래의 자리로 되돌려주고, 큰 축제의 주인공으로까지 만들었으니 말이지."

공작이 촉촉이 젖은 세레나의 눈동자를 내려다보며 말했다. 그때 창을 통해 시원한 아침 바람이 솔솔 불어왔다. 은실처럼 반짝이는 머리카락이 이마로 흘러내리자, 그는 얼른 손을 들어 흐트러진 머리를 정리해주었다. 손가락에 감겨오는 부드러운 느낌에 그의 입가에 깊은 우물이 파였다.

서늘한 바람이 부는 계절이 찾아온 뒤로 줄곧 멈춰 있던 심장이 다시 뛰는 것이 느껴진다. 함께 느껴지는 찌릿한 이 아픔은 단순히 기쁨 때문일까. 한 마리 새처럼 갑자기 날아 들어와 송두리째 마음을 빼앗아놓고는 자신의 품을 벗어나 황궁으로, 동령으로 떠도는 세레나 때문에 속이 까맣게 타들어간 그동안의 마음고생 때문일까.

"그래도 다행이야. 이렇게 건강한 모습으로 다시 만나게 되어서. ……많이 걱정했어. 아니, 실은 무서웠다. 여기에 오는 동안 별별 생각을 다 했지. 단순히 반지의 보석이 고장이 난 걸 거라는 생각부터 하고 싶지 않은 나쁜 상상까지. 만에 하나라도 그대를 잃을까 봐, 아직 아무것도 시작하지 못한 우리의 사이가 이대로 끝이 날까 봐 노심초사해야 했어."

"카이로스 님……."

늘 맑게 개어 있던 푸른 눈이 어두워지자, 세레나는 안타까움에 공작의 이름을 불렀다.

"트라이히에서 한 번, 제도에서 또 한 번. 벌써 두 번이나 그대를 내 손에서 떠나보냈고 그때마다 후회를 거듭했지. 만일 다시 돌아갈 수 있다면 결코 혼자 보내는 일 따윈 하지 않았을 거야."

"……."

"혼자일 때 느낄 수 있는 점도 물론 있겠지만 함께 바라보는 풍경도 퍽 괜찮을 거야. 좋은 음식에 와인을 곁들이며 밤새 이야기를 나누는 것도 좋겠지. 후후, 그래. 난 그대가 누리던 자유를 빼앗으러 왔다. 우습게 들리겠지만, 눈을 깜박이는 단 한순간조차 떨어져 있고 싶지 않아. 그대의 현재와 미래에 언제까지고 내가 함께하길 원해."

말을 마친 공작은 웃었지만 세레나는 그런 그를 가만히 올려다볼 뿐이었다. 문득 처음 여행을 떠났을 때가 생각났다. 볼일을 전부 마치고 찾아오라며 자신만만하게 고양이 한 마리를 데리고 떠나온 길, 사기를 당하는가 하면 납치를 당해 밤바다에 빠지기도 하며 금방 만날 수 있을 거라 여기던 카이로스와는 점점 멀어졌다. 홀로 보낸 이 시간 동안 자신은 무슨 생각을 했을까.

배운 점도, 느낀 점도 많지만, 다른 어떤 것보다 간절하게 떠올린 건 바로 북령의 공작성이었다. 거대한 성은 정체불명의 수습 하녀를 너끈히 끌어안고 그녀에게 새 삶과 두 번째 고향을 선사해주었다. 또한 그곳의 주인인 자신의 남자는 지금 많은 사정들을 뛰어넘어 자신의 눈앞에 있다.

"그거 아세요? 반지도 망가지고 마왕까지 제 곁을 떠났지만, 전 조금도 불안하지 않았어요. 당신이 절 찾아내줄 거라는 믿음이 있었거든요. 왜냐하면…… 마음속으로 계속해서 당신을 부르고 또 불렀으니까."

내려져 있는 큰 손을 끌어 잡은 세레나가 눈물이 그렁그렁한 채 말했다.

"이제, 잡은 손을 놓지 말아요."

"물론이지. 이제 패 따윈 주지 않겠어. 내가 걸어 다니는 그대의 신분증명서가 되어줄 테니."

공작은 그녀가 기억하는 여느 때의 자신만만한 웃음으로 답했다. 살짝 벌어져 있던 입술에 포개지듯 공작의 입술이 겹쳐지고, 곧 깊은 키스가 이어졌다. 부드러운 입술은 열렬했던 그의 말보다도 뜨거웠다. 이마를 스치는 그의 머리카락이, 눈가를 간질이는 긴 속눈썹이, 파고드는 혀와 입술이 자꾸만 사랑의 말을 한다. 흘러넘치는 그의 감정이 물밀듯 쏟아져 들어오자 아찔함에 어깨가 파르르 떨렸다. 그러자 천천히 입술을 뗀 공작이 안심하라는 듯 단단한 손으로 양쪽 어깨를 잡아주었다.

그는 세레나가 완전히 잠이 들 때까지 곁에 있어주었다. 처음에는 긴장하던 세레나는 어깨를 토닥이는 부드러운 손길에 서서히 깊은 잠에 빠졌다. 잠이 들기 직전, 공작이 무어라고 속삭이는 말을 들은 것

같았다. 꿈에서 들은 듯 아득한 그 말이 머릿속을 날아다녔다. 사랑해…….

다시 눈을 떴을 때는 이미 해가 제법 높이 떠올라 있었다. 눈을 비집고 들어오는 햇살을 가리며 몸을 일으키려던 세레나는 침대 앞에 누군가 앉아 있는 것을 발견하고 흠칫 놀랐다. 익숙한 밀빛 머리 소년이 지친 기색으로 턱을 괴고서 자신을 바라보고 있었다. 오랫동안 부르지 않았던 그리운 이름이 그녀의 입에서 터져 나왔다.

"유벨 님!"

"세레나!"

그제야 유벨은 체중을 실어 세레나의 품에 폭 안겼다. 아이답게 따끈따끈한 유벨의 몸을 안고 있자 사랑스러운 마음이 새록새록 떠오른

다. 그녀는 부드러운 목소리로 물었다.

"잘 지냈어요? 머리가…… 많이 길었네요. 키도 부쩍 크신 것 같고……."

시간이 이렇게 흘렀었나. 기름으로 빗어 넘겨 정돈하던 머리는 두 계절 사이에 끈으로 묶어야 할 정도로 자랐다. 붉은 비단 끈으로 머리를 묶고 같은 색 술이 달린 재킷을 입은 유벨은 더 이상 어린아이가 아니라 한 명의 어엿한 귀족 자제로 보였다. 그러나 점잖은 복장과 어울리지 않게 소년의 얼굴은 점점 붉어지고 있었다. 눈물을 참으려는 듯, 이를 앙다물던 유벨은 끝내 참았던 울음을 터뜨렸다.

"황궁으로 모자라 이제는 동령까지, 대체 왜 그리 대륙이 좁다 하고 돌아다니는 거야? 북령은 벌써 첫눈이 내렸다고! 세레나는 나를 잊어버렸어? 이제는 삼촌도, 나도 다 싫어진 거야?"

세레나는 따끈따끈 열이 나는 작은 몸을 다시 꼭 끌어안아 주었다.

"그럴 리가요. 유벨 님도 들으셨지요? 여름의 끝에서부터 가을까지…… 제 주변에서는 참 많은 일이 있었어요. 그동안 제가 성을 떠나 있던 건, 모든 걸 정리하고 완전히 북령으로 돌아가기 위함이었답니다."

"……흑. 세레나, 보고 싶었어. 삼촌만큼, 아니, 내 쪽이 훨씬 더 많이 보고 싶어 했다고. 성으로 돌아온 삼촌에게서 이야기를 듣고 난 뒤로는 매일매일 세레나가 언제 돌아오는지만 물어봤는걸."

요란한 울음소리에 놀라 들어온 공작이 꼭 붙어 있는 둘을 보며 떨떠름한 얼굴을 했다. 이 아이가 왜 갑자기 어리광이지. 어제까지만 해도 시도 때도 없는 까다로운 요구들로 비토리오를 종일 밖으로 나다니게 한 심술쟁이가.

아무리 어리다 해도 긍지 높은 발루아가의 후계자가 여느 여염집 아이처럼 헝클어진 머리로 닭똥 같은 눈물을 뚝뚝 떨어뜨리는 모습은 썩 보기 좋지 않았다. 한 여인을 두고 삼촌과 자신의 애정도를 비교하는 건 더더욱 그러하다.

"유벨, 언제까지 실례를 할 참이냐. 그녀는 더 이상 너의 시중인이 아니다. 어서 일어나 복장을 단정히 해라."

"싫어요!"

"뭐라고?"

빽 소리를 지른 유벨은 보란 듯이 세레나의 품에 더 가까이 붙었다.

"괜찮잖아요. 세레나는 일개 시중인이 아니라 엄연한 우리 가족이니까. 그때 삼촌이 뒷산에서 그러셨잖아요? 겨울이 가기 전에 우리 셋은 가족이 될 거라고요. 그러니 마음이 내킬 때까지 실컷 붙어 있을 거예요."

"어마, 그런……."

갑자기 홍당무가 된 세레나와 퉁퉁 부은 볼로 그녀에게 매달린 조카를 보며 공작은 갑자기 두통이 밀려오는 걸 느껴야 했다. 왜 하필 그 얘길 지금 하는 것이냐……. 유벨, 넌…… 데려오지 않는 것이 좋을 뻔했구나.

23. 용을 부르는 날

맑고 화창해 축제의 시작에 더할 나위 없이 좋은 날씨였다. 모란궁의 정문 앞에는 퍼레이드 구경을 위해 구름 떼처럼 사람이 모여들었다. 정오가 되자 문이 열리고 이윽고 가문을 상징하는 용을 수놓은 푸른 옷을 입은 진이 호위 속에 걸어 나왔다. 관중들을 향해 환하게 웃어 보인 그녀가 황금으로 치장한 마차에 오르는 것을 신호로 본격적인 퍼레이드가 시작됐다.

제일 먼저 전통 의상을 갖춰 입고 흑룡의 탈을 쓴 수십 명의 예인들이 흥겨운 춤을 추며 앞장섰다. 뒤를 이어 색종이를 뿌리며 지나가는 꽃마차, 가장행렬이 차례로 출발하고 마지막으로 네 마리의 흑마가 끄는 진의 마차가 천천히 움직이기 시작했다. 춤과 음악을 동원한 퍼레이드 행렬은 시내를 한 바퀴 돈 후 마지막으로 바다에 도착했다.

마차에서 내린 진의 앞에 펼쳐진 풍경은 백사장이 아닌 깎아지른 해안 절벽이었다. 제단까지 가는 길에는 푸른 비단이 깔려 있었다. 사락거리는 비단을 밟으며 걷는 그녀의 양옆으로 루오한, 타오준, 나린, 첸

등 일족의 얼굴들이 스쳐 지나갔다. 멀리 세레나 언니와 잘생긴 약혼자도 보였다. 진은 손을 흔들고 싶은 것을 꾹 참으며 끝까지 걸음을 옮겼다.

제단에 도착하자 미리 준비하고 있던 악단의 연주가 흘러나왔다. 연주가 흐르는 동안 그녀는 세 잔의 술을 따르고 꾸벅 절을 했다. 겉으로는 덤덤한 척하고 있지만 실은 정신이 하나도 없었다. 술잔은 어디에 두어야 하지? 절을 이렇게 하는 것이 맞던가? 설마 끝나고 나서 틀렸다고 불같이 혼이 나는 건 아니겠지? 순간순간마다 헷갈리는 제례 때문에 진은 자신이 무얼 하고 있는지도 모를 지경이었다.

끊임없이 이어질 것만 같던 연주가 끝이 났다. 드디어 제사의 마지막 차례였다. 허리띠에 달려 있는 물의 검을 한 번 확인한 진이 비장한 표정으로 걸어가 절벽 앞에 섰다.

"고결한 용족의 아들은 작은 은혜를 결코 잊지 않으니, 푸른 바다의 주민들은 입을 모아 그 이름을 칭송하였다."

고요한 침묵이 흐르는 가운데 낭랑한 목소리가 가만히 울려 퍼졌다. 진은 물의 검을 칼집에서 뽑았다. 햇빛을 받아 투명하게 빛나던 검이 수면의 색처럼 푸르게 변했지만, 그녀는 검의 변화를 눈치 채지 못한 채 바다를 향해 힘차게 휘둘렀다.

"이 칼은 흐르는 별의 무리에서 낚아챈 한 줄기 빛, 변치 않을 맹세의 증거.

이제 페이란의 딸, 진이 천년의 약속의 이행을 구하고자 하오니, 수호용 헤이룬이여, 부디 바다에서 돌아와 비탄에 빠진 동령을 구해주십시오!"

노래의 마지막 한 줄은 원래의 가사가 아니라 그녀가 하고 싶은 말이었다. 해마다 줄어드는 어획량, 범람하는 강물, 전에 비하면 단절되다시피 한 동대륙 무역……. 그로 인해 시작된 악습과 흉흉한 민심까지. 이 모든 악순환의 고리를 끊으려면 전설 속의 용 정도가 아니면 불가능할 듯싶었다. 자신에게 세레나가 찾아왔듯, 동령에도 혜성 같은 영웅이 나타나 새로운 흐름을 만들어주길 진은 간절히 빌었다.

그때였다. 누가 민 것도 아닌데 저절로 발이 움직였다. 한 걸음, 또 한 걸음. 진은 천천히, 하지만 확실하게 절벽을 향해 걸어가는 자신이 도통 이해가 되지 않았다.

'발이 갑자기 왜 이러지? 누구 없어요? 누가 절 좀 말려주세요!'

도움을 청하고 싶은데 입은 풀을 발라놓은 듯 딱 붙어 좀처럼 떨어지지 않았다. 뒤를 돌아보려 해도 몸은 계속 앞으로 움직인다. 그녀는 별다른 저항도 하지 못한 채 그대로 고꾸라지듯 절벽으로 떨어졌다.

'전복과 소라를 따는 해녀 일을 했으니 이 정도 다이빙 정도는 괜찮지 않을까?'

떨어지는 진의 머릿속에 마지막으로 떠오른 생각이었다.

첨벙, 물소리가 나자 그제야 다급한 비명 소리가 여기저기서 터져나왔다. 엄숙하게 치러지던 제사가 엉망이 된 가운데 혼자서 비린 미소를 짓고 있는 사람이 하나 있었다. 바로 나린이었다.

'술법은…… 성공했다.'

누구의 눈에도 띄지 않게 두 개의 술법을 사용할 정도로 내로라하는 실력을 가진 자신이었다. 저것이 어젯밤 대체 무슨 요망한 수를 써서 그리 빨리 계곡을 빠져나온 건지는 지금도 알 수가 없다. 덕분에 1년 전부터 세웠던 완벽한 계획이 산산이 무너져버렸다. 아버지가 병사들을 데리고 나타나 한 줄기 희망이 보이는 듯했으나 발루아 공작이란 자가 모습을 드러내자 그마저도 다 틀어져버렸다.

'……실망스럽구나.'

산에서 내려오는 길에 들었던 아버지의 한 마디가 비수처럼 가슴을 찔렀다. 안쓰럽게 보는 시선들을 피해 방으로 도망치듯 들어온 뒤에도 나린은 한숨도 잘 수 없었다. 끔찍했던 전날 밤을 떠올린 그녀가 쓱 눈물을 훔쳐냈다.

어디서부터 잘못된 건지 모르겠지만 한 가지는 확실히 안다. 모든 사건의 시발점은 사촌인 진이라는 것.

진은 분명 자신을 제치고 축제의 꽃인 무녀가 되었다. 그러나 그녀는 그 제사를 마지막까지 마칠 수 없을 것이다. 바로 자신이 그렇게 내버려두지 않을 테니까. 잘 가라, 진. 바다로 뛰어든 비운의 무녀로 기억되는 것도 나쁘지 않을 거다. 나린의 붉은 입술이 달싹거리며 섬뜩한 미소를 자아냈다.

"카이로스 님, 어서 진을, 그녀를 구해야 해요!"

"진정해. 별일 없을 거다."

공작은 흥분한 세레나를 진정시키며 기사들에게 배와 그물을 구해 절벽 쪽으로 오라는 명을 내렸다.

"괜찮아. 충분히 구할 시간이 있다. 저기 절벽을 내려가는 계단이 보이지? 벌써 그녀의 친족들과 병사들이 밑으로 향했어. 그녀는 구조될 거야, 틀림없이."

"저희도 내려가요. 조금이라도 힘을 보탤 수 있다면 뭐든지 해봐요."

"……그래."

유벨을 비토리오에게 맡긴 두 사람이 재빨리 바다 쪽으로 움직였다. 절벽을 따라 만든 가파른 계단을 반쯤 내려가려는데 갑자기 밑에서 소란이 일었다. 뒤에서 세레나를 호위하며 내려가던 프란츠가 소리를 질렀다.

"저길 좀 보십시오! 바다 위에!"

세레나와 공작은 바다로 시선을 옮겼다. 수면이 부글부글 끓으며 흰 거품을 만들어내고 있었다.

"거품이…… 왜 저러는 거죠?"

"글쎄……. 일단 지켜보지."

처음 보는 기이한 현상을 바라보고 있으려니 바다는 거듭된 끓어오름 끝에 거대한 소용돌이를 만들어냈다.

웅웅. 세찬 물소리에 갑자기 거세진 바람 소리가 섞이자 짐승의 울음소리 같은 날카로운 소리가 났다. 맑던 하늘에 검은 구름이 까맣게 몰려와 어둠을 드리웠다. 캄캄해진 하늘 아래 사람들이 바다 속 소용돌이의 크기가 점점 커진다고 느꼈을 때, '그것'이 수면 위로 모습을 드러냈다.

'그것'은 다름 아닌 한 마리의 검은 용이었다. 뱀처럼 긴 몸통에 활짝 펼친 날개는 하늘을 온통 까맣게 뒤덮을 정도로 거대했다. 그 엄청난 크기와 위용에 압도당한 사람들이 당황해 우왕좌왕하는 동안, 세레나는 용의 머리에 난 뿔에 타고 있는 진을 발견했다.

"진이 저기 있어요! 저기, 머리 위에!"

절벽 위에 있던 사람들까지도 까마득히 높은 곳에서 손을 흔드는 그녀를 발견했을 때쯤, 하늘에 떠 있던 검은 용의 몸에서 빛이 터져 나왔다. 잠시 후, 감았던 눈을 뜬 루오한의 앞에 물에 젖은 생쥐 꼴의 진과 처음 보는 검은 머리의 소년이 서 있었다. 새카만 망토 비슷한 것을 두른 소년의 얼굴은 아름다웠지만 지독한 무표정 때문인지 이 세상의 사람 같지 않은 이질감이 느껴졌다.

루오한이 떨리는 목소리로 물었다.

"당신은…… 누구십니까?"

"나는……."

꾹 다물고 있을 것만 같던 소년의 창백한 입술이 소리를 만들어냈다. 감정이 섞이지 않은 딱딱한 무기질의 목소리가 해안가에 울려 퍼졌다.

"바이론과 모옌의 일곱 번째 아들, 헤이룬이다. 맹약자와 그의 땅을 지키기 위해 돌아왔다."

그의 말이 떨어지기 무섭게 일족들 사이에서 거센 파문이 일었다.

루오한이 떨리는 목소리로 말을 꺼냈다.

"지난 몇백 년간, 용이 일족의 앞에 나타난 적은 한 번도 없습니다. 용은 단지 상징적인 수호신일 뿐, 함께 숨을 쉬고 이야기를 나눌 수 있는 존재가 아니니까요. 나는 도무지 납득할 수 없습니다. 만일 당신이 정말…… 전설 속의 용이라면, 좀 더 확실한 증거를 보여주십시오."

"무례하세요. 방금 바다에서 나온 것을 보셨으면서 어떻게 그런 말씀을!"

헤이룬이 대답 대신 루오한을 지그시 바라보자, 보이지 않는 힘이 루오한의 목을 조르더니 허공으로 몸을 띄웠다. 공중에서 컥, 컥 소리를 내며 고통스러워하던 그가 정신을 잃을 때쯤에야 무형의 결박은 사라졌다.

루오한은 바닥에 쓰러지고 나서도 한참을 고통스러워했다. 일족 최고의 힘을 가진 무인이자 술법사인 그가 손도 쓰지 못하고 당하자 다른 이들은 감히 앞으로 나설 생각도 하지 못했다.

모두가 이렇다 할 한마디도 없이 서로 눈치만 보고 있자, 진이 나서서 자신이 타고 왔던 마차로 헤이룬을 안내했다.

"만나자마자 모두 겁부터 주실 생각은 아니시죠? ……이리로 오세요. 저와 함께 모란궁으로 가요. 그곳에서 얽히고설킨 이 인연의 고리를 하나씩 풀어보지요."

헤이룬은 묵묵히 고개를 끄덕이며 진이 이끄는 대로 걸음을 옮겼다. 아득한 어둠을 닮은 그의 눈과 마주칠 때마다 사람들은 저마다 다른 방법으로 시선을 피했다.

유일하게 고개를 들고 호기심 어린 눈으로 자신을 보는 세레나 일행과 마주쳤을 때, 줄곧 무표정하던 그의 얼굴에 처음으로 표정이 떠올랐다.

– 고맙습니다. 덕분에 다시 돌아올 수 있게 되었군요.

"앗……!"

헤이룬이 입을 열지 않았는데도 세레나의 머릿속에는 그의 음성이 전달되었다.

– 계약은 완성되었습니다. 답례라 하기엔 그렇지만…… 선물을 하

나 드리지요.

비어 있던 세레나의 손에 갑자기 잡히는 게 있었다. 손을 펴보니 그것은 고동 모양을 한 검은색 물체였다.

이게 뭐지? 그녀가 헤이룬을 바라보자 다시 음성이 들렸다.

— 용의 발톱이니 갖고 있으면 쓸 데가 있을 겁니다. 인연이 닿으면 또 보지요, 공주.

이채를 띤 눈으로 한참 동안 세레나를 바라보던 그는 비스듬히 고개를 숙여 보이고는 마차에 탔다.

헤이룬을 따라 마차에 오르기 전, 진 역시 세레나에게 다가왔다.

"아까…… 바다에 빠졌을 때 짧게나마 헤이룬 님과 대화를 나누었어. 그리고 들었어. 언니가 저분의 부탁을 받고 날 도왔던 것에 대해서. 정말 고마워. 나는, 그리고 우리 동령은 언니의 은혜를 잊지 않을 거야."

세레나는 고개를 저었다.

"부탁이 아니었더라도 도왔을 거야. 그날 밤, 진이 아무것도 묻지 않고 바다에서 날 구한 것처럼 말이야. 조금이라도 보탬이 되었다면 다행이구나."

"이대로 궁에 돌아가면…… 아마 많은 것이 바뀌겠지. 오늘의 일은 새로운 변화의 시작일 뿐, 내게, 그리고 일족들에게 무슨 일이 일어날지 예상도 되지 않아. 헤이룬 님의 등장으로 당분간은 정신이 없을 것 같아. 그렇지만…… 이곳이 안정되는 대로 꼭 다시 만나러 갈게."

언제 이렇게 성장했을까. 흔들림 없는 진의 눈동자를 보며 그녀는 흐뭇하게 대답했다.

"그래. 북령의 공작성에서 기다리고 있을게."

"다시 볼 때까지 건강해야 해. 결혼식을 올릴 땐 초대장을 보내주고. 알았지? 약속이야!"

마차에 타 마지막 인사를 한 진이 완전히 모습을 감춘 후에도 세레나는 왕의 행진에 동원된 백성마냥 계속해서 손을 흔들었다.

그 모습을 공작과 유벨이 어딘지 아니꼽다는 표정으로 바라보고 있었다.

"귀족 아이 하나를 구한 줄만 알았더니, 전설 속으로 사라진 용을 불러내는 데 일조를 하셨군 그래."

"정말 너무해! 북령의 그란데 산맥 꼭대기에도 붉은 용이 잠들어 있다는 이야기가 전해지고 있다고. 깨울 거라면 우리 용부터 깨웠어야지."

"네? 뭐라고요? 호호호."

세레나가 웃음을 터뜨리자, 애써 근엄한 척하던 공작도 볼을 씰룩이다 그만 웃어버렸다. 유벨은 나름대로 진심이었는지 퉁퉁 부은 채 시내까지 가는 길 내내 붉은 용 이야기를 멈추지 않았다.

바다에서의 소동 덕에 축제 분위기는 더욱 뜨거워졌다. 벌써 소문이 퍼졌는지 온 거리의 사람들이 쏟아져 나와 진을 칭송하는 노래를 지어 부르며 춤을 추고 있었다. 기악 소리와 함께 꽃송이와 색종이 가루가 나부꼈다.

하늘에는 검은 용의 형상을 한 연이 날아다니고, 땅에서는 페이란의 성을 가진 고대 왕국의 왕이 어린 용을 구하고 그와 계약을 하는 내용의 그림자극을 상연하고 있었다. 세레나 일행은 축제를 구경하며 꿀을 발라 굳힌 과일 꼬치와 만두로 틈틈이 배를 채웠다. 숙소로 돌아오는 길, 공작이 갑자기 생각난 것처럼 물었다.

"그나저나 화란에는 언제까지 머물 생각이지? 모란궁의 꼬마 아가씨는 한동안 보기 힘들 듯하던데."

세레나가 선선히 대답했다.

"진의 일도 해결되었고 축제도 보았으니…… 지금 바로 움직일까요?"

"세레나, 서령은 어때? 책에서 봤는데 그곳의 붉은 사막에서 보는 일몰이 그렇게 멋지대. 게다가 듣도 보도 못한 괴식들도 많다고 들었어. 이전 고대어 선생님께서 서령 출신이셨거든. 전갈이나 메뚜기 튀김, 애벌레 수프 등을 한 상 차려서…… 윽."

유벨이 신이 나서 떠들다 삼촌의 따가운 눈총을 받고 나서야 조용해졌다. 세레나는 다시 터지려는 웃음을 참으며 입을 열었다.

"제가 생각하는 다음 목적지는 바로…… 북령의 트라이히예요."

"엑, 만나자마자 벌써 돌아가는 거야? 그래도 처음 나온 여행길인데…… 난 좀 더 먼 곳까지 돌아보고 싶다고."

"유벨 님, 방금 전까지만 해도 북령으로 가 산맥의 붉은 용을 불러달라 하지 않으셨나요?"

"우웅…… 그건 그렇지만……."

울상이 된 유벨의 어깨를 두드린 공작이 신중한 표정으로 말했다.

"그대가 하고 싶은 대로 결정하면 된다. 나나 유벨의 사정 같은 건 신경 쓰지 않아도 좋아."

"저는 진심이에요. 어차피 이곳에서 일이 끝나는 대로 연락을 드리고 성에 돌아갈 생각이었어요. 로안느 시녀장님과 다른 성의 식구들도 많이 보고 싶고요."

"세레나, 나는…… 생각보다 그리 좋은 놈이 아냐. 좀 더 솔직히 말할까? 진이라는 여자아이나 동령의 사정 따위에는 사실 관심도 없어. 머릿속엔 어떻게든 그대를 눈이 닿는 곳에 두고 싶다는 욕심뿐이지. 그뿐이 아냐. 성으로 돌아가면 더는 내게서 벗어나지 못하도록 아주 꽁꽁 묶어놓을 생각이야. 그런데도…… 돌아가고 싶나?"

공작의 얼굴은 붉게 상기되어 있었다. 잡아먹기라도 할 듯 뜨거운 시선. 화가 난 것처럼도 보이는 그 얼굴에도 세레나는 그가 무섭지 않았다. 저렇게 말하지만…… 결국 자신을 이기지 못할 것을 알기 때문이다. 319

카이로스는 강건한 무인이자 대륙에서 가장 넓은 땅을 가진 대영주이기도 했지만, 자신과 유벨의 앞에서는 늘 다정한 연인이자 삼촌의 모습만을 보여주었다. 자신은 권력과 힘이 아닌, 그 진실된 말과 행동에 마음을 빼앗겼다. 모르긴 해도 그는 자신이 서령이 아닌 대륙의 남쪽 끝까지 가보겠다 우겨도 한 마디 불평 없이 따라줄 것이다.

정해진 대로 그저 걷기만 하면 됐던 과거와 달리 순간순간마다 수많은 선택지가 펼쳐졌다. 고른 답이 모두 정답인지는 모른다. 여행의 시작에서 다짐했던 대로 무엇을 얼마나 보고, 느끼고, 담았는지도 잘 모르겠다. 다만 여행이 즐거울 수 있었던 건 마음속 어딘가에 돌아갈 곳을 그렸기 때문이라는 생각이 든다. 거기에 공작과 유벨까지 만나자 더더욱 빨리 돌아가고 싶어졌다. 무엇도 꾸며낼 필요 없이 있는 그대로의 자신으로 있을 수 있었던 장소. 모든 것이 시작됐던 그곳, 공작성으로.

세레나는 환하게 웃으며 공작을 바라보았다.

"제 여행은 여기서 끝이에요. 이제…… 당신과 저, 두 사람의 이야기를 시작할 차례예요."

동령을 떠나기 전, 세레나는 공작과 함께 바다로 향했다. 때마침 해가 지는 중이었다. 종일 점잖던 가을의 해는 하늘에서 마지막 빛을 흩뿌리고 있었고, 그 덕에 짙푸른 바다 역시 그와 같은 진한 황금빛으로 물들어 있었다. 두 사람은 손을 마주잡고 동그란 해가 하늘과 바다 사이로 몸을 숨기는 광경을 감상했다.

넋을 잃고 보던 그녀가 벅찬 음성으로 중얼거렸다.

"믿을 수 없이 아름다워요. 게다가 이 파도 소리, 꼭 음악 소리처럼 들리지 않나요?"

공작은 한쪽 손으로 턱을 괴고 눈을 반짝거리는 세레나를 응시하며 말했다.

"글쎄. 나는 이런 것에 어린아이처럼 좋아하는 그대가 더 어여쁘게만 느껴지는데?"

"아이 참, 그런 농담은 하지 마시고요."

농담이 아닌데. 그대가 아니라면 고작 바다 따위를 귀한 시간까지 내어 보고 있을 리가 없잖아. 공작은 속으로 생각했지만 현명하게 입 밖에 꺼내지는 않았다.

'바다…… 바다라. 애석하군. 저리도 좋아하는데 나의 영지에는 바

다가 없으니.'

좀처럼 풍경에서 눈을 떼지 못하는 그녀를 보고 있자니 씁쓸한 마음이 든다. 바다가 없어도, 봄과 가을 대신 긴긴 겨울이 존재해도 북령을 가장 좋아해주길 바라는 건 자신의 욕심일까?

설령 그렇지 않다 해도 이미 늦었다. 세레나는 이미 자신의 사람. 황태자가 아닌 그 누가 찾아와도 내어주지 않을 테다. 설령 그녀가 원한다 해도 다시 혼자 밖에 내보내 '흥미로운 모험' 따위를 시킬 생각 역시 추호도 없었다.

공작은 몸을 돌려 슬그머니 세레나의 시선을 가로막았다.

"북령에도 강이 하나 흐르고 있는 걸 알고 있나? 남쪽으로 좀 더 내려가면 '휴식'이라는 뜻을 가진 모라 강이 있어. 그 강이 그대로 밑으로 흘러 중부의 메티 강과 합류하지. 성으로 돌아가면 가까운 시일에 함께 보러 가지."

"정말이요? 꼭 보고 싶어요. 카이로스 님의 영지 안에서 아직 전 트라이히와 그림자 숲 마을밖에는 가보지 못했거든요."

"좋아. 강가에 가문의 이름으로 된 별장도 있으니 가는 김에 며칠 지내다 오지. 그 외에도 가볼 곳이 더 있어. 산맥 위로 올라가보면 뜨거운 지하수가 흐르는 온천도 있고…… 또 그곳 일대에 광석을 캐는 광산들이 여러 개 있는 건 알고 있지? 그중 금과 은이 나는 광산 하나가 천연 동굴과도 이어져 있으니 한 번쯤 갱로를 따라가봐도 재미있을 거야."

"아아, 온천이라니…… 산 위의 경치를 보며 온천물에 몸을 담글 수 있다니. 생각만 해도 설레네요."

그제야 입가에 미소를 띤 공작이 슬그머니 호주머니에 손을 넣어 준비한 물건이 제대로 있는지 확인하고 다시 말을 이었다.

"기억나? 언젠가 비토리오와 함께 흙더미 속에 매장될 뻔했던 나를 구해줬던 것. 그곳의 루비 광산도 얼마 전 새로 개발을 시작했지. 제일 처음 나온 원석으로 만든 것이 바로…… 이것이야."

공작의 손에 올라온 건 하나의 서클릿이었다. 정교하게 만들어진 서클릿 중앙의 붉은 루비가 노을빛을 받아 더욱 선연한 붉은빛을 뿜었다.

"이건……."

"그대의 것이다. 조금 늦었지만, 이제 원주인에게 돌려주도록 하지."

공작은 서클릿을 들어 그녀의 작은 머리에 씌워주었다.

"카이로스 님……."

세레나가 손을 들어 머리를 매만지며 공작의 이름을 불렀다. 그는 흐뭇한 얼굴을 하고 있었다. 머리의 붉은 관과 가슴의 푸른 목걸이가 어울리지 않을 듯 잘 어울렸다.

이제 남은 건 녹보석 팔찌와 반지뿐인가? 그것들은…… 혼례 예물로 남겨두도록 하자. 여기서 더 기다리다간 외로움에 지친 자신이 무슨 짓을 할지 모르니.

공작은 노을에 물든 세레나의 머리칼을 들어 정중히 입을 맞추었다.

잠시 그 부드러운 감촉과 향기를 음미하던 그의 입술이 천천히 열렸다.

"그대가 없는 가을이 너무나 길었어. 이상하지? 한 사람이 자리를 비운 것뿐인데…… 마치 모든 걸 잃은 것 같은 상실감이 들더군. 그동안 어떻게 혼자서 살아온 건가 싶을 정도로 말이야."

"……."

"수많은 성의 시녀 중 하나였을 때에도…… 고귀한 신분이 되어 황궁으로 돌아갔을 때에도…… 그대는 늘 내게 어려운 사람이었어. 구름 위에 있는 듯한 행복과 여의치 않은 상황들을 함께 주었지. 하지만 어떤 때에도…… 어떤 고난이 닥쳐도 그대를 얻을 수 있다면 모두 극복할 수 있다고 생각해. 나에게 그대는 그만큼 귀하고…… 무엇과도 바꿀 수 없는 사람이야."

공작은 그윽한 눈으로 세레나를 바라보며 마지막 말을 꺼냈다.

"그러니 앞으로…… 쭉 함께 있자."

"카이로스 님도 참. 저희는 이미 함께 있잖아요."

여전히 눈치가 늘지 않은 자신의 여인에게 공작은 화를 내지 않았다. 그는 헤실헤실 웃고 있는 세레나를 사랑스럽게 바라보다가 동그란 이마에 살짝 입을 맞추었다. 그리고 그녀의 눈을 똑바로 바라보며 입을 열었다.

"내 여인아, 난 지금 네게 청혼하고 있는 거야……."

세레나의 얼굴이 더 이상 붉을 수 없을 만큼 붉어졌다. 노을이 지고 있어 다행이었다. 아니면 이 꼴사나운 모습을 눈앞의 사람에게 그대로 보이고 말았을 테니.

'청혼…… 청혼이라고…….'

그녀는 시선을 들어 공작을 올려다보았다. 늘 자신만만하던 푸른 눈동자가 살짝 흐려져 있다. 긴장 때문인지 어깨에 닿은 손도 조금씩 떨리고 있었다. 설마 거절할 거라고 생각하는 걸까? 그럴 리가 없잖아. 처음 보는 그 모습에 세레나는 웃음이 나려는 걸 꾹 참았다. 그리고 흔쾌히 자신의 인생을 건 대답을 들려주었다.

"네, 좋아요."

그 순간, 공작이 억눌린 신음 소리를 흘리며 대답이 흘러나온 연분홍빛 입술을 자신의 입술로 덮어버렸다. 그는 마치 이제껏 참았던 갈증을 해소하려는 듯, 격렬하게 세레나의 입술을 탐했다. 가녀린 몸이 흔들리자 단단한 팔이 당연한 수순인 양 허리를 휘감아온다. 그러나 깊어지는 입맞춤을 따라 슬금슬금 올라오는 손에 세레나는 결국 제가 사랑하는 남자를 힘을 주어 밀어내고야 말았다.

"여기서 이러시면…… 사람들이 보잖아요."

"상관없어. 누구든 와서 보라지. 청혼을 승낙받은 기념할 만한 날인데 무슨 일이든 하지 못할까!"

공작이 기쁨을 감추지 못하며 말했다. 다시 한 번 몸을 기울이는 그를 살짝 피한 세레나가 갑자기 입고 있던 튜닉 드레스의 허리춤을 뒤적거렸다. 진에게서 빌려 입은 이 낡은 드레스는 일을 하는 평민 여성들을 위해 양쪽에서 연결되는 깊은 주머니가 나 있었다. 그녀는 잠시 머뭇거리다 주머니 속에서 헤이룬이 준 발톱을 꺼내 공작의 손 위에 올려놓았다.

"이건……."

"흑룡의 발톱이에요. 아까 공명자를 구해준 보답으로 받은 것이죠. 어떻게 쓰는 것인지는 잘 모르겠지만 귀한 것 같아서…… 저 역시 뭐라도 서클릿의 답례를 하고 싶어서요."

"맙소사, 귀하다 뿐이야? 흑룡의 발톱이라니, 잘 가공해 무기로 만들면 전 대륙을 뒤져봐도 이보다 뛰어난 건 찾지 못할걸. 내가 가진 검과는 비교할 수도 없어."

그녀의 말을 들은 공작이 반색을 했다. 흥분으로 번득이는 공작의 눈은 이미 무인의 것을 하고 있었다. 별생각 없이 건넨 답례품에 뛸 듯이 기뻐하는 그를 보며 세레나가 안도한 미소를 지었다.

"다행이네요. 그럼…… 해가 지기 전에 돌아갈까요? 우리의…… 보금자리로."

숙소로 돌아가자 이미 짐을 모두 챙긴 기사들이 자신의 말들을 데리고 나오고 있었다. 문 앞에서 공작 일행이 나오기만을 기다리던 세레나는 프란츠가 데리고 나오는 두 필의 말을 보고 눈을 크게 떴다. 오른편에, 윤기가 흐르는 저 갈색 말이 어쩐지 낯이 익었다. 프란츠가 자신의 쪽을 바라보는 그녀를 눈치 채고, 느물거리는 투로 묻는다.

"익숙한 말이시죠? 어디서 많이 본 녀석 같다 싶으실 거예요."

"그 말, 혹시 화란에 도착한 첫날 제가 잃어버렸던 그 아이가 아닌가요?"

프란츠는 어깨를 으쓱했다.

"아무러면요. 그때 바닷가에서 말만 남겨두고 사라지시는 바람에 제가 얼마나 놀랐는지 아십니까? 바로 달려가 이 녀석 고삐를 잡아채지 않았다면 틀림없이 누군가가 와서 데려갔을 겁니다."

"고마워요."

세레나가 말의 갈기를 부드럽게 쓰다듬었다. 갈색 말은 처음 만났던 날처럼 순해 보이는 눈을 끔뻑이며 연신 귀를 쫑긋거렸다. 공작이 자신의 흑마를 끌고 나오며 물었다.

"그러고 보니 그걸 묻는 걸 깜박했군. 세레나, 바다에서 모습을 감췄다는 건 또 무슨 말이지?"

"음, 그건 말이죠……."

공작의 물음에 세레나가 난처한 표정을 지었다. 이걸 어떻게 설명해야 하나. 마왕과 친분이 있는 용이 바다 밑으로 자신을 초대했다고 말하면 주변의 기사들은 뭐라고 생각할까? 고민에 빠진 세레나를 본 그가 고개를 절레절레 흔들었다.

"이제 다 알았다고 생각했는데…… 우리 사이에는 아직도 할 말이 많이 남은 것 같군."

공작은 품에서 이동 스크롤을 꺼냈다. 스크롤은 정교하게 완성된 주문을 담고 있어 강력한 마법사가 아니더라도 누구나 고급 마법을 구사할 수 있게 해주는 물품이었다.

"이것 봐. 그대를 하루빨리 데려가고 싶어서 북령으로 곧장 갈 수 있는 스크롤까지 준비해 왔다고."

세레나에게 웃어 보인 공작이 일행들에게 다시 한 번 확인했다.

"모두들, 준비는 되었나?"

"네."

"삼촌, 이대로 돌아가면 혹시라도…… 제게 남은 오후 수업을 들으라 하진 않으시겠죠?"

유벨이 조마조마한 마음으로 묻자 그가 당연하다는 듯 대답했다.

"왜 아니겠느냐. 지난 며칠간 듣지 못한 수업 역시 추후에 전부 보충을 할 것이니 그렇게 알고 있어라. ……그럼 가지."

"세레나, 나 좀 살려줘."

금방이라도 울 것 같은 조카를 뒤로하고 공작은 손에 들린 스크롤을 찢었다. 스크롤의 가격은 저택 한 채 값에 육박할 만큼 비쌌지만 그의 손길에는 조금의 망설임도 담겨 있지 않았다. 희미한 빛이 일행을 감싸고 작은 원을 그렸다. 잠시 후 그들은 흔적도 없이 사라졌다.

세레나 일행이 다시 나타난 곳은 키가 큰 자작나무가 빽빽이 우거진 숲 속이었다. 세레나는 하늘을 올려다보았다. 노을이 지긴 했어도 청명했던 가을 하늘이 어느새 우중충한 회색 하늘로 바뀌었다. 햇볕이 들지 않아 더욱 창백하게 느껴지는 자작나무 숲은 을씨년스러운 겨울 풍경을 연출하고 있었다.

"이곳은……?"

"트라이히 바로 옆에 위치한 울티뭄 숲이다. 여기서 성은 그리 멀지 않지."

유벨이 조랑말에 타는 것을 도운 공작이 미끄러지듯 자신의 흑마에 올랐다.

"뒤에 타겠어?"

그의 제의에 세레나는 자신의 갈색 말을 가리키며 가볍게 고개를 가로저었다.

"아니요. 이제 저…… 말을 혼자 탈 수 있게 되었거든요."

세레나와 공작, 유벨 세 사람은 각자 말을 타고 천천히 숲을 빠져나왔다. 그 뒤를 기사들이 호위하듯 따랐다.

늦가을 낙엽이 한창인 동령과 달리 북령은 이미 겨울이었다. 그녀는 진에게서 얻은 헐렁한 튜닉 드레스를 걸치고 있었다. 다 낡아 부들부들해진 겉옷 사이로 바람이 들어오자 입에서 새하얀 입김이 새어나온다. 그 모습을 본 공작이 걱정스러운 얼굴을 했다.

"괜찮아?"

"이 정도 추위쯤은 참을 만해요."

"참을 만하다니, 그럴 리가. 이러다 성까지 가는 길에 감기가 들겠어."

무인인 자신이나 기사들에게 이 정도 추위는 아무런 영향을 끼치지 않는다. 하루 반나절을 홑옷 차림으로 목검을 휘두르는 유벨 또한 마찬가지다. 하지만…… 세레나는 다르지 않은가. 공작은 급한 마음에 별다른 채비도 없이 북령으로 온 것을 자책했다.

일행은 성으로 가는 길을 살짝 틀어 상점가에 들렀다. 옷가게를 찾아 들어가자마자 주인이 반색을 하며 뛰어나왔다. 이 트라이히에서 검과 용이 그려진 은빛 갑옷을 입은 기사들의 호위를 받는 이는 오직 한 명뿐이었으니.

"어서 오십시오. 귀하신 분께서 이런 누추한 곳까지는 어인 일이십니까."

주인은 이게 무슨 일인가 싶어 어리둥절했다. 신분 높은 귀족들은 전용 재단사를 두고 필요할 때마다 직접 불러 원하는 옷을 맞췄다. 하물며 공작은 자신이 나고 자란 이 땅의 주인이었다. 그런 그가 기사들까지 대동한 채 평민들을 대상으로 하는 자신의 가게에 무슨 일로 찾아온 건지 도통 이해가 가지 않았다.

“여성용 망토를 하나 주게. 모자가 달린 두툼한 것으로 부탁하지.”

프란츠가 얼른 나서서 세레나를 위한 망토를 주문했다.

“여부가 있겠습니까요. 잠시만 기다려주십시오.”

주인이 허둥지둥 안으로 들어갔다. 다시 나온 주인의 손에 들린 것은 위부터 아래까지 솜을 가득 채워 넣은 도톰한 망토였다. 동물의 가죽이나 털이 달린 고급 소재는 아니었지만 망토는 무척이나 따뜻했다. 공작은 직접 값을 치르려 했지만 가게의 옷을 입어주는 것만으로도 영광이라며 손사래를 치는 주인의 성화에 모두 쫓기듯 문을 나서야 했다.

“각하께서 오신 뒤로 살 만해졌습니다. 물자 유입이 늘어나고 영지간 교류도 활발해져 저희 같은 상인들의 숨통이 트였어요. 신고제 덕에 암암리에 행해지던 수탈이나 횡포도 없어졌고요. 값은 되었으니 모쪼록 지금처럼만 영지민들을 위하는 영주님으로 남아주십시오.”

문 앞까지 나와서 꾸벅 인사를 하는 주인의 모습에서 세레나는 언젠가 황태자와 마차에서 보았던 제도의 거리를 떠올렸다. 시간이 멈춘 듯 얼어붙어 있던 거리, 고개도 들지 못하고 무릎을 꿇고 있던 사람들. 더 이상 마차를 달리게 하는 것이 미안할 정도로 마비되어 있던 대로. 공작이 상점가에 들어섰을 때 몇몇 주민 또한 공작과 기사들을 알아보았다. 그러나 그날처럼 무릎을 꿇고 고개를 숙이는 이는 없었고, 그 또한 그것을 바라지 않았다.

“옷은 따뜻한가?”

“네, 꼭 한여름처럼 느껴질 정도로요.”

“성에 도착할 때까지만 참아. 돌아가는 대로 제도에서 빌헬름을 불러올 참이니."

세레나의 어깨를 부드럽게 토닥인 공작은 프란츠에게 금화 한 닢을 건넸다.

"다음에 성을 나올 때 잊지 말고 오늘의 망토 값을 제대로 치르도록."

"예, 그리하겠습니다."

명을 내리는 그를 세레나가 다정한 얼굴로 바라보았다. 망토의 덕일까, 훈훈한 온기가 몸과 마음을 감싸왔다.

멀리서 성의 뾰족탑이 보였다. 성에 가까워지자 갑자기 문이 활짝 열리며 주인의 귀환을 반기는 시종인들이 우르르 쏟아져 나왔다. 로안느, 사라, 헬렌……. 수많은 성의 시녀와 하인들 중 익숙한 얼굴들을 발견한 세레나의 얼굴이 밝아졌다.

그때 유벨이 새된 목소리로 외쳤다.

"눈이다!"

힐끗 위를 바라보니 하얀 눈이 춤을 추듯 나풀거리며 땅으로 내려오고 있었다. 잿빛 하늘과 꽃처럼 흩날리는 하얀 눈송이는 색의 대비가 되어 묘한 정취를 자아냈다.

유벨이 눈송이를 잡는 시늉을 하며 신이 나서 달려 나가자 세레나와 공작은 서로 마주 보며 웃음을 터뜨렸다.

자신이 어떻게 300여 년이라는 시간을 넘어 이곳에서 눈을 뜨게 된 건지, 무슨 인연으로 두 사람이 만나게 되었는지는 모르겠다. 하지만 투명한 이 마음 가득 품은 것은 오직 옆에 선 그를 향한 사랑뿐. 그래서…… 이곳을 선택했다.

눈과 얼음의 땅 북령. 강하지만 차갑지 않은, 아름답지만 독이 없는 너그러운 주인이 다스리는 대지. 나는 북령에 단단한 뿌리를 내리고 살아갈 것이다. 마음껏 사랑하고 사랑받으며, 행운처럼 주어진 이 두 번째 삶을 살아갈 것이다.

두 사람이 팔짱을 끼고 성에 들어서자 엄청난 환호성과 함께 눈부신 조명이 켜졌다. 세레나는 자신들이 꼭 개선장군이라도 된 것 같다는 우스운 생각을 하며 눈을 감았다.

다음 해 봄, 성의 정원에 레치넨티아 꽃이 피면 유벨과 셋이서 티 파티를 열 것이다. 여름 장미 축제가 시작되면 새 장미 화관이 갖고 싶다는 말과 함께 공작도 무투회에 참가하도록 권유해볼 생각이다. 늘 과로에 시달리는 공작에게 짬이 난다면 가을에는 동령의 바다로 진을 만나러 가고 싶다. 마지막으로 눈이 내리는 계절이 돌아오면 손을 잡고 물이 얼지 않는다는 달빛 호수 주변을 함께 거닐 것이다.

그 외에도 하고 싶은 것, 하고 싶은 말은 너무나 많다. 하나씩 차근차근 해나가면 될 것이다.

앞으로 두 사람은 계속 함께일 테니.

III

24. 찬란한 나날

그해 겨울, 발루아 공작성에서는 젊은 공작의 결혼식이 거행되었다. 대공작가답지 않게 조촐한 식의 초대 손님은 직계 친족과 그를 위해 일하는 몇몇 수하 귀족들이 전부였다. 들리는 소문에 의하면 신부는 먼 타국의 귀족이라고 했다. 가문에서 도망쳐 나와 평민으로 모습을 감추고 조용히 살고 있던 그녀에게 한눈에 반한 공작이 원래의 신분을 찾아주고 부인으로 맞이하는 것이라고. 그래서인지 전대 공작 때와는 비교가 되지 않는 이번 결혼식은 실제 준비 기간이 30일도 채 되지 않았다.

"우측 천장의 휘장이 조금 비뚤어지지 않았나. 제대로 정리해라."

"실비아, 수국 다발 사이로 장미가 돋보일 수 있도록 신경 쓰라고 몇 번을 얘기했어."

아침부터 가장 바쁜 것은 신랑도, 신부도 아닌 시녀장 로안느였다. 짧은 기간 안에 공작과 공작부인의 방을 보수하고 결혼식에 필요한 준비를 하느라 로안느는 머리가 다 빠질 지경이었다. 겨울이라 날은 얼마나 춥고 물자는 또 구하기 어렵던지. 그래도 그런 노력 끝에 이렇게 새 공작 부처의 시작을 축하하는 자리를 부족함 없이 마련하고 또 그 자리에 함께할 수 있어 그녀는 몹시 기뻤다.

세레나, 아니, 새 공작부인은 자신에게 특별한 의미가 있는 사람이었다. 하녀를 뽑는 면접에서 직접 심사를 봤었다. 자신에게 창피를 준 것이 괘씸해 떨어뜨리려 했으나 되레 측근 시녀로 올라와 함께 일을 하는 사이로 얽혔다. 이제 주인의 애첩이 되는 것은 시간문제라 여겼더니 돌연 어디로 사라졌다 주인과 함께 돌아온 세레나는 달빛색의 머리와 눈동자를 하고서는 하나뿐인 그의 반려가 되었다. 로안느는 평생 결혼을 하지 않았지만 마치 딸을 키워 좋은 곳에 시집보내는 기분으로 오늘을 맞이했다.

"로안느 님, 피로연 준비가 다 되었습니다. 일곱 종류의 고기 요리와 다섯 종류의 생선 요리, 열두 곳의 산지에서 가져온 술이 식이 끝나는 대로 차례로 나올 것입니다."

"수고했다. 그럼 나머지 마무리를 부탁하마. 나는 식 시작 전까지 거울의 방에 가 있을 테니."

결혼식이 거행되는 장소는 여름 장미의 무도회가 열렸던 바로 그곳이었다. 원형의 홀을 백장미와 흰 수국이 온통 하얗게 수놓았다. 원색이나 지나친 장식은 배제했으나 바닥까지 드리운 거대한 휘장부터 장미가 아로새겨진 섬세한 장식 하나에 이르기까지 보는 이의 입을 벌어지게 할 만한 최고급이었다.

드레스부터 소품까지 전부 동대륙의 것으로 하겠다던 로안느의 야심 찬 포부는 동령의 새로운 후계자가 보내온 산더미 같은 축하 예물

덕에 실현될 수 있었다. 그녀는 그 많은 예물들을 모두 오늘을 위해 아낌없이 사용했다. 이레 전부터 공작성 구석구석에서 향긋한 동대륙의 향내가 진동을 했다. 드레스와 베일을 제작하고 남은 비단으로는 홀을 장식했고, 피로연 요리에는 금보다 비싼 향신료인 아니스와 회향, 후추를 사용했다.

로안느는 버진 로드에 깐 붉은 비단을 밟지 않도록 조심하며 한창 치장 중일 신부가 있는 거울의 방으로 향했다.

세레나는 정신이 하나도 없었다. 이른 새벽부터 시녀들이 몰려와 머리부터 발끝까지 무엇을 바르고 두드리고 다시 바르고를 반복했다. 머리 장식 하나를 갖고서 수십 개의 핀을 달았다 뺐다 하는 시녀들에 어지러워진 그녀는 아예 눈을 감고 있었다. 드레스와 머리 모양을 정해 놓았는데도 이렇게 오랜 시간이 걸리다니. 간단하게 미리 요기를 해두었으면 좋을 뻔했다. 아침에 일어났을 때 긴장으로 입맛이 돌지 않아 끼니를 거절한 게 뒤늦게 후회가 되었다.

"준비는 다 되셨습니까."

"로안느!"

방 안으로 걸어 들어오는 로안느를 세레나가 반가이 맞았다. 이제 드디어 식장으로 향하는 건가. 부축을 받고 자리에서 일어난 그녀를 본 로안느가 얼굴을 찌푸린다.

"아니, 그대들을 믿고 맡겼건만…… 대체 무얼 하고 있었던 게야."

"로안느, 괜찮아요. 그녀들은 충분히 최선을 다해주었으니 이제 적당히……."

"네? 적당이라뇨?"

눈을 부릅뜨며 정색하는 로안느를 보자 세레나는 아차 싶었다. 자신의 말이 아무래도 그녀의 심기를 건드린 듯했다.

"오늘은 미혼이신 각하께서 하나뿐인 반려를 맞이하시는 뜻깊은 날입니다. 게다가 처음으로 공식 자리에 서시는 것이 아니십니까. 누구라도 보고 감탄하며 고개를 끄덕일 만큼 아름답고 기품 있는 신부님이 되셔야 합니다. 그것이 이곳 공작성에서 일하는 모든 이들의 긍지이자 자부심이 될 테니까요."

"알겠어요."

시녀장의 정색에 세레나는 더 이상 항의할 생각을 하지 못했다. 로안느는 그 자리에서 시녀들을 꾸짖더니 밖에 있던 다른 시녀들까지 모두 불러들였다. 그러고는 거의 완성되었던 머리를 모두 풀고, 등 뒤의 리본과 치맛단의 주름 장식을 걷어냈다. 아침 내내 한 고생을 처음부터 다시 할 생각에 세레나의 하얀 얼굴이 더욱 창백해졌다.

하늘은 맑고 푸르렀으며 날씨는 쾌청했다. 중앙에 깔린 붉은 비단 양옆으로 손님들이 가득 찼을 때쯤, 아름다운 연주음을 신호로 식이 거행되었다.

세레나가 먼저 비단을 자박자박 밟으며 지팡이를 들고 서 있는 대주교의 앞까지 걸어갔다. 진주가 알알이 박힌 흰 드레스와 면사포 차림의 그녀는 눈부시게 아름다웠고, 사뿐사뿐한 발걸음은 소리도 나지 않았다.

하객으로 앉아 있던 보르네오 주교가 그 모습을 보며 안도의 한숨을 내쉬었다. 범상치 않은 아름다움에 놀라긴 했지만 설마 신분을 숨기고 있던 귀족 아가씨일 줄은 몰랐다. 마녀 재판 때 아르만드 백작의 손을 들어주지 않은 것이 얼마나 잘한 일인지. 그날의 판결은 짧지 않은 주교의 인생을 통틀어 가장 현명하고 지혜로운 선택이었다. 덕분인지 일곱 주신 중 아나이스 여신을 모시는 대주교가 공작의 혼례에서 주례를 보게 되어 다른 뭇 신전들의 부러움을 사게 되었다.

세레나가 대주교의 앞에 서자 곧이어 흰색 예복을 입은 공작이 천천히 걸어와 그녀의 옆에 섰다. 신부가 은은한 달빛의 아름다움을 가졌다면 신랑은 태양신처럼 당당하고 고고한 모습이었다. 세레나는 앞을 바라보고 있었지만 가까이 선 공작의 작은 몸짓, 숨소리 하나까지도 의식이 되었다. 이윽고 그에게서 나는 희미한 향기가 온몸을 감싸자 그대로 숨을 멈추고 말았다.

긴 수염부터 눈썹까지 온통 허연 대주교가 짧은 축사와 함께 혼인 서약을 진행했다.

"데시피오 폰 발루아의 차남, 그란데 산맥부터 테르수스 강까지의 영토를 가진 가장 걸출한 영주 카이로스 폰 발루아여. 당신은 여기 있는 레이디 중의 레이디, 세레니안 라 엘베른의 정식 배우자가 될 것을 맹세합니까?"

"맹세합니다."

곧바로 튀어나온 공작의 대답은 짧고도 간결했다. 주교의 말이 이어졌다.

"레스톤…… 왕국 엘베른 자작가…… 의 삼녀 세레니안 라 엘베른, 그대는 여타 귀족들의 귀감이자 황제 폐하의 충성스러운 오른팔, 카이로스 폰 발루아의 배우자가 될 것을 맹세합니까?"

대주교가 혼인 서약서에 쓰인 국가와 가문의 이름을 떠듬떠듬 읊자 세레나는 쓴웃음을 지었다. 아마 한 번도 들어본 적이 없어서겠지. 레스톤 왕국은 대륙 최남단에 있는 수없이 많은 도시 왕국 중 하나의 이름이었다. 공작은 자신을 위해 실제로 존재했다 사라진 자작가의 족보를 사들여 그녀의 출생 기록을 날조했다. 거짓으로 점철된 생을 살고 싶진 않지만, 다른 시간과 공간 속에 존재하던 두 외길이 하나로 이어지기 위해서는 이 정도의 아픔은 감수해야 할 것이다.

세레나는 주교를 똑바로 바라보며 정성스레 준비한 답을 돌려주었다.

"예. 생이 다하는 날까지…… 배우자를 사랑하고 존경할 것이며 앞으로 닥칠지 모를 숱한 시련 앞에서도 변치 않는 믿음으로 함께하겠습니다."

같은 순간, 자리에 앉아 있던 하객들은 어디서 많이 들어본 것 같은 신부의 이름에 함께 고개를 갸우뚱거렸다.

"세레니안 라 엘베른이라면…… 그분의 이름 아니야?"

"이야기책에 단골로 등장하는 초대 황제의 따님 말이지? 저렇게 아름다운 은발과 은안을 갖고 있으니 충분히 그녀의 이름을 따서 지을 만도 하지. 공교롭게 풀 네임까지 똑같긴 하지만, 뭐 어때. 300여 년 전에 죽은 공주가 되살아나 같은 이름을 쓴다며 호통을 칠 것도 아니고……."

"그도 그렇군."

하객들의 웅성거림을 아는지 모르는지 대주교는 눈앞의 예비 부부에게 반지의 교환을 권했다.

"이제 맹세의 반지를 끼워주십시오."

몸을 튼 공작이 레이스 장갑을 낀 손을 잡은 채 신부를 힐끗 바라보았다. 섬세한 베일 너머로 희미한 떨림이 느껴졌다. 아니, 어쩌면 떨고 있는 것은 공작 자신인지도 모른다.

"세레나, 그대의 남은 시간을 함께할 수 있는 행복을…… 내게 허락해주겠소?"

언제 어디서나 당당하고 오만한, 강력한 지배자는 여기 없었다. 지금 그녀의 앞에 서 있는 것은 사랑하는 여자에게 구애하는 뜨거운 심장의 한 남자였다. 그녀 역시 떨리는 심장처럼 떨리는 목소리로 입을 열었다.

"……기꺼이."

그녀의 한 마디에 초조해하던 공작의 얼굴이 태양처럼 환해졌다. 웃음을 되찾은 공작이 세레나의 왼손 약지에 조심스레 반지를 끼웠다. 공작이 가장 공을 들여 준비한 회심의 다이아몬드 반지가 드디어 주인을 찾아갔다.

그림 같은 두 사람의 모습을 흐뭇하게 바라보던 주교가 신부의 반지 위에 손을 얹었다.

"여신 아나이스의 이름으로 이제 두 사람이 혼인이라는 이름으로 하나가 되었음을 선언하노라."

손을 잡은 두 사람이 뒤로 돌아서자 떠나갈 듯한 박수와 환호가 터져 나왔다. 그러자 보타이를 맨 유벨이 뛰어오더니, 세레나에게 연분홍의 리시안셔스 꽃다발을 건넸다. 그녀는 생각지도 못한 꽃 선물에 당황했지만, 곧 환하게 웃으며 꽃다발을 받아 들었다.

"고마워요, 유벨. 무척 아름다운 리시안셔스네요."

"흑…… 축하…… 해……."

유벨은 웬일인지 울고 있었다. 똑똑 떨어지는 그 닭똥 같은 눈물에 그녀는 급히 장갑을 벗고 눈가를 훔쳐주었다.

"괜찮은가요? 왜 갑자기……."

"……흑…… 절대 싫어서가…… 아냐……. 눈물이 나는 이유는…… 나도 잘…… 모르겠…… 쨌든 축하…… 흑."

유벨은 말을 잇다 아예 통곡을 시작했다. 로안느가 눈에서 불을 뿜으며 달려와 소년을 데려갈 때까지 세레나는 그 자리에서 쩔쩔매야 했다.

공작과 세레나는 손을 잡고 비단길을 걸으며 안면이 있는 하객들에게 하나하나 인사를 건넸다.

'결국…… 오지 못했구나.'

결혼식에 꼭 불러달라던 진은 아직 해결되지 않은 영지의 사정 때문에 오지 못했다. 마지막까지 어떻게든 스케줄을 조정하겠다는 연락을 보내왔지만 역시 어려웠던 모양이다. 흑룡의 강력한 비호 속에 그녀는 떠오르는 동령의 차기 후계자가 되었다. 매일매일 헤이룬에게서 피 말리는 수업을 받는 통에 잠잘 시간조차 없다는 그녀의 하소연이 보내온 서신의 처음부터 끝까지 꽉꽉 쓰여 있었다. 눈물 없이는 차마 읽을 수 없었던 서신을 떠올린 세레나는 입가에 미소를 띠었다.

공작의 일을 돕는 체인버린 백작에게 인사를 건넨 세레나가 무심코 시선을 반대편으로 돌렸을 때였다. 이 자리에 결코 있을 수 없는, 있어선 안 되는 인물을 발견하고 그녀는 굳어버렸다. 입에서 탄식과도 같은 중얼거림이 흘러나왔다.

"라이오넬…… 님……."

황태자의 마법사인 라이오넬이 손님들을 위해 준비한 의자의 가장 마지막 줄에 앉아 있었다. 마지막으로 보았던 그때 그 모습처럼 긴 수염에 흰 로브 차림으로.

눈이 마주치자 히죽 웃어 보인 라이오넬이 일어나 그녀에게로 걸어왔다.

"공주님께선 저를 몇 번이나 놀라게 만드실 생각이십니까."

"그대는…… 누구지? 황궁에서 얼굴을 보았던 기억이 나는데."

흠칫한 공작이 세레나를 등 뒤로 돌리고 날카롭게 물었다. 노마법사는 너털웃음을 지으며 자기소개를 했다.

"라이오넬이라 합니다. 사람들은 저를 백의 마법사라 부르기도 하지요. 황궁에는 자문을 위해 몇 차례 방문한 바 있으나 어디까지나 저의 소속은 마법사들의 단체인 마탑입니다."

"누구의 명을 받고 온 것이오?"

"안심하십시오. 누구의 명도 아닙니다. 여행차 북령에 들렀다 마침 열린 성대한 결혼식을 구경 온 것뿐입니다."

"초대도 받지 않았으면서 말이지."

"허허허……."

라이오넬은 이번에도 너털웃음을 지었다. 그러나 둘 사이에는 이미 팽팽한 긴장감이 감돌기 시작했고, 이상을 눈치 챈 기사들이 달려와 검을 뽑아들었다. 라이오넬은 장난스럽게 두 팔을 들어 보였다.

"어이쿠, 자칫 잘못하다간 큰일이 나겠군요. 별생각 없이 참석한 저 때문에 축복받아야 할 날에 검을 들도록 하다니, 이거 정말 실례를 범했어요. 저는 다만…… 새 신부께 자그마한 선물을 드리고 싶었을 뿐인데 말입니다."

그렇게 말한 라이오넬은 품에서 두툼한 책을 한 권 꺼냈다. 그리고 두 손으로 책을 받쳐 들고 공작의 뒤에 서 있는 세레나 쪽으로 건넸다.

"그 뒤로 마법의 연습은 많이 하셨는지요? 분신과도 같은 제 지팡이를 선물할 순 없지만, 도움이 될 만한 이것을 선물로 드리려 합니다."

"라이오넬 님, 어떻게……."

"아아, 무엇이 묻고 싶으신지 압니다. 제 입으로 말하기는 그렇지만 이래 뵈도 제가 이 대륙에서는 가장 강력한 마법사라서 말입니다……. 오랫동안 가로막고 있던 벽을 깨고 '마스터'의 칭호를 얻던 날, 스스로는 원치 않았음에도 시간의 흐름을 빗겨가는 존재가 되고 말았지요. 그래서 그날 밤 펼쳐진 강력한 어둠의 마법과 용의 암시에도 영향을 받지 않을 수 있었습니다."

라이오넬의 너스레를 들으며 세레나는 손 안의 책을 꼭 움켜쥐었다 앞으로 뒤집어보았다. 청록색으로 염색된 가죽 표지에는 금색 글씨로 이렇게 쓰여 있었다.

[초보자도 1년 만에 완성할 수 있는 실용 마법 100선]

"안에는 한동안 마음 놓고 신혼을 즐기실 수 있는 피임 마법도 적혀 있으니 참고하시길."

"과연…… 새 신부에게 딱 어울리는 축하 선물이로군."

라이오넬의 말에 공작이 눈을 빛내며 농담을 했지만 세레나는 함께 따라 웃지 못했다. 그녀는 한 손으로 가슴을 가린 채 허리를 깊게 숙여 보였다.

"그때에는 폐를 끼쳐 죄송했습니다. 저는…… 거대한 바다의 일부가 되기보다 작은 시내가 되어 흘러가려 합니다. 모두의 사랑을 받는 장미보다 한 사람에게서 사랑받는 들판의 꽃이 되려 합니다. 의무를 저버리고 제멋대로 나온 저를 이해해주시겠어요?"

"……황궁의 기둥은 단단해 수십 배는 되는 무게를 능히 떠받치지요. 그 기둥을 무너뜨리는 것은 어려우나 그 위에 색을 덧칠하는 일은 생각보다 간단하더군요. 덕분에 다음 날 황궁에 갔다 저 혼자 헛소리를 하는 황당한 일을 경험했습니다. 허나……."

순간, 의미심장하게 광채를 발하던 라이오넬의 눈이 빛을 잃었다.

"그 또한 순리일 것이니. 모든 일이 과거의 인과에 따라 결과로 흘러가는 것이라 믿습니다. 제도는 여느 때처럼 평화롭습니다. 언제나 그랬듯 말이죠. 공주, 아니, 신부께서도 그간의 고생은 잊으시고 소원한 자리에서 아름다운 열매를 맺으시길 진심으로 기원하겠습니다."

희대의 대마법사에서 여느 평범한 노인처럼 변한 라이오넬은 세레나를 따라 허리를 숙이고는 천천히 돌아서서 사라졌다. 몇 발자국쯤 걸었을까, 그의 뒷모습은 그림자처럼 사라져버렸다.

꽃다발과 마법서를 양손에 든 세레나와 공작은 성도가 한눈에 내려다보이는 외성의 탑에 함께 올라갔다. 성문 앞에는 하던 일도 멈추고 뛰쳐나온 트라이히의 주민들이 까맣게 몰려 있었다. 그들은 곧 새 공작 부처를 발견하고 소리를 지르며 환호했다. 두 사람은 주민들에게 천천히 손을 흔들어주었다. 관대한 공작부인의 배려로 손님들 외에 성의 고용인들과 성 밖에 모여든 모든 사람들에게까지 혼인 음식과 술이 내려졌다. 이제 남은 것은 먹고 마시는 축제뿐이었다.

해가 지고 밤이 찾아왔다. 세레나는 로안느와 시녀들의 안내에 따라 공작부인의 방 앞에 서 있었다. 육중해 보이는 황금색 문이 바로 그녀의 눈앞에 있었다.

"어서 드시지요."

로안느의 재촉에 그녀는 문고리를 잡고 돌렸다. 몹시 무거울 거라고 생각했으나 예상과 달리 문은 소리도 없이 부드럽게 열렸다. 수백 년 동안 오직 한 사람, 공작의 배우자만을 위해 존재했던 공작부인의 방은 방이 가진 의미답게 우아하고 격조 높게 꾸며져 있었다. 벽은 섬세한 문양이 수놓인 크림색 벽지에 황금으로 장식이 되어 있고 천장에서는 호사스러운 수정 샹들리에가 늘어져 있었다. 비취색과 금빛으로 맞춘 가구 사이사이로 동대륙의 골동품 도자기가 그 자태를 뽐냈다. 침실 앞으로는 전면으로 된 창이 나 있었다. 아마 아침에 일어나면 내성의 정원과 분수대가 한눈에 내려다보일 것이다.

로안느는 눈이 휘둥그레진 세레나의 모습에 아랑곳 않고 그녀를 욕실로 데려갔다. 그리고 더운물이 넘실거리는 대리석 욕조에 장미 향유와 꽃잎을 뿌리고 그 안에 들어간 세레나를 정성들여 씻겼다. 욕조에서 나온 세레나의 얼굴에서 은은한 광채가 났다. 시녀들은 그녀의 머리와 몸에 부드러운 크림을 바르고, 매미의 날개처럼 하늘거리는 침의 위에 같은 재질의 가운을 입혔다. 단장이 모두 끝이 났지만 그녀는 여전히 뭘 해야 할지 모르는 사람처럼 엉거주춤하게 서 있었다.

"이제…… 어디로 가면 되죠?"

로안느가 침실의 벽난로 옆에 난 작은 문을 가리켰다.

"문을 열고 안으로 들어가시면 됩니다. 예로부터 공작부인과 공작각하의 침실은 서로 연결이 되어 있답니다."

"부디 가장 아름다운 달빛의 꿈을 꾸십시오."

"달빛의 꿈을 꾸소서."

로안느의 말이 끝나자 시녀들이 밤의 인사를 하며 바닥에 납작 엎드렸다. 달빛의 꿈은 첫날밤의 단꿈을 비유한 제국식 표현이었다. 세레나는 떨리는 손으로 문을 열었다.

통로는 그리 어둡지 않았다. 야명주가 천장 곳곳에 박혀 어둠을 밝힘과 동시에 길을 안내했기 때문이었다. 한 걸음. 또 한 걸음. 공작에게 가까워질 때마다 심장이 거세게 요동쳤다. 속옷 차림의 새신부가 직접 신랑의 침실로 가다니, 이것이 무려 첫날밤에 행해지는 일이라니. 제국의 관습은 참으로 이상하기 짝이 없다.

어둑한 길의 끝으로 밝은 빛이 쏟아져 들어오자, 그녀의 숨은 이제 당장이라도 멈출 것 같았다. 무엇을 기대했는지 혼자서 부푼 가슴은 가쁜 호흡을 따라 오르락내리락했다.

떨리지만…… 무섭지는 않았다. 지금 이다지도 쿵쾅거리는 심장 고동 소리는 앞으로 벌어질 일에 대한 기대감 때문이리라. 세레나는 문득, 바네사의 추천으로 처음 성에 들어왔을 무렵을 떠올렸다. 바네사에게서 빌린 옷과 구두 차림으로 어린 소녀들 사이에서 하녀 면접을 보았었다. 그때가 이른 봄이었으니, 새로운 세상에 머문 지도 벌써 1년이 된 것이다.

그사이에 세상을 경험하고, 마음을 나눌 친구를 얻고, 사랑하는 사람과의 인연까지 맺게 되었으니 이 이상 행복할 수는 없다. 지금 느끼는 완벽한 행복이 깨지진 않을까 두려워질 정도로. 세레나는 속으로 빌었다.

'여신이시여, 보고 계신가요? 부디, 저희들을…… 이 결혼을 축복해 주세요.'

세레나는 한참 만에야 통로를 빠져나왔다. 침의를 입은 공작이 팔짱을 끼고 선 채 신부가 나오기만을 기다리고 있었다. 아직 젖어 있는 공작의 머리와 촉촉한 눈동자에 그녀의 숨이 턱 막혀왔다.

"카이로스 님……."

"더 늦어지면 데리러 갈 참이었다고. 어서, 이리로."

공작은 세레나의 손을 급히 잡아끌었다. 공작의 강한 손힘에 세레나가 침대로 줄줄 끌려갔다. 침대의 상판에는 보석이 붙어 있고 네 귀퉁이 기둥에는 각각 황금으로 된 사자가 조각되어 있었다.

공작부인의 방이 우아한 아름다움이 있다면 공작의 방은 웅장하고 화려한 지배자의 방이었다. 무인의 것이라고 착각할 정도로 텅 비어 있던 과거의 방과는 비교할 수 없는 호화로움이다. 첫날밤을 맞이하는 신부가 신랑을 아닌 방을 구경하는 데 여념이 없자, 공작은 앙탈이라도 부리듯 그녀의 아랫입술을 살짝 깨물었다.

"세레나, 나에게 집중해. 이곳에 온 의미가 뭔지 잊지 말라고."

드디어 두 사람의 눈이 마주한 순간, 쏟아지는 공작의 눈길에 허공에서 불꽃이 튀는 것 같았다. 세레나는 왠지 모를 부끄러움에 얼굴이 붉어졌다. 오늘의 공작은 마치 밤의 화신 같았다. 머리칼에서 떨어지는 물방울이라든가 그림자를 만들고 있는 긴 속눈썹, 붉은 입술이 어쩐지 관능적으로 느껴졌다.

공작이 눈을 감는가 싶더니 그의 입술이 다시 가까워졌다. 북령에 돌아온 이후 몇 번이고 포갠 적 있던 입술이 오늘 밤은 너무나 부드럽고 달콤했다. 세레나의 몸에서 점점 힘이 빠졌다. 어느새 침의가 벗겨진 채 침대에 눕혀지고 있다는 사실도 눈치 채지 못했다.

"하아……."

자신의 입에서 한숨 같은 탄성이 흘러나오자 세레나는 문득 정신이 들었다. 공작이 자신의 가슴을 부드럽게 애무하고 있었다. 뜨거운 입술이 점점 밑으로 내려가자 세레나는 아릿한 쾌감에 몸부림쳤다. 검을 들던 그의 손은 굳은살로 딱딱하고 거칠었지만 옆구리를 쓸어내리는 손길은 관능적이기 그지없었다.

전신의 감각을 일깨우는 황홀한 느낌에 정신이 없다. 그의 입술이, 손길이 지나가는 곳마다 불이 붙는 것만 같다. 그녀는 참지 못하고 연신 달뜬 숨을 뱉었다.

"설마…… 아파서 내는 소리는 아니겠지?"

"……."

가쁜 숨을 참느라 그녀는 대답을 하지 못했다. 욕망으로 가라앉은 사내의 음성이 재차 귓가를 스쳤다.

"……이제 그대를 다 가질 거야. 몸도, 마음도…… 그리고 따뜻한 그대의 안에 머물다 그대와 하나가 될 거야."

세레나는 대답 대신 두 팔을 들어 그의 목에 감았다. 그리고 조심스럽게 안으로 파고드는 묵직한 존재감에 다시 한 번 더운 숨을 토했다. 아프지만 좋기도 한 이상한 느낌. 하지만 하나가 되었다는 일체감과 만족감이 느껴졌다.

사랑하는 사람의 손길이었다. 사랑하는 사람의 입술이었다. 이 사람과 함께하기 위해 자신은 많은 것을 버리고 이곳에 있다. 공작 역시 자신과 함께하기 위해 포기한 것들이 있을 것이다. 그러나 모든 것을 뛰어넘어 서로를 안고 있는 지금, 두 사람은 더할 나위 없는 행복 속에 있었다.

공작은 점점 절정을 향해 치닫고 있었다. 천천히 속도가 붙던 움직임이 점점 격렬해졌다. 공작의 움직임이 돌연 멈추는 순간, 세레나는 아찔함에 자신도 모르게 눈을 감았다.

따갑게 눈을 찔러오는 햇빛에 세레나는 얼굴을 찌푸리며 신음했다. 벌써 아침인가. 조금 더…… 자고 싶은데. 몸이 천근만근이었다. 아래에서 느껴지는 은은한 통증과 나른함에, 감긴 눈을 비집고 들어오는 햇빛에 그녀는 끝내 눈을 떴다. 언제 일어났는지 공작이 한쪽 팔로 상체를 괸 채 은은한 미소로 이쪽을 바라보고 있었다.

"일찍 일어나셨어요? 그럼 깨워주시지 않고."

"그대가 피곤해하는 것 같아서."

꿀처럼 녹을 듯한 목소리로 말하며 공작이 세레나의 헝클어진 머리를 넘겨주었다. 세레나는 그 손길에 뜨거웠던 지난밤이 떠올라 재차 얼굴을 붉혔다. 부끄러워하는 그녀의 모습이 귀여웠던 공작이 소리를 내며 웃었다. 사랑하는 여인을 품에 안은 공작의 가슴이 모든 걸 가진 것만 같은 만족감과 기쁨으로 가득 채워졌다.

벅찬 가슴을 누르지 못한 그는 결국 신부를 끌어안았다. 그리고 귓가에 걸린 머리카락을 치우지 않고 그 위에 그대로 입술을 누르며 속삭였다.

"내가 전에 말한 적이 있던가?"

"네? 무엇을요?"

"세레나, 그대를 사랑해. 세상 그 누구보다도."

달콤한 고백과 함께 또다시 입맞춤이 시작되었다. 방금 들은 사랑의 말을 만끽할 시간도 없이 파고드는 입술에 세레나는 눈을 감았다.

꿈결 같던 첫날밤이 지나가고 어느 덧 둘째 날 아침이 밝아오고 있었다.

아침 식사는 침대 위에서 이루어졌다. 세레나의 몸을 염려한 그가 미리 시종들에게 음식을 가져오도록 주문했기 때문이었다. 요리장이 정성껏 준비한 아침 메뉴는 익힌 쌀에 삶은 달걀, 으깬 생선을 넣은 케저리와 계피를 넣고 끓인 맑은 닭고기 수프였다. 맛있게 식사를 마치자 아구아도가 노크를 하고 다시 안으로 들어섰다.

"저……, 마님께 물건이 하나 와 있습니다만…… 지금 가져다드릴까요?"

"물건이라고요? 어디서 보내온 거죠?"

"그것이…… 보낸 이의 이름이 적혀 있지 않습니다. 실은 제대로 된 절차를 거친 것도 아니고 동이 틀 무렵 병사 한 명이 성문 앞에서 발견한 것이라 전해드려야 하는 게 맞는지 고민했습니다."

진이 또 선물을 보내온 건 아니겠지? 세레나는 물건을 가지고 와달라고 부탁했다. 포장이 된 상자 정도를 생각했던 그녀의 예상을 깨고 집사가 건넨 것은 흰 종이로 적당히 싸맨 기다란 방망이 형태를 한 무언가였다.

얼핏 굴러다니는 쓰레기처럼도 보였지만 질끈 묶은 끈의 끄트머리에는 제대로 받는 사람과 메시지를 적은 카드가 걸려 있었다.

카드에는 서툰 글씨로 이렇게 쓰여 있었다.

[결혼 선물]

다섯 살짜리가 쓴 것보다 못한 비뚤배뚤한 글씨에도 세레나는 웃지 않고 보다 다급해진 손길로 포장을 뜯었다. 종이로 싸여 있던 것은 한 개의 지팡이였다. 검정색의 날씬한 몸체에 머리 부분에서는 사람의 눈을 닮은 주먹만 한 자색 보석이 불길한 빛을 뿜고 있었다.

지팡이를 쥐는 순간, 어디선가 서늘한 바람이 불어왔다. 그녀는 이름이 없어도 선물을 보내준 이가 누군지 알 것만 같았다.

지팡이를 들고 일어난 세레나는 갑자기 어제 받았던 마법서를 꺼내 분주히 뒤적이기 시작했다. 영문 모를 신부의 행동에 공작이 다가가 가녀린 어깨에 손을 올렸다.

"비밀이 많은 나의 아가씨, 또 무슨 일로 이리 분주하오?"

"카이로스 님, 이리로 와보세요. 보여드리고 싶은 게 있어요."

침의 위에 숄을 걸친 차림으로 문을 열고 나가려던 세레나의 행동은 곧바로 집사에 의해 제지당해야만 했다. 아구아도의 눈물 섞인 만류로 세레나는 통로를 통해 자신의 방으로 되돌아갔다. 방에서는 이미 얘기를 전해 들은 로안느가 눈을 빛내며 기다리고 있었다.

부담스러운 그녀의 눈빛에 세레나가 자신도 모르게 뒷걸음질 쳤다. 로안느는 분명 자신을 위해주는 좋은 사람인데, 가끔씩 피하고 싶다고 느껴질 때가 있다.

바로 지금 같은 순간 말이다.

"로안느……."

"평안히 주무셨습니까, 마님. 어젯밤 꾸신 달빛의 꿈은 무슨 색이던가요."

노골적인 은유의 말에 세레나의 얼굴이 새빨개졌다. 누가 무어라 말을 한 것도 아닌데 혼자서 얼굴색이 붉어졌다 하얘졌다 하는 세레나를 로안느가 흐뭇하게 바라보았다.

"달빛은 늘 그렇듯, 아름다운 금빛이었어요. 이 정도면 대답이 되었을까요?"

"황금빛이라…… 그거 좋군요. 아주 좋아요."

수많은 색들 중에 금색은 가장 좋은 최상의 것, 훌륭함, 성공을 의미한다. 원하던 답을 들은 로안느의 입이 찢어질 듯 벌어졌다. 미소를 숨기지 못한 그녀는 히죽거리며 미리 더운물을 받아놓은 욕실로 세레나를 안내했다.

세레나는 한참 만에야 시녀들을 줄에 꿴 사탕처럼 줄줄이 달고 방문을 나설 수 있었다. 이미 옷을 다 갈아입은 공작이 앞에서 기다리고 있었다. 무릎까지 내려오는 겨울용 상의는 그의 몸을 꽁꽁 감싸고 있었지만, 세레나는 왠지 모르게 부끄러워져 얼굴을 들고 똑바로 바라보지 못했다. 두꺼운 옷 안에 숨겨진 배우자의 몸을 상상해버렸기 때문이다. 강철처럼 단단하고 잘 단련된 조각상과도 같은 상체, 그리고…….

쑥스러워하는 세레나를 눈치 챈 공작이 빙글거렸다.

"무슨 생각을 하기에 얼굴이 붉어지지? 설마 그대, 나와……."

"아녜요, 아무것도."

"이렇게 좋아할 줄 알았다면 아침 식사는 좀 더 뒤로 미뤄둘 것을 그랬군. 아니면 지금이라도……."

더 이상의 말을 들을 자신이 없는 세레나가 걸음을 재촉했다.

"……어서 가요."

두 사람이 향한 곳은 내성의 정원이었다. 겨울의 정원은 황량했다. 장미 축제에서 화려한 자태를 뽐내던 꽃들은 흔적도 없이 퇴장했고, 대부분의 나무들은 앙상한 가지를 드러내고 있었다.

"꽃을 보려면 온실로 들어가야 해. 이 혹한의 날씨를 이기고 꽃을 피울 수 있는 식물은 아직 발견하지 못했거든. 그래, 이곳에서 무엇을 보여줄 생각이지? 설마 아까 얼굴이 붉어졌던 생각의 연장인가?"

"……그럴 리가 없잖아요."

장난기 어린 공작의 마지막 말에 세레나가 고개를 저었다.

"보여드리려는 건 바로 제…… 마음이에요."

"……마음?"

"네. 카이로스 님 못지않게 저 역시 말이 능숙하지 않아요. 하고 싶은 얘기, 전하고픈 마음은 넘칠 만큼 많지만…… 전하려 하면 할수록 원래의 의미를 잃어버리는 것만 같고요. 그래서 선물로 받은 이 지팡이를 이용해보려 해요."

싱긋 웃어 보인 세레나는 벌거벗은 흰 나뭇가지들을 바라보며 양손으로 지팡이를 들었다.

울고, 웃고, 설렜던 사계절이 눈앞을 스치고 지나갔다. 많은 일들이 있었지만 지금에 와서는 모두 한 편의 추억이 되어 영롱하게 반짝인다. 전하고자 하는 건 사랑과 감사의 마음. 카이로스를 비롯해 아낌없이 도움을 주고 곁을 나누어준 모든 사람들에게, 하늘 너머 어딘가에서 보고 있을 고양이 마왕에게도 전달될 수 있도록 느끼는 감정들과 진실한 마음을 표현해보려 한다.

그녀는 라이오넬의 책에서 본 대로 수인을 맺고 주문을 외웠다. 제98장, '파티에서 유용한 환상 마법'이었다.

주문의 영창이 끝나자, 세레나의 마음과도 같은 포근하고도 아름다운 환상마법이 펼쳐졌다. 헐벗은 나무들에 새순이 돋더니 순식간에 울창하게 우거지고 꽃을 피웠다. 게다가 씨앗을 뿌리지도 않은 땅에서는 색색의 장미꽃이 앞 다투어 피어나 자태를 뽐낸다.

아름답고도 기이한 그 풍경에 기사들과 시중인들이 우르르 정원으로 나와 구경을 했다.

"우와, 이게 다 뭐야. 지금은 한겨울 아니야?"

"새 마님께서 대단한 마법사셨다나 봐. 혼인의 기념으로 선사하신 환상마법이라는데, 정말 아름답지?"

"응? 잠깐만, 이거…… 환상이 아닌데? 봐, 손으로 만져지고 꽃에서는 향기도 나는걸."

"에이, 설마……."

살랑, 바람이 불자 나무에서 분홍색 꽃잎이 우수수 흩날린다. 그 광경을 바라보던 공작의 입꼬리가 무엇을 떠올렸는지 슬며시 올라갔다.

"진짜라고 믿을 법한 근사한 환상이로군. 아주 아름다워. 그런데…… 유감스럽지만 빠진 게 하나 있는걸."

"빠진 거라니요?"

세레나가 의아한 눈길로 공작을 보았다. 또다시 장난기가 도진 듯 공작의 볼이 작게 씰룩인다.

"바로 나비야. 들판에 혼자 피어 있기만 할 뿐인 꽃은 너무 외롭잖아? 꽃에는 언제나 향기를 좇는 나비가 따르기 마련이라고. 그리고 나는, 여기서 가장 아름다운 꽃과 함께하게 된 억세게 운 좋은 나비고."

"뭐라고요? 호호호!"

웃음을 참지 못한 세레나가 결국 큰 소리로 웃어버렸다. 함께 웃던 공작이 그녀의 눈치를 보더니 슬그머니 손을 잡아온다. 따뜻한 손의 온기가 기분 좋아 세레나는 움직이지 않고 눈앞의 풍경을 계속 바라보았다.

그동안 전혀 다른 시간과 공간에서 살아왔기에 서로의 모든 것을 이해하거나 알지는 못한다. 하지만 함께하고 있는 지금 이 시간, 느끼고 있는 것은 같다 믿었다. 아직은 추운 겨울이었지만, 곧 봄이 찾아올 것이다. 그때는 환상이 아닌 겨우내 잠을 자던 꽃과 식물로 화려해진 정원을 거닐 수 있을 테다.

혼자서 흐르는 눈물을 훔치던 밤은 이제 없다. 다음 봄이 와도, 그다음 봄에도 두 사람은 같은 풍경을 바라보리라.

더없이 따뜻한 빛에 감싸인 채.

25. 눈과 얼음의 축제

여느 때와 같은 오후의 집무실. 카이로스는 안절부절못하고 어딘가 초조해 보이는 모습이었다. 좀처럼 서류에 집중하지 못하고 앉았다 일어나기를 반복하던 그는 신경질적으로 책상 위 시계를 노려보았다.

"너무 늦는군."

늦어도 너무 늦었다. 원래라면 이미 차를 한 잔 마시고 두 번째 잔을 채우고 있을 시점이었으니. 오늘도 오지 않으려는 건가. 아니면 혹, 무슨 일이라도 생긴 건 아니겠지?

카이로스는 몸을 일으켜 두 겹으로 드리워진 두꺼운 커튼을 젖혔다. 밖에서는 눈이 내리고 있었다. 그치고 나면 부는 바람에 금세 날아가 버릴 싸라기눈이지만 내리는 동안만큼은 오가는 사람들의 통행에 큰 지장을 줄 건 확실한 일이다. 창밖을 내려다보는 그의 머릿속에 길이 막혀 곤란해하고 있는 아내의 모습이 어렵지 않게 그려졌다.

'외출을 한다는 말은 듣지 못했는데, 로안느를 불러 일정을 확인해 봐야겠군.'

자리로 돌아온 카이로스가 막 시종을 부르는 줄을 당기려 손을 뻗는 참이었다. 문틈을 타고 작은 소리 하나가 날아들었다.

똑똑. 크지도 않은 그 소리에 카이로스가 동작을 멈췄다. 단단하게 다물려 있던 입이 반달 모양으로 벌어졌다 얼른 다물어졌다. 부리나케 달려가 문을 열려던 그는 무언가를 깨달은 듯 자리에 멈춰 서고는 풀어헤쳤던 앞가슴의 단추와 걷어 올린 소매 매무새를 고쳤다.

이러니저러니 해도 아직 신혼이었다. 사소한 단점이라도 가리고 가장 좋은 모습만 보여주고 싶은 건 어느 누구라도 마찬가지일 것이다. 이윽고 복장 점검을 마친 카이로스가 한쪽 벽에 늘씬한 상체를 기댔다. 그리고 느른하게 눈을 내리깐 채 문을 열었다. 문 앞에는 자신이 오후 내내 기다렸던 상대가 서 있었다.

"좋은 오후 보내고 계신가요? 함께 차를 마시러 왔어요."

세레나였다. 별을 박아 넣은 눈동자, 복숭앗빛 뺨의 그녀는 올림머리와 드레스 차림에도 여전히 소녀만 같다. 사랑스러운 아내의 방문이 좋기만 하면서도 카이로스는 입으로는 다른 말을 했다.

"왜 또 왔어. 차 끓이는 일은 이제 시녀에게 시켜도 된다니까."

"제가 아니면 누가 섬세한 당신의 입맛을 맞출 수 있겠어요?"

"잊지 마. 이제 그대는 하녀도, 시녀도 아닌 하나뿐인 이 성의 안주인이라고. 그러니 일일이 나의 시중을 들어주지 않아도 돼. 게다가……."

의도적으로 말끝을 흐리자 애가 탄 세레나가 남편의 얼굴을 빤히 올려다보았다.

"나 역시 습관이 될까 봐 그래. 이제 오후 이맘때만 되면 목을 쭉 빼고 그대가 언제 오는지만 기다리게 된단 말이야. 꼭 선물을 기다리는 아이처럼 말이지."

"그럼 더더욱 와야겠어요. 아이의 기대를 배신할 순 없으니."

"흠, 그냥 솔직히 말해봐. 내가 그리도 좋은가? 매일 보아도 또 찾아와 얼굴을 보고 싶을 만큼?"

카이로스가 입가를 삐뚜름하게 올리며 짓궂은 미소를 지어 보였다. 벽에서 몸을 뗀 그는 천천히 아내에게 다가갔다. 가녀린 어깨를 끌어안고 함께 안으로 들어가기 위해서였다.

화사한 눈웃음을 흩뿌리며 손을 올리는 카이로스에게 돌연 누군가의 시선이 느껴졌다. 흠칫 놀라 몸을 떼고 고개를 돌리자, 집사 아구아도가 칙칙한 얼굴로 두 사람을 바라보고 있었다.

카이로스는 손을 더 뻗지도, 거두지도 못한 채 그대로 굳어버렸다. 설마 지금 나눈 이야기를 다 들은 건 아니겠지. 내가 뭐라고 말했더라? 선물을 기다리는 아이? 내가 그리도 좋냐고? ……갑자기 뭐라 말할 수 없이 껄끄러운 기분이 들었다. 이건 부끄러움과는 또 다른 문제였다. 아구아도는 로안느와 함께 오랫동안 성을 지켜온 측근 중의 측근. 그런 이 앞에서 꿀처럼 달달한 대사를 읊고 치명적인 척 눈웃음을 친 건, 굳이 예를 든다면 어릴 때부터 자신을 업어 키운 할아버지 앞에서 재롱을 떤 모양새와도 비슷했다. 더욱이 아구아도는 '그 모임'의 일원이지 않은가.

'마지막 말은…… 하지 않는 게 좋을 뻔했는데.'

카이로스의 수려한 얼굴에 어둠이 드리웠다. 그러자 주인을 따라 덩달아 굳어 있던 아구아도가 정신을 차리고 변명을 늘어놓기 시작했다.

"부름은 없으셨지만 급히 보고드릴 사항이 있어 왔습니다. 각하께서도 크게 기뻐하실 내용이라서……."

"……아아."

카이로스가 떨떠름하게 대답했다. 좋은 소식을 알리기 위해 왔다는 말에도 기분은 나아지지 않았다. 저 과묵하고 충성스러워 보이는 노집사가 실은 로안느가 조직한 수상한 모임의 일원이라는 사실을 알고 있기 때문이었다. 성 안의 가십을 떠드는 정도로 악한 의도는 보이지 않기에 모른 척 놓아두고 있지만, 아마 내일이면 로안느를 위시로 한 그네들의 의미심장한 미소를 하루 종일 보아야 할 것이다.

'있었으면 인기척이라도 낼 것이지, 몰래 숨어서 엿보기는.'

체면을 구겼다는 생각에 카이로스의 얼굴이 재차 어두워졌다. 세 사람 사이에 어색한 분위기가 감돌자 세레나가 애써 밝은 목소리를 내었다.

"그럼 다 같이 안으로 들어갈까요? 카이로스 님이 집사님의 보고를 듣는 사이, 전 옆에서 차를 준비하고 있겠어요."

세레나가 집무실과 연결된 작은 방에서 다과를 준비하는 동안 카이로스는 다리를 꼬고 푹신한 의자에 걸터앉았다. 방금 전과는 비교할 수 없이 태도가 불량해진 그는 턱으로 아내가 있는 방을 찍었다 다시 방문 쪽을 가리켰다. 그녀가 나오기 전에 빨리 보고를 끝내고 사라지라는 뜻이었다. 그 오만하기 짝이 없는 태도에도 아구아도는 여전히 공손하게 손을 모은 채 머리를 조아렸다.

"그럼 보고 사항이 뭔지 들어보도록 하지. 연락도 없이 찾아와 전할 만큼 대단한 내용이 뭔지, 나도 궁금해졌거든."

"예."

아구아도는 허리를 숙이며 양손으로 들고 있던 서류를 내밀었다.

"모라 강에서 캐낸 얼음과 눈이 도착했습니다. 일단 울티뭄 숲의 공터로 가져다놓으라는 지시를 내려놓은 참이지요. 이것은 그동안의 진행 상황을 정리한 보고서입니다. 보고서를 보시고 앞으로의 처리 방안에 대해서도 여쭐 겸 찾아왔습니다만…… 아무래도 제가 때를 잘 맞추지 못한 것 같군요."

"알고는 있으니 다행이야."

"오늘부터라도 작업을 개시하라는 명을 내릴까요? 몇몇 남부 출신을 제외하면 섭외했던 거의 모든 조각가들이 도착을 한 상태고, 그들 모두 하루라도 빨리 연장을 들고 싶어 좀이 쑤신 눈치입니다."

"작업이라……. 글쎄, 자네는 보고를 해야 할 상대를 잘못 찾은 듯하군. 애초에 이 일을 기획한 이는 내가 아닌 다른 사람이니까."

말을 마친 카이로스는 고개를 돌려 세레나가 있는 방을 향해 소리를 높였다.

"세레나, 열린 문틈 사이로 이야기는 다 들었겠지? 얼른 나오도록 해."

"……."

돌아오는 답은 없었지만, 소리 없이 문이 열리고 곧 세레나가 배시시 웃으며 나타났다. 그녀의 손에 준비한다던 찻주전자나 찻잔은 보이지 않았다. 카이로스는 이미 그녀가 다음에 할 말이 무언지 알 것 같았다.

'오늘의 티타임은 이렇게 끝인가.'

"카이로스 님, 도착했다는 얼음을 함께 보러 가지 않으시겠어요?"

'내 생각이 맞았군.'

카이로스가 자조하며 피식 웃었으나 그로부터 거절의 말은 흘러나오지 않았다. 아구아도가 주인의 외출을 준비하러 집무실을 나선 사이, 신이 난 세레나가 계속해서 재잘댔다.

"유벨도 데리고 가요. 그 아이, 벌써 한참 전부터 얼음, 안 되면 눈 조각이라도 만들어 축제에 참가하겠다며 의욕을 보였는걸요."

"아직 수업 중이지 않나?"

잠시 생각하던 세레나는 고개를 저었다.

"아마 지금쯤 비토리오 경과 함께 있을 거예요. 날씨 탓에 바깥에는 나가지 않고 마음에 검을 세우는 명상으로 수련을 대체한다고 들었거든요."

"일단 가보지. 허나 집중하고 있는 애를 억지로 데려가진 말자고."

"저 역시 동감이에요."

카이로스와 세레나는 사이좋게 유벨의 방으로 향했다. 둘은 거기서 명상을 가장한 수면을 취하고 있는 유벨을 발견할 수 있었다. 하나가 늘어 셋이 된 그들은 서둘러 채비한 후 숲으로 향하는 마차에 올랐다.

그러니까 이 일의 발단은 북령의 귀족 여인들과 함께한 어느 오찬이었다. 세레나는 겨우 한 끼 식사를 함께 하는 이 자리를 며칠 전부터 정성을 다해 준비했다. 초대장의 종이 재질 하나에까지 신경을 기울였고, 사치를 좋아하지 않는 편임에도 응접실의 가구를 바꾸거나 새로이 그림을 내걸기도 했다. 헬렌과 상의해 순서대로 나올 요리와 와인의 종류를 결정하고, 차와 과자까지 따로 준비해둔 터였다.

왕비가 없는 왕궁의 막내 공주였던 세레나는 정점에 위치한 여인이 가져야 할 덕목을 안다. 공작부인은 단순히 좋은 옷을 입고 방긋방긋 웃기만 하면 되는 자리가 아니었다. 전대 공작부인이 세상을 떠난 후 흐트러진 북령의 사교계를 잘 정리하고 그들의 모범이 되는 것 역시 자신에게 주어진 역할 중 하나다.

게다가 단순히 아랫사람으로 여기기에는 북령 사교계 여인들의 치맛바람은 대단해서, 그녀들의 마음을 사로잡지 못하면 자신이 그리고 있는 새로운 제도나 행사의 도입이 어려워질뿐더러 자칫 배우자인 공작의 위엄까지 떨어뜨릴 염려까지 해야 했다.

세레나는 크림색에 금색 문양이 들어간 드레스를 입고 있었다. 보석이나 레이스를 덧대지 않은 단순한 형태의 드레스는 타고난 아름다움을 더욱 돋보이게 했다. 실은 이 역시 화려함보다 실용적인 미를 선호하는 북령의 방식을 참고해 고른 것이었다.

지시한 생화 장식이 잘 마무리되었는지 살펴보고 있으려니 시녀 하나가 다가와 손님의 도착을 알렸다. 얼마 지나지 않아 곱게 치장한 여인들이 줄줄이 들어섰다. 세레나가 우아한 자태로 먼저 인사말을 건넸다.

“어서들 오세요. 먼 길을 오시느라 수고가 많았습니다.”

“공작부인께 아나이스 여신의 은총을. 솔리드 후작 부인이라 불러주세요.”

“체인버린 백작부인입니다. 일찍이 결혼식 때 뵌 적이 있지요. 귀한 자리에 초대해주셔서 영광으로 생각합니다.”

“부인, 저는 가르벨 백작…….”

응접실에 모인 여인들이 모든 소개를 마치자 기다렸다는 듯 요리가 나오기 시작했다. 생화로 장식된 색색의 요리는 금이 아닌 도자기 접시에 담겨 나왔다. 얼핏 소박해 보이지만 상감 기법을 사용한 접시의 무늬는 안에서부터 떠오르는 듯 신비로움을 자아냈다. 가만 보니 요리뿐만 아니라 보석을 주렁주렁 달지 않은 의상이나 응접실의 장식 또한 그러하다. 절제되어 있지만 고상함과 품격이 느껴지는, 딱 자신들이 추구하는 삶의 그것이었다. 그녀들의 눈이 다시 한 번 이채를 띠었다.

식사를 하는 내내 화기애애한 분위기가 이어졌다. 그녀들은 차례로 나오는 요리의 맛을 앞 다퉈 칭찬하기도 하고, 응접실에 걸린 북령 출신 화가의 그림을 두고 당금의 예술계에 대한 토론을 벌이기도 했다. 세레나는 모임의 주최자답게 매끄럽게 대화를 주도해나가며 다양한 분야에 대한 폭넓은 지식을 자연스레 드러냈다.

타지 출신의 새 공작부인을 향한 경계 어린 시선들이 호감으로 돌아서는 데엔 그리 오랜 시간이 걸리지 않았다. 처음엔 그저 운 좋은 몰락 귀족 아가씨라고만 여겼는데, 가만 보니 음전한 태도나 말의 깊이가 파티 광이었던 전대 공작부인과 비할 수 없이 훌륭했다. 빼어나나 교만하지 않고, 금과 보석 없이도 스스로를 빛낼 줄 안다. 식사가 끝나고 공작과 소공작을 제외하면 누굴 위해서도 든 적 없다는 찻주전자를 손에 들었을 땐, 새침하기로 소문난 솔리드 후작부인조차 황송함에 어쩔 줄 몰라 했다.

“부인, 이렇게까지 하지 않으셔도 되셔요.”

"많은 분들이 손을 쓰는 일을 천하다고들 여기지요. 그러나 손을 쓰지 않고 마음을 전하는 방법을 알지 못하기에 직접 우린 홍차를 대접하려 합니다. 사양치 말고 들어주세요."

"정말 괜찮습니다. 호의는 감사히 받아들일 테니 이제라도 시녀를 부르시지요."

"그런 말은 제 차를 드셔보고 하셔도 늦지 않아요."

세레나가 유리 찻잔에 찻물을 부으며 싱긋 웃어 보였다. 주전자에 있을 때에는 몰랐는데 찻잔에 담긴 물은 맑은 황금빛을 띠고 있었다. 게다가 우유나 꿀을 넣지 않았는데도 달금한 꽃향기가 스멀스멀 피어올랐다. 호기심을 참지 못한 누군가가 질문했다.

"물색이 무척 아름답군요. 이 차의 이름은 무엇인가요?"

"특별한 이름이랄 건 없어요. 얼마 전에 새로 들여온 홍차랍니다."

"예? 허나 색깔도 붉지 않고, 훈연향도 나지 않는데……."

"아, 북령에서 주로 유통되는 차종과는 다를지도 모르겠어요. 제가 준비한 건 어린 싹으로만 제조한 홍차예요. 봄에 수확한 첫물차지만 저온에 잘 보관해 좀 더 깊은 맛이 날 거고요. 여기 준비한 스콘과 함께 드셔보시죠."

세레나의 권유에 따라 차를 한 모금 마신 여인들은 더 이상의 의심을 포기했다. 차종이 문제가 아니었다. 지금 마시고 있는 이 차는 제도 황궁에서나 맛볼 수 있을 극상품의 홍차였다. 또한 차의 가치를 알아보고 손에 넣기까지 한 공작부인의 수완은 분명 자신들보다 한 수 위였다.

"그야말로 황금을 녹여놓은 듯해요. 입으로 삼키기가 아까울 정도예

요."

"목 넘김이 부드럽군요. 포근한 구름이 입안을 떠다니는 것 같아요."

"레몬을 넣은 스콘과 함께하니 또 다른 맛이 나네요. 어쩜 이렇게 잘 어울리는 다과가 또 있을까요."

감탄을 아끼지 않는 손님들을 향해 세레나가 아무렇지 않게 말했다.

"준비한 차가 마음에 드신다니 다행이네요. 선물로 어떨까 싶어 한 통씩 포장을 해둔 참이었는데."

한 통이라고? 무심하게 던진 한 마디에 좀 전까지만 해도 우아함을 놓지 않던 부인들의 얼굴색이 싹 변했다.

"괜찮아요. 여기 계신 분들께 전부 나누어드리고도 남을 만큼 차의 양은 충분하니까요."

사양의 말은 없었다. 그녀들은 하나같이 잔뜩 상기된 볼을 하고 앞다퉈 인사치레 말을 늘어놓았다.

"다음에 뵐 때는 저희 역시 제대로 준비하지 않으면 안 되겠어요."

"그러게요. 초대를 받은 계절이 겨울만 아니었더라면 체면치레 정도는 할 수 있었을 텐데, 아쉬워요. 첫눈이 내리고 나면 북령은 모든 상업 활동이 딱 중지되어버리니까요. 작은 선물이라도 준비하려 해도 들고 올 물건이 없었답니다."

"하는 수 없지요. 겨울은 이제 막 시작된 참이니까요. 그래도 다시 뵙게 될 때에는 꼭……."

"잠시, 잠시만요."

세레나는 대화를 중지시켰다. 마음에 걸리는 게 하나 있었다. 바로 첫눈이 내리면 상업 활동이 중지된다는 부분이었다. 영하로 떨어지는 기온 덕에 겨울이 휴식기나 다름없다는 사실은 들어서 알고 있다. 그래도 공작성에는 한 달에도 몇 번씩 상단이 찾아와 새 옷감과 보석을 선보이곤 했고, 트라이히의 상점가는 여름과 다름없이 환한 빛을 밝히고 있었다. 하지만 드넓은 발루아 공작의 영지 중 트라이히는 고작 한 개의 도시일 뿐이다. 그렇다면 1년의 절반인 겨울을 다른 지역의 귀족과 영지민들은 무엇을 하며 보낸단 말이지?

세레나의 물음에 여인들은 처음의 새침함을 완전히 잊은 채 그간 쌓였던 울분을 털어놓기 바빴다.

"여름에는 그래도 괜찮지만 가을이 지나 겨울이 찾아오면 그나마 간간이 있던 외부인들의 출입이 뚝 끊기고 말아요. 간혹 바가지를 씌우기 위해 찾아오는 상단을 제외하면요. 한 번 내린 눈은 녹을 줄을 모르고, 유일한 통로 역할을 하는 포트 역시 극히 일부 지역에만 설치되어 있으니 저희 가문의 저택이 있는 카마 같은 경우엔 그야말로 인적이 딱 끊긴 폐쇄적인 땅이 되어버린답니다."

"남부에서 오셨다니 더 잘 아시겠지만 솔직히……그렇잖아요? 거친 토양에 기후도 나쁘고, 그렇다고 교통이 편리한 것도 아니에요. 농민보다 광부나 군인이 더 많은 지역은 제국을 통틀어 오직 여기뿐일 거예요. 어딜 가도 북령 출신이라 하면 '무지막지하게 추운 동네에서 온 거칠고 사나운 사람들'이라는 색안경을 끼고 본다고요."

"북령은 새로운 사람이나 문물이 유입되는 일도 적고, 제도의 유행과도 한 걸음 떨어져 있는 곳이지요. 독자적인 문화와 실용성을 추구하는 생활 방식에는 자긍심을 갖고 있습니다만, 때때로 불편함을 느끼는 건 사실이에요."

차례로 솔직한 심정을 토로하는 귀족 부인들에 세레나는 말을 잃었다. 카이로스는 자신이 대륙에서 가장 부유한 영주라며 몇 차례 자랑스레 얘기한 적이 있다. 그런데 부유한 건 카이로스와 그의 발루아 가문이지, 영지민들이 아니었던 모양이다. 선물을 받고 희희낙락해하는 그녀들을 보내고, 세레나는 자신이 선택한 땅에 대해 좀 더 자세히 알아보기로 했다.

남편에게 보내지는 보고서들과 그의 측근들과의 대화로 세레나는 어렵지 않게 현 북령의 상황을 이해할 수 있었다. 공작가는 농업이 발달하지 못한 지역적 단점을 나름대로의 방법으로 해결하고 있었다. 바로 수확기에 대량의 곡식을 사들여 저장해두었다가 긴 겨울에 시중에 풀어 식료품의 물가를 조절하는 방법이었다. 오롯이 세금에만 기대지 않고 천연 자원을 이용한 사업 이윤을 더해 운영되는 재정 역시 그간의 고심이 느껴지는 부분 중 하나였다.

낮은 세금과 안전한 치안은 분명 영지민들에게는 큰 장점이다. 그러나 이 방법은 길게 봤을 때 공작가가 짊어져야 할 부담이 상당했다.

세레나의 머릿속에서는 앞으로 자신이 해야 할 일들이 그림처럼 펼쳐지는 것 같았다. 세금 제도 개편, 재배와 장기 보관이 가능한 농산물 연구, 외부의 물자와 인구 유입……. 어느 하나 쉬운 일이 없었으나 상관없었다. 시간이야 넉넉하니까. 천지가 개벽하듯 변화가 이루어지진 않겠지만 카이로스와 함께라면 분명 영지를 종전보다 더 나은 곳으로 바꾸어갈 수 있을 것이다.

무엇보다도 바꾸고 싶은 건 북령에 대한 세간의 인식이었다. '거친 사내들이 광석을 캐는 무지막지하게 추운 동네' 따위의 타이틀은 떼어 버리고, 보다 많은 사람들에게서 사랑받는 곳이 될 수 있다면 좋을 것이다. 보이는 건 하얀 눈뿐이어도, 있는 그대로 사람들에게 기쁨을 줄 수 있는 장소가 될 수 있다면……. 그때 세레나의 머릿속을 스쳐가는 생각이 하나 있었다.

"그래…… 축제야. 축제를 여는 거야. 이 계절, 이 지역에 넘쳐나는 눈과 얼음을 이용해서 말이야!"

눈과 얼음으로 조각을 해서 도시 곳곳에 장식한다면 어떨까. 아마 어디에서도 볼 수 없는 진귀한 볼거리가 될 것이다. 세레나는 그 자리에서 카이로스가 있을 집무실로 달려갔다. 심드렁하게 이야기를 듣던 카이로스로부터는 그렇게 하고 싶다면 뜻대로 실행해보라는 허락 아닌 허락이 떨어졌다.

그날부터 세레나는 눈에 띄게 바빠졌다. 낮에는 거대한 영지를 좁다 하며 돌아다니고 밤에는 수십 장의 계획서를 작성하며 축제의 시동을 걸기 시작했다. 급조된 축제였지만, 그렇다고 대충 할 생각은 없었다. 드디어 사랑하는 남편에게 숨겨온 자신의 능력을 보여줄 차례였다.

여느 때라면 말 위에 있을 카이로스는 마차에 타고 있었다. 아내와 못 다한 이야기를 나누기 위해서였다. 고대했던 시간이지만 생각처럼 썩 만족스럽지는 않았다. 바로 들고 온 서류에서 눈을 떼지 못하는 세레나 때문이다. 일하는 아내를 지켜보는 카이로스의 얼굴이 조금씩 붉으락푸르락해진다. 그러다 결국 참지 못한 그에게서 날카로운 독설이 흘러나왔다.

"많이 기쁘겠어. 원하던 재료들이 드디어 도착했으니 말이야."

그 말의 숨은 의도를 깨닫지 못한 세레나는 양손의 서류를 흔들어 보이며 해맑게 대답했다.

"그럼요, 기쁘고말고요. 그래도 아직 멀었어요. 본격적인 축제 준비는 이제부터 시작이라 해도 과언이 아닌걸요."

내가 공연한 소릴 했군. 카이로스는 자책했다. 섭섭한 티를 내고 싶다면 차라리 대놓고 말을 하는 편이 빠를 것이다. 이래서야 혼자서 화풀이를 하는 것밖에는 되지 않을 테니. 결국 불평을 포기한 카이로스가 다시 물었다.

"그런데 왜 하필 모라 강이지? 얼음은 그렇다 쳐도 눈은 산맥의 걸 사용해도 충분하잖아."

"그게…… 너무 추운 곳의 눈은 단단히 뭉쳐지지 않아 형태를 만들기 어렵더라고요. 여러 곳의 눈을 시험해봤지만 직할지와의 경계에 위치한 모라 강 유역의 눈이 딱이었어요. 언 강물에서 얻은 얼음과 함께 가져오기도 편리하고요. 보세요, 덕분에 당초 예상보다 소요 예산이 훨씬 줄었는걸요."

카이로스는 내밀어진 보고서를 읽는 대신 기다란 손가락으로 그것을 반 접어서 들었다.

"그대가 이토록 공작부인 역할에 충실할 줄은 몰랐어. 그래도 잊지 말라고. 우리는 이 땅의 진짜 주인이 아니라 잠시 맡아두는 것뿐이라는 사실을."

"카이로스 님도 참. 유벨도 있는 자리에서 그런 말씀을 하시면……."

"하암. 신경 쓰지 마, 세레나. 삼촌은 그저 자신을 향한 관심이 분산된 게 싫은 것뿐이니까."

눈을 비비며 널브러져 있던 유벨이 갑자기 대화에 끼어들었다. 마차의 움직임을 따라 흔들리는 머리칼은 금가루를 뿌려놓은 듯 반짝거렸다. 그러나 정작 총기가 가득해야 할 눈에는 잠이 한가득 들어 있고, 반듯한 입매는 무엇이 불만인지 잔뜩 튀어나와 있었다. 카이로스가 짐짓 엄한 얼굴을 하며 자신의 조카를 나무랐다.

"세레나가 아니라 세레나 숙모다. 언제까지 호칭을 생략할 참이냐."

"괜찮아요. 저 역시 이름으로 불리는 게 더 익숙한걸요."

세레나의 비호를 등에 업은 유벨이 그것 보라는 듯 삼촌에게 눈짓을 해 보인다.

"보세요, 세레나도 괜찮다고 하잖아요. 삼촌도 잊지 마세요. 세레나를 제일 처음 성에서 발견한 건 삼촌이 아니라 바로 저예요. 제가 바로 두 사람을 결혼시킨 장본인이라고요. 그러니 이 정도 자격쯤은 있는 거 아닌가요?"

"아니, 이 녀석이?"

더 무어라 말하려던 카이로스는 아내의 제지로 입을 다물었다. 하지만 조카의 태도가 마음에 들지 않아 연신 입을 씰룩였다. 요즘 들어 유벨은 묘하게 반항적이었다. 딱 꼬집어 말하긴 힘들지만, 그 반항심은 대체로 자신을 향해 있는 듯하다.

'말로만 듣던 사춘기가 벌써 찾아온 건가. 힘들군.'

카이로스는 애꿎은 머리를 매만지며 좀처럼 마음대로 되지 않는 자신의 가족들을 바라보았다. 그사이에도 마차는 착실하게 울티뭄 숲으로 향하고 있었다.

"우와! 굉장한데!"

산더미처럼 쌓인 눈과 얼음을 본 유벨의 첫 감상이었다. 정육면체 형태로 반듯하게 자른 얼음과 덩어리진 눈은 각각 거대한 산을 이루고 있었다. 두 개의 산이 자리하자 광활하던 자작나무 숲 공터는 단번에 좁디좁은 여느 집 앞마당처럼 되어버렸다. 세레나는 자신의 노력으로 만들어진 결과물을 자랑스레 가리켜 보였다.

"놀라긴 아직 이르단다. 이제 이것들을 자르고 다듬어 아름다운 조각상을 만들 거거든."

"조각상들이 하루빨리 완성되었으면 좋겠네. 그나저나, 아무리 물로 이루어져 있대도 이 정도 양이면 무게가 엄청나지 않아? 어떻게 모라 강에서 여기까지 옮겨올 수 있었던 거야?"

"그게 바로 마법의 힘이야. 주문 하나면 제아무리 무거운 물건이라도 먼지처럼 가볍게 만들 수 있거든. 그대로 마차에 실으려 했다가는 아마 수십 마리의 말이 끌어도 어려웠겠지."

세레나가 성에서부터 챙겨 온 자신의 지팡이와 책을 보여주며 대답했다. 유벨은 여전히 의문이 가득한 얼굴이었다. 전에 삼촌은 세레나가 대륙에서 제일가는 마법사라고 귀띔해주었다. 드러내지 않아 누구도 알지 못하지만, 사실 그녀가 마음만 먹으면 세상을 자기 손바닥 아래 둘 수도 있다고. 그러나 그 말과는 달리 그간 유벨이 보아온 세레나의 마법은 고작 찻물을 덥힌다든가 꽃과 나무가 잘 자라게 하는 정도의 몹시도 사소한 것이었다.

"마법으로 정말 그런 일들을 할 수 있단 말이지? 그렇다면 세레나, 들고 있는 그 지팡이로 뭔가 대단한 마법을 보여줄 순 없어? 갑자기 비바람을 불러오거나, 높은 산을 반절로 가른다든가 하는 웅장하고 어마어마한 거 말이야."

"음? 어…… 잠시만……."

세레나는 당황하며 할 줄 아는 마법을 모두 떠올려보았다. 자신의 마법은 모두 라이오넬이 선물한 책을 통해 익힌 것이었다. 이 '초보자를 위한 실용마법 100선'은 지극히 실생활에 밀착되어 있어서, 유벨이 말하는 날씨 조정 같은 주문은 언급도 되어 있지 않았다. 한참 동안 눈을 굴리던 그녀는 결국 아는 척을 포기하고 어깨를 으쓱해 보였다.

"미안하구나, 유벨. 그런 주문은 내가 지닌 책에 적혀 있지 않아서. 그래도 너무 실망하지 마, 그보다 멋진 걸 보여줄 테니. 카이로스 님! 카이로스 님도 얼른 이리로 와보세요."

세레나가 운반 업무 총괄자와 이야기 중이던 남편을 불렀다. 그러자 두꺼운 외투로 몸을 꽁꽁 싸맨 카이로스가 뒤뚱거리며 한 걸음씩 다가왔다. 진지한 얼굴 표정과 어울리지 않는 그 모습이 너무 우스워 세레나와 유벨은 서로를 붙잡고 한참 동안 웃음을 멈추지 못했다.

"자, 모두들 눈을 크게 뜨고 보세요."

세레나는 얼음산에서 떨어져 나온 작은 얼음 덩어리 위에 돌멩이를 하나 올렸다. 그리고 손에 든 마법서를 뒤져 '11장, 망치가 없을 때 벽에 못을 박는 마법'을 찾았다. 곧이어 지팡이를 돌멩이 위에 갖다댄 세레나가 중얼거렸다.

"에피치오 카붐."

주문이 끝나자 돌멩이는 두꺼운 얼음을 뚫고 안으로 깊숙이 들어가 있었다. 이어서 품에서 손톱만 한 마력석 조각을 꺼낸 세레나가 돌멩이가 만들어낸 구멍 안에 그것을 넣었다. 이번엔 '35장, 손전등 없이 지하실에 내려갈 때 요긴한 마법'을 영창할 차례였다.

"아세나 루멘!"

얼음 안에 들어간 붉은 마력석이 번쩍 빛을 내더니 은은한 주홍빛을 뿜기 시작했다. 얼음 덩어리는 순식간에 빛을 내는 하나의 얼음 등이 되었다. 단번에 성공한 마법에 기분이 좋아진 세레나가 하얀 이를 드러내며 웃어 보였다.

"어때요? 이 정도면 멀리서도 보러 올 만하지 않나요?"

"확실히…… 그대가 자신 있어 할 만해. 불빛 덕에 밤이 되면 더욱 볼 만하겠어."

"빛이 약해지면 다시 마력을 불어넣으면 돼요. 아마 축제가 끝날 때까지 그럴 일은 없겠지만요."

유벨이 산더미 같은 눈과 얼음을 가리키며 천진난만하게 물었다.

"그럼 세레나가 저기 있는 얼음들을 전부 빛이 나도록 만드는 거야?"

"호호호, 그럴 리가 있겠니? 마력석 삽입과 마력을 불어넣는 작업은 성의 마법사님들께서 도와주실 거야. 조각은 제국 전역에서 섭외한 조각가님들께서 해주실 거고. 우리의 역할은…… 그래, 축제가 차질 없이 준비될 수 있도록 돕는 거지."

세레나의 대답이 마음에 들지 않는지 유벨이 툴툴거린다.

"난 도움이나 주러 여기까지 따라온 게 아닌데. 나도 축제에 참가할 거야. 누구보다 크고 멋진 조각상을 만들 거라고!"

"뭐라고?"

세레나와 카이로스는 자신도 모르게 서로를 마주 보았다. 처음엔 귀를 덮은 털모자 때문에 잘못 들었나 했다. 그러나 유벨은 다시 한 번 분명한 목소리로 '조각을 하겠다.'며 강한 의욕을 보였다.

조각칼을 유벨에게 쥐여준 공작 부부는 물가에 내놓은 어린아이 보듯 어쩔 줄 몰라 하며 잔소리를 늘어놓고 있었다.

"조심해."

"응."

"칼을 잘못 쥐어 다치지 않도록 주의해야 한다."

"알겠어요."

"유벨, 이리 가까이 와보련? 장갑이 벗겨지지 않게 끈을 꽉 조여줄게."

처음에는 꼬박꼬박 대답하던 유벨은 끝날 생각을 않는 보호자들의 걱정에 한숨을 내쉬었다.

"하아…… 됐어. 내가 무슨 어린애야? 얼음도 아닌 이깟 눈덩이 하나 가지고. 5분이면 끝날 테니 잘 지켜보고 있으라고."

거대한 눈의 산으로 다가간 유벨이 별다른 고민 없이 조각칼을 대었다. 그리고 퍽 그럴듯한 폼으로 칼을 휘두르는 시늉을 취했다. 허나 아직 어린 소년에게 단단하게 굳어 있는 눈덩이는 저 단단한 강철만 같았다. 쿡 박힌 조각칼은 더 깊이 들어가지도, 빠지지도 않은 채 눈덩이와 하나가 되어버렸다. 당황한 유벨이 빼기 위해 노력했으나 깊이 박힌 조각칼은 꿈쩍도 하지 않았다.

"이게 왜 이러지…… 에잇! 잇!"

"아무래도 도움이 필요할 것 같구나."

두 팔로 칼에 대롱대롱 매달린 유벨의 모습에 보다 못한 카이로스가 앞으로 나섰다. 조카를 한 손으로 끌어안은 그가 반대편 손을 뻗자, 조각칼이 그의 손가락 사이에 끼여 쑥 뽑혀 나왔다. 어! 유벨이 짧은 탄식을 뱉자, 어린 마음에 속이 상할까 염려한 카이로스는 얼른 머리를 쓰다듬어주었다.

"괜찮다. 이만큼 단단한 눈에 칼을 꽂아 넣을 수 있었던 걸로도 충분히 칭찬해줄 만하니."

"그래도요……."

"무엇을 만들고 싶지? 네가 말하는 그대로 내가 깎아주마. 조각을 해본 적은 없지만, 칼을 쓰는 건 자신 있으니 말이다."

시무룩해진 유벨이 자그마한 소리로 중얼거렸다.

"그럼…… 눈덩이를 둥글게 만들어주세요. 거기다 제가 장식을 할 테니까요."

"문제없다."

카이로스가 외투 안을 뒤지더니 검은 단검을 한 자루 꺼냈다. 세레나가 준 흑룡의 발톱으로 만든 것이었다. 마침 성능을 시험해보고 싶던 차였는데 잘되었다. 아내에게도 제일 자신 있는 검술 실력을 뽐낼 좋은 기회다. 단검을 쥔 손에 힘이 들어갔다. 칼날에 기운이 배어들어 기묘한 광택이 돌자, 그는 반원의 형태를 그리며 자신이 아는 가장 멋진 자세로 단검을 휘둘러 보였다.

콰콰콰쾅.

검이 지나간 자리에선 가벼운 움직임과 어울리지 않는 큰 소리가 났다.

"허어……."

"손에 드신 게 단검이 아닌 폭탄이었나요?"

"……."

"저는 모자랐지만, 삼촌은 너무 갔네요. 그저 겉면을 살짝 깎아달라는 말이었는데."

"눈이 너무 부드러워서 그래."

두 사람의 핀잔에 카이로스가 머쓱해서 중얼거렸다. 그 변명에도 따가운 시선은 걷히지 않았다. 큰 바위처럼 뭉쳐 있던 눈덩어리는 아예 흔적도 남지 않은 채였다. 단 일격에 의해서 말이다. 눈덩이가 있던 자리는 심지어 깊게 파여 있기까지 했으니 검에 실린 힘을 가늠할 만했다.

"아무래도 모라 강의 눈을 한 번 더 실어 와야 할 것 같군요. 이대로라면 조각에 쓸 양이 부족할 테니까요."

입이 열 개라도 할 말이 없어진 카이로스는 빼어들었던 단검을 주섬주섬 집어넣었다. 그 힘없는 모습을 안쓰럽게 보던 세레나가 재차 입을 열었다.

"안 되겠어요. 유벨도, 당신도 해본 적 없는 조각에 도전하기보단, 모두가 함께할 수 있는 방법을 택하기로 해요."

"함께할 수 있는 방법? 그게 뭐지?"

세레나는 씩 웃으며 대답했다.

"무어 그리 특별할 게 있으려고요. 우리가 어릴 때부터 늘 만들어오던 바로 그 방법이지요."

잠시 후, 세 사람 앞에는 크기가 다른 눈사람이 하나씩 놓여 있었다. 압도적으로 큰 카이로스의 것을 제외하고 세레나와 유벨의 눈사람 크기는 서로 비등비등했다. 유벨의 눈사람 쪽이 키가 더 컸지만, 세레나의 눈사람이 훨씬 넓적하고 둥근 형태를 하고 있었다. 숲에서 주운 돌멩이와 나뭇가지로 눈코입까지 꾸며주니 동그란 눈덩이를 두 개 겹쳐 놓은 눈사람들은 제법 귀여운 표정을 갖게 되었다.

한 가지 신기한 건, 눈사람들의 얼굴이 만든 이의 얼굴을 닮았다는 점이었다. 근엄한 표정을 짓고 있는 카이로스 눈사람과 눈이 보이지 않게 웃고 있는 세레나 눈사람, 마지막으로 큰 눈에 병아리처럼 작은 입술을 내민 유벨 눈사람은 올망졸망한 게 꼭 한 가족처럼 잘 어울렸다. 완성한 눈사람을 뿌듯하게 바라보던 유벨이 세레나의 팔을 잡고 매달렸다.

"세레나, '기원의 노래'를 불러줘."

"응? '기원의 노래'는 새로 심은 꽃이나 나무에 불러주는 것인데……."

"꼭 그래야 하는 법이 있는 건 아니잖아. 아까처럼 부서져버리지 말고 튼튼해지라는 내용으로 부탁해."

"그래. 마땅한 노래가 있는지 함께 찾아보자."

생각에 잠겼던 세레나는 곧 눈사람에게 불러줄 만한 노래를 하나 생각해냈다. 몇 번 목청을 가다듬던 그녀의 입술에서 이내 고운 목소리가 흘러나왔다.

"북에서 불어온 바람 타고 날아온, 기적으로부터 탄생한 아이야.

여기 네게 강철로 된 투구와 사슬 갑옷을 선물하니,

몰아치는 눈보라에도 꺾이지 말고, 밤새의 습격에도 의연해지렴.

차가운 외양 속에 뜨거운 심장을 가진 아이야.

겨울의 위협에 지지 말고, 자신에게 지지 말고, 그 순수한 아름다움으로 세상을 빛내렴.

동쪽에서 해가 떠오르는 것처럼. 아침 해가 검은 숲을 비추는 것처럼."

노래가 끝나자 유벨이 두 손을 꼭 잡고 초롱초롱하게 눈을 빛냈다.

"이건 무슨 노래야? 처음 듣는데도 무척 맘에 드는걸."

"하츠 족 사람들이 성인식을 치르는 자녀에게 불러준다는 노래란다. 어때, 가사가 우리의 눈사람들에게도 잘 어울리지?"

"세레나의 노래는 어느 것이든 다 좋아. 세레나가 해주는 이야기들도."

유벨의 말을 들은 세레나의 얼굴에 상냥한 미소가 떠올랐다.

"후후, 고마워. 부르는 내내 어떤 충격에도 깨지거나 녹지 말라고 기원하긴 했는데, 얼마나 효과가 있을지는 모르겠구나."

그때, 불그스름한 서쪽 하늘을 바라보던 카이로스가 돌아갈 것을 제안했다.

"이만 마차로 가지. 곧 있으면 해가 떨어지겠어."

"그래요. 밖에 나와 있었더니 슬슬 배도 고파오네요. 유벨, 가자."

"응."

세 사람은 곧 자리를 떴다. 성으로 돌아가는 마차를 눈사람들은 그 자리 그대로 서서 배웅했다. 그중 하나에는 유벨이 몰래 걸어주고 간 목도리와 모자가 씌워져 있었다.

26. 하나도 둘도 아닌 우리

그날 저녁식사 메뉴는 어딘가 조금 달랐다. 마늘과 아스파라거스를 넣은 달팽이 요리, 거위 간 스테이크까지만 해도 오늘따라 호화스러운 요리를 먹는다 싶어 기꺼웠다. 그러나 잇달아 테이블에 올라온 생굴 수프와 초록뱀장어구이를 보았을 때에는 그 빤히 들여다보이는 속에 절로 웃음이 새어나왔다.

"아하하……."

"왜 그러세요?"

카이로스가 눈물이 나오려는 한쪽 눈을 훔치며 대답했다.

"아니, 별일 아니야. 어째 음식들이 자기주장을 강하게 하는 것 같아서."

"그게 무슨……."

카이로스는 뱀장어구이를 조금 잘라 자신의 접시에 담고는, 나머지 요리들을 전부 세레나 쪽에 밀어주었다.

"이것들은 당신과 유벨이 먹지. 내가 먹었다간 오늘 밤 당신이 너무 힘들어질 것 같아. 이런 음식들을 챙겨 먹지 않아도 난 아침까지 거뜬할 자신이 있거든."

"이런 음식들이라는 건 또 무슨…… 아, 설마 카이로스 님……!"

별생각 없이 테이블을 바라보던 세레나는 뒤늦게 남편의 말의 의미를 알아차리고 얼굴이 화끈 달아올랐다. 달팽이, 거위 간, 굴, 뱀장어는 고급 요리 재료들이었지만 한편으로는 정력 강화에 좋기로 유명했다. 고의가 아니라면 한 가지로도 충분할 재료들을 이렇게 모아놓을 수는 없다. 갑자기 세레나의 눈에 어디선가 은밀한 웃음을 주고받는 헬렌과 로안느의 모습이 보이는 것 같았다. 장밋빛 뺨이 되어버린 그녀는 고개를 수그리며 더 말을 잇지 못했다.

한편, 갑자기 시선을 마주치지 못하는 세레나와 음흉하게 웃고 있는 삼촌을 본 유벨의 얼굴이 조금씩 찡그려졌다. 무언가를 고민하던 유벨의 입매가 꽉 다물렸을 때, 작은 손에 들린 스푼은 바닥으로 곤두박질치고 있었다.

쨍그랑!

침묵을 깨는 날카로운 소리에 두 어른은 얼른 정신을 차렸다. 자리에서 벌떡 일어난 세레나가 유벨의 손이 뜨거운 수프에 데지 않았는지를 살폈고, 카이로스는 걱정스러운 얼굴로 물었다.

"괜찮으냐?"

유벨은 한쪽 손을 입가에 가져가며 기침을 하는 시늉을 했다.

"콜록. 죄송해요……. 갑자기 기침이 나서 그만…… 콜록콜록."

"오후에 쐰 찬바람 탓에 감기에 걸렸는지도 모르겠군."

세레나가 손을 들어 유벨의 이마에 대어보았다.

"살짝 미열이 있는 것도 같고요…… 식사를 더 하겠니? 몸이 안 좋으면 이만 방으로 돌아가자꾸나."

"쿨럭, 그편이 좋겠어."

유벨의 어깨를 부축한 세레나가 남편을 돌아보며 말했다.

"마저 식사를 하고 계세요. 전 유벨을 방에 데려다주고 올게요."

"나도 함께 가지."

"괜찮아요. 방에다만 데려다주고 다시 올 거니까요. 이따가 뱀장어 구이를 함께 나눠 먹자고요."

상냥한 미소를 보낸 세레나는 연신 기침을 하는 유벨을 다독이며 식당을 나갔다. 카이로스는 음식에 손도 대지 않고 부인이 오기만을 기다렸지만, 유벨에게 붙잡힌 그녀는 끝내 식당에 돌아오지 못했다.

카이로스가 유벨의 방에 들어섰을 때 유벨은 물수건을 이마에 얹고서 침대에 누워 있고, 뱀장어를 먹자던 세레나는 그 머리맡에서 걱정스러운 얼굴을 하고 있었다. 인기척을 눈치 챈 세레나가 카이로스를 발견하고 희미하게 웃어 보인다.

"왔어요?"

"유벨은?"

세레나는 꼼짝 않고 누워 있는 유벨을 가리키며 한숨을 쉬었다.

"아무래도 감기 기운이 제대로 들었나 봐요. 방에 들어오자마자 쓰러지다시피 누워선……."

"꾀병 아니야. 정말로 기운이 없단 말이야."

"알고 있어. 그러니 다른 생각 말고 눈을 감고 있으렴."

칭얼대는 유벨을 세레나가 다독이려는데, 유벨이 물수건 아래로 실눈을 뜬 채 그녀와 삼촌을 차례로 곁눈질했다. 그러고는 다시 눈을 꼭 감고 애처러운 목소리를 내었다.

"오늘 밤, 내 옆에 있어줄 거지? 혼자 자면 또 악몽을 꿀 것 같은걸."

"그럼. 잠들기 전까지 네가 좋아하는 노래를 불러줄게."

"잠에 들고 나서도 이 방을 떠나면 안 돼. 쭉 함께 있어줘야 해."

"그래, 그래."

모자지간처럼 다정한 둘을 보는 카이로스의 표정이 심술궂게 바뀌었다. 아무래도 자신의 조카가 질투를 하는 모양이다. 방금 전 곁눈질을 하는 유벨의 눈이 자신의 눈과 마주친 건 분명 착각이 아니었다. 그러고 보면 유벨이 얼토당토않은 떼를 쓰기 시작한 것도 딱 결혼식이 지나고 나서부터다. 처음에는 가족이 되었다며 그리 좋아하더니…… 사랑하는 세레나를 빼앗긴 기분이라도 드나 보지?

'네가 그렇게 나온다면 내게도 생각이 있다, 유벨.'

"미처 매듭을 짓지 못한 일이 생각났어. 이따 밤의 인사를 하러 다시 오지."

인사를 마치고 사라진 카이로스는 한참이 지난 뒤에야 재차 모습을 드러냈다. 그런데 그의 손에는 작은 물체가 하나 들려 있었다. 그것은 작고 투명한 컵이었다. 컵에 담긴 갈색과 검은색이 뒤섞인 칙칙한 액체는 색깔처럼 고약한 냄새를 풀풀 풍겼고, 악취는 곧 온 방을 뒤덮었다. 코를 틀어쥔 세레나가 아미를 찌푸리며 물었다.

"그건…… 뭐죠?"

카이로스가 컵을 가슴께로 들어 보이며 태연히 대꾸했다.

"감기약이야. 유벨을 위해 부엌에서 정성껏 고아 만들었다는군."

말을 마친 카이로스는 침대로 다가가 유벨에게 컵을 내밀었다.

"자, 유벨? 한입에 쭉 들이켜렴. 이걸 마시고 한숨 자고 일어나면 감기 따위는 단번에 뚝 떨어질 거다."

"하…… 하하……."

유벨이 질린 눈으로 삼촌이 감기약이라 주장하는 액체를 바라보았다. 대체 무엇으로 만들면 저런 색깔에 이런 냄새가 나는지 궁금할 뿐이다. 보기만 해도 식욕이 뚝 떨어지고 냄새만으로도 질식할 것 같은 저걸 한입에 들이켜라니? 무리다. 절대로 불가능한 일이다!

유벨은 떨리는 손으로 컵을 받아 들었다. 아니, 받아 들려는 순간 손이 미끄러진 체하며 컵을 놓아버렸다. 하지만 컵이 바닥에 떨어진다든가, 내용물이 쏟아지는 불상사는 일어나지 않았다. 그의 옆에 있는 사람은 제국에서 둘째가라면 서러울 뛰어난 검사였다. 컵이 유벨의 손을 벗어나는 순간, 카이로스는 민첩하게 손을 뻗어 떨어지는 컵을 받아 들었다. 자랑스럽게 세레나를 한 번 본 카이로스가 자신이 지켜낸 컵을 직접 유벨의 입가에 대주었다.

"몸이 아파 힘이 없는 모양이구나. 내가 도와주마."

"사, 삼촌……."

"어서 입을 벌려보래도?"

어두워지는 유벨의 얼굴에 반해 카이로스의 얼굴은 해사하기만 했다. 결국 약을 한 모금 삼킨 유벨이 뱉지도 삼키지도 못하고 입을 웅얼거렸다.

"자모해어요……."

“응? 뭐라고?”

“자못…….”

카이로스가 유벨의 귀에 대고 작은 목소리로 속삭였다.

“걱정 마라, 네가 마신 건 건강에 좋은 영양 주스니. 남기지 말고 맛있게 먹으려무나.”

깨끗이 비운 컵을 확인하고 나서야 자리에서 일어난 카이로스는 아내와 진한 포옹과 입맞춤을 나눴다.

“유벨, 오늘 밤 숙모와 좋은 얘기 많이 나누어라.”

카이로스가 마지막으로 남긴 한 마디였다. 안색이 창백해진 유벨은 거기에 뭐라 대꾸할 생각도 하지 못했다. 삼촌이 산뜻해진 얼굴로 사라지는 걸 확인한 소년이 목을 부여잡으며 헛구역질을 시작했다.

“우웩, 웩…… 으으, 죽을 것 같아.”

“괜찮니? 그래도 특별히 준비해주신 약이니 효과는 확실할 거야. 자, 이걸 먹으렴.”

유벨은 세레나가 건네주는 게 무엇인지 확인할 새도 없이 입에 넣고 잘근잘근 씹었다. 그나마 불행 중 다행이랄까, 그녀가 준비한 건 꿀에 절인 과일이었다. 달달한 걸 씹고 있으려니 기분도 한결 나아지는 것 같다.

유벨이 세레나를 힐끗 쳐다보았다. 여느 때처럼 투명한 은빛 눈동자는 염려를 가득 담고 있었다. 이런 날씨에 괜히 숲에 데려갔다며 자책하는 세레나에게 투정을 부린 것이 마음에 걸린다. 실은 뭐 그리 아프지도 않은데 꾀병을 부려 미안하기도 하다. 저도 모르게 입술을 꼭 깨물고 있던 유벨이 힘이 빠진 목소리로 말했다.

"이제 가보도록 해."

"유벨?"

"아까 삼촌의 반응을 봐서 알잖아? 그냥 꾀병이야. 미열 같은 건 나지도 않는다고. 괜히 심술 한 번 부려본 거니 방으로 돌아가도 돼."

눈을 동그랗게 뜨던 세레나가 다시 살포시 웃어 보였다.

"괜찮아. 꼭 감기에 걸려야만 함께 있을 수 있는 건 아니잖니. 생각해보니, 근래 결혼식에 축제 준비까지 겹쳐 우리가 함께 보낸 시간이 부쩍 줄어든 것 같더구나. 전에는 하루 중 대부분의 시간을 늘 같이 있었는데 말이지."

"맞아! 그건…… 사실이야."

세레나의 말에 격하게 동조한 유벨이 갑자기 시무룩해졌다. 한참을 삐죽 입을 내밀고 있던 유벨은 '감기약'의 기운을 빌려 마음속 깊은 곳의 진심을 털어놓았다.

"세레나도, 삼촌도 원래는 모두 내 편이었단 말이야! 내 얘길 제일 많이 들어주고 나와 가장 많은 시간을 보내던……. 그런데 그런 둘이 결혼해버리니까…… 갑자기 나는 이 성에서 필요 없는 하찮은 존재가 되어버린 것 같았어. 가장 가까운 사람들이 멀어져버린 것만 같아서 싫었어."

"……."

"나쁜 아이여서 미안. 난 그냥 혼자 남는 게…… 무서웠을 뿐이야."

세레나는 가만히 유벨의 말에 귀를 기울였다. 그리고 말이 모두 끝나자마자 손을 들어 유벨의 작은 손을 꽉 잡아주었다.

"많이 외롭고 힘이 들었니? 그런 마음을 털어놓지도 못하고 꼭 갖고 있다 어쩌려고 그랬어."

"이게 얼마나 터무니없는 생각인지…… 나도 아니까."

"아니, 유벨. 넌 하나도 나쁘지 않아. 네가 느낄 수 있는 소외감을 미처 눈치 채지 못한 나와 모두의 잘못이지."

유벨은 침대에 누운 채 고개를 도리도리 저었다.

"절대 아니야. 세레나도…… 삼촌도 나쁘지 않아."

"그렇다면 이제 가족이 된 셋이서 새로운 관계를 만들어보자꾸나. 실은 알고 있지? 네가 하는 최악의 가정은 일어나지도 않을 악몽에 불과하단 걸. 삼촌과 내가 언제나 가장 가까운 곳에서 너와 함께할 거라는 걸."

세레나의 말에 유벨은 대답을 하지 않았다. 그러나 열심히 귀를 기울이고 있다는 건 답지 않게 진중한 표정으로도 전해졌다.

"모든 게 이전보다 더 좋아질 거야. 설마 내가 하녀로 시중을 들어주던 시절이 더 그리워 이러는 건 아니지?"

"응……. 확실히 그때가 더 좋았던 것 같기도 하고."

"유벨?"

"헤헤."

세레나는 배시시 웃는 유벨의 모습에 결국 함께 웃음을 터뜨리고 말았다. 둘은 이후로도 깜빡이는 등불을 벗 삼아 도란도란 이야기를 나누었다. 그 이야기는 밤이 깊도록 계속되었다.

다음 날 아침, 카이로스는 집무실에 있었다. 잘생긴 그의 얼굴은 하루 사이 눈에 띄게 초췌해져 있었다. 눈 밑에 달린 검은 그림자 또한 하룻밤 새 생겼다 여기기에는 너무나 깊었다. 진지한 얼굴로 서류에 사인을 하던 카이로스가 갑자기 턱을 괴며 한숨을 내쉬었다.

"하아……."

그놈의 저녁 식사가 문제였다. 알아주는 정력제를 모다 모아 먹여놓으니 어디 견딜 수가 있어야지. 뜬 눈으로 밤을 꼴딱 새우고는 그대로 새벽 수련을 다녀온 참이었다. 밤새 연약한 아내를 괴롭힐 바에야 차라리 유벨의 편에 보내놓은 게 다행이라는 생각마저 들었다. 만약 오늘도 뱀장어 따위가 식탁에 올라오면 주방장을 불러 혼쭐을 내줘야겠다고 그는 다짐에 다짐을 거듭했다.

따분한 회의, 그득한 서류 더미, 결재를 기다리는 수많은 안건들. 이전과 별다를 것 없는 일상이지만 단 한 사람이 돌아온 사실 하나로 카이로스의 매일은 많은 게 달라졌다. 특히 얼마 전 치른 결혼식을 계기로, 메말랐다 여겼던 감수성이 한계까지 부풀어 드디어 폭발한 듯했다. 창밖으로 쏟아지는 아침 햇살도 담비 털 담요처럼 보송하게 느껴지고, 책상에 놓여 있는 펜의 위치 하나도 예사롭게 느껴지지 않았다. 세상의 모든 것들이 사랑을 손에 넣은 자신을 축하하고 있는 것만 같았다. 새하얀 드레스 차림의 신부를 떠올리며 두둥실 올라가던 카이로스의 입가가 외로움에 몸부림 친 어젯밤을 떠올리자 다시 축 처졌다.

'오늘도 유벨이 아프다는 핑계를 대면 어떻게 할까나. 감기약을 솥단지째 가져다줄까? 잠시라도 좋으니 둘이서 보낼 시간이 나면 좋겠는데.'

그렇게 정무와는 털끝만큼도 관계없는 생각들로 시간을 때우고 있을 무렵, 노크도, 어떤 소리도 없이 문이 열렸다. 철컥. 방문을 걸어 잠

그는 소리에 놀란 카이로스가 고개를 들자, 어젯밤에도 품에 안지 못한 사랑하는 아내가 우아한 자태로 서 있었다. 카이로스는 얼른 자리에서 일어나 그녀에게 다가갔다.

"오늘은 운이 좋군, 아침부터 그대의 얼굴을 볼 수 있으니. 여기엔 어쩐 일이야?"

"집무실이 꼭 일이 있어야만 올 수 있는 곳은 아니잖아요?"

세레나가 도발적으로 대꾸했다. 그런데 오늘따라 유독 노출이 심한 드레스가 그의 눈을 어지럽혔다. 가슴을 반 이상 드러내는 붉은 드레스 차림에 묶지 않고 풀어헤친 긴 머리 덕에 세레나는 남자들을 발밑에 꿇려 울린다는 어느 사교계의 여왕만 같았다.

저렇게 화려한 드레스는 그녀의 취향이 아닌데, 이상도 하지. 시선을 내리면 금방이라도 상아 공 같은 가슴이 들여다보일 것 같아 얼른 얼굴을 들었다. 그러자 이번에는 빨갛게 칠한 입술과 그 안으로 보일 듯 말 듯한 하얀 이가 그의 숨을 멈추게 했다.

"끄응……."

마지막으로 먹은 뱀장어가 문제였어……. 때와 장소에 어울리지 않게 치솟는 욕망에, 당황한 카이로스가 얼른 아내를 안던 손을 떼었다. 그러자 세레나가 떨어진 손을 다시 붙잡았다. 보드라운 손가락이 손바닥에 작은 원을 그리자 카이로스가 자신도 모르게 중얼거렸다.

"왜 그래, 갑자기……."

"시치미 떼지 말고 솔직히 말해봐요. 싫지 않잖아요? 그렇죠?"

그래, 싫지 않고 좋아 죽을 노릇이지. 그렇다고 공작 체면에 이렇게 대답할 순 없잖아? 애써 평상심을 발휘한 카이로스가 세레나의 손을 살짝 밀어내었다.

"그래도 집무실에서 이러는 건 좀 곤란……."

말이 채 끝나기도 전, 그녀의 입술이 민감한 목에 닿았다. 깃털처럼 간지러운 그 느낌에 카이로스는 후드득 몸을 떨었다. 곧이어 뿜어진 뜨거운 숨결에는 참지 못하고 작게 신음까지 했다. 그러자 가슴께에 기댄 세레나가 웃는 것이 느껴졌다.

"거봐요. 진작 이렇게 솔직해지면 좋을 것을."

"세레나?"

이 상황이 도무지 이해가 가지 않는 카이로스가 아내의 이름을 불렀으나, 세레나는 대답 대신 반대편 손을 들었다. 그리고 이번엔 탄탄한 그의 가슴을 희롱하기 시작했다. 그때마다 드는 찌릿찌릿한 느낌에 그는 한 걸음씩 뒷걸음질 쳤다.

문 앞에 서 있다 어느새 집무실의 책상에 걸터앉게 된 카이로스의 턱을 세레나가 손가락으로 치켜들었다. 이어서 긴 속눈썹을 내리깔며 매혹적인 미소를 지어 보였다.

"맞혀보실래요?"

"무얼?"

"내가 여기에 온 이유가 뭔지."

나도 알고 싶어 죽을 지경이야, 대체 당신이 내게 이러는 이유가 뭔지. 카이로스가 적당한 대답을 찾고 있는 동안에도 세레나의 손은 한시도 가만있지 못하고 그의 몸을 건드렸다. 부지런한 손이 단추를 하나씩 풀 때마다 입안이 바짝바짝 말라왔다. 양쪽으로 벌린 허벅지 사이에 걸터앉은 그 방만한 자세는 유혹이라고밖에는 볼 수 없었다.

고민하던 카이로스가 더운 숨과 함께 수수께끼에 대한 답을 토해냈다.

"차를 끓여주러 왔나?"

"틀렸어요."

틀린 걸 책망이라도 하듯, 세레나의 이가 그의 긴 손가락 끝을 살짝 깨물었다. 벌이라 여기기엔 너무나 달콤한 벌이었다.

"그럼…… 오늘 못 한 아침 인사를 하려고?"

"그것도 틀렸어요."

이번에는 이미 빨갛게 달아오른 귓불 차례였다. 또다시 터지려는 신음을 참는 카이로스 앞에서 세레나는 여왕처럼 군림했다. 이윽고 여왕의 명령이 떨어졌다.

"말해요."

"무얼?"

침을 꿀꺽 삼키고 대꾸하자, 세레나의 아름다운 얼굴이 천천히 다가왔다. 조금만 움직여도 닿을 것처럼 두 사람이 가까워졌을 때, 그녀의 입술이 다시 열렸다.

"나를…… 원한다고. 지금이 아니면 안 될 것처럼 강렬하게 원하고 있다고."

카이로스는 더 이상 자제력을 유지하는 걸 포기했다. 실은 문 앞에서 보았을 때부터 익숙한 그녀의 향기에 몸을 꼭 끌어안고 싶은 걸 참고 있었다. 이곳이 집무실이라는 것, 바로 문밖에 호위 기사들이 주인의 안전을 위해 서 있을 거라는 사실 따윈 아무래도 좋았다. 지금 자신에게 가장 중요한 건 눈앞에 있는 자신의 여인, 그리고 그녀를 만족시키는 일뿐이다.

"원해……. 세레나, 그대를……."

두 입술이 점점 가까워졌다. 한 손으로 세레나의 부드러운 머리를, 다른 한 손으로 가느다란 허리를 받쳐 든 카이로스가 천천히 눈을 감았다. 그리고 곧 있으면 맛볼 천상의 과실을 기다렸다…….

"괜찮으십니까?"

"헉!"

눈을 뜨자 앞에는 세레나가 아닌 호위 기사 유스포프가 서 있었다. 눈이 마주치자 유스포프는 머리를 긁적이며 머쓱해했다.

"놀라셨다면 죄송합니다. 아까부터 이상한 신음 소리를 흘리시기에 악몽이라도 꾸시나 해서……."

충성스러운 기사의 말에 카이로스는 대답 대신 좌우를 두리번거렸다. 아직 아침이었고, 틀림없는 자신의 집무실이었다. 시간도, 장소도 모두 같은데 곁에 있는 사람만 달라졌다. 턱에서 느껴지는 차가운 느낌에 손을 가져가자, 끈적거리는 액체가 만져진다. 바로 자신의 입에서 흘러나온 침이었다.

'이런…… 그놈의 뱀장어가 끝까지 귀찮게 하는군!'

소매로 입가를 닦은 카이로스가 참지 못하고 책상을 박차고 일어났다. 바람 소리가 날 만큼 빠른 걸음으로 밖으로 향하는 그를 유스포프가 불렀다.

"각하? 갑자기 어디 가십니까?"

"따라오지 마."

"최소한 어디에 가시는지는 알려주셔야지요. 방금 전까지만 해도 끙끙 앓으시던 분이."

"머리가 아파 바람을 쐬러 간다."

내뱉듯 말하고 방문을 나서던 공작의 몸짓은 아구아도에 의해 또다시 제지당해야 했다. 산더미 같은 새 서류 더미를 들고 오던 아구아도는 기사보다 더 주인에 대해 잘 파악하고 있었다.

"마님께 가십니까?"

"……."

카이로스는 대답하지 않았다. 허나 이미 슬그머니 옆으로 돌아가는 고개에서 답을 얻은 아구아도가 들고 있던 서류를 내밀어 보였다.

"가시는 건 좋지만, 오전까지 이것들을 전부 결재해주셔야 합니다. 시급을 다투는 건들이니까요."

"……아무리 나라도 한시도 쉬지 않고 일을 할 수는 없잖아. 성을 한 바퀴 돌아보고 오겠네."

도망치듯 자리를 뜨는 카이로스의 뒤로 아구아도가 외쳤다.

"마님은 시녀장과 함께 정원 온실에 계십니다!"

꿈에서 만나고 다시 보는 세레나는 붉은색이 아닌 싱그러운 초록 드레스 차림이었다. 유혹적이라기보단 주변 환경과 하나가 된 자연친화적인 모습이었지만 카이로스는 눈앞에 있는 그녀 쪽이 더 마음에 들었다. 두 번 단추를 풀어 젖혔다간 자신의 심장이 남아나지 않을 것 같으니.

"세레나."

이름을 부르자 로안느와 이야기를 나누던 세레나가 이쪽을 보고 밝게 웃는다. 그 옆에서 느물거리는 미소를 짓고 있는 로안느를 가볍게 무시하며 카이로스가 입을 열었다.

"머리가 아파 산책을 나왔더니 이렇게 그대를 만나게 되는군."

"푸훗, 이른 아침부터 산책이라니……."

"뭐라고?"

"엣헴…… 죄송합니다. 다과를 내올 테니 잠시만 기다리세요."

바람 빠지는 소리를 내며 웃던 로안느가 카이로스의 눈빛 한 번에 알아서 자리를 비켰다. 모든 걸 알고 있다는 듯 의미심장한 미소만 없으면 더 좋았겠지만 그래도 되었다. 이번엔 멀뚱멀뚱 서서 자신을 쳐다보는 그녀의 호위 기사를 보낼 차례다.

"프란츠."

이름을 부르자, 기사는 기합이 잔뜩 들어간 꿋꿋한 자세로 대답했다.

"예, 각하."

"집무실로 가서 아직도 아구아도가 있는지 찾아봐. 만약 있거든 더 이상 날 기다리지 말고 서류만 내려놓고 사라지라 전하도록."

"네? 제가 지켜야 하는 대상은 여기 계신데요."

"내가 있을 때까지도 그녀의 호위를 서고 있을 필요는 없다."

"하지만……."

주군의 말을 듣고도 고지식한 프란츠는 선뜻 대답을 하지 못하고 어물거렸다.

'아니, 저 녀석이?'

그 모습을 바라보는 카이로스의 얼굴이 딱딱하게 굳어갔다. 세레나가 직접 지목까지 했기에 곁을 맡겨놓았지만 볼 때마다 프란츠가 신경에 거슬리는 건 어쩔 수 없었다. 감히 주군의 여인에게 치근거린 전적이 있는 간 큰 녀석이 아닌가. 아니, 치근거렸다 뿐인가? 지난여름 축제 때에는 모두가 보는 앞에서 화관을 바치기까지 했다. 무도회에 손을 잡고 나타나 춤까지 추었지. 저런 놈을 아내에게 붙여놓을 생각을 하다니, 아무래도 그때 잠시 머리가 어떻게 되었었나 보다.

자신이 일에 치여 허덕이고 있을 때 둘이 시시덕대며 차와 과자라도 먹고 있을 생각을 하면 하루에도 몇 번씩 짜증이 치솟는 참이다. 그런데 이번엔 명령 불복종까지 하겠다 이거지?

카이로스가 턱을 높이 치켜들었다. 그리고 오만한 공작의 눈을 한 채 프란츠를 내려다보았다.

“설마, 자기 자신이 주군인 나보다 뛰어난 기사라고 여기고 있는 겐가?”

“아, 아닙니다. 그럴 리가 있겠습니까.”

화들짝 놀란 프란츠가 부인하자, 카이로스의 공격이 이어졌다.

“뭘 더 꾸물거리고 있는 거지? 어서 가보라고.”

“그럼 다녀오겠습니다!”

자신의 결백을 주장이라도 하려는 듯, 프란츠는 꾸벅 인사를 하고는 부리나케 사라져갔다. 그 뒷모습을 지켜보던 세레나가 매정한 남편을 타박했다.

“왜 그리 사납게 구셔요. 다 가족 같은 사람들인데.”

카이로스는 딱 잘라 대답했다.

"가족? 프란츠는 그대의 호위 기사야. 가족이 될 필요도 없고, 가족처럼 친밀해질 필요는 더더욱 없지. 필요한 말 아니면 섞지도 말고, 가능한 한 단둘이 있는 시간을 만들지도 마. 차나 과자 따위는 대접하지도 말고."

"세상에나……."

심술이 덕지덕지 붙은 그 말에 세레나의 입이 떡 벌어졌다. 허나 놀랄 일은 아직도 많이 남아 있었다. 성큼성큼 다가와 가느다란 손목을 휘어잡은 카이로스가 세레나를 어디론가 잡아끌었다. 질질 끌려 정원을 나서는 세레나가 물었다.

"절 어디로 데려가시는 거예요?"

대답 대신 돌아온 건 엉뚱한 질문이었다.

"그대의 외투는 어디 있지?"

"외투야 방에……."

"그럼 먼저 방으로 가지. 따뜻하게 챙겨 입고 가자고."

"그러니까 어디를요?"

앞장서 걷던 카이로스가 뒤를 돌아보더니 깊고 푸른 한쪽 눈을 찡긋 감아 보였다.

"아침 산책!"

제피로스는 오랜만에 주인과 마음에 드는 인간 하나를 태우고 신나게 달리고 있었다. 마구간에서 한 번, 성문을 나올 때 또 한 번 실랑이가 있었지만, 주인 덕에 곧바로 빠져나올 수 있었다. 여물과 물도 든든하게 먹었고, 등에는 추위를 막아주는 도톰한 양탄자까지 덮여 있다.

덕분에 제피로스는 간만에 마음껏 달리기 실력을 뽐내는 중이었다.

"춥진 않나?"

카이로스가 앞에 탄 세레나의 귓가에 대고 물었다.

"괜찮아요. 나오기 전 옷을 몇 겹이나 껴입은 데다, 카이로스 님의 외투까지 이렇게 나누어 걸치고 있는걸요."

실은 추위를 느낄 새도 없었다. 단단한 팔과 가슴에 꽉 끌어안긴 탓에 심장 뛰는 소리를 들키지 않을까 걱정이 될 뿐. 누가 안다면 결혼까지 했는데 아직도 내외를 하냐며 웃겠지만, 세레나는 여전히 남편의 다정한 손길 하나에도 온몸의 감각이 바짝 일어서는 느낌을 받곤 했다. 바람 소리 때문에 들리지 않을까 염려됐는지, 카이로스가 좀 전보다 더 바짝 귀에 대고 속삭여온다.

"아까는 로안느와 무슨 얘길 그리 하고 있었지?"

"아…… 좀 전에 말이죠?"

닿을 듯 말 듯한 입술의 촉감이 쑥스러워 세레나가 얼른 대답했다.

"축제에 대한 이야길 하고 있었어요. 막 작업을 시작한 조각가들의 취침 준비를 부탁하는 중이었지요."

지금 가장 관심을 가지고 있는 화제가 나오자, 그녀는 금세 신이 났다.

"들어보세요. 이 축제는 제국에서 열리는 그 어떤 축제와도 달라요. 우선, 무도회는 열리지 않을 거예요. 꽃도, 화려한 퍼레이드도 없어요. 하지만 영지의 주민들은 여느 때보다 특별한 겨울을 보내게 되겠죠. 축제의 주인공은 여느 귀족이 아닌 그들이고, 축제가 열리는 곳 역시 매일같이 지나다니던 일상적인 장소가 될 테니까요. 올해는 시간이 부족해 트라이히에만 한정했지만, 다음 해부터는……."

이런, 또 시작됐군. 또다시 시작된 축제 얘기에 카이로스의 얼굴이 가볍게 일그러졌다.

"말을 끊어 미안한데, 함께 있을 때만큼은 일 얘기는 잠시 접어두면 안 될까?"

"죄송해요. 혹시 제가 또 분위기 파악을 못 한 건가요?"

잘못을 저지르고 눈치를 보는 아이처럼 가만히 자신을 올려다보는 아내는 사랑스럽기 그지없었다.

"아니. 그대는 여느 때와 같아. 공연한 투정을 부린 건 내 쪽이지."

몇 가닥의 은빛 머리칼이 외투의 모자에서 빠져나와 바람결에 날렸다. 카이로스는 그것들을 한 손으로 모아 살짝 입을 맞추었다. 처음 세레나가 쓴 축제 계획서를 받아보았을 때의 놀라움을 아직도 잊지 못한다. 그저 곱게만 자란 공주는 아니라고 시위하듯, 계획서에는 예산 편성은 물론이고 각종 행사의 운영 계획, 개최 목적과 취지까지 훌륭한 필체로 기록되어 있었다. 그러나…… 이 지나치게 유능한 아내 덕에 모처럼의 신혼을 즐길 여유는 게 눈 감추듯 사라져버렸다.

결혼식의 여흥으로 허락했던 '축제'는 갈수록 규모가 커지며 본격화되었다. 하루에도 몇 번씩 마차가 들락날락하고, 아내는 영지를 부흥시키겠다며 남편 대신 집사와 시녀장을 끼고 살고 있다. 남편? 남편은 결혼 전에도 후에도 변함없이 바쁘다. 겨우 시간이 나나 했더니 어젯밤은 유벨 덕분에 망쳐버렸고.

세레나, 잊지 마. 우린 신혼이다. 눈빛만 마주쳐도 불꽃이 튀어 오른다는 신혼이란 말이다! 몇 번이고 소리 내어 외치고 싶은 마음은 굴뚝

같지만…… 차마 입 밖에 낼 수는 없다. 사랑하는 아내에게 좋은 모습만 보여주고 싶으니까. 게다가 그녀보다 열 살이나 연상인 자신이 나잇값 못 한다는 말을 들을까 신경이 쓰이기도 한다. 카이로스는 혀끝까지 나왔던 투정 대신 다른 질문을 택했다.

"편히 쉬지도 못하고 일을 하는 게 힘들지도 않아?"

예상대로 세레나는 고개를 절레절레 저어 보였다.

"전혀요. 아무것도 하지 않는 것보다는 이렇게 할 수 있는 일이 있는 편이 더 좋은걸요. 저에겐 너무도 어려운, 청소나 설거지 같은 가사보다 훨씬 더 쉽고 재미있고요."

청소나 설거지? 의아해하던 카이로스는 곧 몇 번이고 먹어본 적 있는 그녀의 요리를 떠올리고 납득했다. 확실히 세레나는 그런 종류의 일들과는 거리가 있어 보였다. 세레나가 자신을 안고 있는 카이로스에게 싱긋 웃어 보이는가 싶더니, 고삐를 쥐고 있는 손에 자신의 손을 살포시 얹었다.

"한 가지 아쉬운 게 있다면, 카이로스 님과 함께하는 시간이 줄어들었다는 점이지요. 그래도 지금 하고 있는 일이 당신께 조금이라도 도움이 될 수 있다 생각하면 힘이 나요. 아직 시작에 불과하지만 분명 이곳 북령을 보다 풍요롭게 만들 수 있는 길이라고 전 믿어요. 그러니 우리 이 시간을 의미 있게 보내보도록 해요."

"물론이지. 나 역시 그렇게 생각했다고…… 처음부터."

열 살 어린 아내의 어른스러운 말에 카이로스는 무어라 더 할 말이 없어졌다. 어쩜 이렇게 하는 말도 다 예쁘기만 한지. 살짝, 아주 살짝 눈치가 없긴 하지만 그런 부분마저도 애교로 느껴질 만큼 사랑스럽다.

카이로스는 자신의 손등에 얹혀 있던 세레나의 손을 잡아 볼에 갖다대었다. 얼어 있던 작은 손이 온기에 닿자 금방 사르르 녹았다. 씻지 않아 더럽다며 몇 번 바르작거리던 세레나는 꿈쩍도 하지 않는 남편에 결국 반항을 포기했다.

제피로스는 어느덧 시내를 벗어나 산을 오르고 있었다. 눈으로 하얗게 뒤덮인 풍경을 가만히 보던 세레나가 마침 생각났다는 듯 말했다.

"참, 마지막으로 일 얘기 하나만 더요. 어제 저희가 만들었던 눈사람을 축제에 사용하고 싶다는 요청이 들어왔는데, 허락해도 괜찮을까요?"

"설마…… 그 눈사람들을 공작 일가의 작품이라며 전시하려는 건 아니겠지?"

"에이, 그런 거라면 제가 먼저 거절했겠죠. 누가 만들었는지는 밝히지 않고 축제에 요긴하게 쓰고 싶다던데요."

그대의 고집을 이길 사람이 누가 있으려고. 앓는 소리를 내던 카이로스가 세레나의 볼에 입을 맞추며 말했다.

"편한 대로 해. 축제의 집행위원장은 어디까지나 당신이니까."

두 사람이 도착한 곳은 다름 아닌 달빛 호수였다. 하얀 눈이 내려앉은 나무들이 호숫가를 에워싸고 있고, 호수는 여느 때처럼 신비로운 물빛으로 햇빛 아래 반짝였다. 카이로스는 제피로스의 등을 쓰다듬고는 고삐를 튼튼한 나무 기둥에 매어두었다. 그리고 아직 말 등에서 내려오지 않은 세레나에게 손을 내밀었다.

"잠깐 걸을까?"

세레나는 싱긋 웃으며 그 손을 마주 잡았다.

"좋아요. 우리는 아침 산책을 하러 나온 길이니까요."

산책을 하겠다던 둘은 몇 걸음 걷다 호숫가 한편에 자리를 잡고 앉았다. 뻐근한 몸을 풀어줄 산책은 핑계고 실은 단지 함께할 시간을 갖고 싶었던 것뿐이었으니. 산맥 중턱에 자리한 한겨울의 호수는 산새 소리 하나 들리지 않고 조용했다. 카이로스와 세레나, 누구 하나 선뜻 말을 꺼내는 이는 없었다. 둘은 그림 같은 풍경을 바라보며 오랜만에 느끼는 고요를 만끽했다.

먼저 입을 연 건 세레나였다.

"달빛 호수가 제가 처음 발견되었던 장소인 걸 아시나요?"

"아아, 그렇게 들었었지."

"이 호수에서 바네사 모녀에게서 구함을 받았어요. 제가 몸을 던진 마법진이 있던 장소는 분명 지금의 제도였는데 눈을 뜬 곳이 왜 하필 북령의 호수였는지는 지금도 잘 모르겠어요. 그렇지만 바로 이곳에서 카이로스 님을 비롯한 새로운 인연들을 만났지요. 먼 곳으로 떠나는가 했더니 다시 돌아왔고…… 또 이렇게 당신과 함께 호수에까지 찾아오게 되었고요. 모든 사건의 흐름들이 숨 쉬는 것처럼 자연스러워서 어쩐지 신기해요. 이런 게 바로 여신의 안배일까요?"

"여신 덕분이 아니야. 상대를 알아본 그대와 내가 자석처럼 서로를 끌어당긴 거지. 바로 이렇게."

카이로스는 대답과 함께 옆에 앉은 세레나를 자신의 품으로 쏙 끌어당겼다. 어머, 이분 좀 보아? 거센 팔 힘에 조금 놀랐지만 그렇다고 뿌리칠 생각은 들지 않았다.

세레나는 카이로스의 품과 두 팔에 갇힌 채 은쟁반 같은 호수가 비추는 흘러가는 구름을 바라보았다. 이대로 멈추면 어떨까 싶을 정도로 행복한 시간이었다.

"유벨이…… 요즘 많이 예민하죠?"

이어지는 세레나의 물음에 카이로스의 눈썹이 살짝 찌푸려졌다. 다시는 겪고 싶지 않은 어젯밤의 일이 떠올라서였다. 잠시 생각하던 그가 떨떠름하게 대답했다.

"뭐, 나에게만 그렇지. 그대나 다른 사람 앞에서는 여느 때처럼 천사만 같잖아?"

불퉁한 대답에 세레나가 소리 없이 웃었다.

"유벨을 보고 있으면…… 지나간 제 어린 시절이 떠올라요. 사실 전, 태어나고 얼마 지나지 않아 어마마마를 여의었어요. 기억에 존재하지도 않는 분이었지만 커가면서 점차 그 빈자리를 느꼈죠. 여주인이 없는 왕궁의 분위기가 어땠을지 상상이 되시나요? 계절이 바뀔 적마다 열려야 했던 무도회는 또 어떻고요."

"……그대가 힘들었겠군."

"공주만 셋 있는 왕국에는 새로운 비가 필요하다, 많은 신료들이 주장했지만 아바마마는 끝까지 들은 척하지 않으셨죠. 저 역시 새어머니가 없어도 괜찮다는 걸 증명하기 위해 보다 완벽한 딸이 되어야만 했고요. 보다 아름답게, 현숙하게, 잘 다듬어진 모습을 보이려 노력했어요. 저뿐이 아니라 두 언니들 역시 그러했고요. 그러다 힘이 되어주던 언니들이 결혼을 해 각각 다른 왕국으로 떠나간 뒤에는……."

뒷말은 이어지지 않았지만 카이로스는 듣지 않아도 충분히 짐작할 수 있었다. 어린 나이에 왕궁의 유일한 여주인 노릇과 간판 역할을 동시에 해내느라 속이 까맣게 썩어 문드러졌을 것이다. 세상 물정 모르는 소녀 같으면서도 언뜻언뜻 비치는 어른스러운 면모의 이유를 이제야 알 것 같다.

"후회되는 게 있다면…… 마지막 인사를 나누지 못했다는 거예요. 며칠의 시간이 남아 있었지만, 제 안의 분한 감정이 너무 커 주변을 돌아볼 여유가 없었어요. 결국 끝까지 한 마디도 전하지 못했어요. 아바마마를 얼마나 사랑하고 있는지, 제가 얼마나 행복했는지……. 마법진에 오르는 그 순간까지 '공주'로 섰을 정도니 말 다 했죠."

파르르 떨리던 눈썹이 순은의 눈동자를 완전히 덮어버릴 때까지 카이로스는 세레나의 눈을 놓치지 않고 바라보았다. 왕국 시절의 이야기를 듣는 건 처음이었다. 그녀는 늘 의도적인가 싶을 정도로 예전의 일에 대해서는 일절 언급을 하지 않았으니. 생각해보니, 그건 지극히 당연한 선택이었다. 그리운 과거를 아무리 떠올려보았자 현재 그녀 곁에 남아 있는 가족은 없다. 간신히 피를 나눈 혈족들을 만나나 했지만 자신을 위해 모두 버리고 이곳을 선택했다.

카이로스는 품에 안은 세레나를 팔과 다리로 더 꽉 끌어안았다. 조금의 빈틈도 느껴지지 않도록, 그래서 조금의 불안감도 느끼지 못하도록.

"그러고 보니 나 역시 꼭 유벨만 한 나이에 어머니를 여의었지. 아버지와 형이 있었지만…… 바로 그 아버지에 의해 아카데미에 보내지고, 졸업하자마자 최전방에 배치된 애송이 무관이 나였어."

속마음을 내비친 그녀에게 작은 도움이라도 될까, 카이로스 역시 마음속 깊숙한 곳에 넣어두었던 묵은 기억을 끄집어내본다.

"그때의 나는 누구를 향한지 모를 분노로 가득 차 있어서…… 내일을 생각지 않고 그저 천둥벌거숭이처럼 날뛰었어. 곁에 있는 동료들도 믿지 않았고, 믿을 수도 없었다. 단지 눈앞의 적들을 베고 또 베었지. 하지만……."

말을 멈춘 카이로스가 긴 팔을 쭉 뻗었다. 두 팔을 바라보는 그의 눈은 과거를 회상하는 듯 흐릿해졌다.

"처음 누군가를 베던 칼의 느낌은 지금도 잊히지 않아. 지금 이렇게 공작입네 점잔을 빼며 지내고 있지만, 아직도 가끔 이 손이 붉은 피에 젖어드는 착각을 하지. 그대, 나에게 속아 넘어간 건지도 몰라. 공작과 결혼하나 했는데 알고 보니 피 칠갑을 하고 뛰어다니던 한 마리 야수였으니."

"후후……."

마지막 한 마디에 줄곧 심각한 얼굴로 듣고 있던 세레나가 웃음을 흘렸다.

"저라고 반듯하기만 한 공주였던 건 아녜요. 그래요…… 생각해보니 우리는 모두 잃어버린 조각을 하나씩 갖고 있네요."

"과거는 더 이상 돌아보지 말자. 가지지 않은 조각을 찾아 헤매기엔 지금 우리가 살고 있는 현재가 더 소중하니까. 지금 곁에 있는 내 사람을 지키고 보호하는 것, 그것이 지금 나를 살게 하는 이유야."

그렇게 말하는 카이로스의 푸른 눈동자는 다시 한 점의 그늘 없이 맑기만 했다. 세레나는 내심 감탄했다. 행복과 불행의 크기는 비교할 수 있는 게 아니고, 경험해보지 않았기에 감히 그가 겪었을 세월을 짐작조차 할 수 없다. 허나 카이로스에게서는 상처의 흔적 따위는 느껴지지 않았다. 전해지는 건 커다란 한계를 뛰어넘은 자의 여유로움뿐.

각자 쉽지 않은 길을 걸어왔지만, 돌이켜 보면 그 시간들이 있기에 지금 아무것도 아닌 이 순간이 얼마나 소중한지를 안다. 주어진 모든 것들에 진심으로 감사할 수 있다. 세레나는 줄곧 안겨 있던 몸을 일으켰다. 그리고 의아하게 바라보는 남편의 목을 팔로 감아 잡아당겼다. 입술과 입술이 서로 겹쳐졌다. 대었던 입술을 떼어낸 세레나가 쑥스러워하며 말했다.

"당신에게 주는 상이에요. 고마워요. 그 시간들을 씩씩하게 이겨내고 길 잃은 저까지 찾아내주어서."

실컷 진지한 얘기를 하고 있는데, 장난기가 도진 카이로스가 자신의 입술을 혀로 슬쩍 핥아 보인다. 붉은 혀가 어쩐지 외설적으로 보여 세레나는 순간적으로 시선을 피했다. 궁지에 몰린 토끼처럼 안절부절못하는 그녀를 카이로스가 귀엽다는 듯 바라보았다.

"상이라면서 이렇게 빨리 끝내긴가?"

"네?"

"그럼 이번엔 내 상을 받을 차례야."

말을 마친 그의 얼굴이 다시 가까워졌다. 손으로는 뒤로 휘어지려는 등을 단단히 받쳐 들고는 작은 코와 두 뺨, 온 얼굴에 새가 쪼아대는 듯 자잘한 키스를 퍼부었다. 간지러움에 못 이긴 세레나가 그만두려는 말을 하려 입을 벌리자, 바삐 돌아다니던 입술이 공격 대상을 바꿨다. 따뜻하고 촉촉한 혀가 입안으로 파고들어 펄떡거렸다. 연약한 혀를 감아올리는가 하면 소리가 날 정도로 깊게 삼키기도 했다. 하늘에 떠 있는 듯하던 몸이 녹진해질 정도가 되어서야 길고도 깊은 입맞춤은 끝이 났다. 천천히 뜨이는 카이로스의 눈은 평소의 맑은 색이 아닌 깊게 가라앉은 심해의 빛깔을 띠고 있었다.

“상이라면 이 정도는 되어야 하지 않겠어?”

여운이 가시지 않은 눈과 힘이 들어간 손과는 달리 그에게서 흘러나온 말은 여전히 장난기가 뚝뚝 묻어났다.

“이건 너무 넘치는데요.”

세레나가 약하게 투정했다. 대답을 들은 카이로스는 껄껄 웃더니 다시 또 얼굴을 들이밀었다.

“그러면 곤란하지…… 좋아, 그럼 넘친 상은 다시 주워 담도록 하지.”

세 번째 입맞춤이 다시 시작되었다. 주워 담겠다던 그의 장담대로 달콤하면서도 정중한 입맞춤은 조각이 빠진 세레나의 마음까지도 부드럽게 어루만져주었다.

두 사람이 일어난 건 그 후로도 한참이 흐른 뒤였다. 성으로 돌아가자마자 공작 부처를 애타게 찾던 수많은 이들로부터 따가운 눈총을 받은 건 당연한 일. 어딜 다녀왔느냐며 꼬치꼬치 물어오는 로안느에게 세레나는 이번만큼은 둘만의 비밀이라며 입을 닫아 가십을 사랑하는 노처녀 시녀장을 애타게 했다.

그날 저녁에 올라온 건 양파 수프와 소금에 절인 철갑상어 알, 송로버섯을 얹은 송아지 간 이었다. 어제에 이어 남자의 건강에 좋은 요리들이 줄을 지어 나왔지만 카이로스는 당초 마음먹은 대로 주방장을 불러 메뉴를 바꾸거나 불평을 늘어놓지 않았다. 스푼을 들고 여느 때보다 열심히 수프를 퍼 먹는 그를 세레나가 다소 의아하게 바라보았다.

"오늘따라 잘 드시네요. 음식이 입에 잘 맞으시나 봐요."

카이로스가 크게 뜬 수프를 한입에 넣으며 대답했다.

"맞고 안 맞고의 문제가 아냐. 어디까지나 정…… 아니, 건강을 생각해서 먹는 거지."

그때, 옆에 있던 유벨이 히죽 웃으며 대화에 끼어들었다.

"삼촌, 일하기 싫어 도망을 치셨다면서요? 그것도 세레나와 함께?"

"……."

탁 소리가 나게 스푼을 내려놓은 카이로스가 유벨 쪽을 돌아보았다.

"누가 그런 말을 하던?"

"성에 소문이 쫙 퍼졌던걸요. 오전 내내 사라진 두 사람 때문에 큰 소란이 있었으니까요."

"네가 아직 어려서 잘 모르는데…… 결혼을 하고 나면 원래 한 번씩 외출해서 영지도 돌아보고 그러는 거란다."

"그래요? 사람들 말은 좀 다르던데. 호위 기사까지 따돌리고 말을 몰아 사라지는 바람에 그 누구도 막을 수가 없었다고……."

언제 그런 이야기까지 전해 들은 거니. 세레나가 이마를 짚으며 고개를 떨어뜨렸고, 발끈한 카이로스는 반격을 시작했다.

"아프다는 아이가 하루 종일 내 사생활에 대해 많이도 알아보았구나."

"삼촌의 사생활에는 관심 없어요. 전 단지 세레나가 걱정되었을 뿐이에요."

"식사는 마쳤느냐? 그렇다면 어제 먹었던 감기약을 더 가져오라 이르마. 매일 먹어주어야 감기가 떨어진단다. 올해는 독감이라 더욱 조심해야 한다더구나."

어제 먹은 감기약. 그 한마디에 느물거리던 유벨에게서 웃음기가 쏙 빠졌다. 유벨은 다급함에 두 팔까지 휘저어가며 자신의 회복을 주장했다.

"이제 완전히 다 나았어요. 정말이에요."

"그럴 리가. 한 번에 떨어질 감기가 아니던데. 오늘은 미리 명을 내려 어제보다 몇 배는 효과가 좋은 특제 감기약을 준비했으니 기대하려무나."

"특제…… 감기약이요?"

아연해진 유벨의 얼굴에 세레나가 뒤늦은 중재에 나섰다.

"자, 자. 그런 이야기는 그만하고 다들 식사에 집중해주세요. 요리는 아직 반도 채 먹지 않았고, 후식은 나오지도 않았는걸요. 유벨, 입맛이 없으면 네가 좋아하는 케이크를 가져오라 이르마. 카이로스 님도 좀 더 드시도록 해요."

"응."

"알겠어."

카이로스와 유벨이 동시에 대답했다. 저 순한 양처럼 대답하는 모습이라니. 유벨을 흘깃 본 카이로스가 큰 소리로 혀를 찼다. 유벨은 유벨대로 자신을 빼놓고 나들이를 계획한 삼촌에게 섭섭함이 한가득이었다. 세레나를 사이에 둔 남자들의 신경전은 아직도 끝나지 않았다.

식사가 끝나고, 유벨을 바래다주려 세레나와 카이로스가 일어났을 때였다.

"잠깐! 두 분 다 앉아 계세요."

유벨이 정색을 하며 둘을 자리에 앉혔다.

"왜 그러냐, 유벨?"

또 무슨 일이냐는 듯 귀찮은 얼굴로 바라보는 카이로스에게 유벨이 작은 가슴을 콩콩 두드려 보였다.

"저 혼자 갈게요."

"왜?"

"전 세 살짜리 어린아이가 아니니까요."

그보다 두어 살 더 먹긴 했지. 그럼에도 네가 아주 작고 어린 아이임엔 변함이 없지만. 기가 찬 카이로스가 무어라 말을 잇지 못했다.

"줄줄이 따라와 밤의 인사를 해주지 않으셔도 돼요. 아프면 로안느에게 말할 테니 이상한 감기약을 준비해줄 생각도 마시고요. 그럼, 안녕히 주무세요."

더 말이 없자 그것을 승낙이라고 여긴 모양이다. 꾸벅 인사를 한 유벨이 옆에 있던 시녀 하나를 끌고 사라졌다. 그 방향은 자신의 방으로 향하는 방향이었다. 입을 떡 벌린 카이로스가 마찬가지로 입을 벌리고 있는 세레나를 바라보았다.

"저 애가 왜 저러지?"

"글쎄요."

"……철이 든 걸까, 아니면 단순히 감기약이 먹기 싫어서일까? 어느 쪽이든 나야 고마운 일이지."

세레나가 웃으며 손에 든 찻잔을 들어 보였다.

"그럼, 모처럼 시간이 났으니 차를 한잔 할까요? 마거릿, 케이크를 한 조각 더 내와주겠……."

식사 시중을 드는 시녀들이 아직 즐비한 가운데 카이로스가 세레나의 손을 덥석 잡았다. 그러고는 수려한 얼굴에 어울리지 않는 음흉한 웃음을 띠었다.

"세레나, 지금 차와 케이크를 찾을 때야?"

"네?"

"유벨의 소원대로 우리 부부가 모처럼의 의미 있는 시간을 보내야 하지 않겠어?"

"의미 있는…… 예, 그렇죠……."

손을 잡은 카이로스가 세레나를 잡고 어디론가 향했다. 세레나는 남편의 손에 정신없이 끌려가면서도 '의미 있는 시간'이란 대체 무엇을 하는 시간인지를 열심히 생각했다. 공작의 방에 거의 다 와갈 무렵, 카이로스가 홱 뒤를 돌아보았다. 몇몇 시녀들이 잰 걸음으로 따라오고 있었다. 주인을 홀로 두지 않는 것이 모시는 이들에게는 당연한 일인데도 그는 어쩐지 탐탁지 않은 기색이었다.

"왜 줄줄이 따라오는 게냐."

"주인님과 마님의 몸단장을 도와드리기 위해섭니다."

몇 차례 경험한 바 있는 '몸단장'을 떠올린 카이로스가 기어코 인상을 팍 썼다. 그녀들이 말하는 단장은 단순히 몸을 씻고 옷을 갈아입히는 정도에서 끝나지 않기 때문이다. 남성인 자신은 그래도 경우가 낫지, 세레나에게는 머리에 기름을 바른다, 손발톱을 다듬는다 하며 도무지 합방을 하러 보낼 생각을 하지 않았다. 갖은 치장을 마치고 세레나가 올 때쯤엔 자신은 기다림에 지쳐 꾸벅꾸벅 졸고 있을 정도이니 당최 이게 누굴 위한 의식인지 알 수가 없다.

"오늘은 시중을 들지 않아도 좋으니 모두 물러가거라."

시녀들은 필요 없었다. 물을 받고 몸을 씻기는 정도라면 자신도 충분히 해줄 수 있으니. 오늘 밤은 여느 때처럼 우아하고 점잖은 공작 흉내는 내지 않을 생각이다. 전날부터 먹은 음식 덕에 몸 상태는 더 이상 좋지 못할 정도로 최상이었고, 하늘이 도와 유벨까지 일찍 방으로 사라져주었다.

이런 날조차 부부의 시간을 만끽하지 못한다면, 억울함에 한 달 정도는 앓아누워야 하리라.

"글쎄, 물러가래도. 먼저 부르기 전에는 이쪽으로 올 생각도 하지 말거라. 알겠느냐?"

한 손으로 세레나를 잡은 그가 다른 한 손으로 벌레를 쫓듯 시녀들을 돌려보냈다. 곧이어 방문을 열어젖히는 카이로스의 가슴이 기대로 한껏 부풀어 올랐다.

"그럼 들어갈까?"

아까부터 엉뚱한 언행을 연발하는 남편의 모습에 세레나가 기가 막혀 했다.

"시녀들까지 보내시고…… 대체 얼마나 의미 있는 시간을 보내려고요."

무도회에 동행하는 신사처럼 정중하게 세레나를 에스코트한 카이로스가 눈이 보이지 않을 정도로 환한 웃음을 지어 보였다. 언젠가 그녀가 가장 좋아한다고 말한 적이 있는 치명적인 눈웃음이었다.

"장담컨대 그대도 결코 실망치는 않을 거야."

이윽고 열린 문이 천천히, 하지만 힘 있게 닫혔다. 쾅, 철컥. 꽉 닫혀 빗장이 채워진 공작의 방은 다음 날 아침이 밝을 때까지 다시 열리지 않았다.

27. 겨울성의 봄

축제 준비는 착착 진행되어가 어느덧 축제 당일이 되었다. 초대장은 뿌리지 않았지만, 발 빠르게 퍼진 소문을 듣고 각지에서 찾아온 손님들이 성문을 두드렸다.

그들 중 가장 거물이라 할 만한 인물은 아드리안 공작가의 장남 칼리시안이었다.

"여름에 이어 이렇게 다시 만나는구려."

"훌륭한 축제를 개최하신 각하께 여신의 은총을. 또한……."

인사를 하던 칼리시안이 힐끗 카이로스를 쳐다보았다 다시 말을 이었다.

"혼인을 진심으로 축하드립니다. 새 공작부인께 직접 축하 인사를 드릴 수 있는 영광을 제게도 허락해주시겠습니까."

놈, 무슨 꿍꿍이냐. 카이로스가 형형한 눈빛으로 칼리시안을 쏘아보았다. 세레나는 괜찮을 거라며 몇 번이고 장담했지만 아무래도 불안했다. 기억이라는 게 삭제한다고 해서 그렇게 무를 썰듯 싹둑 사라질 수 있는 것인가. 아주 작고도 사소한 일을 계기로 다시 되살아날 수도 있는 것이 기억이다. 애초에 다망한 공작가의 후계자가 무도회도 없는 축제를 핑계로 뜬금없이 방문한 것부터가 이상한 일이었으니.

'어찌해야 좋단 말이냐…….'

한참 동안 뜸을 들이던 카이로스가 결심 끝에 세레나를 불렀다. 가죽 드레스 차림으로 나타난 세레나는 부채로 입을 살짝 가린 채였다.

"오랜만에 다시 보게 되어 반갑군요. 아드리안 가의 후계자님."

칼리시안은 혼란스러운 표정을 지었다.

"저를…… 만난 적이 있으십니까? 죄송하지만 저는 부인을 뵌 기억이 없군요. 그랬다면 아무리 시간이 지났다 해도 잊을 리가 없을 텐데 말입니다."

순간, 카이로스와 세레나의 눈이 서로 마주쳤다. 왜 굳이 먼저 아는 척을 했냐는 책망의 눈빛에 세레나는 고개를 저어 보였다. 누군가를 속이려 마음먹었다면, 만들어낸 거짓에 한 톨의 진실 정도는 섞는 편이 좋다. 여기까지 왔을 때는 칼리시안 역시 무언가 이상함을 느낀 것일 터. 이 정도의 성의는 보여야 저 경계심 가득한 소공작이 의혹을 풀고, 다시 북령에 돌아와 어지러운 기억을 되찾으려는 시도 따위는 하지 않을 테다.

세레나가 여상하게 웃으며 입가를 가렸던 부채를 걷어내었다.

"지난여름 장미 축제 때 몇 번이고 만난 적이 있지요. 뭐, 만났다고 해도 단순히 스쳐 지나간 정도이지만요. 당시에는 사정이 있어 머리를 염색하고 성의 일을 돕던 터라 금방 절 떠올리시기는 어려우실 거랍니다."

그녀의 얼굴을 정면으로 마주하는 순간, 칼리시안의 입이 쩍 벌어졌다.

'맙소사, 어디서 많이 본 얼굴이다 싶더라니…….'

새 공작부인은 바로 유난히 아름답던 북령 후계자의 시녀였다. 그때도 평민답지 않게 행동거지가 우아하다 여겼었는데, 신분을 숨긴 몰락 귀족 출신이었나. 이런 내막이 있는 여성이라면 공작이 비공개로 결혼식을 진행한 것도 이해가 되었다. 자칫 시녀로 일했던 사실이 드러나면 제국 어느 사교계에 가서도 냉소의 대상이 될 터이니.

"어쩐지 초면인데도 낯설지 않다고 생각했습니다."

"피치 못한 집안 사정 덕분이니 지금 한 이야기를 다른 이들에게는 발설치 말아주시길 바라요."

"물론입니다. 꽃보다 아름다우신 부인께 그런 무례를 저지를 순 없지요."

칼리시안이 과장된 포즈를 취해 보이며 세레나의 손등에 입을 맞추었다. 어디 하나 빠지는 데 없이 공손한 말과 태도였지만, 그의 머릿속은 빠르게 돌아가고 있었다.

원래라면 한창 따뜻한 남쪽 휴양지에 있어야 할 시기였다. 근래에는 휴가를 갈 짬도 낼 수 없을 정도로 바쁘기까지 했다. 그런데 북령에서 열린다는 눈과 얼음의 축제 소식을 들었을 때 칼리시안은 어쩐지 가지 않으면 안 된다는 이상한 예감을 받았고, 어렵게 일정을 조절하며 이곳까지 오게 되었다. 그에게 있어 날카로운 자신의 '감'은 그간의 많은 위험들로부터 벗어나게 해준 무엇보다도 확실한 도구였다.

성으로 오는 동안 살펴본 겨울 축제도 제법이지만 공작과 그가 맞이

한 신부까지 보고 나니 확실히 오길 잘했다는 생각이 든다. 여동생으로부터 찻물 세례까지 받았던 시녀가 공작부인까지 되었다니 어쩐지 대견한 마음이 들기도 하고…… 두 눈으로 직접 확인까지 했으니 이제 되었다.

'응? 확인이라고?'

자신의 마음의 소리에 스스로 놀란 칼리시안이 다시 생각했다. 두 눈으로 확인하다니, 대체 무엇을 말인가? 소문만 무성한 공작부인의 정체가 궁금하긴 했지만, 어차피 시간이 지나면 자연스레 모습을 드러낼 그녀를 굳이 만나러 올 필요까진 없었다. 서로 별다른 인연이 있었던 것도 아니다. 그때 자신은 공작에게 홀딱 빠져 있던 동생 율리를 에스코트 하느라 바빴고, 그녀의 실연과 함께 곧바로 제도로 돌아갔다.

율리는 현재 라코트 후작 자제와 열애 중이다. 격이 좀 떨어지긴 하지만 공작의 딸과 어울릴 만한 신분을 가진 이로 남은 건 이제 주군인 황태자뿐이고 황태자는 여전히 혼인 생각이 없어 보이니, 같은 황태자파로 강력한 우방이기도 한 후작가와의 결합은 나쁘지 않다.

모든 것이 완벽하게 돌아가고 있었다.

한데 대체…… 이 이상한 기분은 뭐란 말인가. 뭔가 중요한 걸 놓치고 있는 것 같기도 하고…….

그때 카이로스가 그와 공작부인 사이를 가로막으며 만남의 마지막 점을 찍었다.

"그럼, 즐거운 시간 보내고 가길 바라겠소."

"……예. 감사합니다, 각하."

칼리시안은 더 이상의 생각을 접었다. 아무리 떠올려보아도 자신도 모르는 기억 따위는 없었다. 거기다 신원 미상이던 공작부인의 정체를 파악했고 새로운 변화의 태동을 보이는 영지까지 둘러보았으니, 이 정도면 기대 이상의 수확을 얻은 셈이다.

정중히 인사를 마친 칼리시안이 물러나오자, 밖에서 기다리던 시종이 머리를 조아리며 물었다.

"축제가 열리는 곳으로 가시겠습니까."

"되었다. 이만 제도로 돌아가자꾸나."

이윽고 공작성에서 마차 한 대가 출발했다. 멈추거나 길을 꺾는 일 없이 곧장 포털로 향하는 마차 바퀴 소리는 한결 개운해진 칼리시안의 마음처럼 경쾌하기만 했다.

축제가 시작되었어도 세레나는 여전히 바빴다. 아니, 더욱 바빠졌다. 당일이 되자 조각품의 분위기가 장소와 어울리지 않아 위치를 바꾸거나, 호기심 가득한 관광객의 칼에 눈 토끼의 귀가 잘려 급히 교체하는 등 예상치 못한 돌발 상황들이 쏟아져 나왔고, 세레나는 그때마다 직접 출동해 해결책을 내려주었다. 게다가 직접 맞이해야 할 만한 인사가 찾아올 때마다 종종걸음 쳐 접견실로 달려가기까지 해야 했다.

종일 식사 한 끼 들지 못한 세레나가 지친 몸을 이끌고 방에 돌아왔을 때, 방에서는 카이로스가 다리를 꼬고 앉아 그녀를 기다리고 있었다.

"카이로스 님……."

파리한 얼굴에 물감처럼 번지는 반가움을 본 그의 심장이 쿵 하고 내려앉는다. 좋지 않은 낯빛이 안쓰러워 쉬게 해주고도 싶지만, 오늘을 넘기면 안 되니 하는 수 없다.

미안한 마음에 망설이던 카이로스가 자리에서 벌떡 일어난다.

"축제를 함께 보려고 왔어. 곧 해가 지니 그전에 서두르지."

외투를 입혀주려는 남편에게 세레나는 어깨를 으쓱하며 소파 앞 탁자에 쌓여 있는 서류를 가리켜 보였다.

"오늘은 안 되겠어요. 보세요. 할 일이 저렇게나 남아 있는걸요. 오늘은 식사도 방에서 따로 해야 할 형편이에요."

세레나는 거절했지만, 카이로스는 이미 그녀를 설득할 수 있는 방법을 알고 있었다.

"당신이 주최한 축제이니 당신이 직접 체험해봐야지. 그래야 장점은 극대화하고 불편한 점은 개선해 내년에 더 좋은 축제를 열 수 있는 거야."

곰곰이 생각하던 세레나는 결국 그 말에 수긍했다.

"그 말이 맞네요. 잠시만 기다리세요. 옷을 갈아입고 나올 테니."

"이걸 입지. 당신을 위해 특별히 준비한 옷이야."

세레나는 카이로스가 내민 낡은 외투를 바라보았다. 이걸 입으면 다른 건 몰라도 공작부인처럼은 보이지 않을 건 확실하다. 어디서 가져온 건지 때가 잔뜩 탄 데다 안에 솜을 가득 넣어 누벼놓아 입으면 몸이 풍선처럼 동그랗게 부풀어 보일 것 같다. 가만 보니 카이로스 역시 아까 보았던 훌륭한 복장 대신 검은색 평복 차림이었다.

헌데 굳이 이렇게까지 입고 나가야 할 이유가 있나? 누구에게도 들키면 안 되는 비밀스러운 외출이 아니고서야…….

외투와 남편의 얼굴을 번갈아 바라보던 세레나의 눈이 점차 가늘어졌다.

“어째 도망가는 것처럼 느껴지는 건…… 저의 착각이겠죠?”

“도망보다는 오후 산책이라고 해두지.”

“아구아도나 로안느에게 이 모습을 들키면 저희는 어떻게 되는 건가요.”

“글쎄, 본다 해도 뭘 어쩌겠어. 설마 제 주인을 감금이라도 할까 봐서?”

카이로스는 코웃음을 치며 세레나를 성의 비밀 통로로 안내했다. 이 일을 계기로 불과 며칠 뒤, 집무실에 유스포프를 포함한 호위 기사 둘이 감시 역으로 배치된다는 사실을 그는 아직 알 수 없었다.

미로처럼 꼬불꼬불한 지하 통로를 따라 한참을 걸은 두 사람은 축제가 열리는 큰길 옆 골목으로 나올 수 있었다. 처음에는 호응이 적던 세레나도 대로 양쪽에 전시된 눈과 얼음으로 만든 조각을 감상하며 차차 마음이 풀렸다.

첫날임에도 불구하고 발 디딜 틈 없이 꽉 찬 인파로 축제는 가히 성공적이라 할 만했다. 파리가 날려야 할 여관마다 손님으로 가득하고, 이 계절 특유의 복장인 짐승의 털을 겉과 안감에 덧댄 외투와 털신, 장갑 등도 불티나게 팔리는 걸 눈으로 목격할 수 있었다. 중앙 광장 곳곳에서는 술을 탄 따뜻한 음료나 간단한 음식들을 팔았다. 둘은 빵에 고기를 끼워 파는 이름 모를 음식을 사 먹기도 하고, 길거리에 그대로 내어놓고 파는 아이스크림을 하나씩 물고 다니기도 했다.

여기저기 두리번거리는 사이 해가 서쪽으로 완전히 졌다. 조명이 하나둘 켜지고 투명한 얼음 조각상에 불이 들어오자 사람들 사이에서 감탄사가 퍼져 나왔다.

세레나는 그 모습을 뿌듯하게 바라보았다.

"어때요. 예쁘죠?"

"내 눈엔 그대가 더 예뻐 보이는데."

"어휴…… 또 괜한 소리를 하시네요. 그러지 말고 이제 슬슬 돌아갈까요? 시내 구경에 점등까지 보았으니 전 충분히 만족해요."

카이로스의 입을 막는 시늉을 하던 세레나가 귀성을 제안했다. 어느덧 저녁 먹을 시간이 다 되어가고 있었다. 더 늦으면 또 자신을 빼놓았다며 삐진 유벨을 달래느라 몇 날 며칠을 고생해야 할지 모른다.

"잠깐, 마지막으로 저쪽에 한번 가보지 않겠어? 사람들이 많이 모여

있는 곳 말이야."

카이로스가 가리키는 곳에는 유독 인파가 구름 떼처럼 몰려 있었다. 궁금증을 참지 못하고 인파를 비집고 들어간 둘은 안에서 '부수면 10만 페니!'라고 쓰인 간판과 세 개의 눈사람을 발견했다.

어디서 많이 본 것 같은 눈사람의 형태와 얼굴을 본 세레나의 눈이 커졌다.

"어라, 혹시 저 눈사람……."

그때였다. 웃통을 벗은 장한 한 명이 달려와 손에 든 칼로 눈사람을 내려친 것은.

"어머나!"

세레나는 외마디 비명과 함께 눈을 꼭 감아버렸다. 생물이 아닌 건 알지만, 눈코입이 붙어 있는 저 귀여운 아이들을 검으로 때려 부수는

장면은 그다지 보고 싶지 않았다. 하지만 이어지는 깡 소리에 실눈을 뜨자, 그녀는 형태를 잃은 눈사람이 아닌, 이가 나간 검을 들고 망연자실해하는 장한을 볼 수 있었다. 안도의 한숨을 내쉰 세레나가 카이로스의 손을 맞잡았다. 말하지 않아도 안다는 듯 카이로스가 고개를 끄덕여 보였다.

"지난번에 셋이서 만들었던 그 눈사람이 맞아. 한데 왜 이렇게 사람 많은 데서 애꿎은 검 세례를 받고 있는지는 모르겠군."

"만든 이를 밝히지 않고 축제에 쓰겠다기에 허락을 했는데…… 이런 용도로 사용될 줄은 정말 몰랐어요."

둘이 대화를 나누는 사이 다음 참가자가 등장했다. 이번엔 뾰족한 돌기가 박힌 무시무시한 채찍을 든 여인이었다. 그녀가 휘두르는 채찍을 정통으로 맞은 건 역시나 제일 작고 만만한 유벨 눈사람. 쩌정 소리와 함께 깨져버린 돌기에 채찍을 든 여인의 눈이 초점을 잃었지만, 눈사람이 안쓰럽기만 한 세레나의 눈에는 슬픔이 고였다.

그러자 혀를 찬 카이로스가 두 손으로 그녀의 눈을 가려주었다.

"오늘 밤 당장 저것들을 성의 정원으로 가져오도록 명을 내려놓지. 그대가 무슨 마법을 걸어놓았는지는 모르겠지만, 눈사람은 오늘 밤 내내 칼을 맞아도 흠집 하나 날 것 같지 않으니 너무 걱정 말라고."

"……가요. 더 이상 이 슬픈 광경을 보고 싶지 않아졌어요."

슬프다고? 그녀의 말에 카이로스는 다시 한 번 고개를 돌려 눈사람 쪽을 바라보았다. 돌멩이와 나뭇가지로 삐뚤빼뚤 눈코입을 붙여놓은 눈사람은 뭐라 말할 수 없이 귀여웠다. 그 귀여운 얼굴로 뭇 참가자들의 무기들을 하나씩 격파하는 모습은 슬프다기보다 차라리 한 편의 희

극에 가까웠다. 저 부서지지 않는 눈사람이 어쩌면 이 축제의 마스코트가 될 수도 있을 법한데, 하루 만에 치울 생각을 하니 아쉽기까지 했다. 눈사람 안에 쇳덩어리를 녹여 넣어놨대도 저런 장면을 연출하기는 힘들 텐데 말이다.

어쩔 수 없지. 아내가 보고서 슬프다고 하면 저 광경은 어떻게 해도 슬픈 광경임이 틀림없으니. 성으로 향하는 걸음을 옮기며 카이로스는 마지막으로 한 번 더 힐끗 뒤를 바라보았다.

나올 때에는 몰래 나왔지만, 들어갈 때에는 정문을 이용했다. 다시 비밀 통로가 있는 곳까지 걷기 귀찮다는 카이로스의 주장에 의해서였다. 죄지은 사람처럼 시선을 바닥 어딘가에 두고 있는 세레나와 달리 그는 지극히 당당한 태도를 취하고 있었다.

정문을 지나 외성의 복도로 접어들 무렵, 세레나의 어깨를 감싸고 걷던 카이로스가 나직이 물어왔다.

"오늘…… 재미있었나?"

내내 즐거워하는 걸 봐놓고도 굳이 입으로 감상을 듣고 싶은 게 남자의 마음인가 보다. 세레나는 고민하지 않고 원하는 답을 들려주었다. 아직 외출의 흥분이 가라앉지 않아 그녀의 목소리는 조금 크게 울렸다.

"정말 좋았어요, 더 이상 좋을 수 없을 만큼이요. 축제의 흥겨움도 좋았지만 단둘이 손을 잡고 거리를 걷는 것도, 길거리 음식을 사 먹는 일도 모두 처음이어서 무척 신선했어요."

"다행이로군. 그대를 위해 앞으로도 종종 오늘 같은 외출을 계획해야겠어. 흠…… 주 1회의 패턴으로 다니는 건 어떨까?"

"후훗. 그랬다간 카이로스 님의 충성스러운 신하들이 단체로 들고일어날지도 몰라요."

"일어나면 어쩌겠어, 지금은 내가 그들의 주인인데. 한 10년쯤 뒤라면 또 모르겠지만."

"정말이지……."

일탈에 재미가 들린 남편을 걱정스럽게 바라보자 어깨에 올라와 있던 손이 슬그머니 내려와 자신의 손을 잡는다. 마주 잡은 손의 온기가 너무도 따스해 세레나는 더 무어라 설득할 말을 찾지 못했다. 자꾸만 이렇게 되어버려 큰일이었다. 남편과 함께 붙어 있으려면 어떤 화도, 걱정도 눈 녹듯 스르르 사라져버리니. 세레나가 옆으로 벌어지려는 입을 뾰족하게 모았다. 그러면서도 잡고 있는 손에는 힘을 주었다. 마치 다시는 떨어지지 않겠다는 듯.

전직 장군 카이로스와 전직 공주인 자신은 다양한 경험을 해왔으면서도 평범한 일상 영역에 있어서는 여느 이들보다 부족함이 많다. 서툴기 짝이 없는 두 사람이지만 그래도 다행인 건, 둘 다 이 작은 일상에서 느낄 수 있는 행복의 소중함을 안다는 점이다.

대륙에서 가장 귀한 여인이 되면 행복해질 거라고 누가 그랬지? 최고의 마법사가 되면 원하는 모든 걸 누릴 수 있다는 말은 또 어디서 나왔단 말이지? 어느 쪽에도 속해 있지 않은 지금 이 순간, 자신은 확실한 행복을 손에 넣었는데.

시간이 지나 발루아 공작부인이라는 호칭이 조금 익숙해지면, 그때에는 카이로스가 매일 밤 만들자고 노래를 부르는 아이도 생각해보아야겠다. 아들이라면 이미 유벨이 있으니 자신과 카이로스를 반씩 닮은 딸을 낳으면 어떨까? 어릴 적 자신처럼 책을 좋아하는 아이라면 더욱 좋을 것이다. 함께 시를 지어 낭송하고 아름다운 삽화가 그려진 동화책을 나눠 읽을 수 있다면 매일이 기쁨으로 가득할 텐데.

세레나는 아직 생기지도 않은 2세를 떠올리며 즐거운 상상의 나래를 펼쳤다.

"아이고, 마님!"

상념을 깨운 건 멀리서부터 큰 소리로 자신을 부르며 뛰어오는 아구아도였다. 노구의 몸을 끌고 뛰는 그가 안쓰러워 세레나가 얼른 걸음을 빠르게 했다. 세레나를 마주하자마자 아구아도는 짐짓 울상을 지어 보였다.

"말도 없이 이리 사라지시면 어떡합니까. 폭죽을 터뜨릴 때 함께 환상 마법을 펼쳐주기로 약조까지 하시고선."

"어머, 내 정신 좀 봐!"

세레나는 그제야 자신의 실수를 깨닫고 새파랗게 질렸다.

"미안해요. 이제라도 괜찮을까요? 오면서 하늘의 폭죽은 보지 못했는데."

"아직 5분 남았습니다."

그녀는 안도의 한숨을 내쉬었다.

"그 정도라면 충분해요. 카이로스 님, 어서 가요."

세레나와 카이로스가 향한 곳은 몇 번이고 오른 적이 있는 성의 첨탑이었다. 첨탑에서 내려다보는 트라이히는 점점이 흩어져 반짝이는 주홍 불빛 덕에 이야기책에 나오는 환상의 도시처럼 아름다웠다. 허나 그 야경에 감탄만 하고 있을 여유는 없었다. 세레나가 급히 지팡이를 치켜들고 준비한 주문을 영창하자, 검은 하늘에 때 아닌 분홍색 꽃잎 비가 흩날리기 시작했다. 봄도 아닌데 찾아온 꽃잎 세례에 사람들의 환호성이 여까지 들려왔다. 이것 좀 보라는 듯 뻐기는 얼굴의 세레나에게 카이로스가 피식대며 말했다.

"그대의 주특기가 나왔군."

"내년에는 북령 전역의 밤하늘을 가득 메워볼 테니 기대하시라고요."

세레나는 두 손을 허리에 대고 자신만만하게 웃었다. 그러자 카이로스가 레이디를 지키는 기사마냥 한 팔과 허리를 정중히 숙여 보인다.

"부디 뜻대로 하시길. 나의 아내, 내 소중한 공주님."

마주 보고 웃는 두 사람의 위로 찬란한 불꽃이 펑펑 터지고 있었다.

– '공작성의 하녀님' fin.

외전. 마왕의 신부

유제니아는 특별한 아이였다. 막 걸음마를 떼고 말을 하기 시작할 무렵부터 그녀는 자신의 빛나는 재능을 주위 사람들에게 여과 없이 드러내 보였다.

「엄마, 꽃 위에 작은 사람이 앉아 있어요!」

눈으로는 자연계를 떠도는 정령들을 보았고,

「고기가 좀 더 익었으면 좋겠는데.」

하면 말이 끝나기가 무섭게 불꽃이 그녀의 의사에 따라 활활 타올랐다.

딸의 기행에 놀란 세레나와 카이로스는 그녀를 제국의 유일한 대마법사인 라이오넬에게 데려갔다.

눈을 감고 유제니아의 손목에 마력을 흘려보내던 라이오넬은 세레나가 사용하지 않은 순수한 마력이 딸에게로 고스란히 전해졌다고 했다.

「이 아이를 제게 맡겨주시지 않겠습니까. 마탑의 정신을 계승할 소중한 후계자로 키우고 싶습니다.」

누구라도 솔깃할 대마법사의 제안에 세레나는 고개를 저었다.

「이 아이는 아직 너무 어려요. 만일 아이가 자라 스스로 배우길 원한다면 그때 생각해보겠습니다.」

선천적으로 풍부한 마력을 갖고 태어난 발루아 공작의 하나뿐인 딸은 둘도 없는 말괄량이로 자라났다. 더듬더듬 글을 읽을 수 있을 때쯤엔 몇 권의 기본서만으로도 자신이 필요할 때 꺼내 쓸 수 있는 마법을 터득할 수 있었다. 마법사인 엄마가 따로 가르쳐주지 않았지만, 책에 적혀 있는 주문을 보고 그 마법의 흐름을 파악하는 건 유제니아에겐 숨 쉬는 것과 같이 간단한 일이었다.

그 덕에 아직 일곱 살도 되지 않은 주제에 그녀는 종종 멋대로 성을 나가는가 하면, 호위 기사와의 숨바꼭질을 즐기며 작은 비행을 일삼는 중이었다.

보름달이 뜬 어느 날 밤, 유제니아는 여느 때처럼 엄마 몰래 도서관에서 꺼내 온 고급 마법서를 뒤적이고 있었다.

"음……. 뭔가 재미있는 마법 없을까? 모두를 깜짝 놀라게 해줄 만한 그런 것."

또다시 사건을 일으킬 구상을 하던 그녀는 무심코 책장을 넘기다 공간 이동 마법이라고 설명된 주문 하나를 발견했다. 어린 그녀는 그 주문이 가진 의미와 위력을 채 이해하지 못했다.

'공간을 이동한다는 게 무슨 뜻이지? 다리를 쓰지 않고도 어디든 갈 수 있다는 건가? 그런데 이 주문을 잘못 썼다간 자칫 큰일이 벌어질 것

같아. 방 밖으로 나가려 했을 뿐인데 실수로 울티뭄 숲 한가운데 떨어진다든가. 후훗.'

엉뚱한 상상을 하던 유제니아는 별생각 없이 책에 쓰인 주문을 읊조렸다.

"텔레포트."

그 순간, 전신에 넘쳐흐르던 마력이 어딘가로 쑥 빨려 들어갔다. 거센 회오리바람에 휘말린 것처럼 그녀는 온몸의 자유를 잃었다. 환한 빛이 반짝이는가 싶더니 곧 눈앞이 완전히 캄캄해졌다.

다시 정신을 차렸을 때 그녀는 검은 숲에 쓰러져 있었다. 화창한 봄이었지만 한밤중의 숲 공기는 서늘했다. 그녀보다 몇 배는 키가 큰 나무들이 사방으로 우거져 있었고, 나무들 사이로 들려오는 밤새 울음소리는 으스스하게만 느껴졌다.

유제니아는 몸을 일으켜 눈앞의 낯선 풍경을 찬찬히 둘러보았다.

"믿을 수 없어. 설마…… 진짜로 울티뭄 숲에 와버린 거야?"

웅. 스산한 소리와 함께 바람이 불자 저절로 몸이 떨려왔다. 밤은 싫다. 보이지 않는 어둠 속에서 꼭 무엇이라도 튀어나올 것 같으니까. 아무리 모험을 좋아한다지만 이 야심한 밤에 숲을 탐험하고 싶은 생각은 추호도 없었다.

유제니아는 서둘러 성으로 돌아가기로 마음먹고 다시 호기롭게 '텔레포트'를 외쳤다.

"응? 왜 이러지?"

주문은 완벽했지만 자신의 마력이 통 반응을 보이지 않았다. 혹시나 해서 쓸 줄 아는 다른 주문을 외워보았으나 반응은 매한가지였다.

흠칫한 그녀가 그제야 몸 상태를 살피기 시작했다. 평상시라면 머리부터 발끝까지 흘러넘칠 마력이 안타깝게도 단 한 줌도 남아 있지 않았다. 큰 주문을 사용한 탓에 일시적으로 고갈된 듯하다. 고갈된 마력을 충전시키기 위해선 못해도 하룻밤은 푹 자고 일어나야 할 것이다.

"어쩌면 좋지……."

이런 적은 난생 처음이었다. 마법을 쓸 수 없는 자신은 철봉에 매달릴 힘조차 갖지 못한 어린아이. 늘 마력을 전신에 휘감고 자신만만해하던 그녀였지만 이 순간만큼은 덜컥 두려움이 몰려왔다.

'이대로 밤길을 헤매어 밖으로 나가는 길을 찾아야 하나. 아니면 부모님이 찾아오실 때까지 여기서 계속 기다려? 하지만, 만일 그분들이 이곳을 찾지 못하시면 어떡하지…….'

무릎을 세우고 앉은 유제니아가 발만 동동 구르고 있으려니 공포의 냄새를 맡은 손님이 그녀를 찾아왔다. 멀리 어둠 속으로 보이는 두 개의 호롱불과 위협처럼 들리는 으르렁 소리에 그녀는 완전히 겁에 질려버렸다.

'엑, 저게 뭐야! 누가 이 상황을 좀 거짓이라고 말해줘!'

소리가 나는 반대 방향으로 도망가고 싶은데, 굳어버린 몸이 마음대로 움직여지질 않았다. 말을 듣지 않는 신체도 답답했지만 무엇보다 답답한 건 두려움에 떨면서도 정작 자신을 위협하는 짐승의 정체조차 제대로 모른다는 사실이었다.

서걱거리는 풀잎 스치는 소리와 함께 울음소리가 점차 가까워질 무렵. 떨고 있는 유제니아 앞에 뿌연 연기가 피어오르기 시작했다.

안개처럼도 보이던 연기는 곧 뭉쳐서 사람의 형상을 이루었다. 이

읏고 달빛 아래 모습을 드러낸 남자는 그녀에게 위급한 상황조차 잊게 할 만큼 비현실적인 아름다움을 갖고 있었다. 창백한 얼굴에 자색 눈동자는 보석처럼 빛났다. 그 밑으로 이어지는 단단한 콧날과 입술은 흡사 여성의 것처럼 섬세한 아름다움을 뽐냈다. 밤의 숲과 어우러지는 머리색에도 불구하고 그에게서는 마치 하늘의 저 보름달처럼 요요한 빛이 흘러나왔다.

산짐승을 피하려던 것도 잊고 그녀는 남자를 홀린 듯 바라보았다. 그러다 동경과 순수한 감탄이 담긴 눈으로 물었다.

"요정님은 누구세요?"

"요정이라고? 내가? 아하하하!"

거울처럼 맑은 웃음소리가 숲 속에 울려 퍼졌다. 남자는 한참을 웃어젖히고 나서야 그다음 말을 꺼낼 수 있었다.

"내가 누군지 궁금하면 돌아가서 네 어미에게 물어보려무나."

남자는 여전히 입가에 띤 웃음기를 지우지 않으며 한 손을 휘휘 저었다. 그러자 빛을 내던 짐승의 눈동자가 어디론가 사라져버렸다. 울음소리도 더 이상 들리지 않았다. 짐승이 사라진 방향을 잠시 바라보던 남자의 눈이 다시 유제니아를 향했다.

"자, 오늘의 일탈은 여기서 끝. 이제 집으로 가자."

경쾌한 음성으로 말을 마친 남자는 그대로 두 팔을 벌려 유제니아를 안아 올렸다. 사람이 아니어서일까, 남자의 몸은 꼭 겨울 축제의 얼음 동상만 같았다. 그래도 소리를 내었다간 그가 당장이라도 자신을 떨굴 것만 같아 그녀는 작은 신음조차 흘리지 않았다. 그리고 팔을 들어 차디찬 목을 더 꽉 끌어안았다.

"가만히 있어라."

유제니아를 안아 든 남자는 그대로 밤하늘을 날았다. 두둥실 떠오른 순간, 아득한 밤하늘이 손에 닿을 듯 가까워졌다. 둥근 달과 금방이라도 쏟아질 것 같은 한 무더기의 별들이 두 사람을 비췄다. 그녀는 얼음장 같은 남자의 품에 안긴 채 하늘의 달과 별 사이를 지나고 밤의 숲을 건넜다.

그러다 문득, 자신이 오늘 본 풍경을 아주 오랫동안 잊지 못할 거라는 생각이 들었다.

남자는 경비병들이 지키는 성문 바로 앞에다 그녀를 내려주었다. 물끄러미 자신을 바라보는 아이를 남자가 마주 내려다보았다. 동그란 눈에 오동통한 뺨, 짧은 팔다리까지, 소녀라고 부르기도 민망할 어린아이였다. 안아 들었을 때 무게가 느껴지지 않을 만큼 가벼웠던 걸로 보아 앞으로 식사량을 두 배는 늘려야 할, 자라온 날보다 자라야 할 날이 훨씬 긴 아이. 남자는 장난스러운 미소를 지으며 손가락 하나를 입에 가져다대 보였다.

"계집애야, 오늘 일은 너와 나의 비밀로 해두자꾸나. 차오른 저 달이 장난을 쳤다 여기고, 잊어버려라."

"저기, 잠시만요!"

어디론가 훌쩍 떠나려는 남자에게 유제니아가 급히 손을 뻗었다. 그러나 남자의 몸에 닿는 순간, 손은 거짓말처럼 그대로 안으로 쑥 들어갔다.

'환상? 그게 아니면…… 혹 귀신에라도 홀린 건가?'

유제니아가 비명처럼 새된 소리로 외쳤다.

"대체 당신의 정체는…… 뭐죠?"

"정체라……."

곤란하다는 얼굴을 하던 남자는 결국 질문에 대한 답을 들려주었다.

"난 검은 달의 주인. 너희 같은 인간들은…… 그래, 날 마왕이라 부르지."

말을 마친 마왕은 처음 나타났을 때처럼 연기가 되어 그대로 어둠 속으로 녹아들었다.

"검은 달의 주인. 그리고…… 마왕."

홀로 남겨진 유제니아는 가만히 남자가 남기고 간 단어들을 중얼거려보았다. 누구라도 입에 담는 것만으로 오싹해할 만한 호칭들이었지만 그 단어를 통해 그녀가 떠올린 건 다정하고 아름다웠던 자신의 생명의 은인이었다.

깊은 밤, 갑자기 경비병들 앞에 모습을 드러낸 유제니아 때문에 성안은 발칵 뒤집혔다. 방에서 자는 줄만 알았던 딸이 잠옷 차림으로 성문에 나타났다는 보고에 카이로스와 세레나 역시 침의 차림 그대로 뛰쳐나와야 했다. 부모님의 손에 질질 끌려 방으로 돌아가는 길, 유제니아는 내내 아까 만난 '요정님'을 생각했다.

"왜 오늘은 조용하나 했단다."

"유진, 오늘은 또 어디에 갔다 온 거니."

설교를 늘어놓는 엄마 아빠의 말을 언제나처럼 흘려듣던 그녀의 입에서 한마디 말이 흘러나왔다.

"엄마, 저…… 마왕의 신부가 될래요."

카이로스는 소리 없이 경악했고, 세레나는 그저 웃었다.

"후후. 그게 누군지는 알고 말하는 거니?"

"그야 물론 세상에서 가장 아름다운 밤의 주인이죠. 음…… 실은, 오늘 마왕이 절 구해줬어요. 주문을 잘못 외워 숲 속 한복판에 떨어진 저를 직접 안고 여기까지 데려다주었는걸요."

직접 안았다고? 고양이인 상태로 안았을 리는 없고 설마……. 남성체로 변한 마왕이 어린 딸의 몸에 손을 대는 광경을 떠올린 카이로스가 으드득 이를 갈았다.

"그놈이 네게 모습까지 나타내 보이더냐? 감히 네게 그 더러운 손을 갖다대더란 말이지?"

"저 이제부터 흑마법을 배우려고요! 최고의 흑마법사가 되면 그분과 결혼할 수 있겠죠? 헤헤."

"자, 잠깐, 유진!"

"안녕히 주무세요!"

이야기를 나누는 동안 어느새 방문 앞에 도착한 유제니아는 산뜻한 얼굴로 밤의 인사를 건네며 문을 닫아버렸다.

침실로 돌아가는 내내 카이로스는 이 세상에 없는 상대를 향한 분노를 감추지 못했다.

"음흉한 놈, 감히 누구에게 마수를 뻗쳐? 다시 만나면 결코 그놈을 용서치 않겠어."

"진정하세요."

"에잇, 짐승만도 못한, 아니, 애초에 그놈은 사악한 마족이었지. 제길!"

"여보!"

사랑하는 아빠가 평소에는 입에 담지도 않던 온갖 욕설을 퍼붓고 있는 걸 아는지 모르는지 침대에 누운 유제니아는 달달한 꿈에 부풀어 있었다. 그녀의 머릿속에서는 벌써부터 검은 로브를 걸친 자신과 마왕이 결혼식장에 나란히 서 있는 그림이 그려지고 있었다.

'친절한 마왕님, 조금만 기다리세요. 당신이 절 구해주신 것처럼 이번엔 제가 시커먼 마계에서 당신을 꺼내드릴 테니!'

그렇게, 유제니아는 마탑의 후계자 자리를 약속했던 라이오넬과는 영영 작별을 고하고야 말았다.

붉은 달이 뜨는 마계의 밤. 마왕은 달빛을 맞으며 단상 위의 의자에 홀로 앉아 있었다. 그의 눈앞에는 작고 희미한 불빛 하나가 허공에 떠 있었다.

"미치겠네. 왜 이 애가 이런 짓을 하고 있는 거지."

불빛은 마왕을 소환하고자 하는 인간들의 부름. 스스로 원해서는 나설 수 없지만, 깜박이는 불빛의 인도에 따르는 절차를 통하면 마왕은 인계에 모습을 드러낼 수 있었다. 물론 수백 년 만에 마계로 돌아온 전에도 후에도, 그가 소환에 응한 일은 없었지만 말이다. 그런데 이번 불빛은 그대로 모른 척하기가 어려웠다. 소환자가 그 탄생 때부터 자신이 쭉 지켜봐온 세레나의 아이였으니까.

"그래도 꽤 열심히 공부했나 보군. 솜씨가 형편없긴 하지만, 나름대로 제대로 된 방법을 사용했어."

기껏 낳은 딸이 흑마법에 손을 대다니, 그 애가 알면 난리가 나겠는데. 얼빵한 세레나를 떠올리다 그 옆을 지키고 있는 카이로스까지 떠올린 마왕의 미간에 몇 개의 주름이 잡혔다.

'인간계라면 이제 지긋지긋하다. 지금도 그때만 생각하면…….'

벌떡 일어나 주먹을 쥐어 보이던 그는 이내 누그러진 태도로 의자에 앉았다.

'그래도…… 그 애와 함께 있던 1년은 꽤 나쁘지 않았지. 이 세계에는 없는 제대로 된 음식들도 실컷 먹었고.'

갑자기 묘한 감흥이 일어서일까, 마왕은 원래라면 쳐다보지도 않았을 미약한 부름에 선뜻 응답하기로 마음먹었다.

공작성에서 가장 깊고 은밀한 곳에 위치한 지하 창고. 그 바닥에 그려진 소환진은 기어코 마계의 주인을 인간계에 불러내는 데 성공했다. 진에서 흘러나오던 빛이 완전히 그치자, 마왕은 흘러내리는 긴 머리를 귀 뒤로 넘기며 나타나 털썩 엎어져 있는 소녀를 내려다보았다. 땅딸막하던 세레나의 아이는 그새 부쩍 자라 있었다. 볼살이 쏙 빠진 얼굴과 낭창해진 팔다리를 보며 그는 마뜩잖다는 얼굴을 했다.

'이래서 인간들은 싫단 말이야. 금방 크고 또 금방 죽어버리니까. 연약하기 짝이 없는 것들 같으니라고. 하지만…… 아마도 그렇기에 더 눈을 떼지 못하는 거겠지.'

마지막에 든 생각을 지워버리려는 듯 고개를 흔든 마왕은 서둘러 자신을 부른 용건을 물었다.

"왜 불렀냐."

기념할 만한 첫 대화가 이렇게 시작될 줄 몰랐던 유제니아가 입을 몇 번 벙긋거렸다. 그러나 얼른 다시 정신을 차리고는, 제법 날카로운 응수를 해 보였다.

"소환의 이유가 계약밖에 더 있겠어요? 아시죠? 어느 쪽도 깰 수 없는 소중한 약속 말이에요."

"내가 왜 그걸 해야 하는데?"

"그야…… 제가 당신을 불렀으니까요."

대꾸를 하면서도 유제니아는 일이 어쩐지 이상하게 되어간다고 생각했다. 수년간의 혹독한 학습과 연습 끝에 시도한 소환 의식이었다. 확률이 워낙 희박하다기에 일단 나타나주기만 하면 성공이라고 생각했는데, 자신의 '요정님'은 등장 때부터 하는 말 한 마디 한 마디가 전부 예상을 벗어났다.

"하도 귀찮게 불러대기에 한 번 나와봤을 뿐이다. 내게도 계약을 거부할 권리가 있다는 걸 모르느냐."

팔짱을 낀 마왕이 심드렁하게 말했다. 유제니아는 또다시 당황했다. 어떡하지. 소환에 성공한 뒤에도 계약 의사가 생길 때까지 설득을 해야 될 줄은 몰랐는데. 이럴 때에 무슨 말을 해야 할지까지는 아직 배우지 못한 차였다.

"아니, 그게 그래도…… 그렇지만……."

식은땀을 흘리는 그녀를 보며 심술궂게 웃던 마왕이 선심을 쓰듯 말했다.

"일단, 원하는 게 무엇인지부터 말해봐. 계약은…… 그 뒤에 천천히 생각해보마. 간단한 부탁이라면 계약을 하지 않더라도 들어줄 수 있다. 원래라면 신선한 심장 정도는 바쳐야 할 일이지만, 내 특별히 힘써

주도록 하지."

너그러운 마왕의 말에도 유제니아의 표정은 그리 밝지 않았다.

"그건…… 엄마 때문인가요?"

"뭐?"

"엄마로부터 들었어요. 당신과 깰 수 없는 계약을 해 이곳 공작성과 대륙을 함께 누볐다는 이야기를요. 그렇지만 착각하지 마세요. 지금 여기에 당신을 소환한 건 엄마가 아닌 바로 저, 유제니아예요. 공연한 선심 따위는 쓰시지 않아도 된다고요!"

누가 네가 세레나와 같다더냐. 그 앤 너처럼 바락바락 소리를 지른 적도 없다. 마왕은 입을 삐죽이며 내뱉듯 말했다.

"뜸들이지 말고 어서 계약 내용이나 말해. 셋을 셀 때까지 말하지 않으면 다시 돌아간다. 하나, 둘……."

당장이라도 돌아갈 것처럼 소환진 위에서 손가락을 접는 그를 이번에도 유제니아는 이길 수 없었다.

"이름이요."

"이름?"

마왕의 반문에 기가 죽은 소녀가 얌전히 고개를 끄덕였다.

"……네. 검은 달의 주인이나 마왕 같은 호칭 말고, 당신의 진짜 이름을 제게 알려주세요."

"재미있는 소릴 하는구나. 네가 내 이름을 알아서 뭐하게? 그것까지는 네 어미가 얘기해주지 않던?"

마왕의 비아냥거림에도 유제니아는 입을 꾹 다문 채 그를 바라볼 뿐이다. 그녀의 하얀 얼굴은 한없이 진지하기만 했다.

'뭐야. 재, 설마 진심이야?'

진명은 누구에게도 알려주지 않는 소중하고도 귀한 것이지만 어차피 세레나도 알고 있는 것, 한 명이 더 는다고 달라질 일은 없을 것 같았다. 마왕은 결국 제 입으로 무엇보다 비밀스러운 진명을 토해내고야 말았다.

"하우레스."

"성은요? 이름의 뜻은 뭐예요?"

득달같이 딸려오는 질문들에 그는 귀찮다는 듯 머리를 흔들었다.

"그런 것들 따윈 없어. 난 그냥 태어날 때부터 그렇게 불렸으니까."

유제니아가 반색하며 얼른 자신의 이름 역시 소개해 보였다.

"전 유제니아 폰 발루아예요. 이름을 나누었으니 이제 당신의 반려가 될 자격은 얻은 거죠? 좋아요. 우선 이 정도에서부터 시작하지요."

당돌한 그녀의 말에 마왕이 헛웃음을 지었다. 이 맹랑한 계집애 보게? 누가 누구의 반려라고?

"헛소리 한다! 그나저나, 이름을 홀랑 빼앗긴 난 대체 네게서 무얼 얻을 수 있는 거냐?"

마왕의 질문에 유제니아가 갑자기 새치름한 표정을 지었다. 그때까지도 손을 짚고 바닥에 대고 있던 몸을 일으킨 그녀는 옷의 먼지를 탈탈 털었다. 마왕은 그제야 그녀가 마법사의 복장인 로브가 아닌 드레스를 입고 있다는 걸 깨달았다. 어린 소녀답게 프릴이 잔뜩 달린 검은 드레스 차림을 한 그녀는 두 손을 가슴 앞에 모은 채 이렇게 말했다.

"절 드릴게요."

어떤 말에도 놀라지 않을 자신이 있던 마왕의 입이 기어코 떡 벌어졌다. 그가 컥컥대며 기막혀하는 동안에도 유제니아의 말은 계속 이어졌다.

"절대 손해는 아닐 거예요. 이래 봬도 전 북령을 다스리는 공작의 딸이자 뛰어난 외모, 마법 실력까지 겸비한 준비된 신붓감이라고요. 음…… 그래도 지금 당장 드릴 수는 없어요. 이름부터 천천히 알아가야지, 한 번에 제 밑천을 다 드러내 보일 순 없으니까."

"뭐가 어쩌고 저째?"

선이 고운 얼굴은 영락없이 세레나를 빼닮았다만 성격만은 공작 놈의 판박이구나. 안 되겠다, 도망가야지. 더 이상 이 애와 엮였다간 지독하게 골치가 아파질 거라는 예감이 든다.

애꿎은 이마를 짚으며 소녀를 흘기던 마왕은 가슴께에 놓인 소녀의 손에서 상처 하나를 발견했다. 길게 찢어져 피가 흐르는 상처는 얼핏 보아도 그리 가볍지 않았다.

"너, 다쳤구나."

유제니아는 아무렇지 않게 피 묻은 손을 긴 소매 안으로 감추었다.

"……당신을 소환하기 위해서였어요. 아무리 흑마법이래도 진짜 시체 따위를 가져다 제물로 쓸 순 없으니, 제 피를 사용할 수밖에요."

"쓸데없는 짓을 했군."

이제까지 그려진 소환진을 조금도 벗어나지 않고 있던 마왕이 처음으로 한 발짝, 걸음을 떼었다. 느긋한 걸음으로 유제니아의 앞에 멈춰 선 그는 뒤로 감추려 드는 소녀의 작은 손을 붙잡아 상처 위에 자신의 혀를 갖다댔다. 붉고 뾰족한 혀가 닿자 신기하게도 조금씩 흐르던 손의 피가 완전히 멈추고, 창백하던 그녀의 얼굴에도 조금씩 혈색이 돌아왔다.

마왕은 자신을 보는 소녀의 얼굴이 분홍빛으로 물드는 걸 가소롭다는 듯 바라보았다.

'쯧, 머리에 피도 안 마른 것이 어디서. 아니지, 반응이 재미있으니 좀 더 놀려줘볼까?'

"계집애야, 널 준다는 게 정말 무슨 의미인 줄은 아느냐?"

마왕의 서늘한 손이 소녀의 허리를 감싸 안았다. 몸을 바짝 가져다 붙인 마왕은 곧 요염한 미소를 지으며 붉은 입술을 그녀의 얼굴 가까이 가져갔다.

"바로…… 이런 행위를 나누는 것까지 포함하고 있는 게야."

좀 전까지만 해도 장난스럽던 분위기가 급변했다. 웃음기가 사라진 그는 꼭 수년 전, 처음 본 그날 밤처럼 위험하고도 매혹적인 분위기를 풍겼다. 열기를 띤 자색 눈동자가 점차 가까워질수록 자그마한 심장이 콩닥거렸다. 이 마음은 기대인 걸까, 아니면 두려움일까?

떨리는 주먹을 꼭 움켜쥔 채 눈을 감던 소녀는 한참이 지나도록 입술에 닿는 감각이 없자 다시 슬그머니 눈을 떴다. 그녀에게 등을 돌린 마왕이 도로 소환진으로 돌아가고 있었다.

"어딜 가는 거예요!"

"이만 가련다."

"거기 서요! 나와 계약을 하자니까요?"

"너 같은 꼬맹이를 가져서 뭐하게. 관심 없다."

그녀의 잇단 부름에도 마왕은 걸음을 멈추지 않았다.

'안 돼. 내가 어떻게 당신을 불렀는데!'

몇 번을 불러도 한 번 돌아보지도 않는 매정한 뒷모습은 꼭 앞으로 다시는 그녀의 소환에 응해주지 않을 것만 같았다.

이윽고 마왕이 서 있는 소환진이 다시 빛을 뿜자, 유제니아는 생각나는 모든 단어를 필사적으로 외쳤다.

"초콜릿 케이크! 살구 셔벗! 머랭 쿠키! 딸기를 가득 얹은 아이스크림!"

공간을 환히 밝히던 빛이 갑자기 사라졌다. 마왕은 소환진 위에 그대로 선 채로 물었다.

"그게 뭐냐?"

"달콤한 간식을 매일매일 원하는 만큼 줄게요. 그러니까…… 내 곁에 있어요. 당신의 마음이 내킬 때까지."

식사 하나는 기똥차게 챙겨주었던 그 녀석의 딸이니 저 약속은 틀림없이 지켜질 것이다. 그런데 자칫 귀찮은 일에 휘말리게 될 것 같다는 점이 마음에 걸렸다.

어떻게 할까 고민하던 그는 훌쩍 뒤를 돌아보았다. 비장한 표정을 짓고 있는 은발의 소녀는 그로 하여금 언뜻, 그리운 과거의 한 장면을 떠올리게 했다.

'……뭐, 잠깐 정도는 괜찮겠지.'

고민은 그리 길게 이어지지 않았다. 붉은 입술의 양끝이 부드러운 호선을 그린다 싶더니, 마왕은 아주 오랜만에 작고 검은 한 마리의 고양이로 변했다.

부리나케 뛰어온 유제니아가 고양이를 안아 올려 그대로 온몸으로 끌어안았다. 얼떨결에 안겨버린 고양이가 눈을 깜박이다 희고 통통한 팔에 살짝 머리를 기대보았다. 좀 되바라지긴 했어도 아이의 품은 꼭 예전의 자신의 소녀처럼 따뜻했다.

"혹시나 싶어 내 말해둔다만, 절대 간식 때문에 이러는 건 아니다. 어디까지나 갸륵한 정성에 탄복하여 아량을 베푸는 것이니 일생의 광영으로 여기도록."

"……응."

일생의 광영으로 여기라 했거늘, 벌써부터 반말이냐. 고양이가 속으로 투덜댔다.

눈물을 글썽이며 고양이를 끌어안던 소녀는 곧 세상을 다 얻은 듯 씩씩하게 걸음을 옮기기 시작했다. 그 덕에 눈에 대롱대롱 매달려 있던 눈물 한 방울이 떨어졌고, 그는 날름 혀를 내밀어 그것을 삼켜보았다.

'으윽, 짜. 그래도 뒷맛은…… 뭐, 조금은 달콤한 것 같기도 하고.'

처음 맛보는 눈물을 음미하는 고양이의 뾰족한 입은 슬그머니 위로 올라가 있었다.

딸이 데리고 나온 고양이를 본 세레나가 눈물을 글썽이고 카이로스가 무려 칼을 빼들어 휘둘렀다는 건, 그 뒤에 이어진 몹시도 사소한 후일담이다.

– 외전 fin.

작가 후기

작가 후기라고 적힌 네 글자 앞에서 한참을 고민하였습니다.

자신의 얘기로 이 하얀 공간을 채우려니 조금은 얼떨떨하고 한편으로 면구스럽기도 합니다. 하지만 이 책은 혼자서 쓴 것이 아니고, 감사의 마음을 전해야 할 분들이 너무나 많기에 용기 내어 다시 키보드 위에 손을 올려봅니다.

우선 부족한 글을 보다 많은 분들께 선보일 수 있도록 기회를 주신 도서출판 가하에 진심으로 감사드립니다.

'2015 카카오페이지X도서출판 가하 공모전'에 당선된 것은 저에게 기쁘고도 놀라운 일이었습니다.

도서출판 가하 이승진 차장님과 편집부, 교정자님께도 머리 숙여 감사드립니다.

이름을 불러주어서 비로소 꽃이 되었다는 김춘수 님의 시처럼, 여러분의 도움이 아니었더라면 이 책은 결코 세상에 나오지 못했을 거예요.

막 싹을 틔운 새싹 하나를 키우듯 아낌없이 보내주신 지지와 보살핌 덕에 기어코 오늘 이렇게 후기를 쓸 수 있는 날을 맞이할 수 있었습니다.

곁에서 응원해준 저의 소중한 짝꿍과 가족들에게도 지면을 빌어 고마움을 표현하고 싶네요.

포근한 한 편의 동화 같은 글을 쓰고 싶었답니다.

영악하지 못한 주인공이 손끝으로 길을 더듬어나가다 끝내 모두와 함께 행복해진다는, 그런 조금은 빤하지만 사랑스러운 이야기 말이에요.

세레나와 함께하는 내내 참 많이 행복했어요.

읽어주시는 분께 가슴속의 이 행복이 조금이라도 전달될 수 있기를 바랍니다.

2016년 가을,
소리엔 드림

도움을 준 음악과 책

푸치니 오페라 '투란도트' 中「Straniero, ascolta!」

그림 형제의 동화 中「영리한 농부의 딸」